mtb

Audrey Carlan

FINDING US

Verfallen

Roman

Aus dem amerikanischen Englisch von
Nicole Hölsken

mtb

MIRA® TASCHENBUCH

1. Auflage: Dezember 2020
Deutsche Erstausgabe

Originaltitel: »Angel Falling«
Erschienen bei: Waterhouse Press LLC, Destin, Florida

Umschlaggestaltung: zero Werbeagentur, München (Ute Mildt)
Umschlagabbildung: shutterstock / kwanchai.c
Satz: GGP Media GmbH, Pößneck
Printed in Germany
ISBN 978-3-7457-0110-4

www.mira-taschenbuch.de

Kapitel 1

Hank

New York City war ätzend. Wenn der Job nicht gut und die Bezahlung anständig gewesen wäre, wäre ich von hier verduftet und gleich nach Hause auf meine Ranch zurückgekehrt.

Die Leute hier waren nichts weiter als Drohnen, leblose Hüllen, die durch die Betonwüste hasteten. Immer in der Angst, zu spät zu kommen oder irgendetwas zu verpassen. Und während sie herumhetzten, waren ihre Plastikgesichter voller Hoffnung, als warte der große Durchbruch gleich um die Ecke auf sie. Aber das tat er nicht.

Gott, wie ich diese verfluchte Stadt hasste.

Das Einzige, was sie für mich erträglich machte, waren die Frauen. In New York gab es jede Menge schöner Frauen, die sich danach sehnten, mit einem Kerl wie mir zu schlafen. Sie betrachteten mich als Jungen vom Land. Frischfleisch. Ich hatte nichts dagegen. Schließlich war ich nicht auf der Suche nach der Liebe meines Lebens. Wir hatten alle nur eins im Sinn – einen Orgasmus.

Was schöne Frauen anging, hatte die, die hier immer morgens um Punkt sieben aufkreuzte, meine volle Aufmerksamkeit. Die hatte Klasse. Sie trug meist Kostüme mit engen, bis zur Mitte des Oberschenkels geschlitzten Röcken, die sich an endlos lange Beine schmiegten. Ihre High Heels waren so hoch wie Stelzen. Sie musste ordentlich geübt haben, um jeden verfluchten Tag auf diesen dornenartigen Dingern ’rumlaufen zu können. In einem Paar Cowboystiefel und sonst nichts hätte sie bestimmt verdammt heiß ausgesehen.

Clever war sie auch. Zumindest legte sie Wert darauf, dass jeder sie für smart hielt. Außerdem hatte sie Geld – und zwar tonnenweise. Jeden Tag setzte ein Wagen oder eine glänzende schwarze Limousine sie hier ab. Allerdings nie mit einem Mann an ihrer Seite. Manchmal ertappte ich sie dabei, wie sie über die Sonnenbrille hinweglinste und meine Crew genauer musterte. Zum Teufel, vielleicht checkte sie mich sogar ein- oder zweimal ab. Das hätte mir gefallen. Ich hätte sogar überlegt, den ersten Schritt zu machen. Doch sie spielte nun mal so ganz und gar nicht in meiner Liga. Frauen, die so elegant waren wie sie, fingen mit einem Mann wie mir nichts an. Sie verabredeten sich mit Millionären, die protzige Schlitten besaßen – Männer, die einen Ferrari fuhren und keinen Ford Pick-up.

Meine Firma, Jensen Construction, war beauftragt worden, einen Bereich des Wolkenkratzers zu erweitern, in dem sie arbeitete. Wir sollten eine neue Lobby und weitere zehn Stockwerke hinzufügen. Letzten Endes würden dadurch ein paar Hundert neue Büros im Gebäude entstehen. Und obwohl es mir schwergefallen war, Texas zu verlassen, war der Auftrag viel zu lukrativ gewesen, um ihn sich entgehen zu lassen.

Mein Team und ich verdienten momentan fünfmal so viel wie daheim. Das war die neue Richtung, in die ich meine Firma führen wollte. Wenn die Ausschreibungen sich lohnten, gab ich auch Angebote für Jobs außerhalb der Staatsgrenze ab. Irgendwie hatte ich es geschafft, die Baufirmen hier in New York beharrlich zu unterbieten, und mir so den Auftrag an Land gezogen.

Für mich war es eine Win-win-Situation. Ich hatte immerhin Familie zu Hause, wenn auch weder Frau noch Kinder. Außerdem hatte ich meine Ranch, ein paar Pferde und Butch, meinen gelben Labrador. Den hatte ich allerdings mitgenommen, denn ein Mann lässt seinen besten Freund nicht drei Monate lang allein daheim sitzen. Um die Pferde kümmerte sich mein Bruder, der sie dafür reiten durfte, wann immer er wollte. Ein fairer Deal. Seine Jungs waren begeistert, und ich gelte jetzt als »weltbester Onkel«.

Nachdem ich mich davon überzeugt hatte, dass meine Männer mit Volldampf arbeiteten und alles lief wie geplant, machte ich mich auf in mein Büro. Die schwarze Stretchlimousine tauchte am Bordstein auf, die Sonne spiegelte sich auf der Chromstoßstange wider und blendete mich förmlich, so hell war das Licht. Lässig lehnte ich mich an das Metallgeländer der Treppe, um mir die Show anzuschauen.

Heute war sie wie eine verdammte Erscheinung. Sie hatte auf ihr übliches schwarzes Kostüm verzichtet und dafür ein weißes gewählt, das sich um sämtliche Kurven schmiegte. Sie sah aus wie ein ungezogener Engel. Sie drehte sich um und zog ihre Aktentasche aus dem Wagen. Ihr Hintern war knackig; der weiße Stoff betonte die perfekte Herzform.

Was hätte ich darum gegeben, diesem Po einen Klaps zu geben, damit sie aufschrie und mich dann anbettelte, sie zu vögeln.

Mit ihren langen Beinen lief sie an mir vorbei. Heute hatte sie auch nicht diese große Sonnenbrille auf, die ihre fantastischen Augen verbarg. Die Sonne brach über dem Gebäude hervor, und ihre blauen Augen funkelten im Licht. Langes goldenes Haar flatterte im Wind. Ein roter Schal, den sie um den Hals geschlungen hatte, wehte um ihre Gestalt herum, ein karmesinroter Farbklecks auf einer vollkommenen weißen Leinwand.

Sie kramte in der riesigen braunen Tasche, die über ihrer zarten Schulter hing, das Handy fest am Ohr. Von oben ertönte ein schrilles Quietschen. Instinktiv wandte ich den Kopf und sah hinauf. Ein Haufen langer Metallrohre, der von Ketten zusammengehalten wurde, schwang gefährlich am Kran hin und her. Meine Lady in Weiß blieb genau darunter stehen, und vor meinem geistigen Auge spielte sich die folgende Szene wie in Übelkeit erregender Zeitlupe ab. Ihr Smartphone fiel auf den Beton; die Frau fluchte und beugte sich herab, um es aufzuheben, nichts von der Gefahr ahnend, die über ihr schwebte.

»Vorsicht!«, rief ich und stürmte auf sie zu, wobei ich nach oben deutete. Ihr Blick schoss ebenfalls hoch. Ich hörte, wie Metall über Metall rieb, dann ein lautes Klirren – die schmalen Rohre hatten sich aus der Verankerung gelöst.

Sie wurden nur noch an einer Seite von Ketten gehalten, und schon flogen zweieinhalb Zentimeter starke Metallstangen wie Dolche vom Himmel. Mein innerer Superman reagierte sofort. Ich stürmte los, warf die Frau zu Boden und bedeckte sie mit meinem Körper. Ohne Vorwarnung spürte ich in meiner linken Schulter einen durchdringenden, quälenden Schmerz. Sie schrie unter mir, versuchte, mich von sich zu schieben. Aber ich konnte mich nicht rühren. Meine Schulter brannte höllisch, als sei ich mit einem großen Schlachtermesser niedergestochen worden. Schon die winzigste Bewegung raubte mir den Atem.

Ich sah nur noch rot. Doch diesmal war es nicht ihr Schal. Es war Blut, eine Unmenge von Blut, die sich über ihr weißes Kostüm ergoss, ihm Farbe verlieh.

»Helfen Sie ihm!«, brüllte die Frau und dann leiser: »Alles wird gut.« Kühle Hände und Finger glitten über meine Schläfen und umfingen mein Gesicht. »Bitte, bitte, sehen Sie mich an.«

Mein Oberkörper fühlte sich an, als würde ich zwischen zwei Metallplatten zermalmt, bis ich flach wie ein Pfannkuchen war. Ich lag auf der Seite, konnte mich nicht bewegen. Kurz warf ich einen Blick auf meine linke Schulter, die unerträglich pulsierte, und entdeckte schimmerndes Metall, das ein beträchtliches Stück aus meinem Rücken ragte.

Mir wurde übel, mein Magen drehte sich, und in meinem Mund hatte ich diesen säuerlichen Geschmack wie kurz vorm Kotzen. Ich schloss die Augen, versuchte, tief Luft zu holen, doch der darauffolgende Schmerz brannte sich durch Knochen, Muskeln und

Haut. Das Einzige, das mich noch fest in dieser Welt hielt, waren diese graublauen Augen. Sie waren wie kristallklare Seen, erfrischend und einladend.

»So hübsch«, murmelte ich mit trockenen Lippen.

Sie lächelte, und ich schloss die Augen, denn ich wusste, dass ich Gottes Engel nicht länger ansehen konnte, ohne mich in seiner Schönheit zu verlieren und bereitwillig diese irdische Stätte zu verlassen. Sirenen plärrten im Hintergrund, aber mein Engel hielt mich fest. »Alles wird gut«, sagte die Frau leise. »Sie haben mich gerettet. Sie werden es schaffen, halten Sie einfach nur ganz still.«

Ich riskierte es, die Lider für den Bruchteil einer Sekunde zu heben, und der Anblick raubte mir beinahe den Atem. Ihre wunderschönen blauen Augen waren wie wilde, bewegte Seen, Strudel der Furcht.

Es fing an zu regnen. Große, dicke, nasse Tropfen landeten auf meinem Gesicht. Nur dass die Tropfen gar kein Regen waren. Es waren ihre Tränen.

»Sie haben mich gerettet«, flüsterte sie. Ihre Lippen fühlten sich feucht und weich an meiner Stirn an. Ich wollte etwas sagen. Mich wenigstens kurz vorstellen, bevor sie mir wieder genommen wurde. Ihr mitteilen, dass ich Hank hieß und sie wunderschön fand, aber es kam kein Wort heraus. Ich schaffte es nicht. Meine ganze Kraft ging schon fürs Atmen drauf.

Dann spürte ich Arme, die mich hochhoben und mich auf etwas Weiches legten. Vielleicht auf eine Wolke. Mein Engel wurde fortgezogen. Die Zeit schien immer langsamer zu vergehen. Es geschah so vieles um mich herum, doch ich konnte mich auf nichts konzentrieren. Meine ganze Aufmerksamkeit gehörte dem furchtbaren Schmerz, und mit einem kehligen Aufschrei überließ ich mich ihm.

»Ich komme mit Ihnen!«, hörte ich sie sagen, während um uns herum hektisches Treiben herrschte und barsch Anweisungen gerufen wurden. »Dieses Gebäude gehört mir, und er, er … er hat mir das Leben gerettet! Ich schulde ihm einfach alles!«, schrie mein Engel den Leuten zu, die an meinem Gesicht und meiner Brust zerrten und zogen und mich immer tiefer in die Wolke drückten. Einen kurzen Moment lang war ich glücklich, dass sich jemand um mich sorgte. Nein, nicht *jemand* – sie.

Ich konnte nichts mehr fühlen. Meine Lider wurden schwer, und blindlings tastete ich umher. Eine eiskalte, federleichte Hand schloss sich um meine, nahm mir die Angst.

»Ich bin hier. Ich bin hier. Lassen Sie sich von ihnen helfen.« Ihre Stimme war sanft und süß wie eine Melodie. Dann hüllte die Dunkelheit mich ein.

Aspen

Ich fragte mich, warum das alles so lang dauerte! Es war jetzt Stunden – Stunden – her, seit der Mann, der alles für mich riskiert hatte, in den OP gebracht worden war. *Bitte, lieber Gott, lass ihn durchkommen.* Er hat mir das Leben gerettet. Ich holte mein Handy heraus und rief meinen Assistenten Oliver an.

»Aspen, wo bist du?«, quasselte er gleich ohne Begrüßung los. »Heute ist direkt neben dem Gebäude ein Mann schwer verletzt worden. Ein Kran hat ein paar Metallrohre verloren.« Seine Stimme klang höher als sonst und überschlug sich fast, als könne er gar nicht schnell genug loswerden, was er zu sagen hatte.

Ich arbeitete nun schon einige Jahre mit Oliver zusammen und war an seine exzentrische Art gewöhnt. Ich wusste schon alles, was er mir sagen wollte, aber er ließ mich nicht zu Wort kommen, deshalb ließ ich ihn weiterreden. »Ich habe bereits unseren Anwalt angerufen; jeden Moment muss jemand im Krankenhaus auftauchen, der sich nach seinen Überlebenschancen erkundigt.«

»Oliver … Oliver, stopp.«

»Was?« Seine Stimme klang leise, verhalten und viel zu hoch. Er holte zittrig Luft.

»Ich bin hier, im Krankenhaus. Der Mann, der verletzt wurde, eer, äh … Er hat sich über mich geworfen. Hat verhindert, dass ich aufgespießt wurde.« Ich konnte nur noch krächzen, ehe ich verstummte. Es kostete mich all meine Kraft, mir das Weinen zu verkneifen.

»Oh mein Gott! Oh mein Gott, Aspen, geht es dir gut? Shit! Ich heule gleich los. Ich darf dich nicht verlieren. Ich liebe dich.« Da war er wieder – mein Dramaking. Seine weiche Stimme brach, und er fing an zu weinen.

»Oliver. Ollie, Schatz, ich weiß. Es geht mir gut.« Ich holte tief Luft. »Der Mann, der mich gerettet hat, ich kenne nicht mal seinen Namen. Hier im Krankenhaus rücken sie keine Informationen heraus. Ich möchte, dass du in Erfahrung bringst, wer er ist und wer seine Notfallkontakte sind.«

»Okay, ja. Verstanden. Sonst noch was?«

»Ich will wissen, wer hier in der Klinik das Sagen hat. Ich muss mich mit ihm oder ihr treffen. Unbedingt.« Olivers schwerer Atem und das Rascheln von Papier drangen durch den Hörer.

»Okay, okay. Schon klar. Gib mir eine Viertelstunde.«

»Danke.« Ich seufzte und sah entsetzt an meinem Kostüm hinunter. »Noch eins, Oliver. Ich muss mich umziehen. Aber schick keinen Kurier. Bring mir ein Kostüm aus dem Schrank in meinem Büro.«

»Warum?«

Ich erschauerte. »Weil meine Kleidung voller Blut ist.« Ein Schluchzen drohte sich Bahn zu brechen, aber ich hielt mir die Hand vor den Mund, um den Laut zu ersticken. Ich durfte keinesfalls die Kontrolle verlieren. Nachdem ich ein paar tiefe Atemzüge gemacht hatte, hatte ich mich wieder im Griff. Halbwegs.

»Oh mein Gott, okay. Ich bin gleich da. Ich liebe dich.«

Unwillkürlich musste ich lächeln. »Ich liebe dich auch, Ollie. Und jetzt mach schnell. Die Leute werfen mir schon misstrauische Blicke zu.« Ich sah zu dem Pärchen, das mir gegenübersaß und mich mit offenem Mund und weit aufgerissenen Augen anstarrte.

Der Tag hätte nicht schlimmer werden können. Nicht nur, dass ein Mann meinetwegen mit dem Tod rang, hinzu kam, dass ein Unfall dieser Größenordnung das Projekt zweifellos um Wochen zurückwerfen würde. Ich hatte den Anteilseignern des *Bright Magazine* versprochen, dass das Gebäude im nächsten Fiskaljahr in Betrieb genommen werden konnte. Diese Verzögerung würde hohe Kosten verursachen, doch natürlich war das nebensächlich im Vergleich zu dem Leben eines Mannes. Und was, wenn mein Retter uns verklagte? Diese Katastrophe konnte den gesamten Plan zunichtemachen. Wenn er starb, war es sogar noch schlimmer. Ein verdammter Medienzirkus würde ausbrechen. Ich rieb mir die Schläfen in dem Versuch, meine Kopfschmerzen loszuwerden.

Mein Gott! Wann bin ich so kalt geworden? Das Leben eines Mannes hing am seidenen Faden, und ich machte mir wegen der Zeitschrift Gedanken.

Weil du außer der Arbeit nichts hast.

Vor langer Zeit hatte ich beschlossen, mich von nichts und niemandem daran hindern zu lassen, erfolgreich zu sein. Meine Eltern waren schon immer mehr als reich gewesen, gehörten zu den klassischen oberen Zehntausend. Von Jugend an bewegte ich mich also in der High Society. Nach meiner Ausbildung an einer Elite-Universität stampfte ich dann mithilfe meines Trustfonds das Start-up-Unternehmen AIR Bright Enterprises aus dem Boden. Sieben Jahre später war meine Firma Milliarden wert und hatte mir sogar einen Platz auf der Top-Ten-Liste der erfolgreichsten

Geschäftsfrauen im *Forbes*-Magazin verschafft – eine Riesenleistung für eine Frau von gerade mal achtundzwanzig Jahren.

Nach einer halben Stunde fühlte sich die abgestandene Luft um mich herum plötzlich anders an: Oliver war da. Ich spürte seine Anwesenheit schon, bevor ich seine Wingtip-Schuhe auf dem Linoleum klackern hörte. Eilig kam er auf mich zu. Ein Stirnrunzeln lag auf seinem vertrauten, spitz zulaufenden Gesicht. Die bleichen Haarspitzen erweckten den Eindruck, als sei er stundenlang in der Sonne gewesen, doch ich kannte sein Geheimnis – zweimal monatlich ein Besuch in New Yorks elegantestem Friseursalon. Das war eines meiner Geschenke für ihn zum *Administrative Professionals' Day*, an dem die Assistenten und Assistentinnen dieser Welt eine besondere Ehrung erfahren sollten. Ein Kleidersack hing lose über seinem einen Arm, eine Männertasche am anderen, und in der Hand hielt er ein Paar schwarze Pumps. Seine Augen hatten die Größe von Untertassen. Wie angewurzelt blieb er stehen, sowie er mein blutverschmiertes Kostüm sah.

»Oliver!« Ich umarmte ihn stürmisch. Wir hielten einander fest. Er fühlte sich so warm an und strahlte absolute Zuverlässigkeit aus.

Er trat einen Schritt zurück, ohne meine Schulter loszulassen. Seine Lippe zitterte, während er mich genau musterte.

»Prinzessin … ich … Du siehst grauenhaft aus. Bist du sicher, dass es dir gut geht?« Tränen waren ihm in die Augen getreten, rannen seine Wangen hinab, und ich wischte sie mit den Daumen fort und lächelte um seinetwillen.

»So schlimm, ja?«

Er nickte. »Hier, bitte, die neuen Sachen. Ich werde dieses Kostüm da verbrennen.«

Mein Lächeln erreichte meine Augen nicht, doch ich nahm die Klamotten und zog mich auf die Damentoilette zurück. Nachdem ich den schwarzen Hosenanzug und die Pumps, die Oliver mitgebracht hatte, übergestreift hatte, verließ ich die Räumlichkeiten wieder und reichte ihm den Kleidersack mit den verschmutzten Klamotten. Er rollte ihn auf, ging zur nächstbesten Mülltonne und entsorgte alles, ohne auch nur eine Sekunde zu zögern. Er warf ein Dreitausenddollarkostüm einfach so weg, als handele es sich um ein Stück Kaugummi, das nicht mehr schmeckte. Doch mir war das vollkommen egal. Ich würde das Kostüm sowieso nie wieder tragen. Selbst wenn die Reinigung die Blutflecke hätte entfernen können, würde meine Erinnerung an dieses Erlebnis niemals verblassen. Oliver kannte mich gut.

»Jetzt fühle ich mich besser. Und du?« Er rieb die Hände aneinander und strich seine Anzugjacke glatt.

Ich schob mir das Haar aus Gesicht und Nacken. Oliver kam zu mir. Dann holte er ein schwarzes Haargummi und eine Haarklemme aus der Anzugtasche und kämmte mir geschickt mit den Fingern das Haar. Die sanfte Berührung auf meiner Kopfhaut trug weiter zu meiner Entspannung bei und erinnerte mich daran, dass ich noch da war. Am Leben.

Oliver war nicht nur mein Assistent, sondern auch mein bester Freund. Genau genommen war er, abgesehen von meiner Schwester, mein einziger richtiger Freund. In meiner Welt suchten die meisten Menschen deshalb meine Nähe, weil ich irgendetwas für sie tun konnte. Geld zieht Blutsauger nun mal scharenweise an. Ich zahlte Oliver mehr als meinen fähigsten Managern, aber er war jeden einzelnen Cent wert. Oliver beklagte sich niemals und war immer da, wenn ich ihn brauchte, egal ob bei Tag oder bei Nacht. Er war der perfekte Mann.

»Have I told you lately that I love you?«, summte ich Rod-Stewart-mäßig vor mich hin, legte den Kopf in den Nacken und lächelte.

Er beugte sich vor und küsste meine Schläfe. »Nein, ich glaube nicht.« Er grinste leichthin. »Erzähl mir von dem Mann.«

Oliver fasste mir das Haar zu einem straffen Pferdeschwanz tief im Nacken zusammen. Eine Haarsträhne, die er bewusst ausgespart hatte, wickelte er noch um das elastische Gummi, sodass man es nicht mehr sah. Dann fixierte er das Ganze mit einer Haarnadel. Sicher sah die Frisur makellos aus. Er war unglaublich geschickt, wenn es darum ging, mich zu stylen, mir Kostüme zu kaufen oder mich zu frisieren. Allein schaffte ich es gerade mal, mein Haar trocken zu föhnen und in ein paar Wellen zu legen. In meiner Jugend hatte ich zu viel Zeit mit der Nase in Büchern und zu wenig Zeit mit Freundinnen verbracht, sodass ich selbst einfache Tricks des Hairstylings bis heute nicht beherrschte.

Meine einzige Quelle für Dinge, die man als »mädchenhaft« bezeichnen könnte, war bis heute meine Schwester London. Sie war all das, was ich nicht war. Sie hatte honigfarbene Haut und schwarzes Haar wie unser Vater, während meine Haut so hell und mein Haar so blond war wie bei meiner Mutter. Wir beide hatten die graublauen Augen unseres Vaters geerbt. London hatte keinen großartigen Geschäftssinn, war aber dennoch eine erfolgreiche Innendesignerin, die ganz gut klarkam. Wenn auch keineswegs so gut wie ich selbst; mein Vermögen überstieg das meiner Familie bei Weitem, doch unserer Beziehung hatte das nie geschadet. London war Geld nicht so wichtig, während ich mich umso sicherer fühlte, je mehr ich davon hatte.

»… und ihm gehört das Bauunternehmen, das wir unter Vertrag genommen haben«, holte mich Oliver wieder in die Wirklichkeit zurück.

»Sorry, was hast du gesagt?«

Er verdrehte die Augen. »Ich sagte, er heißt Hank Jensen. Ihm gehört Jensen Construction.«

»Hank?« Der Name ging mir leicht über die Lippen und endete mit einem scharfen Klick. Das passte zu ihm.

»Ha, Hank der Herkules«, erwiderte Oliver lachend. »Sieh dir nur das Bild auf seinem Dienstausweis an.« Er hielt ihn mir hin. Darauf schien der Mann durchaus gut aussehend zu sein, aber in meiner Erinnerung sah er noch besser aus, was lediglich durch den Schmerz in seinen Augen abgeschwächt worden war.

Oliver hatte recht. Der Mann war attraktiv, auf eine wilde, maskuline Art. Er hatte dunkles, volles Haar. Ein gezwungenes Lächeln entblößte gleichmäßige weiße Zähne. Seine grünen Augen, die scharfsinnig blickten, bildeten einen interessanten Kontrast zu seiner gebräunten Haut. Machten mich neugierig auf den Teint seiner Haut, die auf dem Foto unter einem T-Shirt verborgen war. Vielleicht hatte er ja nur braune Arme, und der Rest war weiß? Ich fragte mich, ob ich jemals eine Antwort auf diese Frage bekommen würde. Wahrscheinlich nicht.

»Woher, sagtest du, stammt Mr. Jensen?«

»Texas. Sein Background-Check besagt, dass ihm einige Hektar Land gehören. Laut Internet sieht das Ganze aus wie eine Ranch. Oh, wie charmant, er ist ein Cowboy. Ich liebe Cowboys!« Oliver hantierte mit seinem Handy herum und drehte es um, um mir ein riesiges grünes Stück Land zu zeigen.

»Du liebst *Männer*.« Ich schnappte mir sein Smartphone, um besser sehen zu können, und war überrascht von der Schönheit der üppigen Landschaft. In meiner Vorstellung bestanden Ranches aus Staub und Kühen wie in einem Western mit John Wayne und nicht wie geradewegs aus *Die-Trapp-Familie* entsprungen. Sanfte grüne Hügel mit unzähligen Bäumen und einem Bach, der am Anwesen entlangfloss, prägten die Landschaft.

»Nein. Korrektur, meine Liebe: Ich liebe *schöne* Männer. Aber bei Cowboys flippe ich aus«, entgegnete er grinsend.

»Hast du mir die Information beschafft, die ich brauche, um zu Mr. Jensen vorgelassen zu werden? Ich muss mich davon überzeugen, dass er wieder gesund wird. Und was hat der Anwalt gesagt?«

»Ich kann dir durchaus Zugang verschaffen, aber das wird dich was kosten.«

»Oliver, jeder hat seinen Preis.« Ich grinste und warf ihm einen Seitenblick zu. »Wie viel?«

»Na ja, auf dem Weg hierher hab ich die Direktorin des Krankenhauses angerufen und ihr die Lage geschildert, deine Sorge zum Ausdruck gebracht, ebenso wie dein Interesse am Wohlergehen des Patienten.«

»Komm zur Sache, Ollie.«

»Schon gut, schon gut. Jedenfalls musst du eine ordentliche Spende rausrücken.«

»Okay. Wie viel?«

»Na ja, sie brauchen neue Geräte ...«

»Wie viel?«

»Einhundert.« Er wandte den Blick ab und wartete angespannt.

»Gut. Lass die Buchhaltung den Scheck ausstellen. Dieser Mann hat mein Leben gerettet ...« Wieder kamen mir fast die Tränen, doch ich konnte es verhindern, indem ich aufstand und die Schultern straffte. »Wen müssen wir aufsuchen?«

»Entschuldigen Sie, Ms. Reynolds?« Eine rothaarige Frau in einer hässlichen Uniform, die viel zu groß war für ihre zierliche Gestalt, gesellte sich zu uns.

»Ja, ich bin Ms. Reynolds. Und Sie sind?«

Sie streckte mir die Hand entgegen. »Jane Maxwell, die Krankenhausdirektorin. Ich bedaure, dass wir uns unter diesen Umständen kennenlernen.« Ihr Blick war warm und aufrichtig. Allerdings konnte man eine persönliche Aufwartung durch die Direktorin wohl auch erwarten, wenn man im Begriff war, ein halbes Vermögen zu spenden.

Ich kam gleich zur Sache. »Dies ist mein Assistent Oliver. Er wird sich in meinem Namen um die Spende in Höhe von einhunderttausend Dollar kümmern.« Ich wollte keine Zeit verschwenden, Zeit, in der es für das Überleben von Hank Jensen zu kämpfen galt.

»Oh, du liebe Güte! Wir können Ihnen gar nicht genug danken!« Ihre Augen waren genauso rund und strahlend wie ihr ganzes Gesicht. »Eine Spende in dieser Höhe wird für unsere Kinderonkologie Wunder wirken.«

Ich warf Oliver einen Blick zu und zog fragend die Augenbraue hoch. Er wandte den puterroten Kopf ab. Er hatte gelogen. Die Frau hatte ihm am Telefon keinen Betrag genannt. Wahrscheinlich hatte sie nicht mal eine Spende erwähnt. Er hatte einfach nur erreichen wollen, dass ich etwas für die Kinderstation spendete. Oliver hatte als Kind eine Leukämieerkrankung überlebt und schleifte mich stets auf Events, bei denen es um Krebs und Kinder ging. Ganz schön gerissen.

»Ich freue mich, Sie unterstützen zu können, Ms. Maxwell. Wenn Sie mir also helfen könnten: Ich wüsste gern, was mit Hank Jensen ist. Kann ich ihn sehen?«

»Er wird gerade operiert, aber ich bringe Sie hinauf auf die Station und sorge dafür, dass Sie ihn besuchen können, sobald er aufgewacht ist. Wir konnten keine Angehörigen ausfindig machen, und da Ihr Büro mehr Informationen über ihn zu haben scheint als wir, scheint es nur angemessen, dass Sie ihn aufsuchen.« Sie zwinkerte mir zu und wandte sich auf dem Absatz um. »Folgen Sie mir bitte.«

Während wir hinter der Direktorin hergingen, beugte ich mich zu Oliver hinüber und flüsterte ihm ins Ohr: »Dafür wirst du büßen.«

»Tu ich doch immer.« Sein Lächeln wurde breiter, und ich schüttelte in gespielter Entrüstung den Kopf.

Nachdem wir es uns im Wartezimmer bequem gemacht hatten, fühlte ich Oliver wegen Hanks nächsten Angehörigen auf den Zahn und versuchte, die Nummer, die in den Akten vermerkt war, anzurufen. Das Handy klingelte immer wieder, ohne dass eine Mailbox ansprang. Ich hätte gedacht, dass heutzutage eigentlich jeder eine hatte, aber anscheinend war dem nicht so. Ich beantwortete eine Reihe von E-Mails auf meinem Handy und veranlasste Oliver, sämtliche Meetings für den heutigen Tag zu canceln.

Wir saßen geschlagene drei Stunden in dem Wartezimmer herum, bevor der Chirurg zu uns kam. Er war von Kopf bis zu seinen Überziehschuhen in OP-Kleidung gehüllt und wurde flankiert von Ms. Maxwell.

»Ms. Reynolds? Ich bin Dr. Nicholls.«

Ich schüttelte ihm die Hand. »Wie geht es Mr. Jensen?« Meine Stimme klang so, als bestünde meine Kehle aus Schleifpapier.

»Den Umständen entsprechend gut. Wir konnten die Metallstange entfernen, die sich durch das Bindegewebe seiner Schulter gebohrt hatte.«

»Oh mein Gott. Sie meinen, das Rohr ist auf der einen Seite eingedrungen und auf der anderen Seite wieder ausgetreten?«

»Kann man so sagen. Doch jetzt ist das Muskelgewebe in seiner Schulter wieder an seinem Platz, und sowohl Eintritts- als auch Austrittsstelle wurden vernäht. Mr. Jensen befindet sich seit dreißig Minuten im Aufwachraum. Müsste jeden Moment aus der Narkose erwachen.«

»Also wird er wieder gesund? Was passiert als Nächstes?«

»Bis das Gewebe vernünftig verheilt ist, wird es etwa vier bis sechs Wochen dauern, in der er eine Schlinge tragen muss, um den Arm ruhigzustellen. Der Verband muss zweimal täglich gewechselt werden. In den ersten beiden Wochen nach seiner Entlassung wird er Hilfe brauchen.«

Erleichtert schloss ich die Augen. Oliver stützte mich, als ich ein stummes Gebet gen Himmel schickte und Gott für Hanks Überleben dankte. Er war verletzt und würde Wochen benötigen, bis er wieder voll einsatzfähig war, aber er würde gesund werden. Das war das Entscheidende. »Ich werde dafür sorgen, dass er rund um die Uhr versorgt ist.«

Oliver holte sein Smartphone hervor und ging ein Stück zur Seite. »Ms. Reynolds braucht eine hervorragend ausgebildete Vollzeit-Krankenschwester …«, hörte ich ihn leise sagen, während er in den Flur wanderte. Mein Ollie war wirklich jeden Cent wert.

»Kann ich ihn sehen?«

»Natürlich. Wie gesagt, er wird jetzt jeden Moment aufwachen. Ich bringe Sie zu ihm.«

Ich machte Oliver ein Zeichen, und er folgte uns mit ein paar Schritten Abstand. Die Direktorin führte uns durch mehrere Türen, hinter denen Geräte wie Metronome piepten und den Heilungsprozess dokumentierten. Überall im Krankenhaus herrschte der scharfe Duft nach Desinfektionsmitteln. Ich massierte mir mit beiden Fingern die Nasenwurzel, um den Geruch nicht ganz so heftig wahrzunehmen. Krankenhäuser erinnerten mich an den Tod.

Ms. Maxwell führte mich zu einer geschlossenen Tür. »Gehen Sie ruhig schon hinein. Wir haben immer noch keine Familienangehörigen erreichen können.«

»Ich auch nicht«, musste ich ihr gestehen. »Informieren Sie mich doch bitte, sobald Sie Erfolg haben.«

Sie nickte und ging dann davon. Ich betrat das Zimmer, während Oliver auf einem Stuhl vor der Tür Stellung bezog, das Handy immer noch am Ohr.

Das Krankenzimmer war überraschend geräumig, aber außer dem Mann in seinem Bett nahm ich nicht allzu viel wahr. Sein Oberkörper war nackt, und um seine Taille hatte man eine dünne Decke gelegt. Ein riesiger Verband verbarg seine gesamte linke Schulter.

Ich schritt hinüber, um meinen schlafenden Retter besser in Augenschein nehmen zu können. Er war ein sexy Riese: weit über eins achtzig, mit mächtigen, muskulösen Armen, breiten Schultern und einem Waschbrettbauch. Mit klopfendem Herzen betrachtete ich jeden Zentimeter eines der schönsten Körper, die ich je gesehen hatte. Keine braunen Arme mit weißem Bauch. Überall glatte goldene Haut.

Hank Jensen war ein Kunstwerk. Ein paar versprengte dunkle Haare beschrieben einen Pfad von seinem Bauchnabel weiter hinunter. Der Rest war von der Decke verhüllt. Im Schlaf wirkte er freundlich, mit fein gemeißelten Zügen, die auch gut auf die große Leinwand oder zu den Modelshootings, die meine Firma organisierte, gepasst hätten. Jobbedingt war ich von gut aussehenden Menschen umgeben, aber noch nie war ich jemandem begegnet, der mir buchstäblich den Atem geraubt hatte. Bis heute.

Ich setzte mich auf den Stuhl neben seinem Bett. Mir gingen alle möglichen Gedanken durch den Kopf, und immer wieder ließ ich im Geiste die Ereignisse des heutigen Tages Revue passieren. Ich streckte den Arm aus und ergriff zögernd die Hand des Mannes. Sie war keineswegs weich wie die Hände von jemandem, der sich vor allem mit schöngeistigen Dingen befasst. Hanks Hände waren die eines Arbeiters. Eines Mannes, der Tag für Tag in der Sonne war und Dinge mit bloßen Händen erschuf. Ich spürte seine rauen Schwielen an meinen Fingern, und eine Woge von Adrenalin durchflutete mich.

Dieser Mann hatte mir das Leben gerettet.

Kapitel 2

Hank

Irgendetwas kitzelte. Es fühlte sich an, als gleite eine Feder meinen Arm hinauf – von meinem Handgelenk bis zur Armbeuge und dann wieder hinunter. Fühlte sich schön an. Ich versuchte, mich zu bewegen. Schmerz explodierte in meiner Brust. Ich biss die Zähne zusammen und atmete scharf aus. Glühende Dornen schienen meinen Körper zu durchbohren, und ich stöhnte. Das Kitzeln hörte auf, und seidenweiche Finger schlossen sich um meine. *Was zum Teufel?*

»Schon gut, Hank. Ich bin da«, drang eine Frauenstimme an mein Ohr.

Ich wandte meinen Kopf in ihre Richtung und öffnete die Augen. Vor mir am Bett tauchte schemenhaft eine Gestalt auf, die meine Hand hielt. Der sanfte Glorienschein um sie wurde heller, und die Umrisse zeigten sich deutlicher. Mein Engel. Erleichterung flutete jede Faser meines Körpers, was den Schmerz ein wenig dämpfte. Meine trockenen Lippen verzogen sich zu einem breiten Lächeln, als ich nun klar erkannte, wen ich da vor mir hatte. Verdammt, die Frau war echt schön. Leuchtend graublaue Augen bildeten einen anziehenden Kontrast zu ihrer Haut und dem dunklen Hosenanzug, den sie trug. Ihre zarten Augenbrauen zogen sich zusammen, während sie mich musterte.

»Engel, mein schöner Engel.« Meine Stimme klang heiser. Mit einem Mal war ich verwirrt und sah mich um. *Wie war ich hierhergekommen? Warum saß sie an meinem Bett? Warum* lag *ich über-*

haupt im Bett? Aufgrund der weißen Wände und der kratzigen, gestärkten Decken schloss ich, dass ich mich offensichtlich in einem Krankenhauszimmer befand. Ich versuchte, meine Schultern zu bewegen, um den heftigen Schmerz loszuwerden, der mich niederdrückte, aber schon bei der geringsten Bewegung gruben sich mir glühende Schürhaken ins Fleisch.

Sie huschte zu einem Seitentisch hinüber und kehrte mit einem pinkfarbenen Becher zurück. Mit dem Strohhalm zwischen den Fingern führte sie mir den Plastikbecher an den Mund, und ich trank gierig. Meine Kehle war trockener als die Heuballen, die ich meinen Pferden zu fressen gab.

Nachdem ich meinen Durst gestillt hatte, sah ich, wie sie an ihrer Jacke herumnestelte und irgendwelche Falten glattstrich, die es gar nicht gab. Sie biss sich auf die Unterlippe, und ich spürte, wie mir das Herz gegen die Rippen schlug.

»Was ist passiert?« Ich erinnerte mich nur an sehr wenig. An meinem linken Handgelenk zerrte und zog etwas an meiner Haut. Ich tastete mit der rechten Hand danach und erkannte, dass es ein Infusionszugang war. Im Stillen checkte ich meinen Körper durch, beginnend mit meinen Zehen. Sie ließen sich mit Leichtigkeit bewegen. Meine Beine kamen mir da schon deutlich schwerer vor, und jeglicher Versuch meinen Oberkörper zu rühren, schmerzte. Der Schmerz war heftig, aber erträglich. Und immerhin konnte ich mich *überhaupt* bewegen. Meine linke Schulter schien es am schlimmsten erwischt zu haben. Sie fühlte sich an wie eine ausgebrannte, hohle Eiche. Sie war noch da, allerdings nicht funktionstüchtig.

Vorsichtig ließ ich die rechte Schulter kreisen. Obwohl das problemlos klappte, fiel es mir schwerer als normal. Wahrscheinlich pumpten sie mir durch den Zugang irgendwelche Drogen in den Körper. Als ich das Gleiche noch mal mit der linken Schulter versuchte, schienen sämtliche Nerven in meinem Körper nur darauf gewartet zu haben, um jetzt im Chor lauthals aufzuschreien. Ich biss die Zähne zusammen und hielt nur mit Mühe ein Stöhnen zurück, das sich unbedingt Bahn brechen wollte.

»Mr. Jensen«, begann sie. »Sie hatten einen Unfall. Der Kran ging kaputt, und …«

»Daran kann ich mich so gerade noch erinnern, Darlin'. Aber ich hab keine Ahnung, wie ich mit gestutztem Flügel hier gelandet bin.«

Sie ließ den Blick über meine Brust gleiten. Kaum dass ich sie dabei ertappte, wie sie mich anstarrte, wandte sie den Blick ab, und ihre Wangen färbten sich zartrosa. Die Farbe gefiel mir. »Äh, na ja, Sie haben sich über mich geworfen. Eines der Metallrohre hat Ihre Schulter durchbohrt. Sie haben eine mehrstündige Operation hinter sich.« Wieder schaute sie mir in die Augen. »Ich kann nicht glauben, dass Sie das für eine …«

»Einen Engel in Weiß tun?« Ich schenkte ihr das strahlendste Lächeln, das ich unter den gegebenen Umständen zustande brachte. Ihre Lippen zuckten.

»Eigentlich wollte ich für eine vollkommen Fremde sagen.«

Forschend sah sie mich an, und ihre feinen Züge wirkten irritiert. Irgendetwas machte ihr zu schaffen, aber ich hatte verdammt noch mal keine Ahnung, was. Mein Frauen-Decoder war wegen des Mists in meinem Tropf offenbar außer Gefecht gesetzt.

Instinktiv zuckte ich mit den Schultern, und wieder durchfuhr mich der Schmerz. Ich legte den Kopf in den Nacken und biss die Zähne zusammen, um einen Schrei zu unterdrücken. Wollte ja nicht, dass die Dame mich für ein Weichei hielt.

»Oh mein Gott, alles in Ordnung?«, stieß sie keuchend hervor, und ihre zarten Finger berührten mein Gesicht und meine Brust, wie um den Schaden einzuschätzen.

Die Hände dieser Frau waren anscheinend magisch, denn als sie über meine Haut huschten, spürte ich keinen Schmerz mehr, nur eine tiefe Zufriedenheit. Ihr Duft umfing mich. Sie roch nach süßer Apfelpastete an einem perfekten Sonntagmorgen zu Hause. Das beruhigte mich und trug eine Menge dazu bei, meinen Schmerz zu lindern.

Nachdem ich mich wieder gefasst hatte, nahm ich sie genauestens unter die Lupe. Sie war ganz Frau, steckte aber in einem Anzug. Ums Verrecken konnte ich nicht kapieren, warum zum Teufel sie diesen vollkommenen Körper in so maskulinen Klamotten verbarg.

Ich holte tief Luft, nahm ihre Schönheit in mich auf. »Mein Gott, Sie riechen vielleicht gut.«

Sie lehnte sich zurück und grinste. »Ja, na ja. Danke.«

Gerade, als ich mich nach ihrem Namen erkundigen wollte, kam so ein kleiner Eierkopf in einem ähnlichen Anzug wie ihrem herein. Anscheinend hatte es irgendwann im Ausverkauf zwei zum Preis von einem gegeben. Ich musterte den Mann von Kopf bis Fuß. Ihr Mann war das ganz sicher nicht. Der Typ war ein Winzling. Sie war beinahe fünfzehn Zentimeter größer als er und trug keinen Ring. Eine Frau wie sie datete sicher nur Männer, die wie Barbies Ken aussahen, nicht wie Kens kleiner Bruder, der irgendwie noch in der Pubertät steckte.

»Aspen, der Anwalt ist hier.« Seine Stimme war kaum mehr als ein Flüstern.

»Aspen? Wie der Ort?« Ich nahm ihre Hand, und sie sah mich wieder an. Mein Gott, diese Augen. Ich hätte drin ertrinken können.

»Ja, wie der Ort. Aspen Reynolds. Nett, Sie kennenzulernen, Mr. Jensen.« Mann, war die hübsch.

Eine große Frau in grünem OP-Kittel trat ein. Sie hatte ein Clipboard in der Hand. »Mr. Jensen. Wie geht es Ihnen?« Mein Engel, der jetzt einen Namen hatte, zog sich zurück bis an die Wand, um nicht im Weg zu sein. Der Eierkopf flüsterte ihr etwas ins Ohr. Ich konnte nicht richtig folgen, denn wieder wurden mir die Lider schwer.

»Oh, ging schon mal besser.«

»Wie stark ist Ihr Schmerz auf einer Skala von eins bis zehn?«, fragte sie und kritzelte auf ihrem Clipboard herum, während sie etwas von den Maschinen neben meinem Bett ablas.

»So sechs bis sieben.«

Sie nickte. »Das ist toll. Der Arzt wird gleich hier sein, um mit Ihnen über die OP zu sprechen.«

Kaum war sie draußen, trat ein Mann herein. Er stellte sich mir als Dr. Nicholls vor und ging mit mir die Einzelheiten meines Eingriffs durch. Er meinte, ich hätte Glück gehabt. Wäre das Rohr an einer anderen Stelle eingedrungen, wäre ich jetzt nicht auf dem Wege der Besserung, sondern läge in der Leichenhalle. Seinen Worten zufolge konnte ich in ein paar Tagen womöglich wieder entlassen werden.

Sowie er fertig war, schaute ich zu der fantastischen Frau hin, die in der Ecke stand. Sie machte den Mund auf, als wolle sie etwas sagen, aber ich döste ein und hörte ihre Worte schon nicht mehr.

Ich erwachte erst wieder, während die Krankenschwester meinen Verband wechselte, meinen Blutdruck maß und mich fragte, ob ich etwas essen wolle. Ich war am Verhungern, aber zu müde zum Essen.

»Wo ist die Frau … Aspen?«

Sie lächelte. »Ich habe sie gezwungen zu gehen. Sie hat sich mit Händen und Füßen dagegen gewehrt, obwohl sie hier schon Stunden zugebracht hatte. Den ganzen Tag über ist sie geblieben. Hat ordentlich Wind um Sie gemacht und von der Direktorin alle möglichen Dinge verlangt. Anscheinend liegt ihr eine Menge an Ihnen.«

»Kann mir gar nicht vorstellen, wieso. Wir haben uns heute erst kennengelernt.« Ich grinste, und ihre Lippen verzogen sich zu einem wissenden Lächeln, doch sie verkniff sich jeden weiteren Kommentar.

»Ruhen Sie sich aus, Mr. Jensen. Ich bin sicher, Ihre Freundin ist morgen früh gleich wieder hier.«

Ich konnte nicht mehr klar denken, und erneut schlief ich ein.

Ich roch sie, bevor ich sie sah. Ein leichter Vanilleduft schwebte in der Luft, als ich wieder zu mir kam. Sie hielt meine Hand, und ihre sah im Vergleich zu meiner blass und zierlich aus. In der rechten Hand hatte sie ihr Handy und scrollte sich durch die Nachrichten.

Sie hatte noch nicht bemerkt, dass ich wach war, also konnte ich sie ungestört mustern. Seidig goldschimmerndes Haar, dazu ihre makellose Haut. Und wieder trug sie einen dunklen Hosenanzug.

Sie wandte den Kopf und fing meinen Blick auf. Ein entzückendes Lächeln breitete sich auf ihrem Gesicht aus. »Mr. Jensen, Sie sind wach. Wie fühlen Sie sich!?« Sie entzog mir ihre Hand, die ich seltsamerweise schon im nächsten Moment vermisste.

»Besser als gestern.« Ich tastete nach der Fernbedienung für das Bett, und die Technik erwachte surrend zum Leben, hob meinen Oberkörper an, sodass ich mich in halb sitzender Position an das Kopfteil lehnen konnte. Alles kam mir besser vor als gestern. Abgesehen von dem pochenden, dumpfen Schmerz in meiner linken Schulter war ich fast wieder der Alte. Auch die Folgen der OP-Anästhesie waren weitgehend verschwunden.

Die Tür öffnete sich, und herein schlenderte Aspens kleiner Freund an der Seite einer anderen Krankenschwester, diesmal in blauer Dienstkleidung. Die Schwester beeilte sich, meine Vitalzeichen zu kontrollieren und das Schmerzlevel zu ermitteln, drehte und drückte an ein paar Knöpfen herum, dann war sie wieder verschwunden.

»Aspen, der Anwalt erwartet, dass du ihn heute zurückrufst.« Der Winzling sprach so leise, dass ich ihn kaum verstehen konnte.

Sie nickte ihm zu, dann schaute sie mich an. Jetzt wirkte sie wieder so professionell, wie ich sie morgens immer gesehen hatte. Die Schultern gestrafft, der Rücken stocksteif, auf wahnsinnig hohen Absätzen dahinstöckelnd. Ich vermisste den leise sprechenden Engel, der meine Hand hielt. »Mr. Jensen«, sagte sie nun.

»Darlin', nennen Sie mich Hank. Was soll dieser Anwalts-Hokuspokus?« Ich deutete auf ihren kleinen Freund.

»Mr. Jensen, mein Name ist Oliver, und ich bin Ms. Reynolds' Assistent bei AIR Bright Enterprises.« Ihr Assistent. Weder ihr Freund noch ihr Ehemann. Ich war selbst überrascht, wie erleichtert ich war. »Unsere Anwälte sind hier, um sich davon zu überzeugen, dass Sie auf dem Wege der Besserung sind, und um mit Ihnen über die juristischen Folgen des gestrigen Unfalls und Ihrer Verletzung zu reden. Der Unfall ereignete sich auf Betriebsgelände, und Scharniere des Krans haben sich als defekt erwiesen.«

Ich nickte, hörte weiter zu.

»Ihr Unternehmen trifft keine Schuld, und auch das Unternehmen nicht, von dem wir den Kran angemietet haben. Es scheint sich also um eine unglückliche Fügung gehandelt zu haben. Da sich die Sache aber auf Firmengelände zugetragen hat und Sie verletzt wurden, obliegt es unserer Verantwortung, Ihren Bedürfnissen Rechnung zu tragen.«

»Ich kann Ihnen nicht folgen. Unfälle passieren. In meiner Branche sogar recht häufig. Das Baugewerbe ist ein schmutziges und manchmal auch gefährliches Geschäft. Gestern – nun ja – sieht so aus, als sei da beides der Fall gewesen. Sagen Sie Ihren schicken Anwälten, dass es mir gut geht. Ich bin hier in null Komma nichts raus und kann wieder arbeiten.«

»Mr. Jensen …« Aspen legte mir die Hand auf den Unterarm. Ihre Berührung traf mich wie ein Stromschlag, und die kleinen

Härchen auf meiner Haut richteten sich auf, nur um ihr nahe zu sein. »Wir werden uns um Sie kümmern. Meine Firma wird sämtliche Krankenhauskosten übernehmen und sicherstellen, dass Sie, während Sie sich erholen, versorgt sind.«

Ich wollte gerade widersprechen, doch sie redete schon weiter.

»Ich bin bereit, für Ihre Schmerzen und Ihre Unannehmlichkeiten zu bezahlen. Wenn Sie sich mit Ihren Anwälten in Verbindung setzen wollen, werden wir dafür sorgen, dass Sie eine angemessene finanzielle Entschädigung erhalten.« Sie leckte sich über die Lippen, und ich hatte viel mehr Interesse daran, an bewusster Unterlippe zu saugen, als mir noch mehr von diesem Mist anzuhören.

»Darlin', lassen Sie mich ein paar Dinge klarstellen. Ich brauche keine Anwälte, und meine Krankenhausrechnungen übernimmt meine Versicherung. Ich sorge schon vierunddreißig Jahre ganz gut für mich selbst und habe nicht vor, jetzt damit aufzuhören. Sie können Ihre Anschwindler – äh Anwälte – zurückpfeifen. Ich werd schon niemanden verklagen, wenn es das ist, was Sie befürchten.« Die Sache mit den Anwälten warf in mir die Frage auf, warum sie tatsächlich hier war. Vielleicht wollte sie nur dafür sorgen, dass ich sie nicht verklagte.

Tief holte sie Luft. »Mr. Jensen …«

»Hank.«

Sie seufzte und blies sich eine Haarsträhne aus dem Gesicht. Sogar solche Kleinigkeiten hauten mich total von den Socken.

»Hank, Sie haben ein Recht auf finanzielle Unterstützung während Ihrer Rekonvaleszenz. Sie haben mir das Leben gerettet. Ich werde alles tun, damit Sie wieder ganz gesund werden.«

Energisch sah sie mich an, offensichtlich von dem drängenden Bedürfnis getrieben, mir zu helfen. Ihre Iris hatten eine Farbe, die man so schnell in keinem Buntstiftkasten fand. Diese klaren blaugrauen Augen gaben mir das Gefühl, dass ich allem zugestimmt hätte, worum die Frau mich bat, und alles getan hätte, nur um weiter in sie hineinsehen zu können. Es spielte keine Rolle, warum sie hier war, nur dass sie es war. Ich beschloss, meinen Vorteil daraus zu ziehen.

»Okay, dann weiß ich, was ich will.« Ich war erschöpft von der OP und musste mich ausruhen, aber ich hatte Wochen damit zugebracht, diese Frau in ihren eng anliegenden Klamotten und ihren Nimm-mich-Schuhen zu beobachten. Ich hatte keine Ahnung, wann ich noch mal die Gelegenheit haben würde, ihr so nahe zu sein.

»Jeder hat seinen Preis.« Sie presste die Lippen zu einer schmalen Linie zusammen und ließ die Schultern hängen.

Meine Forderung folgte ohne Zögern. »Ich will ein Date mit Ihnen.«

»Ein Date? Sie wollen ein Date?« Ihr Schock war genauso hübsch anzusehen wie ihr Lächeln. Da musste ich mich doch glatt fragen, wie ihr Gesicht wohl aussehen würde, wenn sie vor Lust meinen Namen schrie.

»Okay, zwei Dates.« Ich schenkte ihr meinen besten sexy Blick. Ließ meinen patentierten *Sag mir, wie du deine Eier willst, nachdem wir es eine Nacht lang bis zum Umfallen miteinander getrieben haben*-Charme spielen. Der ließ mich nie im Stich.

»Das meinen Sie nicht ernst. Ich bin eine sehr wohlhabende Frau, und …«

»Aspen«, mischte sich der Winzling warnend ein.

Entschlossen hielt sie eine Hand in die Höhe, um ihn am Weiterreden zu hindern. Wenn sie wollte, war sie pure Energie und Entschlossenheit. Das gefiel mir. Viel zu sehr, um ehrlich zu sein. Mein bestes Stück regte sich. Ich legte die Hand über meinen Freund, um Peinlichkeiten zu verhindern.

»Sehen Sie, Darlin', ist mir völlig egal, wie viel Kohle Sie im Portemonnaie haben. Also geben Sie mir jetzt, was ich will, oder nicht?«

Sie holte tief Luft und atmete dann langsam wieder aus. »Na gut. Wir gehen miteinander aus. Wenn Sie wieder fit sind. Wo wohnen Sie?«

»Ich teile mir eine Wohnung mit ein paar von meinen Leuten drüben in der Bronx.« Zwei entsetzte Gesichter starrten mich an, eines wunderschön, das andere verkniffen. »Wie bitte?«

»Dort werden Sie auf keinen Fall weiter wohnen«, sagte sie in strengem Ton. »Oliver …«

»Bin schon dran!« Schon hielt er sich das Handy ans Ohr und begann, irgendwelche Anweisungen hineinzubellen.

»Ich will, dass Mr. Jensens Habseligkeiten zusammengepackt und dorthin gebracht werden nach … warten Sie. Aspen, wohin? Ins Four Seasons?«

Sie schüttelte den Kopf. »In meine Wohnung.«

»Aspen?«

»Tu, was ich sage, Ollie.« Ihr Ton war der einer Frau, die gewöhnt war, Befehle zu erteilen. Einer Frau, die an diese Rolle gewöhnt war. Die sich sogar wohl darin fühlte. Das war so verdammt sexy. Aber wenn ich sie mal in einem privateren Rahmen zu fassen bekäme, wäre mir nichts lieber, als ihr zu zeigen, wie gut ich selbst Befehle erteilen konnte.

Mein lautes Lachen unterbrach das Blickduell zwischen Prinz und Prinzessin.

»Nichts für ungut, doch ich gehe, wohin ich will. Ich schlafe, wo ich schlafen will. Sie haben kein Recht, irgendwas von mir zu verlangen.« Diese ganze Unterhaltung war lächerlich. Leute mit zu viel Geld schienen immer zu glauben, dass ihnen die Welt gehörte, ebenso wie jeder, der darin lebte.

Die Augen meines Engels blickten streng. »Sehen Sie, Hank, Sie wollen doch wieder gesund werden, oder? *Ich* will, dass Sie gesund werden. Und der beste Weg, wie ich dafür sorgen kann, dass alles gut verheilt und Sie kein Schmerzensgeld von mir verlangen, besteht darin, Sie in meiner Nähe zu haben.« Damit waren ihre Absichten sonnenklar. Es drehte sich tatsächlich ausschließlich ums Geld. »Das Projekt sollte noch acht Wochen dauern, stimmt's?«

Ich nickte.

»Also, Sie werden für die nächsten acht Wochen in meinem Apartment leben. Ich werde eine Krankenschwester für Sie engagieren und einen Physiotherapeuten, der für Ihre medizinischen Bedürfnisse zuständig ist, und in der Zwischenzeit ...«, sie holte tief Luft, »... habe ich meinen Frieden, weil ich weiß, dass ich alles in meiner Macht Stehende getan habe. Sie haben mir das Leben gerettet. Ich muss diese Schuld zurückzahlen. Wenn Sie kein Geld von mir annehmen, dann akzeptieren Sie zumindest mein Hilfsangebot.« Okay, vielleicht interessierte sie sich doch nicht nur für ihre Brieftasche.

Die Frau verhandelte nicht nur hart, sondern auch noch verdammt gut.

»Na gut, Engel.« Eine wunderschöne Röte überzog ihre Wangen. Ich fragte mich, wo sie wohl sonst noch errötete. Es würde mir verdammt viel Spaß machen, es herauszufinden. Bald hatte ich diese Frau sicher um meinen kleinen Finger gewickelt. Lieber wäre es mir allerdings, wenn sie das Gleiche mit meinem Schwanz tun würde, aber das würde wohl seine Zeit dauern. Sie war ein echt harter Knochen. Immer das Heft in der Hand.

Ich wollte erleben, wie mein hübscher Engel es losließ. »In Ordnung. Ich bin bereit, bei Ihnen zu wohnen, bis ich mich gut genug fühle, um mich wieder frei zu bewegen und an die Arbeit zurückzukehren.«

Ihr Lächeln war strahlender als ein nagelneuer, blitzender Penny, und ich freute mich, dass ich der Grund dafür war. »Gut. Danke, Hank. Sie werden es nicht bereuen.«

Aspen

Ich war emotional und körperlich völlig erschöpft. Nachdem ich mich von Hank verabschiedet hatte, sprach ich mit meinen Anwälten über seine Prognose. Sie waren mit den Konditionen, auf die wir uns geeinigt hatten, nicht glücklich und wollten bis zum nächsten Tag ein offizielles Dokument aufsetzen. Sie glaubten nicht daran, dass ein Mensch dermaßen altruistisch sein konnte. Zum Teufel auch, ich war nicht sicher, ob ich überhaupt *selbst* daran glaubte.

Ihnen zufolge würde Hank, sobald er nicht mehr unter Medikamenteneinfluss stand, erkennen, wie viel ich wert war, und seinen Schnitt machen wollen. Der Unfall war auf meinem Grundstück passiert und wurde von der Haftpflichtversicherung des Unternehmens gedeckt. Genau genommen konnte Hank mir ein hübsches Sümmchen abluchsen, wenn er wollte. Und ich würde bezahlen, und zwar einzig und allein aus Dankbarkeit, dass er mir das Leben gerettet hatte.

Hank. Der Mann brachte mich total auf die Palme. Hätte er sich doch nur auf einen finanziellen Ausgleich eingelassen, dann ginge es uns jetzt allen besser. Er würde als reicher Mann nach Hause gehen, und ich könnte zurückkehren zu … ja, wozu eigentlich? Zu Models? Schauspielern? Zu so vielen hübschen Menschen, dass ich es kaum ertragen konnte? Und die allesamt Plastikgesichter hatten?

Damit wir uns nicht falsch verstehen. Ich liebte meinen Job. Mir ein Imperium aufzubauen, war mein Traum gewesen. Ich war ganz oben angelangt und hatte mehr Geld, als ich bis ans Ende meiner Tage brauchen würde.

Und dann war da Hank. Er besaß eine Ranch in Texas, einen weißen Ford Pick-up und ein kleines Bauunternehmen, das den

Zuschlag für das Projekt erhalten hatte, weil sein Angebot mehrere Zehntausend unter dem geblieben war, was mein Team bezahlt hätte. Ein Mann, der sich in seiner Haut total wohlfühlte. Und in was für einer appetitlichen Haut!

Beim Anblick all dieser nackten männlichen Pracht pulsierte das Blut in meinen Adern, und ich kriegte weiche Knie. Es war eine Ewigkeit her, seit ich einen so maskulinen Kerl in meiner Nähe gehabt hatte. Die Männer, mit denen ich ausging, gehörten allesamt zur High Society. Waren Absolventen von Eliteuniversitäten, dick im Geschäft und lausig im Bett. Meine Befriedigung interessierte sie herzlich wenig, solange sie selbst kamen. Hank sah aus wie ein Mann, der wusste, wie er einer Frau Lust bereitete.

Ich ließ mich auf meine tröstlich weiche Couch fallen. Im Penthouse war es ruhig; mit Ausnahme meines Kochs Gustav hatten bereits alle Bediensteten Feierabend gemacht.

Wieder wanderten meine Gedanken zurück zu Hank. Er wollte mit mir ausgehen. Das roch nach dem miesen Aufguss einer uralten Geschichte. Seit Shakespeare seine Version davon in *Romeo und Julia* festgehalten hatte, hatte sich nicht allzu viel geändert. So eine Konstellation war von Anfang an zum Scheitern verurteilt.

Wir konnten unmöglich allzu viel gemeinsam haben. Ich sah unser erstes Date schon vor mir. Er würde in Jeans, Arbeitsstiefeln und einem weißen T-Shirt auftauchen, das sich über seiner breiten Brust spannte und unter dem das Spiel seiner Wahnsinnsmuskeln zu sehen war.

Langsam wanderte meine Hand über meinen Bauch hinab, erst über mein Shirt, dann über die Hose, während ich mich meinen Fantasien hingab. Hanks Jeans würde seinen Hintern umspannen wie eine zweite Haut. Meine Finger erreichten ihr Ziel zwischen meinen Beinen, legten sich darauf und drückten gegen meine heiße Mitte. Ein Keuchen entfuhr mir, als ich mich auf dem Sofa zurücklehnte und mir vorstellte, dass Hank mich berührte und seine großen Finger um meine Klit kreisen ließ. Er würde mir ins Ohr flüstern, wie sehr er mich vögeln wollte.

Ich öffnete Hosenknopf und Reißverschluss und ließ die Hand unter meinen Spitzenslip wandern. Kühle Finger, die über meinen glatten Venushügel glitten. Ich war überraschend feucht. Hank würde mir mein Höschen herunterziehen und sein Gesicht würde meine Mitte berühren. Er würde mit der Zunge über meine Oberschenkel streichen und sie küssen und dann knurren, während er meinen Slip mit seinen großen Händen zerriss.

Meine Finger massierten das harte Zentrum meiner Lust, während ich mir all das vorstellte. Der Traum-Hank würde mir weit die Beine spreizen. Er würde meinen Hintern fest in seinen Händen halten, mich lange und genüsslich lecken. Dann würde er immer und immer wieder in mich hineinstoßen, bis ich vor Ekstase schrie.

Der Druck in meinem Innern wurde größer, es pulste und kribbelte. Ich schob die Hüften nach oben und drang tief mit zwei Fingern in mich hinein, um zu imitieren, was Hank mit mir tun würde. Einige tiefe Stöße, meine Hüften hoben sich, und dann beendete ich die Pein, indem ich ein paar wilde Kreise um meine geschwollene Klitoris zog.

»Hank!«, rief ich in das leere Zimmer hinein, während ein wilder, wütender Höhepunkt durch mich hindurchtoste.

Schließlich genoss ich das Abebben meiner Lust, während sich der Traum-Hank in Luft auflöste. Mein Gott, so heftig war ich schon lange nicht mehr gekommen. Zu lange. So lang, dass ich einen Mann, der ganz sicher der falsche für mich war, für meine Selbstbefriedigungsfantasien benutzte. Erbärmlich.

In der Küche wusch ich mir – immer noch benommen von meinem Orgasmus – die Hände. In Gedanken war ich noch immer bei jenem Traum-Hank.

Die Tür zu meinem Penthouse schlug zu, und lautes Gepolter ertönte vom Eingang. Ich war gerade auf dem Weg zurück ins Wohnzimmer, als ich Oliver rufen hörte.

»Sitz! Verdammt, du dumme Promenadenmischung, kennst du nicht mal die Grundkommandos!«, hallte Olivers schrille Stimme von den Wänden meiner Wohnung wider.

Ein gelber Blitz schoss durchs Wohnzimmer und warf dabei einen kleinen Tisch um. Krallen klackerten auf dem Parkettboden, und dann sprang mich ein riesiger Hund an und stieß mich auf die Couch. Ich schrie auf und bedeckte mein Gesicht und meine Brust, während das Tier von der Couch auf meinen Schoß, von dort auf den Boden und wieder zurück sprang. Eine lange pinkfarbene Zunge hing ihm aus dem Maul, und dann fuhr sie mir durchs Gesicht und hinterließ dort eine feuchte Speichelspur. Ich wischte mir den widerlichen Schleim an der Schulter ab.

»Was zum Teufel soll das, Ollie! Nimm diesen Hund von mir runter!«

»Oh mein Gott. Husch, husch, Hund, weg da! Runter, aber sofort.« Er fasste ihn am Halsband, leinte ihn an und zog ihn an seine Seite.

»Tut mir leid, Pen. Du hast gesagt, wir sollen alles von Hank in deine Wohnung schaffen. Das hier …« Er deutete auf den gelben Labrador. »… gehört dazu. Dem Gentleman zufolge, der mir den Hund übergeben hat, heißt er Butch.«

»Butch.« Der Hund drehte sich im Kreis, als er seinen Namen hörte. Vorsichtig streckte ich die Hand aus und tätschelte ihm den Kopf. Er hechelte glücklich und drückte sich dagegen. Ich zog sie fort, und schon hatte ich ein Haarbüschel daran kleben. Hunde. Sie waren schmutzig, sie haarten und machten Haufen, die so groß waren wie sie selbst. Dieses Tier war riesig, genau wie sein Herrchen. *Was für ein Albtraum.*

»Du machst wohl Witze.« Ich schloss die Augen und versuchte, den Labrador kraft meines Willens zum Verschwinden zu bringen. Doch ohne Erfolg. Er war immer noch da. »Okay, na gut. Engagiere einen Hundesitter oder so was. Und bring ihn jetzt erst mal in die Küche und gib ihm etwas Wasser. Wahrscheinlich hat er Durst. Und Gustav soll ihm ein Steak machen.« Oliver schaute mich an, als sei ich irre. »Bitte, kümmere dich einfach darum. Ich werde jetzt erst mal ein langes heißes Bad nehmen. Und morgen schaue ich als Erstes im Krankenhaus vorbei. Bitte verlege sämtliche Vormittagstermine auf einen anderen Zeitpunkt.«

»Okay, ruh dich aus. Du hast in den letzten paar Tagen eine Menge durchgemacht. Und Pen …«

Ich blieb auf dem obersten Treppenabsatz stehen und warf einen Blick zurück auf den Freund, dem ich am meisten vertraute. »Ja?«

»Ich bin so dankbar, dass es dir gut geht. Ich schulde diesem Cowboy eine Menge. Seinetwegen bist du noch am Leben.« Seine Stimme klang schwach und schleppend, so bewegt war er.

»Mir geht's gut. Bitte kümmere dich einfach nur um seinen Hund.« Ich deutete hinter mich und trottete meiner Oase entgegen – der riesigen Badewanne mit Whirlpool, die im Hauptbadezimmer untergebracht war. »Gute Nacht.«

Ein heißes Bad war jetzt genau das Richtige. Kerzen flackerten am hinteren Ende der Badewanne und erfüllten den Raum mit süßem Vanilleduft. Das Wasser schwappte über den Rand, als ich mich in das dampfende Nass gleiten ließ.

Himmlisch.

Zehn Minuten später öffnete sich knarrend die Tür, und Oliver trat ein. In der einen Hand hatte er eine Flasche Wein, zwei Gläser in der anderen. Er stellte alles auf den gefliesten Wannenrand.

Dann schob er den Stuhl vom Toilettentisch zur Wanne, zog sich Jackett und Krawatte aus und krempelte sich die Hemdsärmel hoch. Er ließ sich auf den Stuhl sinken, griff zur Weinflasche und goss uns zwei Gläser mit der granatroten Flüssigkeit ein.

Ich wusste, worauf das hinauslief. Seit zehn Jahren hieß es nun schon: Wir beide gegen den Rest der Welt. Er brauchte mich und kam nicht von mir los. Gestern war er nun mit seiner Angst konfrontiert worden, mich fast verloren zu haben.

Es war die erste Berührung mit dem Tod für uns beide gewesen. Bisher hatten wir es höchstens mit eifersüchtigen oder sitzengelassenen Liebhabern zu tun gehabt oder mit einer gelegentlichen Todesdrohung von Unternehmern, deren Firmen ich mir in der Vergangenheit einverleibt hatte. Doch nichts war so konkret und lebensbedrohlich gewesen wie dieser Unfall. Hätte Hank sich nicht über mich geworfen, hätte das Metallrohr geradewegs mein Herz durchbohrt.

Ich fuhr mit der Hand über den runden Bluterguss über meiner linken Brust. Die blauschwarze Färbung breitete sich über meinem Dekolleté aus und war bestimmt sieben mal zehn Zentimeter groß. Ich hatte Glück gehabt, dass das Ende des Rohrs, das Hank aufgespießt hatte, mich nur leicht getroffen und keine weiteren Verletzungen hervorgerufen hatte.

»Tut es weh?«, brach er als Erster das Schweigen. Er musterte meinen Körper, wahrscheinlich, um sich davon zu überzeugen, dass ich nicht noch weitere Wunden davongetragen hatte. Bei jedem anderen hätte ich mich mit irgendetwas bedeckt. Ollie jedoch hatte mich häufiger nackt gesehen als meine eigene Mutter. In seiner Gegenwart hatte ich schon zu Collegezeiten begonnen, jegliche Scham ad acta zu legen, denn damals hatte er angefangen, mir meine Klamotten auszusuchen. Und die Scham verschwand vollkommen, als wir zusammen wohnten, was wir getan hatten, bis er mit Dean zusammengekommen war.

»Ja. Aber nicht so sehr, wie es hätte wehtun können.« Ich trank einen großen Schluck Wein. Das Beeren- und Pflaumenaroma schmeichelte meiner Zunge und wärmte mir den Bauch.

»Mein Gott, Aspen. Ich hätte dich verlieren können.« Seine großen braunen Rehaugen füllten sich mit Tränen.

»Aber das hast du nicht. Und das wirst du auch nicht.« Ich streckte die nasse Hand aus und legte sie auf seine. »Wir sind beste Freunde. Und zwar für alle Zeit. Es gab doch immer nur dich und mich, Ollie.« Ich schenkte ihm ein beruhigendes Lächeln.

»Doch es wird nicht immer so sein. Eines Tages lernst du einen Mann kennen, verliebst dich, kriegst Babys, und dann wirst du mich vergessen.« Wenn er sich in Selbstmitleid aalte wie in diesem Moment, hatte ich keine Chance.

»Du hast recht. Eines Tages finde ich hoffentlich einen Mann, mit dem ich nicht nur mein Leben, sondern auch das *Bett* teilen kann.« Mein vielsagender Blick entging ihm nicht.

Allerdings hätte ich Oliver auch dann nicht anziehend gefunden, wenn er nicht schwul gewesen wäre. Ich bevorzugte große, breitschultrige Männer mit Selbstvertrauen. Mit keinem anderen Mann als ihm hätte ich, komplett nackt in der Wanne liegend, eine so platonische Unterhaltung führen können. Mein Körper war nicht vollkommen, aber ich arbeitete hart, um in Form zu bleiben. In der Vergangenheit hatten mir schon einige Männer versichert, dass ich einen schönen Körper hatte. Ich verbrachte unzählige Stunden in meinem heimischen Fitnessraum. Insgesamt gehörte mein Äußeres nicht zu den Dingen, die mich verunsicherten.

»Nur weil ich mir einen Typen in meinem Leben wünsche, heißt das doch noch lange nicht, dass ich den loswerden will, den ich schon habe. Du bist mein bester Freund, mein einzig wahrer Freund. Du weißt alles von mir und liebst mich trotzdem. Niemand könnte jemals deinen Platz einnehmen.« Ich neigte ihm den Kopf zu, damit er mir in die Augen sehen musste. »Außerdem: Wer sonst würde Klamotten für mich aussuchen und mich stylen?«

Wir lachten beide, und ein Strahlen erhellte sein Gesicht. »Es tut mir so leid, dass ich nicht da war, um dich zu retten.« Aha, nun kamen wir also dem eigentlichen Problem auf den Grund. Er wollte mein einzig wahrer Retter sein.

»Ich nicht, denn das hätte bedeutet, dass ich dich hätte verlieren können. Und das hätte ich nicht überlebt.« Tränen traten mir in die Augen, aber ich bemühte mich, sie zurückzuhalten. Die letzten Tage waren ziemlich belastend gewesen. »Ich liebe dich und alles an dir.«

»Ich dich auch. Und auch alles an dir.« Er stand auf und stieß mit mir an. Dann kippte er den Wein in wenigen Schlucken herunter. Ich lächelte. »Ich fahre jetzt heim, um mich mit Dean zusammenzukuscheln. Dir geht es wirklich gut?« Er kniete auf einem Bein nieder und lehnte die Stirn an meine, sodass unsere Haut aneinanderrieb.

»Ja. Und nun ab mit dir. Dean hasst mich schließlich jetzt schon. Geh nach Hause.«

Er nickte und wandte sich zur Tür. »Oh, und Aspen?«

»Ja?« Ich seufzte und legte den Kopf zurück, zwang mich, zu entspannen und das Wasser zu genießen, das meine verkrampften Muskeln umgab.

Noch einmal musterte er mich von Kopf bis Fuß. »Dein Körper hat noch nie besser ausgesehen. Hank wird verdammten Spaß damit haben.«

Mir blieb der Mund offen stehen, und ich riss die Augen auf.

Er gluckste und rief mir über die Schulter hinweg zu: »Bis morgen, Prinzessin!« Danach war er verschwunden.

Oliver war voller Überraschungen. Ich ließ mich tiefer in das heiße Wasser sinken, und wieder wanderten meine Gedanken zu Hank. Meinem Helden des Tages. Er war wahnsinnig attraktiv.

Seine markanten Gesichtszüge und sein harter Körper weckten in mir das wilde Verlangen, ihn zu berühren. Obwohl ich ihn nur von der Taille aufwärts nackt gesehen hatte, waren mir die Konturen seiner Schenkel unter der dünnen Decke keineswegs entgangen.

Statt eher eine schlanke Statur zu haben wie sämtliche Männer, mit denen ich in der Vergangenheit ausgegangen war, war Hank einfach riesig … und zwar überall. Er hatte die Kraft, mich hochzuheben, gegen die Wand zu drücken und mich gleich dort zu nehmen, was ich mit Freuden geschehen lassen würde.

Natürlich waren das alles nur Ausgeburten meiner Fantasie. Hank und ich würden niemals Sex haben. Nein, wir waren einfach zu verschieden – uns trennten Welten. Unser Lebensstil war so unterschiedlich, dass wir niemals miteinander harmonieren würden, und miteinander zu schlafen, hätte die Sache nur verkompliziert. Ich würde nie begreifen, was mich dazu getrieben hatte, ihn während seiner Genesung bei mir zu Hause aufzunehmen. Auf jeden Fall würde es eine interessante Erfahrung werden.

Als ich aus dem Bad kam, lag Hanks Hund auf dem Boden vor meinem Bett. Ich warf ihm einen strengen Blick zu, doch er schmatzte nur vor sich hin, legte den Kopf auf die Pfoten und schloss die Augen, bereit für ein Nickerchen. Zumindest fühlte er sich hier wohl. Ich hatte noch nie einen Hund besessen und verstand auch nicht, warum man einen haben wollte. Ich schlug die Decken zurück und fiel auf die Matratze, ohne mir die Mühe zu machen, einen Pyjama anzuziehen oder mir das Haar zu föhnen. Geist, Körper und Seele waren total erschöpft. Butchs sanftes Schnarchen wiegte mich in den Schlaf.

Kapitel 3

Hank

Ein lästiges flackerndes Licht riss mich aus einem tiefen Traum, an den ich mich nicht erinnern konnte. Trotz geschlossener Augen durchdrang etwas die Tintenschwärze. Ein Lid wurde nach oben gezogen, und das blendende Licht nahm mir jegliche Sicht wie der Blitz einer Kamera. Dann machte der Übeltäter das Gleiche mit dem anderen Auge.

»Guten Morgen, Mr. Jensen«, begrüßte mich eine harsche Stimme.

Langsam gewöhnten sich meine Augen an das Licht. Ein Mann in weißem Kittel stand vor mir. Seine Brille saß auf der Spitze einer Knollennase. Auf seinem kahlen Schädel standen einzelne Haarbüschel in sämtliche Himmelsrichtungen ab. Seine dicken Finger stocherten und stießen an meiner Wunde herum, während der blutige Verband auf meinem Bauch lag.

Beim Anblick des getrockneten Blutes und klebrigen Eiters stieg mir ein saurer Geschmack in den Mund. Fast hätte ich kotzen müssen. Der Mann drückte auf eine besonders schmerzhafte Stelle, und ich schrie auf. Genau in diesem Augenblick tauchte mein Engel in der Tür auf und eilte an meine Seite. Ihre kühlen Hände schlossen sich fest um meine, der Vanilleduft ihres Parfüms waberte in der Luft, und ihr süßes Gesicht blickte sorgenvoll auf mich herab.

»Hank, ich bin da, alles wird gut.« In ihrer ruhigen Stimme lag ein verärgerter Unterton. Ich konnte mich nicht so intensiv auf sie konzentrieren, wie ich wollte, denn der Arzt grub jetzt in meiner klaffenden Wunde herum, als suche er darin nach Gold. Ein Sternenregen explodierte vor meinen Augen.

»Herr Doktor, was ist hier los? Warum hat er solche Schmerzen?« Mein Engel war mies drauf. Echt geil! Das gefiel mir.

Automatisch streckte ich meine Hand zur Seite aus und legte sie auf ihren prallen Hintern. Ich tätschelte ihn leicht, und ihr flackernder Blick traf mich. Feuer loderte in den rauchigen Tiefen ihrer Augen.

»Engel, mir geht's gut. Ist nur 'ne empfindliche Stelle. Nichts, womit ich nicht umgehen könnte. Stimmt's, Doc?« Es tat weh, aber schließlich war ich kein Schlappschwanz, und sie sollte mich auch auf keinen Fall für einen halten.

Der Arzt schob sich die Brille die Nase hinauf. »Ja, es ginge ihm allerdings besser, wenn er die Schmerzmittel nicht verweigern würde.«

Ihre linke Braue wölbte sich zu einem Dreieck, und sie zog die Mundwinkel herunter. »Hank? Warum nehmen Sie die Medikamente nicht? Sie haben Schmerzen. Sie hatten erst vor zwei Tagen eine größere Operation.«

Was du nicht sagst.

»Sehen Sie, Darlin', mir geht es gut. Wirklich gut, jetzt, wo ich in Ihr hübsches Gesicht sehen kann.« Jep, ich fühlte mich heute schon ziemlich gut, und um das zu unterstreichen, umfing ich die Unterseite ihrer Pobacke und drückte zu. Hübsch und prall. Wie ich erwartet hatte. Sie fing an zu stöhnen, dann presste sie die Lippen aufeinander. Allein ihre Anwesenheit gab mir Energie.

Sie reagierte empfänglicher auf meine Berührung, als ich gedacht hätte. Ja, ich konnte es gar nicht abwarten, diesen Hintern zu erobern. Sie war reif, und ich freute mich darauf, dieses Stutenfüllen die ganze Nacht zu reiten. Ich würde ihren Hintern ein Stück anheben, damit ich meinen Schwanz von hinten hinein- und wieder hinausgleiten lassen konnte. Würde sie gerade fest genug an den Haaren ziehen, um ihr zu zeigen, wer der Boss war. Dafür musste ich hier nur möglichst schnell die Fliege machen und brauchte eine nettere Umgebung. Ich wollte mit ihr allein sein. Abgesehen von der Aussicht, sie ans nächstbeste Bett zu nageln, wozu ich mit dieser lausigen Schulter wohl kaum in der Lage sein würde, freute ich mich darauf, sie näher kennenzulernen.

Sie griff nach meiner Hand und zog sie entschieden von ihrem Hintern fort. Ihr Atem ging stoßweise, und ihr Gesicht war von einer feinen Röte überzogen, entweder vor Erregung oder vor Verlegenheit, weil der Arzt schließlich immer noch da war.

Mir war das schnuppe. Der Schmerz war erträglich, und nichts würde mich davon abhalten, sie anzufassen. »Bald, Engel«, sagte ich.

Sie keuchte. Ihre Augen schlossen und öffneten sich wieder. Dann hielt sie meinen Blick fest. Offensichtlich versuchte sie, meine Absichten auszuloten. Ich verbarg nichts vor ihr. Ich wollte sie, und sie wusste das. Forschend blickte ich ihr in die kristallklaren Augen und stellte fest, dass es ihr offensichtlich ebenso ging. Das Verlangen stand ihr deutlich ins Gesicht geschrieben, wie ein großes rotes X, mit dem man die Tage im Kalender abstreicht. Obwohl ich die Frau genau genommen erst ein paar Tage kannte, träumte ich schon seit Wochen pausenlos davon, sie zu haben. Nun, da sie da war, so nahe, dass ich sie riechen und berühren konnte, wollte ich Nägel mit Köpfen machen.

»Also, Doc. Wann kriege ich hier mal was anderes als dieses Hühnersüppchen?« Ich umfing Aspens Hand, und sie wandte den Blick ab, nur um schon wieder rosige Wangen zu bekommen. Sie war eine Herausforderung, aber ich mochte Herausforderungen. Womöglich war sie sogar jemand, an dessen Gesellschaft ich mich auch darüber hinaus gewöhnen könnte.

Zum Teufel, diese Frau hatte mich in ihren Fängen, so sehr begehrte ich sie. Nun, da ich nicht mehr von den Medikamenten benebelt und auf dem Wege der Besserung war, konnte ich an nichts anderes mehr denken, als sie nach vorn zu beugen und mit ihr zu machen, was ich wollte.

Der Arzt trug eine Art Salbe auf die Wunde auf und schien von der Anziehungskraft zwischen Aspen und mir nichts mitzukriegen. Ich biss vor Schmerz die Zähne zusammen. Das Zeug roch nach Pferdemist an einem heißen Tag.

»Warum zum Teufel stinkt das so widerlich?«, fragte ich. Selbst die hübsche Frau neben mir verzog bei dem Geruch das Gesicht.

»Das ist die Salbe. Keine Sorge. Der Körper macht seine Arbeit, es ist keine Infektion zu erkennen. Von vorn sieht alles gut aus. Beugen Sie sich mal vor.«

Ich ließ Aspens Hand los, befolgte die Anweisung und stöhnte vor Schmerz auf, als der Arzt sich dann an der Austrittswunde zu schaffen machte. Okay, Druck und schnelle Bewegungen fühlten sich also immer noch verdammt unangenehm an. Ich ballte die Faust um die Decke, da mir der Schmerz durch die Brust schoss. »Shit!«, stieß ich knurrend zwischen zusammengebissenen Zähnen hervor.

Aspens Hände strichen mir beruhigend über die andere Schulter, liebkosten meine nackte Haut. Das wirkte wie Balsam, linderte den Schmerz beträchtlich. Ich sah ihr in die Augen. Schweigend starrten wir einander an, unsere Gesichter so nah, dass ich ihren Atem an meinen Wangen spürte. Sie hielt mich fest, während der Arzt nun den Verband am Rücken wechselte. Ihre Augen waren ein Traum. Das Blau vermischte sich mit dem Grau zu einer höchst ungewöhnlichen Farbe. Diese wunderschöne Frau verhieß Probleme – mit einem echt großen P.

Der Arzt ging nun ans Fußende des Bettes und notierte etwas in meiner Akte.

Mein Engel ergriff die Gelegenheit, beugte sich vor und gab mir einen sanften Kuss auf die Wange. Was für ein Wahnsinn! Unwillkürlich senkte ich die Lider und genoss die keusche Berührung. Bevor sie sich von mir lösen konnte, hob ich den gesunden Arm, legte ihr die Hand in den Nacken und presste meine Lippen auf ihren Mund. Sie quiekte überrascht auf, wich aber nicht zurück. Schon beim sanftesten Druck ihres Mundes auf meinem kribbelte es an meinem ganzen Körper. Ich kam mir kühn vor, wollte aber gleichzeitig mehr. Sie stöhnte, und ich küsste sie noch einen Moment länger, genoss das Gefühl ihrer Lippen an meinen.

Als ich mich ein wenig zurückzog, folgte mir ihr Mund, sodass wir uns doch nicht voneinander lösten. Ich hätte ewig so mit ihr verbunden bleiben können.

In diesem Augenblick hörte alles um uns herum auf zu existieren. Das Piepen der Maschinen, die meine Medikation kontrollierten, der Arzt, der irgendwas auf sein Clipboard kritzelte. Nur ich und mein Engel waren noch übrig. Ich umschloss nochmals ihren Nacken und ließ den Mund nun nachdrücklicher über ihren gleiten. Als ich die Augen wieder öffnete, rückte sie von mir ab und atmete tief ein. Ihre Finger flogen sofort zu ihrem Gesicht, um den Beweis meines Kusses zu verbergen.

»Danke. Das hat super gegen den Schmerz geholfen.« Ich grinste und wackelte mit den Augenbrauen, um die Intensität des Moments ein wenig zu lockern.

Sie blinzelte ein paarmal, als wüsste sie nicht, wo sie war. Dann strich sie sich ihren Hosenanzug glatt und verwandelte sich wieder in die Business-Aspen. Was die Frage aufwarf, ob sie sich überhaupt jemals wirklich entspannte.

»Ja, äh, okay. Es geht Ihnen also besser?« Ich nickte, und sie wich ein Stück von dem Bett zurück. »Doktor, wann kann ich ihn mit nach Hause nehmen?«

Sie stieß rücklings gegen einen Stuhl und wäre beinahe gefallen. Aber sogar in diesen Stelzen-Schuhen war sie in der Lage, sich zu fangen und kontrolliert zu wirken. Sie lächelte, und wieder wurden ihre Wangen rosa. Wenn ein wenig mehr als ein keusches Küsschen auf die Lippen schon so eine Reaktion hervorrief, konnte ich mir kaum vorstellen, was ein ausgewachsener Hank-Spezialkuss bei ihr bewirken würde. Vielleicht verlor sie dann ja sogar ihre professionelle Entschlossenheit. Ich freute mich schon darauf, es herauszufinden.

Der Arzt machte ein paar weitere Notizen auf dem Clipboard in seinen Händen. »Morgen früh, wenn weiterhin alles gut verläuft. Doch dann muss er unbedingt am Montagmorgen noch einmal hier vorstellig werden, um prüfen zu lassen, ob sich noch immer nichts infiziert hat. Ich verschreibe Ihnen ein paar leichtere Schmerzmittel, die Sie oral einnehmen können, Mr. Jensen. Sie werden Ihr Bewusstsein nicht beeinträchtigen, verschaffen Ihnen aber dennoch etwas Erleichterung. Sie müssen Ihrem Körper erlauben, dass sich der natürliche Heilprozess fortsetzt, und das können Sie nicht, wenn Sie die ganze Zeit über gegen den Schmerz ankämpfen.« Seine Stimme war streng, unmissverständlich.

»Verstehe. Danke, Doc.«

»Außerdem verschreibe ich Ihnen ein Kältetherapie-Gerät. Das hilft auf natürliche Weise gegen die Schwellung und den Schmerz. Das füllen Sie nach Bedarf mit Eis. Dreißig Minuten einschalten dann ein paar Stunden wieder aus, und dann wieder von vorn. Das beschleunigt den Heilungsprozess.«

»Klingt vernünftig.«

»Ich sorge dafür, dass er dieses Gerät bekommt. Wenn Sie bitte einen Ihrer Mitarbeiter Bescheid sagten könnten, uns das beste Modell auf dem Markt herauszusuchen. Ich veranlasse die Lieferung«, unterbrach ihn Aspen mit dem Handy in der Hand. »Warten Sie«, meinte sie kurz angebunden zu dem Anrufer.

Der Arzt schaute ihr in die Augen und lächelte. Ich wollte ihr Angebot gerade ablehnen, als sie mir die flache Hand vors Gesicht hielt, um mich am Widerspruch zu hindern. Diese Geste wirkte auf mich genauso überraschend und durchschlagend wie auf ihren Assistenten, wenn auch aus vollkommen anderen Gründen. Ihre Kommandostimme und dass sie das Heft in die Hand nahm, brachten mich und meinen Schwanz in Habachtstellung. Es würde so viel Spaß machen, sie zu erobern.

»Doktor, alles – und ich meine wirklich alles –, was seine Genesung beschleunigen kann, wird von mir zur Verfügung gestellt. Geld spielt keine Rolle. Was immer er Ihrer Meinung nach benötigt, wir werden es beschaffen.« Sie reichte ihm ihre Visitenkarte und bellte dann wieder Befehle in ihr Handy. »Oliver, sorge dafür, dass alles bestellt wird, was Hanks Arzt verschreibt.« Sie wartete ein paar Sekunden. »Ja, egal was es kostet«, sagte sie entschieden, dann drückte sie auf einen Knopf und warf das Smartphone in ihre Tasche.

»Aspen Reynolds. Ihnen gehört AIR Bright Enterprises?« Die Stimme des Arztes klang ehrfürchtig, und auf seinem Gesicht erschien ein breites Grinsen.

»Ja, ich bin Eigentümerin und CEO.« Sie ging zu ihrer Tasche hinüber und schlang sich den langen Riemen über die Schulter. Himmelherrgott, ihr gehörte der Wolkenkratzer, um dessen Umbauten sich meine Firma kümmerte. War sie dann etwa mein Boss? Genau genommen wahrscheinlich schon. Nie wäre mir der Gedanke gekommen, dass sie so viel Geld besitzen könnte. Ich hatte mir ja schon gedacht, dass sie reich war, aber wenn sie ein Unternehmen dieser Größe besaß, war sie sicher steinreich. Also milliardenschwer. Wow. Und dabei war sie so jung.

»Sie sind berühmt!«, fuhr der Arzt voller Bewunderung fort.

»Wohl kaum.«

Ich folgte der Unterhaltung, fasziniert davon, wie hoch sie den Kopf hielt und den Rücken pfeilgerade. Die professionelle Aspen war sexy, trotzdem war ich traurig darüber, dass mein süßer Engel gerade verschwunden zu sein schien. Doch er würde zurückkehren. Aspens sanftere Seite faszinierte mich und schien an die Oberfläche zu kommen, wann immer sie mich berührte. Ich hätte ein hübsches Sümmchen darauf verwettet, dass es nicht viele gab, die diese Seite von ihr kannten. Zu wissen, dass sie mich so weit an sich heranließ, machte mich zum König der Männer – zumindest ein bisschen. Irgendwann würde sie mir auf jede erdenkliche Weise gehören. In den kommenden acht Wochen würde ich mich mit jeder Facette von Aspen Reynolds vertraut machen.

Sie machte sich auf den Weg zur Tür, die Tasche fest an ihrer Seite. Die Frau war sogar noch hübscher als ein perfekter Sonnenuntergang auf meiner Ranch, und normalerweise war ich dafür bekannt, dass ich für dieses Glitzern am Horizont sogar das leckerste Abendessen kalt werden ließ. Sie trug einen ihrer üblichen schwarzen Röcke, die sich an jeden Zentimeter ihrer Hüften, Oberschenkel und ihres Hinterns schmiegten. Was hätte ich darum gegeben, meine Hände an diesem Rock hinabgleiten zu lassen, ihn ihr bis zur Taille hinaufzuschieben und sie auf der Stelle zu nehmen. Verdammt, ich musste dringend entweder meine dreckigen Gedanken verdrängen oder die Frau flachlegen. Solange sie in der Nähe war, konnte ich nicht mehr klar denken.

Sie wandte sich um und dankte dem Arzt. Ihre weiße Bluse verschob sich ein wenig, sodass man einen guten Blick auf den Ansatz ihrer üppigen Brüste hatte. Ein violettschwarzer Schatten hob sich von ihrer Haut ab.

»Aspen, kommen Sie mal her.« Ich kniff die Augen zusammen und versuchte, den violetten Fleck genauer zu betrachten.

Verlegen zog sie die Bluse zurecht und trat noch einmal an mein Bett, während der Arzt das Zimmer verließ.

»Stellen Sie die Tasche eine Sekunde lang ab.«

Sie kam der Aufforderung nach. »Was ist los?« Sie runzelte die Augenbrauen.

Ich zog sie dichter zu mir heran und legte meine Hand in ihren zierlichen, seidenweichen Nacken.

Sie holte tief Luft, schob meine Hand aber nicht fort.

Mit den Fingerknöcheln fuhr ich über die kleinen Perlmuttknöpfe ihrer Bluse und konnte die Umrisse der verfärbten Haut erkennen, die mir vor wenigen Sekunden aufgefallen war. Geschickt öffnete ich mit der rechten Hand den obersten Knopf ihrer Bluse.

Sie atmete tief ein, und ihre zarte Gestalt erbebte unter meinen Händen. Ihr Blick hielt meinen fest, während meine Finger am spitzenbesetzten Rand ihres Unterhemds entlangstrichen und den weißen Satin zur Seite zogen, um ein riesiges Hämatom zu enthüllen. Es hatte einen Durchmesser von etwa zehn bis fünfzehn Zentimetern – größer als ein Softball.

»Mein Gott, Engel! Sie sind ja verletzt worden.«

»Nein, Hank. Mir geht es gut. Sie … Sie sind derjenige, der verletzt wurde. Das hier ist gar nichts. Erkennen Sie denn nicht …«

Frustriert schüttelte ich den Kopf. Ich sah nur noch den riesigen, hässlichen lilaschwarzen Fleck, der bewies, dass ihr das Herz beinahe von Metall durchstoßen worden wäre. Ich war glücklich, dass es mich getroffen hatte und nicht sie. Diesen warmen, perfekten Engel nun vor mir zu haben, als hätte Gott selbst ihn mir geschickt, war die Sache wert. Fast als ob es meine Bestimmung war, sie zu retten, zu beschützen.

Warum ich mich ihr so nahe fühlte, war erstaunlich. Es ergab irgendwie keinen Sinn, genauso wenig wie die Energie, die zwischen uns brodelte. Sie erfüllte den Raum um uns herum, zog uns zueinander hin. Ich kannte diese Frau kaum, aber das spielte keine Rolle. Ich wollte sie. Wollte, dass sie in Sicherheit war. Wollte, dass sie mir gehörte.

Ich beugte mich vor und beschrieb einen sanften Pfad aus Küssen über das gesamte Hämatom hinweg. Eigentlich war das ziemlich gewagt, doch ich konnte nicht anders. Ihre Haut zog mich magisch an. Ich wollte – nein, ich *musste* – Aspen Linderung verschaffen. Ihre Finger verwoben sich mit meinem Haar, während ich ihre Haut mit winzigen Küssen bedeckte.

»Hank …« Ich sah ihr in die Augen. Ihre Stimme klang vor lauter Emotionen belegt. »Dieses Rohr hätte mein Herz durchbohren können. Wenn Sie nicht da gewesen wären, sich nicht so verhalten hätten …« Ihre Augen füllten sich mit Tränen, und dann strömten ihr auch schon große, nasse Tropfen die Wangen herab.

Mehr war nicht nötig. Das Verlangen, sie zu schmecken, pulsierte machtvoll durch meine Adern. Die Spannung zwischen uns war so heftig, dass die Luft um uns herum zu knistern schien. Mit einer Hand dirigierte ich sie an meine Brust und drückte meine Lippen auf ihre. Sie öffnete sich mir bereitwillig, und ich verschlang sie mit meinem Mund wie ein Verhungernder.

Ich war nicht mehr zu bremsen. Da war kein Platz für nette Dates und harmlose Küsschen auf die Wange. Nein, das hier war pure Leidenschaft. Ein Mann, der eine Frau begehrte, und eine Frau, die sich nach seinen Küssen verzehrte. Ich musste sie haben. Und so wie sie meinen Kuss erwiderte, wie ihre Finger meinen Kopf umklammerten und sie mich festhielt, war sie mir ebenfalls verfallen.

Meine Finger vergruben sich in ihrem Haar, wanderten über ihren Rücken, pressten sie an mich, damit ich sie ganz nah fühlen konnte. Mein Mund glitt über ihren, meine Zunge tauchte tiefer hinab, nahm sie, ohne groß zu bitten. Ihre zarten pinkfarbenen Lippen und ihre Zähne knabberten an mir, gaben genauso viel, wie sie bekamen. Aspens Hände umfingen meine Wangen, und sie übernahm die Führung. Ich löste die Lippen von ihr, brauchte Luft, aber genauso sie.

Ich leckte und küsste ihren Schwanenhals. Sie schmeckte wie ein warmer, saftiger Pfirsich. Mit der rechten Hand umfing ich nun ihre Taille, hielt sie dicht bei mir. Meine verwundete Schulter pochte vor Schmerz, weil ich sie so fest an mich drückte, aber das war mir egal. *Fuck it.* Mein ganz persönlicher Engel keuchte und stöhnte an meiner Haut. Nichts hätte mich in diesem Augenblick von ihr lösen können. Selbst wenn das Gebäude Feuer gefangen hätte, hätte ich sie weiter mit meinen Händen und meinem Mund angebetet.

Ihre geschwollenen Lippen fanden meine. Sie leckte über meine Unterlippe, bevor sie sie einsog. Mein Schwanz war steinhart und reckte die Bettdecke stolz empor wie ein Zelt. Ihre Hand fuhr sacht über meine Erektion, und ihr Kuss wurde noch leidenschaftlicher, wobei sie darauf achtete, nicht zu viel Druck auf meine bandagierte Schulter auszuüben. Ich stöhnte, und sie hielt inne. Unsere Atemzüge vermischten sich, während sie dicht vor mir verharrte. Ihre Finger strichen über die Decke, genau dort, wo sich mein Schwanz befand.

Mir stockte der Atem. »Darlin', fang besser nichts an, was du nicht beenden kannst.«

Aspen

Seine sinnlichen Lippen machten süchtig. Ich konnte nicht aufhören, an ihnen zu saugen und zu knabbern. Ich löste mich von ihm, lächelte und sah, wie er das Gesicht verzog, als meine Hand seinen Schwanz umfing und ihn rhythmisch drückte. Er stöhnte, und ein heißes Glühen breitete sich tief in meinem Innern aus, sammelte sich feucht zwischen meinen Schenkeln. Das ließ mich mutig werden, schamlos. Frei.

»Ich kann es beenden«, flüsterte ich dicht an seinem offenen Mund und leckte über den Schwung seiner Lippe. Gott, war dieser

Mann sexy. Alles an ihm schrie förmlich: *Fick mich*. Du liebe Güte, und wie sehr ich mich danach sehnte.

Ich schaute mich um, überzeugte mich davon, dass die Tür geschlossen und die Jalousien vor den Fenstern heruntergelassen waren. Der Arzt war gerade erst da gewesen. Es war unwahrscheinlich, dass in den nächsten Minuten noch jemand nach Hank sehen würde. Wir hatten also etwas Zeit, wenn auch nicht allzu viel.

»Findest du nicht, wir sind ein bisschen schnell, Engel?« Seine Stimme war heiser vor Verlangen. Ich ahnte, wie schwer ihm der Vorschlag fiel, es langsamer angehen zu lassen. Aber sein Verhalten war so bezaubernd, so ritterlich, dass ich ihn dadurch nur umso mehr wollte.

Einen Moment lang schloss ich die Augen, überdachte meine Möglichkeiten, wobei ich allerdings die Hand weiter mit langsamen Bewegungen an seiner Erektion auf und ab gleiten ließ. Er stöhnte, und ich sah ihm in die Augen.

»Hältst du mich für eine Schlampe, weil ich dir Lust bereiten will?« Ich wusste nicht genau, ob ich das seinet- oder meinetwegen fragte. Ihn so schnell beglücken zu wollen, obwohl ich ihn erst seit so kurzer Zeit kannte, sah mir eigentlich gar nicht ähnlich. Noch nie war ich so kühn gewesen, etwas vergleichbar Gewagtes zu tun.

Seine Antwort folgte sofort und aus vollem Herzen. »Zum Teufel, nein! Du bist die schönste Frau, die mir je begegnet ist, und deine Küsse schmecken verdammt noch mal wie Zucker. Ich kann gar nicht genug von dir kriegen. Du willst mich anfassen, Darlin'? Ich gehöre ganz dir!«

Ich hätte mich nie und nimmer zurückhalten können. Mein ganzer Körper pulsierte und vibrierte vor Begierde und dem Verlangen, ihm Lust zu bereiten. Ich musste ihn in meiner Hand spüren, in meinem Mund. Ich küsste ihn hart, und unsere Zungen verschmolzen miteinander. Er schmeckte nach Pfefferminztee, erfrischend und köstlich.

Seine große Hand umfing meine Brust durch die Bluse hindurch. Den Daumen ließ er über die Spitze gleiten, sodass sie kieselhart wurde und schmerzte. Er verschluckte mein Stöhnen mit seinem Mund, als ich mich gegen seine Hand drückte. Dann ließ ich meine Hand unter die Decke abtauchen, um seiner Hitze näher zu sein. Sowie ich seine nackte Haut berührte, durchflutete mich eine neue Welle des Begehrens und ließ meine Weiblichkeit im Innersten erbeben. Mein Verstand hatte sich längst verabschiedet. Er hatte mein Gehirn verlassen – zum Teufel, er hatte das Gebäude verlassen. Ich konnte in diesem Augenblick nur noch an eines denken: ihm näher zu kommen, mehr von seinem Körper mit meinen Händen zu erkunden.

»Mein Gott, Engel«, brachte er stöhnend hervor und vergrub die Zähne in meiner Lippe.

Seine Küsse ließen mich dahinschmelzen.

Gemächlich liebkoste ich seine pralle Männlichkeit, während wir uns weiter ausgiebig küssten und dabei herausfanden, was dem anderen gefiel. Und just in dem Moment, als sein Schaft oben feucht wurde und ich den Daumen über die empfindliche Stelle kreisen ließ, um ihn zum Wahnsinn zu treiben, klingelte mein Handy.

»Fuck!«, fluchte Hank.

Das anhaltende Klingeln war wie eine Sirene, die mich zur Vernunft rief. Was zum Teufel trieb ich hier eigentlich? Die professionelle Aspen in mir schnaubte verächtlich, als ihr bewusst wurde, was sie da am helllichten Tag mit einem Mann tat, den sie gerade mal zwei Sekunden lang kannte.

Benommen sprang ich vom Bett und fort von Hanks Wärme. Nur Abstand zwischen uns konnte mich retten. Mit einer Hand strich ich meine Kleider glatt, während ich mit der anderen mein

Smartphone herauskramte. Meine Wangen waren ganz heiß und mit Sicherheit brennend rot. Trotz meiner Verlegenheit konnte ich mir ein breites Grinsen nicht verkneifen. Ein leichtes Schwindelgefühl packte mich, kam und ging. Jetzt war es offiziell: Ich hatte meinen verdammten Verstand verloren.

»Aspen, bist du noch in der Klink?«

»Ja.« Bei Ollie hatte es keinen Zweck zu lügen. Er kannte mich einfach zu gut.

»Es ist fast elf, und du hast ein Meeting mit den Anteilseignern des *Bright Magazine*, um mit ihnen über das gestrige Problem zu sprechen. Du weißt doch … über die Möglichkeit, dass wir bei dem Projekt ins Hintertreffen geraten?«

»Das wird nicht passieren. Dieses Gebäude wird wie versprochen fertig werden. Dafür tun wir, was immer nötig ist. Ich werde mit Hank darüber sprechen. Wir werden entscheiden, wie unsere nächsten Schritte in seiner Abwesenheit auszusehen haben.«

Hanks Blick folgte mir, während ich im Zimmer auf und ab schritt. »Schaffst du es denn, noch rechtzeitig hier zu sein?«, fragte Oliver.

Ich sah auf meine Armbanduhr. Ich würde eine Viertelstunde brauchen, um mit Hank über die Angelegenheit zu reden, und mindestens zwanzig Minuten, um zur AIR-Zentrale zu gelangen. »Mein Fahrer ist hier im Krankenhaus. Ich sorge dafür, dass wir, so schnell es geht, losfahren. Ich bin also pünktlich zum Meeting da. Sorge du einfach dafür, dass die Gäste sich bis zu meiner Ankunft wohlfühlen.« Ich legte auf.

»Was für ein Problem gibt es denn jetzt mit dem Projekt? Hab mich gestern noch mit meinen Jungs unterhalten. Sie sagen, dass die Folgen des Unfalls beseitigt sind.« Hanks Stimme klang besorgt.

»Kommt drauf an, wie sehr du darauf vertraust, dass dein Team auch ohne dich weitermacht. Hast du eine Idee, wer in deiner Abwesenheit die Arbeiten leiten könnte?«

Er hob die Hand ans Kinn und fuhr sich dann übers Gesicht. Zu hören, wie seine Schwielen über die frischen Bartstoppeln fuhren, war berauschend. Ich sehnte mich danach, die Zunge über die raue Oberfläche gleiten zu lassen.

»Wenn du mich weiter so anschaust, Engel, dann kommst du heute zu keinem Meeting mehr, und ich entlasse mich auf eigenen Wunsch selbst aus dem Krankenhaus.«

»Wage es nicht!« Der Mann war vollkommen wahnsinnig.

»Oh doch, das mache ich. Ich bin schon viel länger scharf auf dich, als dir klar ist.« Sein Grinsen war gefährlich. Da konnte man beinahe glauben, dass er es ernst meinte.

»Wird nicht nötig sein. Ich glaube, wir sind beide in der Lage, uns wie zivilisierte menschliche Wesen zu benehmen.«

»So nennt man es also, wenn eine sexy Frau es einem Mann im Klinikbett besorgt ... zivilisiert? Na ja, beinahe besorgt. Offenbar sind wir ja nicht ganz fertig geworden.« Sein Lachen hallte durch den Raum, während seine Hüften unwillkürlich zuckten. Er war immer noch steinhart und ach so verführerisch.

Nein! Dazu wird es nicht kommen. Nicht jetzt. Ich muss gehen. Ich verdrehte die Augen, konnte mir allerdings ein weiteres Grinsen nicht verkneifen. Wo er recht hatte, hatte er recht. Statt zu versuchen, das, was wir getan hatten, irgendwie zu analysieren, beschloss ich, mich einfach darauf einzulassen. Wenn ich zu lange darüber nachdachte, würden Verlegenheit und Scham den ungehemmten Augenblick, den wir genossen hatten, nur verderben.

»Hank, ernsthaft. Ich brauche eine Antwort.« Ihm musste klar sein, dass ich den Anteilseignern versichern musste, dass das Projekt trotz des Unfalls wie geplant durchgezogen werden würde. »Meinst du, dein Team kann den Job erledigen, auch wenn du nicht dauernd den Daumen drauf hast?«

»Ja. Gestern habe ich Mac angewiesen, interimsweise als Vorarbeiter zu übernehmen. Nächste Woche schaue ich nach den Jungs und überzeuge mich davon, dass alles so läuft wie geplant. Mac ist ein guter Mann, und ich vertraue ihm.« Sein Tonfall war zuversichtlich.

»Okay, klingt gut. Glaubst du, dass der Unfall eine zeitliche Verzögerung zur Folge haben wird?« Ich erschauerte bei der Erinnerung daran, wie diese Metallspeere mit tödlicher Wucht auf die Erde geregnet waren.

»Nein, wir haben Ersatzoptionen für Kräne, und ich habe ausreichend Material bestellt. Ich werde mich mit Mac kurzschließen, um eventuelle Verzögerungen auszuloten, und den Architekten kontaktieren. Meine Männer werden Überstunden machen, um die Arbeit aufzuholen.« Ich konnte förmlich sehen, wie sich in seinem attraktiven Kopf die Rädchen drehten. Ein Anflug von Bewunderung überkam mich, als ich sein erschöpftes Gesicht und seinen bandagierten Körper sah. Er war meinetwegen hier. Mein Herz wurde weit und brachte Gefühle hervor, die ich in Bezug auf diesen Mann nun wirklich nicht haben sollte.

Ich nahm sein Handy vom Beistelltisch und speicherte meine Nummern darin ab. »Bitte ruf mich an oder schreib mir, wenn du Näheres weißt. Ich gehe jetzt zu dem Meeting mit den Anteilseignern für das Magazin, das später seinen Sitz in dem Gebäude haben soll.«

»Ein Magazin, hmm? Zu welchem Thema?«

»Mode, Filme, Fernsehen.«

»Also Klatsch und Tratsch?« Er verzog das Gesicht zu einer Grimasse.

»Nein, kein Boulevardkram. Diese Zeitschrift gibt den Lesern einen Ein- und Überblick über die Entstehung von Filmen, Hintergrundinfos über die Schauspieler, Produzenten, Drehbuchschreiber und Modedesigner. Über die neuesten Trends und die jungen Hoffnungsträger jeder Branche. Solche Sachen eben.« Er wirkte jetzt schon gelangweilt. »Wahrscheinlich nicht ganz dein Geschmack.«

»Du bist mein Geschmack.« Er leckte sich verführerisch die Lippen. Verdammt, schon pulsierte eine weitere Hitzewelle durch meinen Körper und landete geradewegs zwischen meinen Oberschenkeln. Seine Worte machten etwas mit mir. Das sinnliche Lächeln auf seinem Gesicht zeigte, dass er genau um seine Wirkung wusste.

»Sie sind böse, Mr. Jensen.« Ich grinste und versuchte so zu tun, als genösse ich nicht jede Sekunde seines Verhaltens.

»Ach, jetzt also wieder so förmlich. Verstehe. Solange du nicht vergisst, dass du deine hübschen kleinen Finger gerade fest um meinen Schwanz gewickelt hattest.« Seine Lippen verzogen sich abermals zu einem Grinsen, und er umfing seine Männlichkeit durch die Decke hindurch, um seiner Äußerung mehr Gewicht zu verleihen. »Denk bei dem Meeting mit deinen Anzugträgern daran.« Er warf mir ein freches Lächeln zu. Ich atmete tief ein und dachte tatsächlich an meine Hand, die seine Erektion fest umspannt gehalten hatte.

Ich wollte mehr. Wollte jeden Zentimeter seiner Härte sehen, schmecken, an ihr saugen. Wieder wurde ich ganz feucht, und ich wusste, dass ich jetzt ganz schnell hier raus und zur Arbeit musste, bevor ich noch etwas Schlimmeres tat, als an seiner Männlichkeit herumzufingern. Aber bevor ich aufbrach, musste ich ihn einfach noch einmal schmecken.

Seine Augen waren so grün wie Smaragde, als er mich musterte. Ich ahnte, dass wir beide das Gleiche dachten. Ich schlenderte zu ihm hinüber und eroberte seinen Mund mit einem leidenschaftlichen Kuss, biss leicht in seine Zunge und saugte dann daran. Ich knabberte an seinen Lippen und zog schließlich an seiner Unterlippe, bis sie mit einem leisen Plopp wieder freikam. Sein Mund wollte mir folgen, aber ich trat einen Schritt zurück.

»Und *daran* denken *Sie* jetzt für den Rest des Tages, Mr. Jensen.«

»Oh, Engel, ich werde nichts anderes tun«, hörte ich ihn noch sagen, als ich zur Tür hinausstolzierte und dabei meine Hüften ein wenig mehr als sonst hin und her wiegte.

Kapitel 4

Aspen

»Gott sei Dank hab ich das jetzt hinter mir.« Die letzten fünf Stunden hatte ich nur mithilfe von Starbucks und der Erinnerung daran, was ich heute Morgen mit Hank getrieben hatte, überlebt. Keine Pausen, kein Mittagessen, nur Meeting um Meeting. Ich gab es nicht gern zu, aber ich vermisste meinen Cowboy.

Meinen Cowboy. Verdammt. An den Mann in Zusammenhang mit dem Wörtchen »mein« zu denken, war nicht gut. Meine Mutter bekam sicher einen hysterischen Anfall, wenn sie erfuhr, dass der Mann bei mir zu Hause wohnte. Wüsste sie dann auch noch, was ihre perfekte, kleine High-Society-Lady heute in einem öffentlichen Krankenzimmer getrieben hatte, wäre sie zutiefst beschämt gewesen. Und wenn sie geahnt hätte, was für schmutzige Dinge ich noch mit Hank zu tun gedachte, wäre es noch schlimmer gewesen. Im Augenblick regierte wohl kaum mein Verstand. Der Teil meines Körpers, der meine Handlungen bestimmte, lag erheblich weiter südlich. Die Leere, die ich empfand, weil ich nicht mit Hank zusammen war, brachte mich durcheinander. Wieder bei ihm im Krankenhaus zu sein, hatte oberste Priorität.

Wir kehrten durch das Großraumbüro zur langen Reihe der Einzelbüros zurück. Meines lag ganz am Ende und nahm ein Zehntel des gesamten Stockwerks ein. Olivers Raum war ebenfalls groß. Er hatte einen riesigen, antiken, u-förmigen Schreibtisch, der wie ein Wachtposten vor den Doppeltüren zu meinem Büro stand. Niemand konnte zu mir vordringen, ohne dass Oliver davon wusste. Keine Chance. Mir war es lieber so, und er nahm seine Aufgabe sehr ernst.

Jedem Mitglied unseres Teams war klar, dass Oliver die zweitwichtigste Position im Unternehmen zukam. Selbst mein stellvertretender Geschäftsführer wusste, dass er im Grunde Oliver unterstand. Er trug zwar seinen offiziellen Titel, aber meine Loyalität und mein Vertrauen gehörten Oliver. Dieser hatte einfach ein Händchen für Menschen. Er wusste, was in jeder einzelnen Abteilung vor sich ging, hielt mich über interne Vorgänge auf dem Laufenden, sorgte dafür, dass nichts meiner Firmenphilosophie entgegenlief, und wurde von allen respektiert. »Du hörst nie auf, mich in Erstaunen zu versetzen, Pen«, lobte Oliver nun.

»Wie das?«, fragte ich.

»Du hast die Sache einfach im Griff. All diese mächtigen Männer in diesem Raum, und du als einzige Frau. Du warst nicht im Mindesten eingeschüchtert. Nichts konnte dich aus der Fassung bringen.« Er schüttelte den Kopf und lächelte.

»Ist durchaus hilfreich, wenn man weiß, dass man mehr Geld auf dem Konto hat als alle anderen zusammen«, sagte ich grinsend. Ich wusste meinen Reichtum als das zu schätzen, was er war: ein Mittel zum Zweck, um das zu bekommen, was ich im Leben haben wollte. Auch wenn mir jetzt in diesem Moment etwas Triebhafteres, Großes, mit einer Haut von der Farbe braunen Zuckers vorschwebte.

»Ja, aber so wie du Grant Campbell behandelt hast – das war unbezahlbar. Ich wünschte, ich hätte ein Foto von ihm machen können, als er dir aufgelauert hat, sagte, wie sehr er dich vermisst hätte und wie du ihn drangekriegt hast«, gluckste er.

»Hast du das alles mitangehört?«

»Oh ja. Ich habe auch gehört, wie du ihn gefragt hast, wie es seinem Flittchen der Woche geht. Da hab ich im Stillen einen richtigen Freudentanz aufgeführt.«

»Das habe ich nie gesagt. Du legst mir da irgendwelche Dinge in den Mund.« Ich seufzte. Es war ein wirklich langer Tag gewesen. Bilder, wie meine Finger sich fest um Hanks Schwanz legten, zuckten mir durch den Kopf wie ein unanständiger Porno, der mich daran erinnerte, wo ich jetzt am liebsten gewesen wäre.

»Okay, vielleicht habe ich das Ganze ja ein bisschen ausgeschmückt. Aber immerhin hast du ihn gefragt, wie es der Tussi geht.«

»Stimmt.« Lächelnd erinnerte ich mich an Grants selbstgerechtes Gesicht, als er mir versichert hatte, dass er mich vermisste und einfach nicht das Bild aus dem Kopf bekam, wie ich unter ihm gelegen hatte. Da hatte ich mich eben nach Cynthia erkundigt.

»Ja, aber du warst noch besser, als du erwähnt hast, dass Hanks Habseligkeiten allesamt in mein Penthouse geschafft worden seien.« Ich berührte seinen Ellbogen mit meinem. Grant hatte ausgesehen, als hätte man ihn gerade erdolchen wollen. Allein der Gedanke, dass ich mich seit unserer Beziehung weiterbewegt hatte, obwohl er nach eigener Einschätzung doch so ein »toller Fang« war, schien sein Ego zu foltern. Ich hatte jede Sekunde genossen, in der ich in sein gequältes, blamiertes Gesicht gesehen hatte.

»War doch eine nette Geste, oder?« Er pustete auf seine Fingerknöchel und rieb mit ihnen über den Aufschlag seines Jacketts.

Ich eilte in mein Büro, um meine Sachen zu holen, damit ich ins Krankenhaus zurückkehren konnte. Das nadelfeine Kribbeln in Hanks Nähe zu spüren und ihn auf dem Weg der Besserung zu sehen, etwas anderes interessierte mich nicht. Wenn ich nicht bald ins Krankenhaus kam, würde ich definitiv vor Anspannung platzen. Schon seine Textnachricht von vorhin, in der er mir berichtet hatte, dass mit seinem neuen Vorarbeiter alles geregelt sei, ließ Schmetterlinge durch meinen Bauch flattern.

»Aspen! Es geht dir gut!« Kaum zwei Sekunden, nachdem ich

die Worte gehört hatte, wurde mir buchstäblich die Lunge zerquetscht. Eine Matte aus dunklem Haar schwang mir ins Gesicht. Der Duft nach Zimt erfüllte den gesamten Raum, sodass kein Zweifel daran bestand, wer mich da wie im Schraubstock festhielt.

»London, was machst du denn hier?«

Die schönen graublauen Augen meiner Schwester sahen mich forschend an und schwammen in Tränen. »Du hättest sterben können!«

»Wer hat es dir erzählt?« Mein Blick schoss zu Oliver hinüber.

Er tat, als pfeife er vor sich hin, was einem Schuldbekenntnis gleichkam. Er schaukelte auf den Fersen vor und zurück, sah überall hin, nur nicht mich an und blickte dann plötzlich auf die Uhr. »Da fällt mir was ein. Bis morgen früh, Prinzessin.«

Er flitzte so schnell aus meinem Büro hinaus, dass ich beinahe sehen konnte, wie ihm sein eingezogener Schwanz zwischen den Beinen klemmte. Das und die kleine Notlüge wegen der Spende für die Kinderstation neulich würde ich ihm auf jeden Fall heimzahlen. Er wusste, dass er Infos wie den gestrigen Unfall nicht an London weitergeben durfte. Sie konnte mit solchen Notfallsituationen nicht umgehen.

Londons Finger glitten über mein Gesicht, und ihre Augen musterten mich hastig, hielten nach jeglicher noch so kleinen Veränderung Ausschau. Schließlich landete ihr Blick auf meinem Shirt, und ihre Finger zogen an der Bluse, die den hässlichen Bluterguss verbarg, dem einzigen sichtbaren Beweis, dass ich in ein Unglück verwickelt gewesen war.

Sie hielt sich beim Anblick des schwarzblauen Hämatoms den Mund zu, wollte keuchen, und ihre Augen füllten sich mit Tränen wie ein übervoller Wasserballon. »Oh. Mein. Gott. Aspen, du wurdest verletzt.« Jetzt rannen ihr die Tränen die Wangen hinab, und sie umarmte mich fest. Ich strich ihr beruhigend über den Rücken, ließ die lange Umarmung zu, damit sie Zeit hatte zu begreifen, dass ich noch da war und es mir gut ging. Ihre Erfahrung mit Unfällen hatte kein Happy End gehabt wie bei mir.

»Ich bin fit. Ein Mann hat sich über mich geworfen. Er hat mir das Leben gerettet, allerdings einen hohen Preis dafür bezahlt. Er liegt jetzt im Krankenhaus, und ich muss zu ihm.«

»Oh mein Gott, ja, natürlich. Geht es ihm gut?« Sie hielt noch immer meine Oberarme fest und strich gelegentlich über sie.

»Er hat das meiste abbekommen. Ein Rohr durchbohrte seine Schulter, als er mich zu Boden warf. Wie gesagt: Seinetwegen lebe ich noch.« Als ich meine eigene Stimme hörte, die meiner Schwester den Vorfall schilderte, ging mir erst die ungeheure Tragweite der Ereignisse auf, und plötzlich durchflutete mich Angst. Ich musste unbedingt zu Hank. Mich noch mal davon überzeugen, dass er lebte.

»Wie stehen seine Heilungschancen?«, fragte sie aufrichtig besorgt.

»Er wird wieder gesund. Braucht aber viel Therapie, und das kann Wochen dauern. Ich lasse ihn ins Penthouse bringen, damit er dort rund um die Uhr betreut wird. Das ist das Mindeste, was ich tun kann.« Ich versuchte, mich von ihr zu lösen, aber sie umarmte mich wieder.

»Pen, wenn ich dich verloren hätte. Ich weiß nicht, was … das könnte ich nicht ertragen. Ich würde einfach …«

Ich umarmte sie innig, genoss ihre Wärme und Liebe. »Ich bin hier. Ich gehe nirgendwo hin. Aber ich muss jetzt wirklich ins Krankenhaus. Er wartet auf mich.«

Sie nickte an meiner Schulter, dann hielt sie plötzlich inne und machte einen Schritt zurück. Sie sah mir scharf in die Augen, legte den Kopf schief, ihre Augen weiteten sich, und ihre Lippen verzogen sich zu einem breiten Lächeln.

»Heiliger Strohsack, Pen. Du bist dabei, dich in den Typen zu verknallen!«

Ich war wie vor den Kopf geschlagen. »Wovon redest du da, verdammt noch mal? Ich bin nicht dabei, mich zu verlieben. Dein Frühwarnsystem ist kaputt. Du solltest es neu kalibrieren.«

Mein Gott, wie leid ich ihre geballte Empathie war. Diese unglaubliche Fähigkeit, das zu fühlen, was andere fühlten. Das war durchgeknallt, traf aber in der Regel genau ins Schwarze. Aber ob sie diese Fähigkeit nun hatte oder nicht, ich war keinesfalls dabei, mich in Hank zu verlieben. Ich kannte den Mann schließlich kaum. Was sie da wahrnahm, war nicht Liebe, sondern Angst. Angst, dass er doch nicht auf dem Wege der Besserung war. Und ein schlechtes Gewissen, weil seine Verletzung vornehmlich meine Schuld war.

Sie schüttelte den Kopf. Ihre eben noch feuchten Augen leuchteten nun vor Freude. »Ich spüre es. Dein Verlangen. Es pulsiert um deinen Körper herum wie ein sanfter Heiligenschein. Wer ist er?«

Nein, nein, nein. Wenn London einmal eine fixe Idee hatte, dann brachten sie keine zehn Pferde mehr davon ab. Sie behauptete, diese empathischen Fähigkeiten zu besitzen, und richtete ihr ganzes Leben danach aus. Zugegeben, sie irrte sich nur selten. Doch um ehrlich zu sein: Abgesehen von Angst und Schuld waren meine Gefühle für Hank alles andere als kompliziert. Meine Schwester wollte andeuten, dass meine Begierde mehr war, etwas Ähnliches wie Liebe vielleicht. Aber so war es nicht. Es sei denn, man verwechselte reine, ungetrübte Lust mit Herzchen-und-Blümchen-Liebe. Wenn ich ehrlich zu mir selbst war, empfand ich tatsächlich etwas für Hank. Es waren tiefe Gefühle, aber alle drehten sich nur um die Sehnsucht, eng umschlungen auf dem nächstbesten Bett mit ihm zu landen.

»London, ich bin nicht verliebt. Das solltest du nicht mal denken. Bitte, bitte, mach dir deshalb keine Sorgen. Mir geht es gut. Hank wird wieder gesund …«

»Hank? Heißt er so?« Sie lächelte strahlend. Sie war wahnsinnig schön, und mit ihrer Art gelang es ihr, immer alles zu bekommen, was sie wollte. Die Menschen erzählten ihr einfach alles. Das war ein Grund, warum sie so gut mit ihren Kunden umgehen konnte – sie zog für ein paar Wochen bei ihnen ein und entschied dann bis ins Detail, was diese benötigten, um ihr Haus in ein Heim zu verwandeln. Es ging um mehr als um Innenraumdesign und Dekoration. Durch ihre Art gelang es ihr, die Leere im Leben ihrer Klienten mit dem zu füllen, was diese zum Glücklichsein brauchten, sodass ihr Beruf mittlerweile mehr als einträglich war.

»Okay, okay.« Geduldig wartete sie auf meine Antwort. »Ich habe einen kleinen Anfall von Heldenverehrung. Er ist unglaublich attraktiv, und wir haben uns ein paarmal geküsst. Okay? Ende der Geschichte. Wenn du mich also jetzt entschuldigen würdest. Ich muss los.«

Sie nickte. »Ja, du musst zurück zu Hank. Ach, das ist ja so romantisch.« Sie klatschte in die Hände und sah verträumt in die Ferne. »Er rettet dir das Leben, dann erobert er dein Herz im Sturm und …«

»Hör sofort auf. Das Ganze ist keine Romanze.« Ich seufzte. Diese Frau hätte sogar einen Priester im Beichtstuhl auf die Palme gebracht.

»Aber du willst mit ihm vögeln. Ich fühle, wie die Lust jeden Zentimeter deines Körpers erfüllt. Ich spüre die Schwingungen. Unter Umständen muss ich mich heute Nacht selbst flachlegen lassen, nur um die Vibes zu überwinden, die du aussendest.«

»Musst du so vulgär sein?«

»Ja. Muss ich. Gib's zu, dann geh ich.« Sie verschränkte die Arme vor ihrer zierlichen Gestalt.

Ich verdrehte die Augen und holte tief Luft. »Okay, ich will mit ihm schlafen! Immerhin ist es Monate her, seit Grant und ich uns getrennt haben. Jetzt glücklich?«

Sie hüpfte in ihren Sandalen auf und ab, und ihr geblümtes Kleid wippte mit. Der Anblick rief mir ins Gedächtnis, dass sie meine kleine Schwester war. Eine der besten Innendesignerinnen überhaupt mit einer ellenlangen Warteliste, und dennoch sprang sie herum wie ein kleines Mädchen. Manche Dinge änderten sich nie.

»Sehr glücklich. Also, dieser Mann, ist er heiß?«

»Du machst mich fertig. Ja, er sieht gut aus. Er ist ein Cowboy aus Texas. Aber die Sache wird zu nichts führen. Wir stammen aus zwei vollkommen unterschiedlichen Welten. Er ist an Barbecues und Baseball gewöhnt, nicht an Fusionen und Übernahmen.«

Sie verzog die Lippen zu einem Schmollmund. »Wenn man seinen Seelenverwandten findet, spielt es keine Rolle, wie er seinen Lebensunterhalt verdient oder wie er sich kleidet oder ob sein Portfolio genauso einträglich ist wie deins. Es geht einzig und allein darum, dass er für dich bestimmt ist.«

Für einen Augenblick schwiegen wir traurig. London hatte den Mann, den sie für ihren Seelenverwandten gehalten hatte, durch einen schrecklichen Unfall verloren. Ich nahm sie in die Arme, und sie hielt mich ganz fest.

»Ich liebe dich so sehr, und ich bin unendlich erleichtert, dass es dir gut geht«, flüsterte sie.

»Ich liebe dich auch.«

»Jedenfalls freue ich mich darauf, diesem echten Helden persönlich zu danken.« Sie wischte sich die Tränen ab. Sah selbst dabei noch so hübsch wie immer aus. »Oliver hat mir erzählt, dass Hank sich über dich geworfen hat, und nun, da ich deine Prellung gesehen habe, bin ich mir im Hinblick auf seine Bestimmung sicherer denn je.«

»Oh ja, und die wäre?«, fragte ich, schlang mir die Tasche über die Schulter und machte mich auf den Weg zur Tür.

»Liegt das nicht auf der Hand?« Sie lächelte breit, und ihr Gesicht leuchtete. »Er ist dazu bestimmt, dein Herz zu beschützen!«

Ich verdrehte die Augen. Allerdings: Ganz falsch lag sie damit nicht. Hank hatte etwas an sich, auf das ich nicht den Finger legen konnte. Es war nur so ein Gefühl, wenn ich in seiner Nähe war. Wahrscheinlich lag es daran, dass ich besonders sensibel auf ihn reagierte, nachdem er mir das Leben gerettet hatte. So eine Art Superhelden-Syndrom. Einen anderen Grund konnte es nicht geben. Liebe war da nicht mit im Spiel und würde es auch in Zukunft nicht sein, egal was Londons empathische Fähigkeiten nahelegten.

Hank

Den ganzen verdammten Tag lang konnte ich an nichts anderes denken als daran, wie mein süßer Engel seine Finger um meinen Schwanz gelegt hatte. Ich wäre heute als glücklicher Mann gestorben, denn diese Erinnerung hätte mich durch die Ewigkeit getragen. Die Frau hatte Talent.

Fantasien, wie ich vor dem Bett stand, auf dem sie lag, meinen Schwanz zwischen ihren feuchten Lippen, tief in ihr und kurz vor dem Platzen, beschäftigten mich seit Stunden. Wie sie an mir saugte wie ein verdammter Staubsauger. Meine Hände, die sich in ihren goldenen Locken vergruben, während ich meinen Samen in sie hineinpumpte. *Mein Gott!* Das war der Stoff, aus dem meine erotischsten Träume waren.

Ich schloss die Augen und versuchte, die Bilder zu verjagen, damit mein Herzschlag sich langsam beruhigte. Die Medikamente verschafften mir eine gewisse Erleichterung, ohne mich benommen zu machen. Ein hübscher Engel in Weiß flatterte durch meine Gedanken und trug noch weiter zu meiner Entspannung bei …

Ein klapperndes Geräusch weckte mich. Ich reckte den Kopf und blickte in die Richtung, aus der es gekommen war. Erst da bemerkte ich, dass ich wohl eingedöst sein musste. Aspen saß auf dem Stuhl neben meinem Bett, hatte den Blazer ausgezogen und die Augen auf ihren Laptop gerichtet. Ihr blondes Haar hatte sie auf ihrem Kopf zu einer Art Knoten festgesteckt, der einem Donut ähnelte. Auf ihrer zarten Nase saß eine dünne, schwarze Lesebrille. Die Beine hatte sie übereinandergeschlagen, sodass ihr der Rock weit den Schenkel hinaufgerutscht war und ich einen hervorragenden Blick auf ihre langen Beine in durchsichtigen schwarzen Strümpfen hatte. Mein Engel sah aus wie eine sexy Sekretärin.

Hin und wieder knabberte sie an einem Sandwich. Wie sie da so saß und arbeitete, ihre gesamte Aufmerksamkeit ausschließlich auf die Arbeit gerichtet, das war ein hübscher Anblick. Alles an ihr berührte mich irgendwie, angefangen von den zarten Härchen, die ihr in den Nacken fielen, bis hin, wie sie mit dem Absatz klackerte, während sie tippte.

Wäre meine Schulter in einem anderen Zustand gewesen, hätte ich diese Frau körperlich und hoffentlich auch emotional erobert. Ich begehrte sie nicht auf die gleiche Weise wie meine bisherigen Affären. Sie gehörte nicht zu der Art von Frauen, die man nur benutzte, um zu kommen. Ich wollte etwas über sie erfahren, auf einer ganz anderen Ebene eine Verbindung zu ihr herstellen. Sehen, wohin das wohl führen würde.

»Du weißt schon, was man darüber sagt, wenn man nur arbeitet und nicht spielt, oder, Darlin'?«

Sie grinste und hörte auf, an ihrem wie auch immer gearteten Dokument zu tippen. »Heute Morgen hast du dich nicht über meine Spielzeit beklagt.«

Unsere morgendlichen Aktivitäten kamen mir erneut in den Sinn. Aspen bearbeitete wieder ihre Tastatur und biss sich auf die Lippe. Ich wartete, bis sie ein paar weitere Knöpfe gedrückt hatte und dann den Laptop zuklappte. Ihre mandelförmigen Augen sahen durch die Brille hindurch in meine.

»Darlin', wenn du diese Dinger trägst, fällt jeder Mann vor dir auf die Knie.« Ich deutete auf ihre Brille.

Sie lächelte und lehnte sich auf dem Stuhl zurück. Sie machte keine Anstalten, näher zu kommen. »Wie war dein Tag, mein Hengst?«

Hengst? Hmmm. Der Kosename gefiel mir. Mir hatte schon lange keine Frau mehr einen gegeben. Fühlte sich gut an. Zum Teufel, sogar großartig.

»Kann nicht klagen. Und deiner?«

Sie pustete einmal über ihre Stirn. »Gut.« Sie presste die Lippen aufeinander, als träfe sie eine Entscheidung. Dann wurde ihr Gesichtsausdruck weicher. »Aber keineswegs so gut wie heute Morgen«, fügte sie mit aufreizendem kleinem Schmollmund hinzu.

»Ja, na ja, ich bin jederzeit zu einer Wiederholung bereit, mein Engel. Ich gehöre ganz dir.« Ich zog die Augenbrauen hoch, und sie erwiderte die vielsagende Geste.

»Wie geht's deiner Schulter?«

»Wird langsam. Wie lief es mit den Anzugträgern wegen des Bauprojekts?«

»Ich habe alles regeln können. Sie glauben jetzt wieder, dass alles nach Plan läuft. Wenn du also mit deinem Vorarbeiter sprichst, dann informiere ihn doch bitte, dass ich den Männern einen Besuch abstatten möchte, um meine Dankbarkeit zum Ausdruck zu bringen, dass sie sich so in das Projekt hängen.«

»Gute Idee. So, sind wir jetzt mit dem Thema Arbeit durch?«

Sie lächelte. »Ja. Wir sollten darüber reden, wie es morgen nach deiner Entlassung läuft.«

Ich schüttelte den Kopf. »Komm her.«

»Hank«, sagte sie warnend.

Ich deutete mit dem Finger erst auf sie, dann auf den Platz neben mir auf dem Bett. »Komm. Jetzt. Her.« Sie hob die Augenbrauen, aber ich blieb beharrlich.

Sie stand auf, und ich griff nach ihrem Handgelenk. Dann zog ich sie dicht genug an mich heran, dass ich ihren Nacken umfassen und ihre Lippen auf meine pressen konnte. Sie stöhnte, und ich verschlang jeden einzelnen Laut. Unsere Zungen begannen einen langsamen, bedächtigen Tanz, ohne Eile. Sie zu küssen war wie nach Hause kommen. Diese Empfindung war nur schwer zu erklären.

Mit ihr zusammen zu sein fühlte sich behaglich an, sicher, wie der einzige Ort, an dem man jemals sein wollte, mit dem zusätzlichen Bonus unglaublicher Lust und intensiven Verlangens. Ich wollte gar nicht darüber nachdenken, wie es kam, dass es jetzt schon so sein konnte. Es war so leicht, ging so schnell. Es fühlte sich einfach richtig an.

Nachdem wir uns schon eine ganze Weile gedankenverloren geküsst hatten, spürte ich, wie sie sich an mir entspannte. Ich lehnte die Stirn gegen ihre und versuchte, Luft zu schöpfen. Auch sie war außer Atem.

»Nun, Engel, wie war dein Tag? Ehrlich jetzt. Ich glaube, du hast eben einiges nicht erzählt.«

Sie stöhnte. »Es war entsetzlich. Ich habe Stunden gebraucht, um die Projektbeteiligten davon zu überzeugen, dass alles wieder in Ordnung ist, und einer von ihnen war ganz besonders gnadenlos.«

»Es sind nur ein paar Arschlöcher mit Schwanz.« Ich küsste ihren Haaransatz an der Schläfe. »Und nun sag mal, warum der eine schlimmer war als die anderen?«

»Weil er mein Ex ist und ich ihn bei der Arbeit weiter am Hals habe. Er hat eine hohe Summe in das geplante Magazin investiert, als wir noch zusammen waren. War wahrscheinlich eine blöde Idee, Geschäft und Vergnügen zu vermischen.« Sie sah mir in die Augen. Sie versuchte, sich von mir zu lösen, und schnitt eine Grimasse. Ich hielt sie weiter fest.

»Nein, Engel, so leicht entkommst du mir nicht. Wir haben einen Deal. Zwei Dates.«

Die Spannung in ihrem Körper ließ spürbar nach, und sie ließ die Schultern hängen. Ihr Körper schmiegte sich erneut an meinen, und sie nickte an meinem Hals. Ihr Geruch umhüllte mich. Vanille und Honig. Ich atmete tief ein, zufrieden bis in die letzte Pore. »Ich liebe deinen Duft.«

Sie richtete sich auf und setzte sich mit ihrem herzförmigen Hintern auf meine Bettkante. In meiner halb aufrechten Position rückte ich, so weit es ging, zur anderen Bettkante hinüber, wobei ich darauf achtete, meine verletzte Schulter nicht zu sehr zu bewegen. Sie lehnte sich behutsam an meine Brust und die gesunde Schulter.

»Gut so?«

»Besser geht es gar nicht«, flüsterte ich. Diese zarte Frau passte so perfekt in meine Armbeuge, als sei sie für mich geschaffen.

»Erzähl mir von dir, Hank. Ich weiß kaum etwas über dich.«

Sie schmiegte den Kopf an meine Brust, sodass ihre Wange auf meiner nackten Haut lag. Mein gesunder Arm umfing sie. Ich zog an dem Haargummi auf ihrem Kopf, und schon fielen ihr die seidigen Wellen über die Schulter. Es linderte meinen Schmerz, sie so nah bei mir zu haben. Mit den Fingern durch ihr Haar zu gleiten, beruhigte und tröstete mich. So langsam beschlich mich der Verdacht, dass ich auf sie eine ähnliche Wirkung ausübte. Sie holte tief Luft und entspannte sich noch mehr an meiner Brust. Ihre zarten Finger lagen über meinem Herzen. Wieder dankte ich Gott dafür, dass ich zur Stelle gewesen war, um sie vor den herabstürzenden Metallrohren zu schützen.

»Wie wäre es zunächst mit den Basics?« Sie nickte. »Okay. Erst mal die Familie. Meine Mom heißt Julia, mein Dad Henry. Sie haben sich als Viehzüchter zur Ruhe gesetzt. Mein Bruder Heath leitet jetzt zusammen mit seiner Frau Jess das Familienunternehmen. Sie haben Zwillinge, zwei Jungs namens Holt und Hunter. Die beiden sind vier Jahre alt und halten meinen Bruder ordentlich auf Trab. Ich genieße jede einzelne Minute mit ihnen.« Beim Gedanken an Heath und die Jungs musste ich glucksen.

Sie stimmte sanft in mein Lachen ein. »Also beginnen sämtliche Vornamen eurer männlichen Familienmitglieder mit *H*?«

Ich lächelte und rieb mein Kinn an ihrem Scheitel. »Ja, Ma'am. Old Man Henry findet das gut. Und was Dad will, das kriegt er auch.« Sie grinste. »Was ist mit dir, Darlin'?«

»Nun, mein Vater ist William Reynolds. Meine Mutter Vivian Bright-Reynolds.«

»Warum hat sie einen Doppelnamen angenommen?«

»Weil sie aus einer sehr vermögenden Familie stammt. In unseren Kreisen ist das so üblich. Ich trage auch einen Doppelnamen und heiße eigentlich Aspen Isabel Bright-Reynolds. Meine Mutter bestand darauf, dass alle ihre Kinder auch ihren Mädchennamen auf ihren Geburtsurkunden stehen haben.«

»Jeder wie es ihm gefällt, nehme ich an. Wirst du deinen Namen ändern, wenn du heiratest, oder willst du danach fünf Namen haben?« Es schien mir lächerlich, so viele Namen zu besitzen.

»Keine Ahnung. Kommt drauf an.« Sie tippte mir mit dem Finger auf die Brust. »Dann ist da noch meine kleine Schwester London, die als Innendesignerin arbeitet, und mein älterer Bruder Rio, der ganz dick im Immobiliengeschäft ist.«

»Aspen, London und Rio?«

Sie lächelte und nickte. »Meine Eltern nannten uns nach den Orten, an denen sie in dem Jahr Urlaub gemacht haben, als meine

Mum jeweils schwanger war. Eigentlich ist das die einzige nette Geschichte, die ich über ihre Beziehung kenne. Sie waren nie besonders glücklich miteinander.« Sie schien sich noch intensiver an mich zu kuscheln, während sie über ihre Familie sprach.

Ich zog sie fest an mich. »Das tut mir leid.«

»Ist schon gut. Ich hatte großes Glück. In meiner Jugend hat es mir nie an irgendetwas gefehlt. Ich bin auf die besten Schulen gegangen. Mithilfe meines Treuhandfonds gründete ich dann meine Firma, und jetzt bin ich besser im Geschäft, als sie es sich jemals hätten träumen lassen.«

Ich umfing ihre Schulter und drückte sie. Mit ihr hier so zu sitzen, war behaglich. Entspannt. Es war schon lange her, dass ich mich mit einer Frau im Arm so wohlgefühlt hatte. Sie seufzte und vergrub die Nase in meiner Brust. Mein ganzer Körper begann plötzlich zu kribbeln, und die hohe Mauer um mein Herz bekam Risse und wackelte, kleine Sternenexplosionen aus Licht durchbrachen das zerbröselnde Fundament. »Sie sind sicher sehr stolz auf dich.«

»Nicht wirklich.«

»Warum nicht? Dein Unternehmen ist erfolgreich. Du hast dir einen Namen gemacht. Und bist einfach umwerfend.« Zum Beweis tätschelte ich ihren Po und drückte ihn.

»Hank!« Sie lachte, zog meine Hand aber nicht fort. »Nein, es ist nur … Sie wollten nicht, dass ich so erfolgreich werde, wie ich es jetzt bin. Sie wollten, dass ich mir einen erfolgreichen Mann suche, perfekte kleine Bälger zur Welt bringe, die sich ebenso perfekt in die High Society einfügen, und mich ansonsten mit meiner Mutter für wohltätige Zwecke einsetze.«

Ich zuckte zusammen und fletschte unwillkürlich die Zähne.

»Genau!«

»Unsere Eltern haben immer bestimmte Vorstellungen von unserem Leben, doch diesen Weg gehen wir nur selten. Ich selbst bin das beste Beispiel. Old Man Henry wollte, dass seine beiden Jungs sein Geschäft übernehmen. Eigentlich gehören mir fünfzig Prozent davon, aber stattdessen gründete ich Jensen Construction. Ich verbringe eben meine Zeit lieber damit, neue Dinge zu erschaffen, als Vieh zu hüten und zu verkaufen.«

»Und wie hat dein Dad reagiert?«

»Er war ehrlich, Darlin'. Hat gesagt, dass er enttäuscht ist, aber respektierte meine Entscheidung, meinen eigenen Traum zu verfolgen und nicht seinen.«

»Klingt, als sei dein Dad ein toller Kerl.«

»Der Beste.« Mein Vater war wirklich der Beste weit und breit. Er hatte hart für seine Familie gearbeitet und sich seinen Ruhestand ehrlich verdient. Ein bisschen altmodisch, aber so war eigentlich jeder gute Südstaatler seines Alters und Hintergrunds.

»Oh, das kann ich nicht beurteilen.« Sie lächelte verschämt. Ihre Hand fuhr über meine nackte Brust. »Im Augenblick steht bei mir nur ein Typ auf dem Podest.« Sie gab mir einen Kuss auf die Brust. Dann ließ sie die Zunge über meinen Nippel gleiten und biss sanft hinein. Der lustvolle Schmerz fuhr mir geradewegs in den Schwanz. Ich stöhnte laut auf.

»Tut mir leid, doch ich kann nicht anders. Du bist so … so … keine Ahnung. Ich will einfach … ich will dich einfach.« Es war das erste Mal, dass sie in meinem Beisein mit den Worten kämpfte. Und das war Musik in meinen Ohren. Zu wissen, dass meine Anwesenheit sie ganz genauso berührte wie umgekehrt, steigerte mein Verlangen nach ihr nur noch mehr.

»Das beruht auf Gegenseitigkeit, Engel. Nichts wünsche ich mir mehr, als dich meinen Namen schreien zu hören, wenn du kommst, aber das hier ist wohl kaum der richtige Ort dafür. Wenn ich dich erst nackt vor mir liegen habe, gibt es kein Zurück mehr, und dafür brauche ich ein Bett und eine ganze Nacht, damit ich es auch richtig mache.« Ich hob ihr Kinn mit einem Finger an und gab ihr einen flüchtigen Kuss auf die Lippen. »Doch jetzt muss du nach Hause zurückkehren und dich ausruhen. Immerhin zieht morgen ein Mann bei dir ein.« Ich zwinkerte ihr zu, und ihr Lächeln brachte mein Herz zum Schmelzen.

Kapitel 5

Aspen

»Wach auf, Prinzessin.« Olivers Trällern weckte mich aus tiefem Schlaf. »Wir müssen los und deinen Prinzen aus dem Ungemach des öffentlichen Gesundheitssystems erretten, um ihn ins Schloss zu schaffen. Ich suche dir ein paar Klamotten heraus. Du hast zehn Minuten!«

Ich stöhnte und zog mir die Decke über den Kopf. Oliver war immer schon ein Morgenmensch gewesen. Im Gegensatz zu mir. Überdies hatte die Kombination aus Schlafmangel und sexueller Frustration ihren Preis. Ich war noch nie vom Strudel der Lust mitgerissen worden. Ob ich Sex mochte? Ja. Wer tat das nicht? Ob ich ihn brauchte? Gelegentlich, ja. Doch zu Hank fühlte ich mich magisch vor Verlangen hingezogen – ich wollte diesem Mann ständig nahe sein, seine Haut an meiner spüren. Das Einzige, was mir Erleichterung verschaffen konnte, war offenbar, dass er mich mit seinem großen Körper in die nächstbeste Matratze presste. Und das vorzugsweise bald.

Jemanden für irgendetwas zu brauchen, war eine ganz neue Erfahrung für mich. Ich hatte mir den Hintern aufgerissen, um dafür zu sorgen, dass der einzige Mensch, den ich brauchte, derjenige war, dessen Gesicht ich im Spiegel sah. Oliver und meine Schwester waren die einzigen Menschen, mit denen mich etwas verband oder die mir am Herzen lagen. Ich schätzte die Leute, mit denen ich zusammenarbeitete, und diejenigen, die bei mir angestellt waren, aber ich ließ sie nie allzu nah an mich heran. Menschen, die behaupteten, meine Freunde zu sein, kamen und gingen. Himmel auch, an den meisten Tagen konnte ich sogar auf meine Mutter und meinen Bruder verzichten. Klang vielleicht herzlos, aber für meine Mutter war ich sowieso eine Enttäuschung, und mein Bruder betrachtete mich nur als Herausforderung.

Trotz meines Erfolges hatte ich nie in die Hautevolee-Schablone gepasst. Auch wenn ich meine Rolle ganz gut spielte. Ich nahm meine verschiedenen Aufgaben wahr, wusste, welche Gabel zu welchem Essen gehörte, kleidete mich angemessen. Und doch passte ich nie dorthin. Der einzige Ort, an dem ich mich jemals wohlgefühlt hatte, war am Kopf eines Konferenztisches, wenn ich plante, organisierte und delegierte. Die Kontrolle über mein Leben und mein Unternehmen zu haben, war meine Top-Priorität.

Und genau da lag auch das Problem mit Hank. Durch ihn fühlte ich Dinge, die ich sonst nie fühlte. Wollte Dinge tun, die ich normalerweise nie tat. Er brachte eine verwegene Seite an mir zum Vorschein, die ich nicht kannte und die mir irgendwie gefährlich erschien. Zum ersten Mal im Leben war ich nervös, hatte ein wenig den Halt verloren. Begab mich freiwillig auf unbekanntes Terrain.

»Raus aus den Federn!«, sagte Oliver. Er zog mir die Decke weg und warf sie auf den Boden, sodass ich mit nacktem Hintern vor ihm lag. Bevor ich noch Gelegenheit hatte, mich darüber zu beklagen, hatte er mich aus dem Bett gezerrt und ins Bad geschoben. »Und jetzt mach dich für unseren Cowboy hübsch.« Er grinste aufgeregt und hüpfte buchstäblich von einem Fuß auf den anderen.

»*Unseren* Cowboy? Ich frage mich, was Hank davon halten würde, dass du ihn abcheckst.«

»Keine Ahnung, ist mir auch egal. Er gehört mir genauso sehr wie dir.« Er holte ein Handtuch aus dem Wäscheschrank. »Was dein ist, ist mein, und was mein ist, ist auch dein!« Heute Morgen war er wirklich besonders frech.

Butch, Hanks Hund, betrat das Bad und ging zur Toilette hinüber. Ich hatte seine Anwesenheit ganz vergessen, bis er den Kopf in die Schüssel steckte und lautstark schlabberte. Wasser platschte über den Rand. Oliver und ich beobachteten den Hund mit leicht fassungsloser Miene. Doch nachdem ich zwei Tage mit Butch verbracht hatte, überraschte mich an diesem Tier gar nichts mehr. Er hatte Gustav auf die Palme gebracht, weil er den Mülleimer durchwühlt und den Müll in der ganzen Küche verteilt hatte. Gustav hatte mich vor die Wahl gestellt: Entweder ich sperrte den Hund ein oder er würde kündigen. Ich gab ihm eine Lohnerhöhung und wies ihn an, sich mit dem Tier abzufinden.

»Weißt du, ich habe irgendwo gelesen, dass Hunde gar nicht verstehen, warum ihre Besitzer sie nicht aus der Toilette saufen lassen, denn für sie ist die Schüssel wie eine Riesenmargarita!« Er legte den Kopf schief und beobachtete, wie der Hund weiter seinen Cocktail genoss.

»Das ist einfach nur krank. Und jetzt raus mit dir. Sag Gustav, dass ich einen Cappuccino zum Mitnehmen für mich und einen für Hank brauche. Außerdem einen halben Bagel mit Frischkäse, bitte. Oh, und sorg dafür, dass er Butch füttert.«

»Ja, Prinzessin. Dein Wunsch ist mir Befehl.« Er lief zur Tür, während ich unter die Dusche ging.

»Nein, mein Wunsch ist dein Job. Und zwar einer, für den du verdammt gut bezahlt wirst!«, rief ich ihm über das Wasser hinweg zu, das mir bereits über den Rücken lief. »Und nimm den Hund mit!« Die heiße Dusche entspannte meine schmerzenden Muskeln. Ich hörte, wie Oliver vor der Badezimmertür mit Butch kämpfte. Oliver war dem Tier offensichtlich egal. Mit mir schien sich Butch allerdings anzufreunden, solange ich ihn vor dem Zubettgehen ordentlich durchkraulte und dann noch mal, wenn ich nach Hause kam. Tatsächlich fing ich sogar an, den chaotischen Kerl zu mögen. Auf seine sabbernde, haarende Art war er schon ziemlich süß.

Ich beendete meine Dusche und zog einen schwarzen Spitzen-BH mit passendem Slip sowie hauchzarte Strümpfe an, die Oliver mir aufs Bett gelegt hatte. Im freistehenden Spiegel betrachtete ich meinen Körper kritisch. Ich arbeitete hart, um in Form zu bleiben. Meine Beine, Arme und Bauchmuskeln waren allesamt fest, der Bauch flach. Ich war stolz auf die definierte Kerbe in meinem Bizeps. Nicht zu muskulös, sondern stark und feminin. Meine Brüste waren zwar groß, aber dennoch straff.

Ich drehte mich um, um meine Rückseite zu betrachten, und freute mich über die Tatsache, dass mein Hintern prall und fest war. Er war vermutlich das Erotischste an mir, und die Slips mit der muschelförmigen Spitzenkante wirkten Wunder auf mein Selbstbewusstsein. Wenn Hank mich irgendwann so sah, war er sicher erfreut.

Ich schlüpfte in ein königsblaues Kleid, das meine Kurven zur Geltung brachte. Vorn war es eher schlicht gehalten – mit U-Ausschnitt und eng anliegendem Oberteil. Am Rücken befand sich ein deutlich sichtbarer Reißverschluss, der von Lederstreifen eingefasst war. Oliver nannte dieses Outfit »Business vorn, Party hinten«-Kleid.

Während ich mich schminkte, kam Oliver herein und bedeutete mir, mich auf den Stuhl vor dem Schminktisch zu setzen. Er drehte mein Haar in ein komplexes Gebilde aus Knoten und Wirbeln, wobei er immer mal wieder eine Haarnadel hineinschob, damit alles hielt. Der Mann war in Sachen Styling einfach ein Genie. Er wusste genau, was gut aussah, kannte jede einzelne meiner Größen und machte aus jeder Hochsteckfrisur ein Meisterwerk.

Er fixierte eine letzte Haarnadel und reichte mir dann den Spiegel. »Da, perfekt.«

»Sieht toll aus, wie immer. Du versetzt mich immer wieder in Erstaunen.«

Ein breites Lächeln legte sich auf sein frisches, makelloses Gesicht. Oliver war der Typ gut aussehender, hübscher Junge. »Danke. Und was fangen wir jetzt mit dem Cowboy an? Ich habe das Gästezimmer vorbereitet, all seine Klamotten eingeräumt und seine Toilettenartikel im Bad verteilt. Für einen Mann, der mehr als zwei Monate zu bleiben gedenkt, hat er nicht allzu viel bei sich.« Er kniff nachdenklich die Augen zusammen und presste die Lippen aufeinander.

»Nun ja, er ist ein Mann.«

»Das bin ich auch, und ich hätte fünfmal so viel mitgenommen wie er. Schrank und Schubladen sind nicht einmal voll.« Seine Miene wirkte schockiert, beinahe schon angewidert. »Ich glaube, ich sollte ihm mal ein paar Klamotten kaufen. Er besitzt nur ein einziges langärmeliges Button-down-Hemd, eine Krawatte und ein Jackett. Das war's!«

Ich lächelte und dachte darüber nach, wie männlich Hank war. Er machte sich keine Gedanken um Kleidung oder darum, sich herauszuputzen wie ein Pfau. Aber offen gesagt interessierte mich das nicht die Bohne. Je weniger Kleidung er trug, umso besser.

»Wenn du dich dabei besser fühlst, dann kauf ihm noch etwas zum Anziehen. Vielleicht gehst du mal mit ihm shoppen, wenn er Lust dazu hat.«

Olivers Augen leuchteten auf, als breche die Sonne durch die Wolken hindurch, um ihre Strahlen in sämtliche Richtungen zu schicken. Er klatschte in die Hände und drehte sich auf den Zehen in einem perfekten Kreis um die eigene Achse. »Oh, meine ganz persönliche männliche Anziehpuppe.« Er zog vor Aufregung die Schultern zusammen.

»Aber das solltest du Hank keinesfalls so sagen. Womöglich schlägt er dir mitten ins Gesicht, wenn du vorschlägst, Barbie spielen zu wollen mit ihm als deinem persönlichen Ken.« Ich versuchte, mein Grinsen zu verbergen.

Er riss die Augen auf, und seine Nasenflügel bebten. »Du meinst, er würde mir gegenüber tatsächlich handgreiflich werden? Ernsthaft?«

»Ähm, nein.« Ich lachte so laut, dass es von den Badezimmerwänden widerhallte. »Komm, lass uns gehen. Ich muss ihn hierherbringen, und dann habe ich heute Nachmittag noch ein Meeting bei AIR.«

In Rekordzeit waren wir am Krankenhaus angelangt. Ich versuchte, die Schmetterlinge in meinem Bauch zu ignorieren, ebenso wie mein Herz, das wie ein Presslufthammer schlug. Hank stand vor dem Krankenhausspiegel und kämmte sich gerade sein dunkles Haar. Eine tief sitzende Jogginghose betonte seine schmalen Hüften und die festen, muskulösen Schenkel.

Am Rücken spannte sein weißes T-Shirt über den Schultern, die jedem professionellen Footballspieler alle Ehre gemacht hätten. Die verbundene Schulter und der linke Arm waren mit einer blauen Schlinge an seiner Brust fixiert worden. Wunderschöne honigfarben grüne Augen fingen meinen Blick im Spiegel ein. Auf Hanks Gesicht erschien ein breites Lächeln, das weiße, ebenmäßige Zähne enthüllte. Er war sauber rasiert, und das Haar, das er zurückkämmte, war noch feucht.

»Morgen, Engel.«

»Morgen, Hengst. Bereit, hier auszubrechen?«

Er wandte sich um und lächelte. »Ich glaube, da gibt's nur noch eins, was ich brauche, bevor wir von hier verschwinden.«

Er hatte nicht allzu viel dabei. Ich sah mich im Zimmer um auf der Suche nach irgendetwas, was noch herumlag. Mit ein paar Schritten stand er vor mir, groß und aufragend. Er umfing meinen Nacken, vergrub die Finger in meinem Haar. Und innerhalb weniger Sekunden verschlangen mich seine Lippen.

Vorsichtig ließ ich die Hände um seinen Oberkörper gleiten, wobei ich seine verwundete Seite sorgsam mied. Feuchte Strähnen benetzten meine Finger, als ich in sein Haar griff, um sein Gesicht näher zu mir heranzuziehen. Ein Knurren stieg aus seiner Kehle, während er an meinen Lippen knabberte und sog. Flüssige Hitze kochte zwischen meinen Schenkeln.

Ich hörte, wie die Tür sich hinter uns öffnete und wieder schloss. »Schluss jetzt, Cowboy!«, rief Oliver tadelnd.

Hank löste sich von mir und tätschelte mit dem Daumen meine Wange. »Das Kleid gefällt mir.« Dieser Kommentar war galanter, als ich es von so einem Kerl wie ihm erwartet hätte. Er war eher der Typ Steinzeitmensch. Einer, der eine Frau in seine Höhle mitnimmt, um es mit ihr dort auf jede erdenklich verruchte Weise zu treiben, die er sich wünschte.

Die Zärtlichkeit, mit der Hank mich hielt, gab mir das Gefühl, geschätzt zu werden, etwas Besonderes zu sein – auf eine Art, wie ich es nicht gewöhnt war. Das zeigte sich auch in dem Blick, mit dem er mich ansah: als sei ich die einzige Frau auf der Welt. Sanft liebkoste er mein Gesicht. Offensichtlich hatte er Gefühle für mich. Gott sei Dank war ich nicht die Einzige, deren Welt plötzlich kopfstand.

Er gab mir noch einen kurzen Kuss auf die Lippen und drehte den Kopf zu Oliver hinüber. Dann warf er ihm einen scharfen Blick zu. »Wenn ein Mann seine Frau küsst, unterbricht man ihn besser nicht dabei.«

Seine Frau. Mannomann.

Hank

Auf der Fahrt zu ihrer Wohnung machte ich mir Vorwürfe, weil ich so vorgeprescht war und mir den Mund verbrannt hatte. Sie als meine Frau zu bezeichnen, hätte echt in die Hose gehen können. Und zwar so richtig. Es war, als hätte ich vergessen, wie man sich ein bisschen zurückhält. Ich befürchtete, meine Karten bei ihr zu schnell ausgespielt zu haben. Ist nie eine gute Idee, alles aufs Spiel zu setzen, wenn man nicht sicher ist, ob der andere dann nicht vielleicht aussteigt.

Bei Aspen hatte ich echt keinen blassen Schimmer, was sie über diese Sache zwischen uns beiden eigentlich dachte. Alles ging dermaßen schnell, völlig ungebremst. Wenn sie nicht da war, wünschte ich mir, sie wäre es. Und wenn sie da war, konnte ich ihr nicht nah genug sein. Ohne diesen gebrochenen Flügel hätte ich sie schon längst aufs nächstbeste Bett geworfen.

An Frauen hatte es mir nie gemangelt. In kalten Texasnächten hatte ich stets einen warmen Körper neben mir gehabt. Aber bei Aspen war es mehr. Bei ihr bekam ich ganz weiche Knie, und die Brust wurde mir eng. Ein sehnsüchtiger Schmerz saß tief in meinen Inneren. Nie hatte eine Frau meine Gedanken mehr durcheinandergebracht als diese blonde Göttin.

Ihre Wohnung befand sich im Obergeschoss eines Wolkenkratzers. Von ihrem Balkon aus sah man den Central Park und hatte freien Blick auf ganz New York City.

Die Wohnung war modern, aber behaglich. Mit Kunstwerken an den schlichten weißen Wänden wie in einem Museum. Dazu passende weiße Marmorböden, die in der riesigen Wohnung nur so schimmerten. Hier und da lag ein Teppich und durchbrach den Gesamteindruck wie ein nicht dazu passendes Puzzleteil. Ein Mangel an modernen Annehmlichkeiten bestand jedenfalls nicht.

Entertainmenttechnologie der Spitzenklasse, ein Medienzimmer, luxuriöse Möbel, die aussahen, als müssten sie dringend auf das Cover einer Einrichtungs- und Designzeitschrift. Je länger ich mich umsah, umso mehr ging mir auf, wie unterschiedlich wir waren. Sie lebte mitten im Luxus. Ich auf einer Ranch mit ramponiertem altem Mobiliar, Wänden voller Bücher und herumliegenden Sportklamotten.

»Nette Bude.« Mein Mund verzog sich zu einem Lächeln, das sie mir wahrscheinlich nicht abnahm. Keine Ahnung, was ich erwartet hatte, aber die Frau war reich. *Richtig reich*. Noch nie war ich in einer so eleganten Wohnung gewesen. Anscheinend hatte jedes Möbelstück hier seinen perfekten Platz, nichts tanzte aus der Reihe, außer, es war so gewollt. Es lag nichts unordentlich herum, und Kinkerlitzchen gab es auch keine. Zeitschriften waren fächerförmig auf diversen Tischen ausgebreitet worden.

Bevor sie antworten konnte, hörte ich das vertraute Klicken, auf das ich mich nach einem Tag voller harter Arbeit immer so freute. So schnell seine Läufe ihn trugen, rannte Butch zu mir hin. Er stürzte sich auf mich, hätte mich beinahe umgeworfen. Er drehte sich im Kreis, damit ich mich hinhockte und ihm den Kopf kraulte und meinem Jungen etwas Liebe schenkte, während er mir übers Gesicht leckte.

»Oh, guter Junge. Hab dich vermisst, Butch. Warst du bei Aspen denn ein braver Junge? Ja, darauf möchte ich wetten. Ich liebe dich auch, Kumpel.«

Seine lange pinkfarbene Zunge leckte noch einmal über meine gesamte Gesichtshälfte. Aspen zuckte zusammen und zog eine Grimasse. Und dann passierte etwas total Abgefahrenes. Butch verließ mich, rannte zu Aspen und rieb sich an ihrem Bein.

»Na gut, Junge, aber diesmal keine Küsse!« Sie tätschelte Butch, fuhr mit den Nägeln über seinen Nacken. Er schmiegte sich an sie. Schockiert sah ich sie an. Sie fing meinen Blick auf. »Was?«

»Butch mag dich?« Kaum zu glauben.

»Ja, wir haben uns in den letzten Tagen miteinander angefreundet. Er lässt mich in Ruhe, solange ich ihm morgens, nachdem wir aufgewacht sind, etwas Aufmerksamkeit schenke und dann wieder, wenn ich heimkomme.«

»Er schläft bei dir?« Unmöglich!

»Nicht bei mir. Das wäre eklig. Er schläft vor dem Fußende meines Bettes. Warum bist du so schockiert?«

»Weil Butch Frauen hasst. Außer Ma und meine Schwägerin Jess, und selbst das hat einige Zeit gedauert.«

»Oh nein, das tut er nicht. Nicht wahr, Junge?« Sie tätschelte ihm noch einmal den Kopf und lächelte auf den gelben Labrador hinab. Butch blickte voller Anbetung zu ihr auf. Konnte ich nachvollziehen. Sie war ein echter Hingucker.

»Na, ich fass es nicht. Du versetzt mich immer wieder in Erstaunen, Darlin'.«

Die Situation war interessant und unerwartet. Mein Hund mochte tatsächlich keine Frauen. Jedes Mal, wenn ich eine Frau mit auf die Ranch gebracht hatte, hatte er geknurrt und sie zu Tode erschreckt, sodass sie mich letztlich alle gebeten hatten, ihn nach draußen zu bringen. Normalerweise erledigte ich dann alles, was ich mit dieser Lady erledigen wollte, und brachte sie anschließend nach Hause. Butch war wichtiger als eine schnelle Nummer, um meinen Spaß zu haben. Ich dachte mir, wenn die Frauen auf One-Night-Stands standen, war es wohl in Ordnung, wenn sie nicht die Nacht über blieben. Meistens funktionierte es. Manchmal musste ich mich auch mit einer Klette herumschlagen. Dann löste ich mich ganz schnell von ihr und kümmerte mich wieder um meinen eigenen Kram. Irgendwann verstanden die Frauen dann, wie es lief.

Aspen fuhr fort, mir die Villa zu zeigen, die sich als Penthouse verkleidet hatte. Warum jemand, der allein lebte, so viel Platz brauchte, war mir schleierhaft. Vor der Tür neben dem Hauptschlafzimmer blieb sie stehen.

»Und das hier ist dein Zimmer für die nächsten acht Wochen.«

Ich betrat den Raum und setzte mich aufs Bett, federte ein paarmal auf und ab. Es war groß mit einer blauen Überdecke. Insgesamt war das Zimmer maritim eingerichtet. Nicht mein Geschmack, aber egal. Ich hatte sowieso vor, meine Zelte bei ihr aufzuschlagen.

»Wie oft, glaubst du, werde ich in diesem Zimmer schlafen?« Verführerisch wackelte ich mit den Augenbrauen.

Sie neigte den Kopf zur Seite und grinste. »Wo willst du denn bitteschön sonst schlafen?«

»Nicht so schüchtern, Engel. Ich würde mal schätzen, ich verbringe hier, ja, was? Höchstens zwei Nächte, dann liegst du unter mir und flehst mich an, dich noch einmal kommen zu lassen.«

»Noch einmal?«

»Oh ja. Ich werde dir auf so viele Weisen Lust bereiten, wie du es dir bisher nur erträumt hast.«

Von meinem Platz auf dem Bett aus konnte ich sehen, wie sich ihre Pupillen weiteten und ihre Hände zu Fäusten ballten. »Du bist dir deiner Selbst aber ganz schön sicher. Für einen Mann mit einer verletzten Schulter nimmst du den Mund ziemlich voll.« Sie tat nur so schamhaft, denn ihr Atem ging schneller, ihre Hände waren angespannt, und sie kaute auf ihrer pinkfarbenen Lippe herum. Ich schätzte, sie stellte sich gerade vor, was ich alles mit ihr machen würde, und das erregte sie total.

Ich stand auf und überragte ihre zierliche Gestalt. Dann fasste ich sie an den Hüften und zog sie an meinen immer härter werdenden Schwanz. Sie keuchte, als ich das Becken an ihrem Bauch kreisen ließ. Prickelnde Lust erfasste meinen ganzen Körper. Sie stöhnte und strich sich mit der Zunge über die Lippen.

»Merkst du, was du mit mir anstellst? Nur weil ich dir nahe

bin?« Sie nickte. »Wenn du bereit bist, etwas dagegen zu unternehmen, sag Bescheid.«

Sie legte die Hände um meinen Nacken und drückte ihre Lippen auf meinen Mund. Der Kuss war leidenschaftlich, sodass sich ihr meine Erektion zwischen meinen Schenkeln entgegenreckte. Mit der rechten Hand umschloss ich ihren Hintern, presste sie noch fester an meinen Schwanz.

Der Druck war perfekt. Ich atmete in ihren Mund. Ihr sexy Körper glitt an meinem entlang, rieb sich verzweifelt dort, wo sie am meisten danach verlangte. Ich zog sie mit mir, bis ich die Matratze hinter mir fühlte, dann setzte ich mich hin.

Sie beugte sich herab und saugte an meiner Zunge, knabberte spielerisch an meinen Lippen. Die Frau brachte mich an den Rand des Wahnsinns. Innerhalb von Sekunden war ich bereit, sie zu vögeln. Ich ließ die gesunde Hand unter ihr Kleid gleiten, bis ich nackte Haut ertastete. Halterlose Strümpfe. Die Frau war mein Ende.

Ich musste die Strümpfe sehen.

Mit einer Hand bemühte ich mich, das Kleid hinaufzuschieben. Sie hob das Knie bis auf die Matratze und ließ sich dann rittlings auf meinen Schoß sinken. Nun konnte ich sie dort schmecken und berühren, wo ich es mir am meisten wünschte. Meine Lippen fanden die zarte Haut ihres Bauches genau unter dem Nabel. Ich ließ die Zunge über die samtene Fläche kreisen. Der Duft ihrer Erregung benebelte mir die Sinne, sodass ich ganz weiche Knie bekam. Gleichzeitig war mein praller Schwanz von einem Schmerz erfüllt, den nur eines lindern konnte.

Sie nahm für mich ihr Kleid hoch, und ich wanderte mit der Hand hinab, um ihren festen Po zu umfassen. Die Spitze ihres Slips war so weich. Ich strich mit dem schwieligen Daumen darüber. Dann ließ ich die Finger um die Spitze herum nach vorn wandern, tauchte ab und legte sie auf ihre Pussy. Ein Stöhnen kam ihr über die Lippen, während ihr Mund dicht an meinem war. Ihr Höschen war ganz nass, so feucht war sie.

»Verdammt, Engel!«

Sie stöhnte meinen Namen, als ich die Finger zwischen die Spitze und ihre babyweiche Haut schob und dann einen Finger tief in sie gleiten ließ. Sie war sengend heiß, und ich wollte diese Hitze trinken. Sie ließ die Hüften kreisen, während ich einen weiteren Finger in sie hineinschob. Sie war so eng, dass ihr Körper meinen Finger wie einen Schraubstock umspannte. Ich konnte mir nur vorstellen, wie es sich anfühlen musste, wenn ich meinen Schwanz in ihr versenkte. Sie seufzte und ritt langsam meine Hand. Dieses erste Mal ließ ich es zu. In Zukunft würde ich die Kontrolle übernehmen. Aber vorläufig genoss ich den Anblick, wie sie meine Hand ritt und ihre gierige Pussy meine Finger umschloss. Es war so erotisch und nur ein Vorgeschmack dessen, was uns noch erwartete. Langsam strich ich mit den Daumen über die harte Stelle zwischen ihren Oberschenkeln und wurde dafür mit einem lauten Stöhnen belohnt.

»Oh Gott, Hank.«

»Fühlst du das, Engel. Fühlst du mich tief in deinem Innern?« Ich drang mit meinen zwei Fingern so tief in sie hinein, dass meine Handfläche schließlich auf ihrer feuchten Spalte lag.

»J-ja«, stammelte sie und reckte mir die Hüften im Rhythmus entgegen, in dem sich meine Finger bewegten.

»Das ist nur ein Vorgeschmack darauf, wie es sich anfühlen wird, wenn ich dich ficke.«

Dirty Talk machte sie noch schärfer, und ihr gesamter Körper spannte sich an. »Ich komme.«

Mit einer Hand stützte sie sich auf meine gesunde Schulter, die andere lag auf meiner Brust. Sie bäumte sich mir entgegen. »Das ist es, Darlin'. Gib's mir. Ich will sehen, wie du durchdrehst.« Ihre Hüften hoben und senkten sich mit festen, kräftigen Bewegungen.

Ich saugte und knabberte an ihrem Hals, während sie meine Hand ritt. Hart.

Ein paarmal streichelte ich noch ihre Klit, dann kam sie, und sie schrie auf. Ihre geschwollenen Lippen senkten sich auf meinen Mund. Unsere Zungen tanzten miteinander, während sie erbebte. Ich verwöhnte weiter ihre süße Pussy, verlängerte ihre Lust. Als sie ruhiger wurde, zog ich die Hand aus ihrem Slip und leckte meine feuchten Finger ab. Sie beobachtete mich ehrfürchtig, ihre Augen ein tiefes Blau. Sie schmeckte köstlich und süß wie der feinste Honig. Sie hielt meinen Blick fest, und in diesem Moment glaubte ich, ein Leben lang in diese indigofarbenen Tiefen schauen zu können.

»Gott, du schmeckst so gut. Wie Honig.«

»Mein Gott, Hank.«

»Na ja, das nicht gerade, aber ich freue mich natürlich, dass du etwas Göttliches in mir erkennst.« Wir lachten beide, und sie stand auf und strich sich das Kleid glatt. Ich umfing meine schmerzende Erektion und drückte sie, um mir Erleichterung zu verschaffen.

Hungrig blickte sie darauf hinab. »Willst du, dass ich …«

Doch in diesem Augenblick kam Oliver um die Ecke. In meiner Eile, sie berühren zu wollen, hatte ich den kleinen Kerl ganz vergessen. Wäre er eine Minute zuvor hereingekommen, hätte er echt etwas zu sehen bekommen.

Beiläufig legte ich mir den Arm über den Schoß, um meine Erregung zu verbergen.

»Da bist du ja.« Er musterte uns ausgiebig, und um seine Lippen zuckte es. »Du hast in einer Stunde einen Fototermin und ein Meeting mit dem Fotografen für das erste Fashionshooting des Magazins. Bist du so weit fertig?«

»Äh, ja.« Sie sah mir weiterhin unverwandt in die Augen. Das Verlangen in ihnen hätte jeden Mann in die Knie gezwungen.

Dann holte sie tief Luft und brach den Bann. »Ich habe Hank nur alles gezeigt. Danke, dass du mich an das Shooting erinnert hast.«

Noch einmal musterte Oliver uns grinsend, dann sah er Aspen an. Stirnrunzelnd betrachtete er ihren Kopf. Er streckte die Hände aus und fing an, an ihrem Haar herumzufummeln. Er zog etwas aus der Tasche und richtete ihr das Haar.

»Entschuldigung? Was tun Sie da?« Ich wusste, dass ich kein Recht auf sie hatte, aber zu sehen, wie ein anderer Mann sie berührte, und zwar auf sehr intime Weise, weckte in mir den Impuls, ihm meinen Stiefel in den Hintern zu rammen.

»Was *ich* da tue?« Er runzelte die Stirn und machte sich weiter an ihrer Frisur zu schaffen.

Ich stand auf und war bei ihr. Fest umfasste ich sein Handgelenk. »Warum zum Teufel berühren Sie sie auf diese Weise?«

Seine Augen weiteten sich. Gut. Der kleine Arsch sollte besser die Finger von meiner Frau lassen.

»Hank?« Aspen wirkte irritiert. »Er frisiert mich doch nur.«

»Ja, Cowboy, sieht so aus, als hätten die Pfoten irgendeines großen Mannes meine ganze harte Arbeit zunichtegemacht.« Sein scharfer, wütender Blick verwirrte mich.

Nichts von all dem ergab auch nur im Mindesten Sinn. »Hältst du mich etwa für dick, Junge?« Meine Stimme war beinahe ein Knurren.

»Hank, du verstehst das alles falsch. Oliver macht mir die Haare. Er wählt meine Kleidung aus. Er sorgt dafür, dass ich immer repräsentativ aussehe«, erklärte sie.

Okay, verstanden, aber trotzdem tappte ich noch im Dunkeln. Sie musste doch erkennen, dass ich damit ein Problem hatte.

»Olivers *Freund* war Make-up-Artist und Stylist. Ollie hat im Laufe der Jahre einiges von ihm aufgeschnappt.« Sie lächelte bezaubernd.

»Sie stehen auf Schwänze statt auf Brüste?« Oliver war schwul? Das erklärte vieles. Ich musterte den Typen von Kopf bis Fuß. Er war immer elegant gekleidet. Kein Härchen je am falschen Platz. Selbst sein Gesicht war unglaublich gepflegt. Verdammt, jetzt kam ich mir wie ein Arschloch vor.

»Nun, anscheinend werde ich hier jetzt nicht mehr gebraucht, nicht wahr?« Oliver drehte sich auf dem Absatz um und stapfte aus dem Zimmer.

»Ollie, nein. Er hatte doch keine Ahnung!«, rief Aspen hinter ihm her. »Gott verdammt, Hank. Meine Güte. Du hast ihn ganz schön verletzt.«

Ich zuckte mit den Schultern. »Sorry. Ich sah, wie er dich angefasst hat, und habe reagiert. Dafür werde ich mich nicht entschuldigen, Darlin'. Aber beleidigen wollte ich ihn auch nicht.«

Sie atmete langsam und gedehnt aus. Zuzusehen, wie sich ihre pinkfarbenen Lippen ärgerlich verzogen, war gleichbedeutend mit einem Weckruf für meinen Schwanz nach dem Motto: »Los, Junge, komm raus zum Spielen!« Doch derlei Gedanken führten nirgendwo hin, ließen einen höchstens in Ungnade fallen.

»Wir reden später noch darüber. Aber du wirst dich bei ihm entschuldigen.« Anscheinend hatte ich es gründlich vermasselt, und der Winzling hatte eine riesige Bedeutung für meinen Engel. Besitzergreifende Überreaktionen wie diese würde ich aber so schnell kaum unterdrücken können. Ein Mann wie ich wollte nicht, dass ein anderer seine Frau berührte – ob schwul oder nicht.

Aspen war die Mühe wert, also erklärte ich mich bereit, die Sache in Ordnung zu bringen. »Ich rede mit ihm. Aber ein bisschen Abhärtung täte ihm trotzdem ganz gut.« Das stimmte. Der Mann war fahrig und wuselig wie ein Welpe, der vor einer zusammengerollten Zeitung davonläuft.

»Er ist mein bester Freund und der wichtigste Mensch in meinem Leben.« Ihr Blick war hart. Dies war das erste Mal, dass ich sie wirklich wütend erlebte. »Du wirst ihn mit Respekt behandeln, oder das hier …« Sie zeigte zwischen uns hin und her. »… ist zu Ende, noch bevor es richtig begonnen hat.«

Der wichtigste Mensch in meinem Leben. Das saß. Und es gefiel mir nicht im Geringsten. Ich würde das in Ordnung bringen, damit sie ihre Einstellung änderte. Eines Tages würde sie das von mir sagen. Hoffentlich, lieber Gott!

»Verstanden. Tut mir echt leid, Engel. Es interessiert mich einen Scheißdreck, ob er schwul ist oder nicht. Ich bring es in Ordnung. Versprochen.« Ich versuchte, ihr Haar zu berühren, aber sie wich zurück. Das versetzte mir einen Stich, der mehr schmerzte als eine Biene, die einem in die weiche Haut der Fußsohle stach.

»Ich bin zum Abendessen wieder zu Hause. Gustav kümmert sich um dein Mittagessen. Die Krankenschwester wird etwa in einer Stunde hier sein. Sie kommt dreimal am Tag, um deine Verbände zu wechseln und dich bei der Kältetherapie zu unterstützen.« Die Wärme unseres Zusammenseins von vorhin war verflogen. Stattdessen herrschte jetzt eine Kälte zwischen uns, die mir bis ins Mark ging.

Ich nickte. »Danke.«

Sie wandte sich zum Gehen um, dann blieb sie an der Türschwelle stehen, ohne sich zu mir umzuwenden, und ließ den Kopf hängen. »Ich bin froh, dass du hier bist, Hank.« Dieser einfache Satz war der erste Schritt zurück auf den richtigen Pfad.

»Ich auch, Engel.«

Kapitel 6

Aspen

Ich hatte absolut keine Lust, den ganzen Nachmittag damit zu verbringen, Oliver nach Hanks Ausbruch zu trösten. Er machte sich Sorgen, dass Hank ein Problem mit Homosexuellen hatte. Aber darum ging es gar nicht. Nachdem Ollie gegangen war, wurde deutlich, dass Hank einfach nur besitzergreifend und altmodisch war. Eigenschaften, die man bei Männern auf dieser Seite des Landes nicht oft fand. Trotzdem hätte ich dem Kerl am liebsten eine verpasst, weil er Oliver so schlecht behandelt hatte.

Hank hatte mir versprochen, es in Ordnung zu bringen, und daran musste ich glauben. Ich berichtete Oliver also, dass Hank mit ihm über sein Verhalten reden und sich entschuldigen wollte. Natürlich wollte mein Ollie weiter vor sich hin schmollen, was verdammt noch mal auch sein gutes Recht war. Aber eigentlich hätte ich mich hundertprozentig darauf konzentrieren müssen, unser allererstes Fotoshooting für das *Bright Magazine* zu überwachen, statt mich mit einem beleidigten Olli abzugeben, der einem größere Schuldgefühle einreden konnte als meine puritanische Großmutter.

Der Fotograf war eine Nervensäge, hatte sich in der Branche aber einen Namen gemacht. Er arbeitete für die besten Fashionmagazine und würde *Bright* geradewegs an die Spitze katapultieren ... solange man ihn bei Laune hielt. Das waren meine Aufgaben – CEO und Babysitterin für bedürftige, vermessene Snobs zu sein. Ich hätte Unterricht bei Ollie nehmen sollen. Immerhin schlug er sich seit Jahren mit mir und meinem Mist herum. Aber zumindest hatte mich meine Erziehung dazu befähigt, mit einem Mann seines Kalibers und Stammbaums fertigzuwerden.

Mühelos hatte ich den Fotografen schon bald so weit, dass er mir aus der Hand fraß und jegliche Aufgabe so erledigte, dass wir das Shooting in einem statt zwei Tagen hinter uns bringen konnten.

Dabei verfolgte ich durchaus eigennützige Interessen. Wenn wir jetzt schnell fertig wurden, konnte ich den nächsten Tag mit Hank verbringen. Wie, darüber würde noch zu reden sein, aber ich wollte ihn wirklich besser kennenlernen. Wir brauchten beide etwas Zeit, um diese Verbindung zwischen uns besser zu verstehen. Zeit, um herauszufinden, ob diese Anziehungskraft eine rein körperliche war oder mehr dahintersteckte.

Kaum war das Shooting beendet, flog ich förmlich nach Hause. Mein Fahrer warf mir ein beschwichtigendes Lächeln zu, raste durch die Straßen von Downtown New York und hätte dabei um ein Haar einen Boten umgefahren, der sich auf dem Weg in den Verkehr einfädelte. Ich war ganz kribblig, als ich endlich zu Hause ankam und meine Aktentasche auf dem Beistelltisch deponierte. Da hörte ich das schrille Kichern einer Frau am Ende des Flurs.

Ich wollte jetzt unbedingt zu Hank – mit einer Ungeduld, über die es später noch mal nachzudenken galt –, aber dieser Laut erinnerte mich an einen wirklich schlimmen Tag vor acht Monaten. Ich hatte beschlossen, Grant zu überraschen, indem ich ein Meeting cancelte und spontan in seinem Haus auftauchte. Dort erwischte ich ihn mit einer seiner Assistentinnen, die ich seitdem als Flittchen Nummer zwei bezeichnete. Er umfasste ihren Kopf, während er ihr seinen mickrigen Schwanz in den Mund schob.

Sein Betrug tat auch jetzt noch weh, allerdings vornehmlich deshalb, weil ich zugelassen hatte, dass er mich nicht nur einmal, sondern sogar zweimal betrogen hatte. Hanks tiefes, kehliges

Lachen wehte durch den Flur zu mir herüber und durchdrang den Nebel meiner Vergangenheit. Mir lief es kalt den Rücken hinunter.

Hank saß auf dem Bett, den Rücken ans Kopfteil gelehnt. Er hatte sein Shirt ausgezogen, und seine Brust schimmerte im bernsteinfarbenen Licht golden wie die eines griechischen Gottes. Eine kecke Brünette in pinkfarbenem Kittel saß neben ihm und hielt eine Schüssel Popcorn in der Hand. Ihre Blicke waren auf den Fernseher gerichtet, der in einem Schrank gegenüber vom Bett untergebracht war. Immer wieder streckte Hank den langen muskulösen Unterarm aus und nahm sich Popcorn, ohne die Augen vom Bildschirm zu lösen. Er bemerkte den bewundernden Blick der hübschen Frau nicht, als seine Hand ihren Schenkel streifte.

Ich schon.

Sie hielt den Atem an und hielt ihren Körper ganz still, während sie Hank mit den Augen verschlang. Ich räusperte mich. Ich wurde aus zwei Augenpaaren angestarrt. Eines dunkel und gefährlich, das andere erschrocken und unsicher.

»'n Abend, Hengst.« Selbst in meinen eigenen Ohren klang meine Stimme heiser.

»Engel«, antwortete Hank mit diesem perfekt gedehnten texanischen Akzent, bei dem mir immer die Knie weich wurden und sich tief in meinem Bauch Lust regte.

Die Krankenschwester sprang auf und verschüttete etwas Popcorn. Eilig sammelte sie die Krümel auf und warf sie in den Müll.

»Ähm, Ms. Reynolds. Ich war gerade dabei, äh …«

»Hank Gesellschaft zu leisten?«, soufflierte ich. Sie riss die Augen auf und verschränkte nervös die Finger ineinander.

»Komm her, Darlin'.« Seine Stimme duldete keinen Widerspruch.

Geschmeidig wie eine Katze schlenderte ich auf den Cowboy zu. Sein gesunder Arm legte sich besitzergreifend um meine Hüfte. Ich genoss seine Neandertaler-Gesten. Der Schwester zu zeigen, dass er zu mir gehörte, war genau meine Absicht gewesen, und sei es nur aus Prinzip. Seine Hände glitten meine Taille hinauf, und er zog mich auf seinen Schoß. Unsere Blicke hielten einander fest. Im Hintergrund fiel irgendetwas klappernd auf den Schreibtisch, dann raschelten irgendwelche Papiere. Die Schwester packte also zusammen.

»Wie geht es dir?« Ich leckte mir die Lippen bei der Vorstellung, was er als Nächstes tun würde.

»Besser, jetzt, wo du da bist.«

Ich wandte den Kopf und sah der Krankenschwester in das hochrote Gesicht. »Sie sind entlassen«, sagte ich.

»Endgültig? Ich schwöre, Ms. Reynolds, wir haben nicht … Es ist nichts passiert.«

Ich drehte mich wieder zu Hank um, dessen Lippen zuckten.

»Nein, nur für heute Abend. Bis morgen früh in alter Frische, wenn seine Verbände gewechselt und seine Therapie vorbereitet werden muss. Das wäre dann für heute alles.«

»Danke«, antwortete sie und sauste schnell wie der Blitz zur Tür hinaus.

Ich öffnete den Mund, um etwas zu Hank zu sagen, als seine Lippen schon auf meinen lagen. Sein Kuss war behutsam, sinnlich, genau das, was ich nach einem harten Tag brauchte. Ich ließ meine Finger seinen Oberkörper hinabgleiten, spürte, wie die starken Muskeln darunter und am Bauch arbeiteten.

Ich löste mich von ihm, um wieder Atem zu schöpfen. Hanks Lippen wanderten geradewegs zu meinem Hals. Seine Zähne streiften die Haut, sandten lustvolle Wellen durch mich hindurch, die bis zur meiner Mitte flossen. Er ließ die Zunge um einen besonders empfindlichen Punkt meines Schlüsselbeins kreisen, und ich erschauerte.

»Hat sich die Krankenschwester gut um dich gekümmert?«, fragte ich, während er mich mit der Nase hinter dem Ohr liebkoste.

Ich neigte den Kopf zur Seite, damit er die sensible Stelle besser erreichen konnte.

»Ja, ich bin gesund wie ein Pferd.« Er knabberte an meinem Schlüsselbein, und ich schloss die Augen. Dann legte er seine große Hand in meinen Nacken. In seinen Armen kam ich mir so zart und zerbrechlich vor. Geschickt massierte er die verhärteten Muskeln, vertrieb die Anspannung des Tages daraus.

»Hast du schon zu Abend gegessen?«

Er schüttelte den Kopf und vergrub die Nase im Spalt zwischen meinen Brüsten, so gut wie dies mit Kleid möglich war. »Mein Gott, du duftest so verdammt lecker. Vielleicht sollte ich einfach dich zum Abendessen verspeisen.« Mit der rechten Hand umfing er meine Brust und knetete sie. Ich drängte mich fester in seine Hand, um den Reiz zu erhöhen.

»Middag serveras.« Gustavs starker schwedischer Akzent erklang über den Flur.

»Das Abendessen ist fertig.« Ich schob Hanks Gesicht nach oben und verschloss ihm die Lippen noch mit einem letzten Kuss.

Niemand küsste so wie Hank. Seine vollen Lippen, seine perfekte Zunge. Küssen wurde durch ihn zu einer ganz neuen Erfahrung, etwas, was man genießen und auskosten wollte, ohne jemals wieder damit aufzuhören.

»Pen! Pen, wo bist du?« *Himmel, nein!* Warum scheinen mich alles und jeder daran hindern zu wollen, mit diesem Mann weiterzukommen? Meine innere Bitch streifte die Boxhandschuhe über und machte sich bereit, den nächsten Störenfried niederzustrecken.

»Du hast aber ganz schön viele Leute in deiner Wohnung. Nervt dich das nicht manchmal?« Hank streichelte meine Brust und grinste, während sein Daumen meine Brustspitzen in aufreizend akkuraten Kreisen liebkoste.

In diesem Moment kam London hinein, und wir drehten ihr den Kopf zu.

Sie deutete mit einem manikürten Finger auf uns beide. »Ich wusste es!«, schrie sie voller Freude.

Ich schloss die Augen, und Hank veränderte seine Position, legte mir beide Hände auf die Hüften. Sie würde niemals Ruhe geben. Sie hatte Blut geleckt, und erst wenn es floss, würde das Verhör enden.

Sie schlüpfte ins Zimmer, duftete nach Zimt und sah aus, als sei sie gerade einem Kalender über die Tropen Hawaiis entstiegen. Dann streckte sie Hank die Hand entgegen. Er lächelte und schüttelte sie. »Ich bin London Kelley. Und Sie sind sicher der Herkules – ich meine Hank.« Sie grinste über ihren eigenen Versprecher. Ich ahnte, dass sie das extra gemacht hatte.

Hank musterte sie von Kopf bis Fuß. »Verdammt, die Reynolds-Familie hat aber wirklich gute Gene.«

Ich verdrehte die Augen.

»Sie sind die dunkle Ausgabe meines Engels hier.« Hank umfing mit einer besitzergreifenden Geste meinen Nacken, die meiner Schwester sofort auffiel.

»Engel?«, hakte London nach, und ihr Blick ruhte auf der Hand in meinem Nacken.

»London, was machst du hier?« Ich seufzte tief.

»Was? Darf ich nicht einfach vorbeischauen und meine Schwester besuchen?«

»Nein.« Mein Blick war wütend und eisig zugleich und ließ sie unruhig von einem Fuß auf den anderen treten.

»Ich wollte deinen Freund kennenlernen«, verkündete sie dann dreist. »Er hat dir das Leben gerettet. Ich stehe tief in seiner Schuld.«

»Süße, Sie schulden mir gar nichts. Ich bin nur froh, dass ich zum richtigen Zeitpunkt zur Stelle war.« Seine Hände liebkosten meine Hüften, entweder um seine Äußerung zu unterstreichen oder um mich einfach nur zu berühren. Der Mann berührte mich eben gern. Die ganze Zeit. Und darüber würde ich mich ganz sicher nicht beklagen.

Meine Schwester schmolz bei Hanks Erklärung dahin. Sie erlag jetzt schon seinem Südstaatencharme. War ja auch leicht. Schließlich war ich nach drei Tagen kurz davor, darin zu ertrinken.

»*Middag serveras!*«, rief Gustav noch einmal vom anderen Ende des Flurs. Seine Stimme klang verärgert.

»Oh! Abendessen. Ich bin am Verhungern. Darf ich mitessen?«, fragte London.

Du darfst deine Schwester nicht erdrosseln. Dieses Gebot wiederholte ich im Stillen wie ein Mantra immer wieder.

»Ja, natürlich.«

Hank schlug die Decke zurück und erhob sich. Seine Gestalt war riesig. Er trug einfache schwarze Boxershorts, die sich an seine Hüften und Schenkel schmiegten, dass einem das Wasser im Munde zusammenlief. Sowohl London als auch ich selbst waren von dem Anblick seines fast nackten Körpers ganz fasziniert.

»Verdammt, Schwesterherz, du bist echt ein Glückspilz.«

Ich stand da, biss mir auf die Unterlippe und nickte dem perfekten männlichen Exemplar namens Hank Jensen zu. Er war ein richtiger Mann, und ich wollte jeden Zentimeter seines Körpers mit der Zunge erkunden, daran lecken und saugen.

Hank grinste. »Na ja, da sollte ich wohl Danke sagen, was?« Er schlüpfte in eine hellgraue Jogginghose. »Darlin', meinst du, du könntest mir mit diesem Shirt helfen?« Er wackelte vielsagend mit den Augenbrauen.

»Ich gebe eben Gustav Bescheid, dass ich mitesse. Wird ihn ein bisschen ärgern. Bis gleich in der Küche«, verkündete London und verschwand.

»Klar.« Ich presste die Beine zusammen, als das brennende Verlangen, das durch die Unterbrechung meiner Schwester etwas vermindert worden war, wieder aufloderte. Der Anblick dieser nackten Brust und des sexy Grinsens waren unwiderstehlich. Hank hielt mir das Shirt hin, während ich mich bemühte, meine Hormone in den Griff zu bekommen.

Hank

Nachdem wir lachend ein wenig unbeholfen mit dem Shirt gekämpft hatten, legten wir die Schlinge wieder an. Es machte Spaß, Aspen dabei zu beobachten, wie sie versuchte, mich währenddessen nicht zu berühren. Jedes Mal, wenn ihre Hände auf einem Stück nackter Haut von mir landeten, zuckte sie zusammen, als hätte sie einen glühenden Schürhaken berührt. Am Schluss bekam ich jedoch, was ich wollte. Bevor wir die Küche betraten, drängte ich ihren zarten Körper an die Wand und presste meine Lippen auf ihre, küsste ihr die Seele aus dem Leib.

Sie rieb sich die vom Kuss geschwollenen, geröteten Lippen, als wir in die Küche kamen. Ich konnte dieses verfluchte Grinsen auf meinem Gesicht einfach nicht unterdrücken. Ich liebte es, diese Frau zum Erröten zu bringen, und im Moment zeigten sich auf ihrem Gesicht gleich drei Schattierungen von Pink. Ihre Schwester London war ein echter Hingucker, und sie lächelte wissend. Sie sah genauso aus wie Aspen, nur mit dunklem Haar und dunklerer Haut. Die gleichen graublauen Augen, die gleichen Gesichtszüge. Ihren fließenden Kleidern und der lockeren Art nach zu urteilen, war sie unbekümmerter und unkonventioneller als Aspen. Aber das spielte keine Rolle.

Aspen hatte etwas ganz Besonderes an sich, was mich ganz und gar gefangen nahm. Außer ihrer Schönheit gab es da noch dieses besondere Funkeln in ihren Augen, wenn ich sie ansah, etwas, was mich magisch zu ihr hinzog und das schmerzhafte Verlangen in mir weckte, ihr nahe zu sein. Verdammt sollte ich sein, wenn ich dafür keine Lösung fand.

Das Abendessen war fantastisch. Dieser Gourmetkoch verstand sein Handwerk. Er servierte uns irgendeine Art von Vogel mit einer tollen Glasur, die ich nicht aussprechen konnte, und einer interessanten Beilage, die aus winzigen kleinen Kügelchen bestand.

»Wie heißt das Zeug noch mal?« Ich deutete auf die gelben Kügelchen.

Aspen lächelte. »Couscous.«

»Und was soll das sein?«

»Zerriebener Hartweizengrieß«, erläuterte London. »Schmeckt es Ihnen?«

»Oh ja. Mal was anderes«, murmelte ich mit vollem Mund.

»Also, Hank, ich muss Ihnen wirklich für die Rettung meiner Schwester danken. Pen ist so wichtig für mich. Ach, zur Hölle, sie ist wichtig für die Welt. Ich kann kaum glauben, dass Sie sich einfach so über sie geworfen haben. Das war so mutig.«

»Ah, nicht der Rede wert. Ich würde es sofort wieder tun.« Aspen hielt meinen Blick fest, und ihre Augen brannten vor Intensität. Sie war atemberaubend schön. Warten zu müssen, bis ich mit ihr zusammen sein konnte, schnürte mir die Luft ab. Es war, als lastete eine Tonne Ziegelsteine auf meiner Brust.

»Nun ja, ich bin froh, dass Sie dort waren. Und jetzt werden Sie bei Pen wohnen?«, erkundigte sie sich.

»Das ist der Plan. Anscheinend haben ihre verspannten Anwälte die Befürchtung, dass ich sie verklage, deshalb hält sie mich hier als Geisel fest.«

Aspen wirkte schockiert. »Das stimmt doch gar nicht! Ich will einfach nur, dass du bestmöglich versorgt wirst.« Ihre Stimme klang ein wenig verletzt.

»Das behauptet sie jedenfalls«, versuchte ich zu witzeln. London stieß ein halbherziges Lachen aus, blickte aber aufmerksam zwischen uns beiden hin und her. Keine Ahnung, was in ihr vorging.

Dann legte London die Gabel auf den Teller und verschränkte die Hände unter dem Kinn. Sie verengte ganz leicht die Augen, die denen ihrer Schwester so ähnlich waren, und ihre Pupillen verdunkelten sich. »Aber offensichtlich seid ihr beiden verliebt ineinander.« Sie sah mir tief in die Augen, dann wandte sie sich Aspen zu. »Die Spannung, die in der Luft liegt, ist so dick, dass man sie zerschneiden könnte.«

»London! Bitte heute Abend keine deiner Prophezeiungen«, warnte Aspen.

»Was? Jeder in einem Umkreis von fünf Meilen könnte spüren, wie verzweifelt ihr beiden euch danach sehnt, zum Punkt zu kommen.«

Ich hätte mich beinahe an meinem Couscous verschluckt und lachte. Ihre Schwester war offener, als die Polizei erlaubte. Ich fühlte mich ihr gleich vertraut. »Ich finde dich immer sympathischer, London. Ihr seid wirklich prima.«

Sie schenkte mir ein reizendes Lächeln. »Danke.« Dann stand sie auf und strich sich das Kleid glatt. »Ich halte es nicht mehr aus, mit euch beiden in ein- und demselben Zimmer zu sein. Das macht mich heiß und verwirrt mich. Ich werde also mit Tripp abhängen. Vielleicht schauen wir uns ja einen Film an.«

»Gut, tu das«, bat Aspen.

»Wer ist Tripp?«, fragte ich.

»Ihr bisexueller Freund.«

London warf ihrer Schwester die Serviette an den Kopf. »Das ist nicht wahr, und das weißt du! Er ist mein bester Freund.« Ihre Stimme klang angespannt, und dann fügte sie giftig hinzu. »Oder vögelst du etwa deinen Ollie?«

Jetzt spitzte ich die Ohren. Sie hatte das Thema heute vom Tisch gewischt, als sei da gar nichts, und hatte mich genötigt, mich bei ihm zu entschuldigen, aber der Winzling hatte meinen Engel betatscht.

»Nein, das habe ich noch nie.« Aspen klang genauso souverän wie gestern, als sie mit dem Arzt gesprochen hatte. »Und was ist mit dir und Tripp? Je mit deinem besten Freund geschlafen? Hm?«, schoss Aspen zurück.

»Das ist nicht fair, Pen, und das weißt du.« London kniff die Augen zusammen.

»Du hast doch angefangen«, erwiderte Aspen und klang wie eine Fünfjährige, die gerade gepetzt hat.

»Egal. Ich bin jetzt weg. Hank, du bist heiß. Und offensichtlich bist du ganz vernarrt in meine Schwester.«

War das so offensichtlich?

»Könntest du sie bitte ficken, bis sie sich endlich den Stock aus dem Arsch zieht und ihr Leben genießt?«

Jep. Diese Frau war echte Spitzenklasse.

»Ich rede einen ganzen Monat nicht mit dir, London!«, schrie Aspen.

»Mir egal«, erwiderte die schnodderig. »Ich habe ab morgen sowieso einen Auftrag für sechs Wochen. Nicht, dass es dich interessieren würde.«

»Oh, mir war gar nicht klar, dass dein nächster Klient schon bereitsteht.« Aspen klang jetzt traurig.

»Nun ja, das hättest du gewusst, wenn du dir die Mühe gemacht hättest, mal ans Telefon zu gehen oder vielleicht ein bisschen zu leben. Stattdessen hast du dich lieber monatelang in der Arbeit vergraben, um das Arschloch zu vergessen, das dich betrogen hat … zweimal!«, fügte sie hinzu.

Verdammt! Ihre Schwester nahm kein Blatt vor den Mund. Ich kam mir total fehl am Platz vor, weil ich zwischen die beiden geraten war, doch jetzt sah ich, wie Aspens Augen sich mit Tränen füllten, und damit hatte die Sache für mich ein Ende.

»Hey, hey. London, das war total unangemessen«, sagte ich.

Ihre Schwester drehte sich um und nahm mich aus heiterem Himmel in den Arm. Meine Mutter war genauso drauf, deshalb bekam ich keine Krise. Vielmehr fühlte ich mich wichtig. »Hank, ich spüre, wie gut du für sie bist. Auch wenn sie eine Bitch ist.« Den zweiten Satz schleuderte sie Aspen über die Schulter hinweg ins Gesicht. »Sie hat einen Mann verdient, der sie mit Respekt behandelt. Bescheiß sie nicht. Ich will nicht noch mal die Scherben ihres gebrochenen Herzens aufsammeln müssen.«

»Kapiert«, entgegnete ich und meinte es ernst. Ich sah in die gleichen blaugrauen Augen, wie Aspen sie hatte, und schwor mir im Stillen, meinem Engel niemals wehzutun.

Sie erwiderte meinen Blick ein paar Sekunden lang. »Ich glaube dir.« Keine Ahnung, was sie sah, als sie mich musterte, doch London erteilte mir grünes Licht. Ich hatte gerade eine Art exzentrischen Test bestanden, den nur Frauen wirklich verstanden.

Sie drehte sich auf dem Absatz herum und ging zu ihrer Schwester, um auch sie zu umarmen. Aspen standen Tränen in den Augen, die ihr die Wangen hinabzulaufen drohten. Ich ballte die Hände zur Faust. Ich wollte sie nicht weinen sehen … niemals.

»Pass auf dich auf, Schwesterherz. Ich liebe dich. Und … tut mir leid. Ich hätte das über Tripp nicht sagen sollen«, sagte Aspen zu London.

»Ich auch nicht. War gar nicht cool von mir, dich zu provozieren und deinen Ex zur Sprache zu bringen.« Sie sah zu mir hinüber. Ihre Wangen röteten sich vor Verlegenheit.

»Bitte veranlasse Tripp, Oliver die Daten zu deinem nächsten Klienten zu schicken. Du weißt ja, dass ich mir Sorgen mache, auch wenn du das nicht glauben willst.«

»Mach ich.« Dann war die dunkelhaarige Frau fort, und Aspen hielt sich mit beiden Händen den Kopf.

»Hey, Darlin', was zum Teufel war das denn?«

Sie seufzte. »Das musste ja irgendwann kommen.«

»Willst du es mir beichten? In einem Augenblick essen wir noch zu Abend und im nächsten kocht ihr beide vor Wut.«

»Ja, da braute sich schon eine ganze Weile was zusammen. Sie ist wütend auf mich, weil ich ihre Anrufe ignoriere und in den letzten paar Monaten keinen Anteil an ihrem Leben genommen habe.«

»Wegen so eines Arschlochs mit Scheiße im Hirn?«

Sie lachte, und das war ein wundervoller, kostbarer Laut. »So könnte man sagen, ja. Ein Mann hat eine ganz miese Nummer bei mir abgezogen, aber jetzt geht's mir wieder gut.«

»Erzähl mir von ihm.«

»Hank, du willst nichts von meinem Ex wissen. Wirklich.« Sie wirkte erschöpft und ausgelaugt.

»Na gut, aber eines Tages wirst du mir von ihm berichten. Ich will alles von dir wissen.«

Forschend schaute sie mich an. Keine Ahnung, was jetzt in ihrem Kopf vor sich ging.

»Aber fürs Erste schlage ich vor, dass wir uns zusammen einen Film ansehen.«

Sie verengte die Augen. »Wie du es heute mit der hübschen Krankenschwester gemacht hast?«

Anscheinend hatte die Eifersucht meinen Engel beim Wickel. Wieder eine Seite an ihr, die ich liebte. »Sie hat angeboten, sich einen Film mit mir anzusehen, weil ich hier den ganzen Tag festsitze. Wir hatten gerade erst angefangen, als du nach Hause kamst.«

Ich konnte sehen, wie sich die Rädchen in ihrem Kopf drehten. Mit ihr zusammen im Bett zu liegen, war genau das, wozu ich jetzt Lust hatte. Mit leicht schlechtem Gewissen drückte ich auf meine verbundene Schulter und stöhnte.

Sie lachte. »Okay, okay, na gut.«

Wir standen vom Tisch auf, und ich ging voraus, hielt ihre warme, weiche Hand in meiner. Ich spürte ihren Herzschlag, als unsere Handflächen sich berührten. Wir gingen an meinem Zimmer vorbei und betraten das Hauptschlafzimmer. Der Raum war elegant und doch behaglich eingerichtet. Das große Bett stand stolz mitten im Zimmer mit Nachttischen aus Holz zu beiden Seiten. Die Überdecke sah aus wie eine weinrote Wolke. Ich konnte es kaum erwarten, hineinzusteigen und mich an die Frau zu schmiegen, zu der ich mich nach kurzer Zeit schon dermaßen hingezogen fühlte.

Ein paar Kunstwerke waren strategisch im ganzen Zimmer verteilt. Eines der Bilder über dem Bett hatte eine strukturierte Stoffoberfläche, war mit Pailletten besetzt und sah aus wie ein indisches Sari-Muster. Ein weiteres Bild zeigte den sitzenden Buddha, der die Hände in einer seltsamen Pose hielt. Ich wusste nicht viel über indische Kunst, aber dieser Raum war definitiv von dieser Kultur inspiriert. Schwere Stoffe in leuchtendem Weinrot und Gold waren elegant im Raum verteilt.

Ich ließ Aspens Hand los, ging zu einer Seite des Bettes und zog meine Hose aus. Sie sah zu, wie ich die Decke zurückschlug und ins Bett glitt. Ich klopfte auf die andere Seite.

Sie öffnete den Reißverschluss in ihrem Nacken und räkelte sich, bis sich das Kleid vorn zu lockern begann.

»Das ist meine Bettseite«, sagte sie und fuhr fort, rücklings am Reißverschluss zu ziehen. Der Stoff warf Falten und hing nun noch lockerer.

»Jetzt nicht mehr.«

Sie neigte den Kopf zur Seite und ließ den blauen Stoff hinabgleiten, sodass er auf den Boden fiel. »Das werden wir noch sehen, Höhlenmensch.«

»Fuck!« Mir blieb der Atem weg. Wie sie dastand in schwarzem Spitzen-BH und -slip schien sie geradewegs einem feuchten Traum

entstiegen zu sein. Das sanfte Licht von hinten sorgte für eine weiß schimmernde Aura um ihre Silhouette herum. Schwarze Strümpfe hafteten wie durch Magie auf halber Höhe ihrer Oberschenkel.

Mein Herz setzte einen Schlag aus, als sie durch das Zimmer schlenderte, mir den Rücken zuwandte und mir dabei einen höchst angenehmen Blick auf ihren spärlich bekleideten Hintern gewährte. Sie war mehr als schön. Lust und auch ein Gefühl, das ich noch nicht zu benennen bereit war, stiegen in mir auf und schienen über mir zusammenzuschlagen. Ich war sprachlos. Keine Frau hatte mich je in einen solchen Zustand versetzt. Zu keiner hatte ich mich bisher so hingezogen gefühlt. Aspen war ein Gesamtpaket, das alles in sich vereinte, was mir gefiel.

Sie war klug, absolut fantastisch, hatte ein wunderschönes Lachen und eine Persönlichkeit, von der ich mehr kennenlernen wollte. Sie faszinierte mich einfach, und das war so viel mehr, als mich nur zu erregen. Sie sprach meine animalischen Instinkte an, raubte mir jeden klaren Gedanken, und ich konnte mich nur noch auf eine Sache allein konzentrieren.

Auf Aspen.

Langsam fand ich meine Sprache wieder. »Herrgott noch mal! Engel, komm her – sofort!«, verlangte ich.

Sie schüttelte den Kopf und holte irgendetwas aus der Schublade. Es war ein T-Shirt, und sie machte Anstalten, es sich über den Kopf zu ziehen. Sofort sprang ich aus dem Bett und fasste sie am Handgelenk, bevor sie noch Gelegenheit dazu hatte, ihr Vorhaben in die Tat umzusetzen.

»Du stolzierst in diesem Aufzug herum, quälst mich mit deinem perfekten Körper, und dann darf ich dich nicht berühren?« Ich griff sie an der Taille und drängte mit meiner Erektion gegen ihren Po.

Sie lehnte sich rücklings an mich und seufzte tief. Ich ließ eine Hand an ihren Rippen hinaufwandern und legte sie um ihre Brust.

Dann zog ich ein BH-Körbchen herab und spielte mit ihrem harten Nippel, drückte ihn zwischendurch ein bisschen fester. Sie gab ein Geräusch von sich, das eine Mischung aus Stöhnen und Flehen war. Der Laut wanderte schnurstracks in meinen Schwanz, der noch härter wurde. »Hank, das darfst du nicht. Du hast gerade eine OP hinter dir.«

Ich presste mich noch stärker an sie. »*Fühlt* sich mein Schwanz etwa kaputt an, Darlin'? Du machst mich ganz wild. Ich muss dir einfach zeigen, was ich fühle. Lass es zu«, flüsterte ich ihr von hinten ins Ohr.

Sie erschauerte und atmete scharf ein. »Oh Gott. Ich begehre dich so sehr.« Die Worte waren nur ein Flüstern, fast schien sie zu weinen.

Ich beschrieb einen Pfad aus Küssen an ihrem bloßen Nacken entlang, nachdem ich ihr das Haar über eine Schulter geschoben hatte. Sie erbebte, als ich an ihr leckte und meine Lippen bis hinauf zu ihrem Ohr wanderten. Mit meinem gesunden Arm griff ich nach vorn, ließ ihn an ihrem Körper hinabwandern; ich genoss ihre üppigen Kurven und die samtene Haut. Sie stöhnte leise, da ich die Finger in ihren Slip schob und dann dorthin, wo sie feucht und voller Verlangen war.

»So bereit für mich, mein Engel? Mmm, das gefällt mir. So sehr.« Mit zwei Fingern tauchte ich in sie hinein, während ich ihren Nacken und Rücken mit heißen Küssen übersäte. Sie bäumte sich auf, und ich drang mit einem weiteren Finger in sie ein. Ihr Körper war sengend heiß, als ich meine Finger hinaus- und hineingleiten ließ, immer und immer wieder. Ich vögelte sie, bis sie nach Luft schnappte und um mehr bettelte. Ihre Empfänglichkeit brachte mich um den Verstand.

Ich kostete jedes kleinste Stöhnen, jedes Keuchen, jedes lustvolle Stöhnen aus, das sie mir schenkte. Sie war der Himmel, und ich wollte jeden Zentimeter von ihr schmecken. Ich berührte ihr

Innerstes, ließ den Daumen um den festen kleinen Punkt wirbeln, bis sie aufschrie und ihr Orgasmus sie wild schüttelte und meine Finger mit ihrem Honig benetzte. Ich hielt sie so gut es ging mit einem Arm. Noch einmal bäumte sich ihr Körper an meiner Brust auf, als die letzten Zuckungen ihrer Lust schließlich verebbten.

Nachdem sie sich wieder beruhigt hatte, drehte sich Aspen um, legte die Lippen auf meine und küsste mich so leidenschaftlich, dass ich außer ihr in meinen Armen einfach alles vergaß.

Kapitel 7

Aspen

Hank legte die rechte Hand auf meinen Hintern und drückte ihn, während ich an seinem Hals saugte. »Hilf mir, dieses Shirt auszuziehen«, verlangte er.

Da ich es ihm auch übergestreift hatte, hatte ich den Dreh raus. Zuerst schob ich seinen gesunden Arm durch das Armloch, dann hob ich das Shirt über seinen Kopf und schließlich folgte noch der verletzte Arm. Hank ließ mich die Schlinge abnehmen, obwohl ich damit absolut nicht einverstanden war.

Als er nur noch Boxershorts trug, drehte er sich abrupt um und setzte sich mitten auf mein Bett. Ohne seine Haut an meiner fühlte ich mich kalt und leer und doch wahnsinnig erregt.

»Zieh dein Höschen aus … langsam.« Sein bestimmender Ton setzte meinen Körper in Flammen und ließ mich vom Scheitel bis zur Spitze meiner in Nylon gehüllten Zehen brennen. Ich kam seiner Aufforderung nach, machte eine richtige Show daraus. »Jetzt deinen BH.« Seine Stimme klang nun tiefer, heiser vor Verlangen.

Ich öffnete den Haken. Dann zuckte ich leicht mit den Schultern und ließ die Spitze zu Boden gleiten, sodass sie neben meinem Slip landete.

»Fucking perfekt«, flüsterte er. Ich war stolz über dieses Kompliment. »Komm her.«

Mit langen, langsamen Schritten ging ich zum Fuß des Bettes. Ich drückte die Hände auf die Matratze und bewegte mich auf allen vieren auf Hank zu. Langsam setzte ich mich mutig rittlings auf ihn. Meine schwarzen Strümpfe bildeten einen starken Kontrast zu meiner weißen und seiner gebräunten Haut. Er streckte die Hand aus und zog mich zu sich heran. Dann legte er gierig den Mund auf meine Brust, saugte in langen, tiefen Zügen mit Lippen und Zähnen an meinem Nippel.

Schließlich stöhnte er und stieß die Spitze spielerisch mit der Zunge an, was mein Innerstes erneut in Erregung versetzte. Anschließend widmete er sich meiner anderen Brust, schenkte ihr die gleiche Aufmerksamkeit. Heiß stieg die Lust in mir empor, stellte die Welt auf den Kopf, während seine Finger und seine feuchte Hitze mich ganz und gar gefangen nahmen. Schon bald rieb ich mich an seiner Erektion, ganz benommen von dem Verlangen, ihn in mir zu spüren.

Ich hob seinen Kopf von meinen Brüsten und ließ meine Zunge tief in seinen warmen Mund gleiten. Er stöhnte, saugte an meiner Zunge, versetzte mich in nicht enden wollende Verzückung. Sein Kuss war ein absolutes Festmahl der Sinne. Jedes meiner Nervenenden war zum Zerreißen angespannt, so erregt war ich. Schon bei der geringsten Berührung seines Körpers stöhnte ich vor Verlangen. Er trieb mich vollkommen in den Wahnsinn.

»Hank, mehr, ich brauche mehr«, bat ich hauchend und zog mit den Zähnen an seiner vollen Unterlippe.

Meine Hand wanderte zwischen unseren Körpern nach unten, während er mit beiden Händen besitzergreifend meinen nackten Hintern umfing. Ich konnte den Unterschied zum gesunden Arm spüren. Die Hand an der verletzten Seite hielt mich nur fest, während seine rechte mich kraftvoll umschloss. Plötzlich war Hanks Gesicht schmerzverzerrt.

»Geht es dir gut?« Der Mann hatte gerade eine OP hinter sich, und ich versuchte, ihn zu reiten.

»Keine Sorge. Mir geht es mehr als gut, seit ich dich habe.«

Seine Worte trieben mich an. Ich wand mich auf seinem Schoß und hob den Körper nur an, um seinen harten Schwanz aus der Boxershorts zu holen.

»Oh, Darlin', zieh mir die Shorts aus. Sofort.« Mit glühendem Blick betrachtete er meinen Körper, leckte sich sündig die Lippen. Ich befreite ihn von seiner Shorts – wobei ich wenig graziös daran zerrte, was ihm aber anscheinend egal war. Seine Hände waren überall, berührten und liebkosten mich auf perfekte Weise. Sein tiefes Seufzen gab mir das Gefühl, die erotischste Frau der Welt zu sein, vollkommen und makellos. Für Grant hingegen war ich nie genug gewesen.

Ich schmiegte mich wieder an ihn. Er hatte einen wundervollen Schwanz, der prall und stolz meinem Körper entgegenstrebte. Ich liebkoste ihn, verteilte die Feuchtigkeit an der Spitze zärtlich über den gesamten Schaft. Dabei beobachtete ich Hanks Gesicht, wollte herausfinden, was ihm am besten gefiel. Er stöhnte und biss die Zähne zusammen, da ich sanft mit seiner Eichel spielte.

Er bedeutete mir, mich aufzurichten, sodass ich nun vor ihm kniete. Sein Mund senkte sich voller Anbetung auf meinen Bauch herab, leckte und küsste mich. Tief atmete er meinen Duft ein. Ehrerbietig. Bei ihm fühlte ich mich wie etwas Besonderes, vielleicht sogar geliebt.

Ich tat mich nur schwer, es so zu definieren. Es war zu früh – viel zu früh –, um Liebe und Verlangen miteinander zu vermischen.

»Ich bin deinem Duft verfallen. Du riechst so … mein Gott, Engel, du bist ein wahr gewordener Traum.« Er glitt mit den Lippen an meinen Rippen hinauf, bevor er eine Brustspitze in den Mund nahm und heftig daran saugte. »Köstlich.« Vorsichtig biss er hinein, was mir wie ein heißer Stromstoß durch den Körper fuhr. Ich war so feucht, dass ich das Gefühl hatte davonzuschwimmen. »Bereit, Darlin'? Ich glaube, ich explodiere gleich.«

»Gott, ja, Hank. Jetzt, bitte.«

Jede Berührung, jedes Knabbern nahm ich jetzt noch intensiver wahr. Er war wie berauscht. Ich war ebenfalls vollkommen high und wäre am liebsten nie wieder aus meiner Ekstase aufgetaucht. Bei Hank verlor ich buchstäblich den Verstand. Seit ich ihm zum ersten Mal in die Augen gesehen hatte, war da etwas, was ich nicht recht definieren konnte. Eine Verbindung vielleicht, die uns genau dorthin geführt hatte, wo wir jetzt waren. Er war alles, was ich nicht hätte begehren sollen, aber ich begehrte ihn dennoch. Mein Körper, mein Verstand und sogar meine Seele waren ganz und gar von ihm erfüllt. Er war hier, und verdammt wollte ich sein, wenn er nicht perfekt zu mir passte.

»Kondom … wir, ah …« Seine Stimme klang vor Verlangen und Gefühl ganz atemlos.

Hier geschah etwas, was größer war als wir beide. Man konnte es Schicksal nennen oder Leidenschaft, aber selbst Lust war ein viel zu schwaches Wort, um dieses schmerzhafte Begehren zu beschreiben, einander näher zu sein, füreinander mehr zu sein. Seine Hüften drängten sich meiner Mitte entgegen, trafen auf jene empfindliche Stelle, die pulsierend Hanks Aufmerksamkeit ersehnte. Ich schrie auf vor Freude, warf den Kopf in den Nacken, als ich ihn genau dort spürte, wo ich ihn am meisten begehrte.

Als ich kurz aus dem Nebel der Lust auftauchte, stieß ich mühsam hervor. »Pille. Ich nehme die Pille.«

»Ich bin gesund. Hab nie mit Frauen ohne … aber mit dir … mein Gott, Engel. Dich will ich ganz spüren. Oh Gott, du bringst mich um«, brachte Hank knurrend dicht an meinem Mund hervor.

Ich lächelte an seinen Lippen. »Wurde gerade erst untersucht …« Unsere Zungen tanzten miteinander. Hank schnappte nach meiner Unterlippe und hielt sie fest, da ich versuchte, mich kurz von ihm zu lösen, um etwas zu sagen. Der leicht stechende

Schmerz sandte einen Blitz der Lust zwischen meine Beine. »Ich bin gesund. Nimm mich, bitte. Gott, ich will dich so sehr.«

Hank fuhr mit seiner prallen Erektion am oberen Ende meiner Schenkel entlang, benetzte sie dort mit meiner Essenz und erregte mich dadurch noch mehr. Ich vergrub die Hände in seinem Haar, während er mich mit seiner Hand dem Gipfel der Lust entgegenführte. Ohne große Vorwarnung brachte er dann seinen Schwanz vor mir in Position und zog mich dann kraftvoll auf sich hinab. Ich schrie auf. Viel zu selten benutzte Muskeln brannten vor Lust und dem Schmerz unserer Vereinigung.

»Fuck!«, brüllte er.

Er wurde still, um mir Zeit zu geben, mich an ihn zu gewöhnen. Sein Schaft weitete mich auf eine Weise, wie ich es noch nie erlebt hatte. Der Druck war unglaublich, bewusstseinsverändernd und nun nur noch mit einer Spur von Schmerz verbunden. Hank hatte sich tief in mich gegraben. Sein Atem kitzelte an meinem Hals, als ich mich zurücklehnte und auf uns hinabsah. Immer noch war ein ganzes Stück seines gewaltigen Schwanzes zwischen uns sichtbar. Meine Pupillen weiteten sich vor Schreck.

»Oh ja, Engel. Es ist noch mehr für dich da. Und jetzt hoch mit dir, Baby.« Sanft ließ er die Hand an meinem Rücken emporgleiten, während ich mich aufrichtete und seine Erektion beinahe vollständig aus mir hinausglitt. Mit seinem starken Arm um meinen Rücken zog er mich zu sich herab, sodass sich unsere Nasen beinahe berührten. Er schaute mir forschend in die Augen. Und in seinen las ich so viel.

Er schluckte, holte tief Luft, um sich zu beruhigen, dann küsste er mein Gesicht. Seine Lippen liebkosten jeden Zentimeter meiner Haut, bis sie auf meinem Mund landeten und mich in einem leidenschaftlichen Kuss versinken ließen. Er zog sich zurück, und sein Blick wanderte über meinen nackten Körper hinweg und dann zwischen uns.

»So hübsch. Dich auf meinem Schwanz zu sehen und wie mir dein Körper vertraut. Engel, es gibt nichts Besseres.«

Und dann küsste er mich voller Verlangen, während er sich kraftvoll in mich hineinstieß. Er war nun überall gleichzeitig, riss mich auf unvorstellbar lustvolle Weise in zwei Hälften. Mein Orgasmus folgte so schnell und heftig, dass ich den Klang meines Stöhnens an seinem Mund nicht erkannte; mein ganzer Körper schien in Flammen zu stehen, jedes Nervenende prickelte. Längst hatte ich jegliches Zeitgefühl verloren, doch Hank hielt mich mit einem starken Arm fest, hielt mich bei sich.

»Das ist es, Darlin'. Ich liebe es zu sehen, wie du kommst. Aber das hier ist nur der Anfang.« Seine Worte sandten süße Schauer durch mich hindurch. Selbst mein Haar schien vor Vorfreude zu kribbeln.

Er zog die Hüften zurück, stieß seinen riesigen Schwanz in mich, immer und immer wieder, vögelte mich gnadenlos. Ich war wie von Sinnen – mein Verstand hatte sich raketenschnell ins All verabschiedet und mich als gierige, schamlose Bitch zurückgelassen. Ich ritt Hank, als gäbe es kein Morgen, sehnte mich schmerzhaft nach noch mehr Lust, mehr von ihm. Ich wollte ihm näher sein, musste ihm näher sein. Während ich auf seine verwundete Schulter achtete, schlang ich die Beine ganz fest um seinen Körper, sodass er noch tiefer in mich eindringen konnte. Er stöhnte und biss die Zähne aufeinander.

Gerade als ich glaubte, in einem Rhythmus mit ihm zu sein, ließ er die Hüften kreisen und fuhr mit seinem Becken über meins, sodass er über meine Klit rieb. Tosende Wellen der Lust brandeten durch meinen gesamten Körper. Schon wieder hatte er mich auf den Gipfel geführt.

»Mein Gott, Engel. Dein perfekter kleiner Körper ist mein Ende!«, flüsterte Hank mir ins Ohr und biss dann in die empfindliche Haut gleich dahinter. Er hob die Knie und presste meinen

Rücken nach hinten, wodurch sich der Winkel veränderte. Ich stützte mich auf seine muskulösen Schenkel, bäumte mich ihm fordernd entgegen. Seine Hände zwickten meine Nippel. Er nutzte die veränderte Position, um die schwächere Hand hinab zu meiner schmerzenden Klit zu führen und sie in feuchten, kleinen Kreisen zu liebkosen.

Ich konnte nichts sagen, nur spüren, wie er auf mir spielte wie auf einem fein gestimmten Instrument. Er überwältigte meine Sinne, kontrollierte meinen Körper und ließ mich die Welt um mich herum vergessen. Mein ganzes Sein gab sich ihm hin, wirbelte bereitwillig in diesem Strudel der Lust.

»Gib es mir, Engel«, stieß er mit zusammengebissenen Zähnen hervor. Ich schaute ihn an. Hanks intensiver Blick ruhte fest auf mir. Sein Kiefer war angespannt, Schweiß benetzte seine Stirn und den Haaransatz, während er ohne Unterlass in mich hineinhämmerte.

Meine Hüften kippten nach hinten, als er leicht mit Daumen und Zeigefinger in meine Lustperle kniff. Schmerz und Lust prallten aufeinander, und dann stieß er seinen Schwanz wieder in mich hinein. Ich sah Sterne, mein Orgasmus erfasste jede Zelle von mir, überwältigte mich, brach sich in einem kehligen Aufschrei Bahn. Hanks Mund verschluckte den Laut, während er weiter in mich hineinpumpte und nun laut schreiend ebenfalls Erleichterung fand. Tief rann die warme Flüssigkeit in meinen Schoß, und Hitze durchflutete meinen Unterleib.

»Engel«, hauchte Hank in meinen Mund, während die letzten Tropfen seiner Essenz sich in mich ergossen.

Geschmeidig ließ er die Hüften kreisen, verlängerte unsere Lust bis zur letzten Sekunde. Meine Knochen schienen sich aufgelöst zu haben, mein Körper lag über ihm, vollkommen erschöpft und befriedigt. Sein Schwanz, vormals prall und hart, wurde weicher, und seine pulsierende Länge schmiegte sich in mein Innerstes.

»Hank, das war …« Ich fand keine Worte, sondern kuschelte mich nur in die Halskuhle an seiner gesunden Seite.

»Alles. Das war alles«, flüsterte er an meinem Nacken, küsste und knabberte dort an meiner Haut. Sanft und beruhigend strich seine Hand meinen Rücken hinab und wieder hinauf.

So verharrten wir viele Minuten lang, klammerten uns aneinander, während wir unserer gemeinsamen Lust nachspürten. So sicher, wie morgen früh die Sonne aufgehen würde, so sicher hatte mich dieser Mann für andere Männer verdorben. Zweifellos war dies die beste sexuelle Erfahrung meines Lebens gewesen, und dabei war Hank durch seine verletzte Schulter stark eingeschränkt. Kaum vorstellbar, wie es mit ihm sein würde, wenn er beide Arme benutzen konnte. Ich sah es schon vor mir: Ich unter seinem großen Körper liegend. Wieder regte sich das Begehren flatternd in meinem Bauch.

»Engel, ich merke, wie sich im Kopf deine Rädchen drehen. Woran denkst du?«, fragte er, und seine Stimme war voller Sehnsucht.

»An dich. Daran, wie unglaublich das war. Dass ich es kaum erwarten kann, dich zu erleben, wenn du wieder ganz gesund bist.« Ich grinste und biss mir auf die Lippe.

»Oh, Darlin', du hast ja keine Ahnung, auf welche Arten ich dich nehmen werde«, sagte er und küsste mich. Seine sanften Lippen und das Spiel seiner Zunge überwältigten mich. Tiefe Zuneigung wuchs so schnell zwischen uns, dass wir es kaum verbergen konnten.

Ein lautes Stöhnen entrang sich mir, als ich spürte, wie Hank schon wieder in mir hart wurde.

»Reite mich, Engel. Aber diesmal hübsch langsam.« Im Bett übernahm Hank das Kommando, und ich stellte fest, dass mir das gefiel. Seine Dominanz und seine Größe in jeder Beziehung machten mich ganz schwindelig vor Verlangen. Ich wollte ihn, und ich wollte ihm die Kontrolle überlassen.

Gemeinsam fanden wir einen langsamen, sinnlichen Rhythmus. Ich merkte, dass seine Schulter ihm Schmerzen bereitete, denn hin und wieder verzog er das gut aussehende Gesicht zu einer Grimasse. Ich glitt auf und ab und bemühte mich, ihn ohne Eile und sanft zu lieben. Mit meinem Körper zeigte ich ihm, wie sehr ich ihn begehrte. Doch mit meinen Küssen zeigte ich ihm, dass ich ihn und nur ihn wollte. Auf und ab, Haut an Haut, ließen wir unsere Körper und unseren Geist miteinander verschmelzen. Es dauerte nicht lange, und schon stöhnten wir zusammen auf, beide von unserem Höhepunkt überwältigt. Noch nie war ich gleichzeitig mit einem Mann gekommen. Aber mit Hank nun schon zweimal. Mit ihm zusammen zu sein war pure Magie, anders als jede Verbindung, die ich zuvor eingegangen war. Der Gedanke war gleichermaßen aufregend wie beängstigend.

Ohne mein Zutun hatte ich Gefühle für ihn entwickelt. Ich war an ihn gebunden, physisch und mental. Hank hatte sich in meinen Körper und meinen Kopf gestohlen. Und in diesem Augenblick fühlte sich das richtig an.

Hank

Jetzt war es offiziell. Diese Frau war eine Göttin. Ich fand Sex eigentlich immer gut, manchmal sogar großartig, aber niemals so. Ab-so-lut über-wäl-ti-gend. Ihr Körper trieb mich in den Wahnsinn. Sie war verdammt noch mal perfekt, und das sagte ich ihr auch. Die Beine waren fein gemeißelt und ellenlang. Ihr hochgewachsener schlanker Körper passte wie kein anderer zu meinem. Beim Geschmack ihrer Brüste floss mir das Wasser im Mund zusammen, und ihr Hintern – oh Mann –, bei ihrem Hintern wurde mir ganz anders. Es war ein Po, vor dem man sich verneigte und den man anbetete, und genau das hatte ich auch vor … oft.

Beinahe wäre ich schon gekommen, als sie sich in diesem winzigen sexy Slip umdrehte. Ehrlich gesagt hatte ich noch damit warten wollen, mit ihr ins Bett zu steigen. Wollte erst noch ein bisschen fitter werden, mit ihr ein bisschen spielen und die Vorfreude zwischen uns steigern. Doch das alles war in dem Augenblick vergessen, als ihr Kleid auf dem Boden landete. Mein Engel besaß einen Körper, der förmlich *Nimm mich!* schrie. Das tat ich. Und es tat mir nicht leid.

Mit Aspen zusammen zu sein, erfüllte mich mit Licht. Machte mich ganz. Endlich, nachdem ich schon Wochen in dieser gottverfluchten Stadt war, hatte ich etwas, woran ich mich festhalten konnte. Und dieses Etwas hatte mich um seine zarten Finger gewickelt.

Nach der heutigen Nacht, nachdem ich sie geliebt hatte, würden nichts und niemand mich davon abhalten, ihr nahe zu sein. Unsere Verbindung war keineswegs nur körperlich, obwohl sie mich mit dieser Wahnsinnsfigur ziemlich fertigmachte. Schon, als ich sie vor ein paar Wochen zum ersten Mal gesehen hatte, wusste ich, dass sie einen schönen Körper hatte, aber sie nackt zu betrachten, während sie meinen Schwanz ritt … verdammt. Ich musste sie einfach dicht bei mir halten. Auf keinen Fall würde irgendein anderer Mann auch nur einen Blick auf meinen perfekten Engel werfen dürfen. Sie gehörte mir. Ihr Körper, ihr Herz und ihre Seele.

Schließlich normalisierte sich unsere Atmung wieder. Aspen lag nackt auf meiner Brust. Der perfekte Ort. Sie löste sich von mir, und mein Schwanz glitt aus ihr hinaus, was uns beide aufstöhnen ließ.

»Ich muss mich waschen«, sagte sie scheu, und das Haar fiel ihr wie ein goldener Fächer übers Gesicht.

»Schmutzig bist du mir lieber.« Ich konnte den belustigten Ton in meiner Stimme nicht verbergen. Sie warf mir ein wissendes Lächeln zu und schlenderte ins Bad, wobei ihre sexy Hüften besonders auffällig hin und her schwangen.

Gütiger Gott, diese Frau trieb mich noch in den Wahnsinn. Sie bewegte etwas in mir. Gefühle, die ich seit Jahren nicht mehr gehabt hatte, tauchten an die Oberfläche und verlangten Gehör. Statt mich ihnen aber zu stellen, drängte nun der Höhlenmensch in mir nach vorn, weshalb ich sie mir am liebsten über die Schulter geworfen hätte, um sie anschließend in mein Bett zu schleifen und niemand anders mehr in ihre Nähe zu lassen. Ich wollte sie ausschließlich für mich haben.

Sie kehrte in einem dunkelvioletten Negligé zurück, ohne die Strümpfe. Mein Schwanz regte sich schon wieder, und schnell dachte ich ganz bewusst an meine Mom, meinen Dad und die beiden Monster meines Bruders, nur um mich von dem Drang abzulenken, sie auf der Stelle noch einmal zu vögeln.

Wir brauchten jetzt beide Ruhe und ich noch dazu eine Schmerztablette. Ich stand also vom Bett auf, ging in mein Zimmer und nahm das Medikament ein. Noch ein paar weitere Runden mit meinem Engel, und es wäre mir egal gewesen, wie sehr meine Schulter schmerzte. Diese süße Glückseligkeit, die mich überkam, wenn ich in ihr war, war gleichzeitig berauschend und allumfassend. Ich würde bereitwillig weitere Schmerzen aushalten, um noch einmal von ihrem Honig zu kosten.

Nachdem ich mich im Bad gewaschen hatte, kehrte ich in ihr Zimmer zurück. Sie hatte den Fernseher eingeschaltet und wandte jedes Mal, wenn ich ihr in die blaugrauen Augen sehen wollte, verschämt den Blick ab.

»Hm, ich dachte, jetzt könnten wir uns einen Film anschauen.« Sie verschränkte die Finger ineinander und hielt sich die Decke fest vor die Brust.

»Klingt gut, Darlin'.« Diese Befangenheit war neu und stand ihr. Unerwartet nach drei Orgasmen, aber dennoch süß.

Sie sah mir zu, wie ich nackt durchs Zimmer lief.

»Gefällt dir, was du siehst?«, fragte ich sie und blieb an der Seite ihres Bettes stehen. Ihre Augen musterten mich hungrig.

»Du bist ein Kunstwerk, Hank«, kam es ihr spontan über die hübschen Lippen. Langsam streichelte ich meinen Schwanz, mehr zu ihrem Vergnügen als zu meinem eigenen. »Oh Gott«, brachte sie stöhnend hervor, als mein bestes Stück sich schon wieder aufrichtete.

Bevor ich noch etwas sagen konnte, war sie zu mir herübergerückt, und mein Schwanz war in ihrer Kehle. »Fuck, Engel! Warn mich beim nächsten Mal vor!« Ihre Hände lagen auf meinem Hintern, während sie ihre pinkfarbene Zunge immer wieder um meine Schwanzspitze wirbeln ließ.

Ich beobachtete sie mit Hingabe. Sie war ein wunderschöner Anblick, wie sie über meinem Ständer auf und ab wippte.

Ihre Zunge leckte über die Flüssigkeit, die auf der Spitze perlte, und ich glaubte schon, gestorben und im Himmel zu sein. Mein Blick verschwamm, und ich musste die Hand ausstrecken und mich am Bett festhalten, um nicht das Gleichgewicht zu verlieren. Nun sah ich, wie ihre zarte Hand meine Erektion umfasste und sie mich mit ihren einmaligen Augen anschaute, als greife sie nach meiner Seele.

Allein dies zu beobachten hätte mich beinahe umgebracht. Beinahe.

Ich konnte den Blick nicht abwenden. Wollte es auch gar nicht. Sie bemühte sich so sehr, mir Lust zu bereiten, dass ich fast auf die Knie gefallen wäre und um Gnade gewinselt hätte. Unmöglich, dass eine Frau, so perfekt, so überirdisch schön, überhaupt existierte und mich wollte. Den großen alten Hank aus Texas, der Häuserbauen spielte in der großen Stadt.

Sie nahm mich tief in den Mund und summte um meinen harten Schwanz herum. »Mein Gott, fuck!« Wenn ich mich nicht gleich unter Kontrolle bekam, würde ich sie mit Worten überhäufen, die sie bestimmt nicht hören wollte. Worten, die für echte Liebende gedacht waren, die voller Hingabe füreinander waren. Ich wollte mich ihr hingeben. Zum Teufel, das hatte ich bereits, auch wenn sie mich nicht auf Dauer würde haben wollen. Irgendwie würde ich schon einen Weg finden, bis sie mir für immer gehörte.

Sie saugte an mir, bis ich alles um mich herum vergaß. Ich nahm ihren Kopf in die Hände, vergrub die Finger in ihrem seidigen Haar. »Lass mich.« Ich deutete auf meinen Schwanz und tat, als stieße ich ihn in sie hinein. Ihre Augen wurden groß, dann musste sie sie unwillkürlich schließen. Sie atmete tief durch die Nase ein, als ich meinen Schwanz tief in ihre Kehle gleiten ließ und sie so vögelte, wie ich es schon seit dem Moment wollte, als ich sie vor Wochen zum ersten Mal vor dem Gebäude gesehen hatte. Ich schlang ihr Haar um meine gesunde Hand und zog ihr den Kopf nach hinten, um den perfekten Winkel zu finden, während ich in ihren Mund hinein- und hinausglitt.

Mit einer Hand stützte sie sich ab, die andere führte sie an ihre Brust, wo sie ihren Nippel umfing und viel härter hineinkniff, als ich es getan hätte. Sie stöhnte, und voller Erstaunen beobachtete ich, wie sie meinen Schaft hungrig immer und immer wieder tief in den Mund nahm.

»Berühre dich … k-komm mit mir, Engel«, drängte ich sie.

Sie ließ die rechte Hand an ihrem fantastischen Körper hinabwandern, hob ihr violettes Negligé hoch, um mir einen hübschen Ausblick auf ihren nackten Hintern zu gewähren. Sie kniete vor mir. Und während sie sich mit einer Hand abstützte, ließ sie die andere Hand in ihrer Hitze abtauchen. Aus meiner Position konnte ich genau sehen, wie sie die Finger um ihre Klit kreisen ließ.

Der Anblick traf mich bis ins Mark, schickte zuckende Blitze der Lust dorthin, wo ihre hübschen Wangen sich um meinen Schwanz herum wölbten. Sie bewegte sich immer schneller, folgte dem Rhythmus meiner Stöße. Ich war schon in der Sekunde, da ihre Lippen mich berührt hatten, kurz davor gewesen zu kommen, aber das hier, das war unglaublich. Gleich würde ich kommen. Ihre Finger bewegten sich so schnell zwischen ihren Beinen, dass ich sie kaum mehr erkennen konnte; sie hob den Po und bäumte sich stöhnend auf, als ein Stromstoß knisternd durch mich hindurchzufahren schien. Sie zog die Hand aus ihrem Schoß zurück und kniff in ihre rechte Brustspitze, zog sie in die Länge. Mit flinken Fingern zwackte sie daran herum, bis sie die Farbe einer reifen Himbeere hatte. Und sicher auch so gut schmeckte.

Aspen dabei zu beobachten, wie sie sich selbst streichelte und meinen Schwanz tief umschloss, gab mir den Rest.

Zuckend kam sie zur gleichen Zeit, als ich in ihren Mund hineinpumpte und laut stöhnte, da die Lust einfach zu viel wurde. Mein Samen schoss ihre Kehle hinab, und etwas rann ihr aus dem Mundwinkel. Mit dem Daumen wischte ich es ab, denn ihre Haut sollte makellos sein. Sie schluckte meinen Saft, dann fasste sie meine Hand und leckte die Überreste ab – wie eine Katze, die Milch aus einer Schüssel trinkt. Aspen war bei Weitem die erotischste Frau, mit der ich je zusammen gewesen war. Alles an ihr ergriff mein Herz und riss es weit auf, nur damit sie es mir sodann vollends stahl.

Sie leckte an meinem weicher werdenden Schwanz, machte ihn sauber. Ich umfing ihr Gesicht, fuhr mit den Fingerspitzen sanft ihre Konturen nach. So viele Gefühle lagen in ihrem Blick, mit dem sie meinen festhielt. Wie sie meinen Schaft liebkoste, als bete sie mich an, raubte mir den Atem. Mein Engel war zu schön, um wahr zu sein. Keine der Frauen, mit denen ich jemals zusammen war, hatten mir das Gefühl gegeben, ihnen zu gehören, aber diese hier tat es. Ein kurzes Blinzeln ihrer perfekten Wimpern, und es war um mich geschehen. Ein Zucken ihrer geschwollenen Lippen, und ich war ihr verfallen. Sie besaß mich ganz und gar. Es war mehr als Sex. Es war die Art, wie sie mich anschaute. Als sähe sie … mich. Nicht nur einen Körper zum Vögeln.

Ihre Hände glitten an meinen Oberschenkeln auf und ab, und ich atmete schwer. Sie richtete sich auf den Knien auf und hielt mich fest. Eine Umarmung. Etwas so Einfaches mit so viel Bedeutung. Das hier war nicht nur Sex. Es war mehr. Sie wusste es, und ich wusste es auch. Jetzt musste ich nur noch dafür sorgen, dass sie sich danach nicht aus dem Staub machte.

Ich beugte mich herab und küsste sie innig, wollte ihr zeigen, wie viel mir diese Nacht bedeutete. Ich konnte mich in dem Kuss schmecken, und das war eine der exotischsten Erfahrungen meines Lebens. Ich verschlang ihren Mund, ihre Lippen, bis wir ganz außer Atem waren.

Sie zog sich das Nachthemd aus, schlug die Decken zurück und schlüpfte ins Bett, wobei sie einladend Platz für mich ließ. Ich legte mich auf meine gesunde Seite und zog sie so zu mir heran, dass ihr Hintern an meinen Schoß ruhte. Dann schlang ich ihr den verletzten Arm um die Taille. »Ist das gut so?«, fragte ich etwas unsicher.

»Mehr als gut. Ich bin müde, Hank. Schlaf jetzt.«

Ich schlummerte ein und träumte von all den ungezogenen Dingen, die ich bei der nächsten Gelegenheit mit meinem Engel anstellen würde.

Gleich am nächsten Morgen trieben wir es schon wieder. Sie ritt meinen Schwanz gerade wie ein Vollblutrennpferd, als ihre Schlafzimmertür aufflog.

Sie wandte den Kopf und kam mit einem lauten Schrei. Das Geräusch war lauter als sonst, und nachdem ich heiß in ihr gekommen war, wurde mir klar, dass sie nicht allein geschrien hatte.

Mit der Hand immer noch auf der Klinke stand Oliver im Türrahmen. Sein Mund öffnete und schloss sich wie bei einem Fisch auf dem Trockenen. Seine Augen waren so weit aufgerissen, dass sie groß wie Essteller zu sein schienen.

Schützend legte ich die Hände über Aspens Brüste; sie hatten die perfekte Größe und füllten meine Hände genau aus, und ich wollte nicht, dass er sie sah.

»Verzieh dich, Junge!«, schrie ich ihren Freund wütend an.

Ihm blieb weiter der Mund offen stehen, als wolle er Fliegen fangen. Dann drehte er sich abrupt auf dem Absatz herum und flitzte davon.

»Fuck! Warum zum Teufel platzt er einfach so in dein Schlafzimmer? Wie ist er verflucht noch mal überhaupt in die Wohnung gekommen?« Tausend Fragen schossen mir durch den Kopf, aber ich kriegte nur ein paar davon über die Lippen. »Geht es dir gut?«, lautete meine letzte, als ich merkte, dass sie keine Antwort gab. Ich versuchte mich abzukühlen. »Engel, hab ich dich sprachlos gevögelt?«, fragte ich sie neckend.

Sie nickte an meinem Hals und lächelte breit, und ich strich ihr über den Rücken und umfasste ihren Hintern mit der Hand. Ihre Knie umfingen entschlossen meine Hüften, und wenn sie jetzt nicht aufstand, dann würde ich sie noch einmal nehmen. Doch dann begannen ihre Schultern zu zittern, und ich befürchtete plötzlich, dass sie weinte. Ich kriegte eine Heidenangst – wieder hatte ich irgendetwas vermasselt.

Doch dann lachte sie hemmungslos, als sie von mir herunter und auf die Matratze glitt, hielt sich den Bauch. Gott sei Dank war nicht *ich* derjenige, den hier die Schuld traf.

»Ich glaube, du hast Ollie zu Tode erschreckt! Hast du sein Gesicht gesehen? Oh, Hank, das war fucking perfekt.«

Sie brachte mich total durcheinander, aber ich machte trotzdem mit. »Na ja, schon, ich fand aber auch, dass das Ficken perfekt war.« Ich grinste, als sie noch mehr lachte.

Spielerisch schlug sie mir gegen die Brust und versuchte, sich zu beruhigen. Aber es war sinnlos. Sie schaute mich an, und schon bekam sie einen weiteren Lachkrampf. Ich wartete, bis ihr hysterischer Anfall vorbei war, genoss diesen unbeschwerten Anblick. Nachdem sie fertig war, presste sie die Lippen in einem langen, süßen Kuss auf meine.

»Danke.«

»Man hat sich noch nie für Sex bei mir bedankt, aber gern geschehen. Jederzeit.«

»Nein, Hank, danke, dass du Ollie so einen Schrecken eingejagt hast. Das war die perfekte Rache für ein paar seiner Übergriffigkeiten. Jetzt ist er sicher eine ganze Woche lang beleidigt … zum Teufel, vielleicht sogar einen ganzen Monat lang!« Ihr Lächeln war breit und brachte das Zimmer zum Leuchten. Anscheinend war es leicht, meinem Engel eine Freude zu bereiten.

»Freue mich, dass ich zu Diensten sein konnte. Jederzeit wieder, wenn du von mir gevögelt werden willst, um deinen kleinen Freund zu erschrecken«, versicherte ich ihr und nahm ihren sexy Körper fest in den Arm.

Ein paar Sekunden später richtete sie sich auf. »Nenn ihn nicht klein. Das ist abwertend und würde seine Gefühle verletzen. Ich will Rache, doch ich will nicht, dass du ihn beleidigst. Okay?« Das erinnerte mich an die Tatsache, dass Oliver trotz unseres Treibens hier weiterhin an erster Stelle bei ihr stand. Ich brauchte einen neuen Plan, um mir seine Position zu sichern.

»Kapiert, Darlin'. Kurzer Reminder an mich selbst: nie deinen Assistenten sauer machen.«

»Er ist nicht nur mein Assistent. Er ist mein bester Freund, und nur ich darf ihn sauer machen. Klar so weit?« Sie stieß mir gegen die Brust, um ihren Standpunkt zu unterstreichen.

Ich nickte, war allerdings immer noch verärgert, dass er kam und ging, wie es ihm gefiel. Doch bei ihrer nächsten Bemerkung hellte sich der Himmel wieder auf.

»Ich habe den ganzen Tag frei.«

»Tatsächlich?« Ich versuchte, nicht zu hoffnungsvoll zu klingen. »Was sollen wir nur unternehmen?«, fragte ich und stieß vielsagend die Hüften nach vorn.

Sie schlug mir erneut gegen die Brust und stieg aus dem Bett, wobei sie mit ihrem köstlichen Po wackelte. »Ich dachte, wir fangen mit einem Bad an. Spielst du mit, mein Hengst?«

»Ein Bad?« Ich zog die Nase kraus. »Was ist mit deinem Freund?«

»Dein Verband darf nicht nass werden, duschen fällt also flach.« Mein Engel dachte aber auch wirklich an alles. »Und Ollie kann warten, der kleine Mistkerl.«

»Oh, du darfst ihn also klein nennen, ich aber nicht?«

»Genau!« Sie lächelte. Ihre Beziehung zu diesem Mann würde ich wohl nie verstehen. Zu diesem Jungen. Mann-Jungen. Was auch immer.

Es klopfte energisch an die Tür. Sie wollte hinlaufen, um zu öffnen – vollkommen nackt. »Wage es nicht, vor ihm diesen Körper offen zur Schau zu stellen.«

Sie sah mich verwirrt an, dann zuckte sie nur mit den Schultern. Also ging ich an ihrer Stelle hin und öffnete die Tür – ebenfalls splitterfasernackt.

Oliver musterte mich von Kopf bis Fuß. Ihm blieb erneut der Mund offen stehen. »Was ist los?«, fragte ich. Er starrte mich weiter wortlos an.

Hinter mir schob sich Aspen um mich herum, jetzt wieder in diesem sexy violetten Negligé. Sie trat vor mich hin, um meinen

Schwanz zu verbergen. Ich legte ihr den Arm um die satinbedeckten Schultern. Dann gab ich ihr einen Kuss auf den Hals. Sie neigte den Kopf zur anderen Seite, damit ich die Stelle besser verwöhnen konnte. Wollte sie etwa, dass ihr Freund sich unbehaglich fühlte? Da war ich auf jeden Fall mit von der Partie. Und wenn ich sie dabei auch noch berühren durfte, umso besser.

»Oliver, wenn Hank da ist, würde ich es vorziehen, wenn du klopfst.«

»Es fängt also bereits an?« Die Augen des Mannes verengten sich zu Schlitzen, und er presste die Lippen zu einer dünnen Linie zusammen. Sie zuckte mit den Schultern, und er fuhr fort: »Die Krankenschwester ist da, und ich habe deine Nachmittagstermine gecancelt, damit du, wie du verlangt hast, den Tag für dich hast. Ist das alles, *Ms. Reynolds*?«

Wütende Blicke flogen zwischen den beiden hin und her, und dann stahl sich ein Lächeln auf Aspens Gesicht. »Hab's kapiert! Rache ist eine Bitch!« Sie lachte lauthals auf. »Dein Gesichtsausdruck war einfach Gold wert, Ollie. Du sahst aus, als hättest du dir in die Hose gemacht!«

Seine Miene wurde weicher. »Ich habe gerade gesehen, wie jemand meine beste Freundin durchvögelt! Obwohl es verdammt heiß war mitanzusehen, wie du diesen sexy Cowboy reitest …«, er musterte mich erneut von Kopf bis Fuß, bevor er fortfuhr, »… war diese Aktion einfach nur eklig und gemein. Du wusstest, dass ich kommen und dich wecken würde – wie jeden Tag!«

»Genau genommen war ich zu beschäftigt mit dem Hengst hier, um an deinen Weckruf zu denken. Aber es tut mir trotzdem nicht leid, es vergessen zu haben. Das war zu gut.« Sie lachten jetzt beide. »Das musst du zugeben.«

»Ich glaube, ich werde jetzt erst mal duschen. Nachdem ich Hank in all seiner köstlichen Cowboy-Pracht gesehen habe, muss ich dringend nach Hause und Dean spanken.« Dean spanken?

So viel hatte ich über den Winzling und seine sexuellen Vorlieben gar nicht erfahren wollen.

»Na gut, mach das. Ich werde mir meinen Engel hier schnappen und ihn noch ein wenig schmutziger machen. Bestell der Schwester, sie soll in einer Stunde wiederkommen. Danke, Kumpel, und sorry, dass ich dich angeschrien habe. Aspens Streich hat mich genauso überrascht wie dich«, sagte ich in dem Versuch, ihrem Freund ein bisschen entgegenzukommen. Anscheinend konnte man sie am glücklichsten machen, wenn man ihr einerseits einen Wahnsinnsorgasmus bescherte und andererseits dafür sorgte, dass es diesem Typen gut ging.

Ein strahlendes Lächeln breitete sich auf seinem Gesicht aus. Seine Zähne waren blendend weiß. »Kumpel? Das gefällt mir«, sagte er dann nachdenklich und wandte sich zum Gehen.

»Das war nett von dir, Hank. Du musst deine Eifersucht auf Oliver überwinden. Er ist sehr schwul und sehr verliebt in seinen Freund Dean. Der könnte dir übrigens gefallen. Er ist Feuerwehrmann.«

»Ich habe keine schwulen Freunde; es passiert also nicht jeden Tag, dass jemand in meiner Gegenwart offen über sein Liebesleben mit einem anderen Mann spricht. Es ist mir schnuppe, was er in seiner Freizeit anstellt, aber deshalb muss er dich trotzdem nicht nackt sehen. Das ist mir vorbehalten – ausschließlich.«

»Ist das so?« Ihre Augen waren flüssige Lava.

»Aber hallo!« Ich gab ihr einen Klaps auf den Po. »Wie war das jetzt mit dem Bad?« Sie lachte und lief ins Badezimmer.

»Komm schon, Hengst. Das Wasser ist mächtig klasse«, rief sie aus dem Bad in dem missglückten Versuch, meinen Südstaatenakzent zu imitieren.

Kapitel 8

Aspen

Die darauffolgenden Wochen verbrachten wir auf die immer gleiche Weise. Ich ging zur Arbeit, und Hank brachte derweil meine Hausangestellten zur Verzweiflung und meldete sich kurz bei mir und seinen Männern auf dem Handy, um sich davon zu überzeugen, dass alles in Ordnung war. Gustav, mein Koch, verstand die Verbindung zwischen Hank und mir nicht, und mir ging es ganz ähnlich.

Aber sie zu analysieren, war auch nicht unbedingt mein Hauptanliegen bei allem, was ich zu tun hatte. Stattdessen zog ich es vor, unsere entspannte Beziehung zu genießen, wenn ich auch ständig damit rechnete, dass die Sache irgendwann den Bach runterging. Ich wusste, eines Tages würde es so weit sein.

Jeden Tag begrüßte Hank mich mit einem Kuss, der mir den Atem raubte und durch den ich innerhalb weniger Sekunden bereit für ihn war. Danach sprachen wir über den Tag, über ganz unterschiedliche Dinge, die wir voneinander noch nicht wussten, aßen, was immer Gustav uns zubereitet hatte, und verbrachten die Abende damit, uns zu lieben wie wilde Tiere. Mir gefiel dieser Tagesablauf. Jemanden zu haben, zu dem ich nach Hause zurückkehren konnte, war eine neue Erfahrung für mich. Selbst Butch stahl sich mit der Zeit in mein Herz.

»Morgen bin ich hier raus.« Hank biss ein monströses Stück von seinem Knoblauchbrot ab. Der Mann war einfach so verdammt riesig. Alles, was er tat, war gewaltig.

Plötzlich bekam ich Panik, und mir klopfte das Herz bis zum Hals. »Was meinst du damit? Du gehst? Aber …«

Hank schnitt mir das Wort ab, bevor ich mich in etwas hineinsteigern konnte. »Darlin', zerbrich dir nicht dein hübsches Köpfchen. Ich verlasse nicht dich – ich verlasse nur das Haus. Ich sitze jetzt seit zwei Wochen hier fest und bin kurz vorm Ausrasten. Ich werde hier noch wahnsinnig.« Mein ganzer Körper entspannte sich. »Außerdem muss ich nach meinen Männern gucken. Mich davon überzeugen, dass sie ihre Arbeit auch richtig machen.«

»Okay. Ich veranlasse meinen Fahrer, dich zu ihnen zu bringen.«

»Nope. Ich kann selbst fahren. Mein Pick-up ist ein Automatik, und die Therapeutin hält es für eine gute Idee, wenn ich mit Stretching anfange. Mich mal ein bisschen fordere, weißt du?«

»Wirklich? So bald schon? Du kannst dich doch gerade erst wieder ein wenig mehr bewegen.« Ich dachte an den heutigen Morgen zurück, als er meine Hüften mit beiden Händen umschlossen und mich hart von hinten genommen hatte, sodass ich vor Lust aufgeschrien hatte. Es ging ihm definitiv besser. Ich spürte die heiße Röte, die sich auf meinen Wangen und an meinem Hals ausbreitete.

»Jep. Morgen würde ich dich gern zur Arbeit fahren.« Sein Blick war beinahe bittend.

Lächelnd stimmte ich zu, obwohl ich wusste, dass mein Security-Team von dieser Variante nicht allzu viel halten würde. Viel Geld zu besitzen, hatte durchaus Nachteile, und die Sorge um meine Sicherheit gehörte dazu. Immer wieder gab es unzufriedene Angestellte oder irgendwelche Spinner, und ich konnte nicht vorsichtig genug sein. In einen Pick-up zu steigen, in dem keiner meiner Bodyguards saß, war riskant. Hank aber würde für meine Sicherheit garantieren. Unsere Sorge umeinander war in den vergangenen zwei Wochen um ein Vielfaches gewachsen. Außerdem: Wenn er sich schon einem Regen aus Metallstangen für mich aussetzte, würde er mich ganz bestimmt unbeschadet ins Büro bringen können.

»Das wäre also geregelt.«

»Was ist geregelt?«, rief eine Stimme vom Eingang des Esszimmers. Diese Stimme kannte ich. Ich war mit dieser schrillen Stimme aufgewachsen, die einem das Trommelfell schmerzen ließ.

Hank wirkte verwirrt. »Wer zum Teufel sind Sie? Mein Gott, Engel! Deine Sicherheitsleute hier brauchen dringend mal ein Training!« Er stand vom Esstisch auf und schob sich zwischen mich und den weiblichen Teufel.

Ich wandte mich langsam um, während meine Mutter Hank mit schockierter Miene von Kopf bis Fuß musterte, bevor sie ihre stoische Maske wieder aufsetzte. *Ja, er ist tatsächlich so beeindruckend.*

»Hallo Mutter«, sagte ich ohne jede Herzlichkeit. Ich musste dringend mit dem Verwalter reden, der sich um die Türen kümmerte. Meine Familienmitglieder brauchten nun wirklich keinen ungehinderten Zugang mehr zu meiner Wohnung zu haben. Nun, da Hank hier war, wusste man schließlich nie, in welcher Position wir uns gerade befanden. Der Gedanke daran zauberte ein kleines Lächeln auf mein Gesicht.

»Aspen, Liebling, ich habe gerade erst von deinem Unfall erfahren ...« *Und das, wo er doch schon zwei Wochen her ist*, hätte ich am liebsten hinzugefügt. »... und wollte nach dir sehen.« Sie blickte von Hanks imposanter Gestalt wieder zurück zu mir. »Wie ich sehe, hast du Gesellschaft. Entschuldige bitte die Störung.« Ihre langjährig antrainierten übertriebenen Manieren ließen sie beinahe höflich und um mein Wohlergehen besorgt klingen. Aber ich wusste es besser.

»Wie du siehst, geht es mir gut, Mutter. Das hier ist Hank Jensen. Er ist der Mann, der mir das Leben gerettet hat.«

»Ach ja?« Gefühlt wanderten ihre Augenbrauen hoch bis zur Zimmerdecke. »Dann stehe ich also in Ihrer Schuld.« Sie streckte ihm die Hand entgegen. Hank hob sie an die Lippen und küsste ihr auf äußerst altmodische Weise die Knöchel. Seine Südstaatenmanieren waren wirklich bezaubernd.

»Freut mich, Sie kennenzulernen, Ma'am.« Er deutete auf einen Stuhl und zog ihn für meine Mutter hervor. Verdammt sei Hank und sein Gentleman-Getue. Ich wollte, dass die Frau mein Haus wieder verließ, nicht, dass sie an meinem Tisch saß.

»Wenn Sie nichts dagegen haben, Hank. Danke.« Sie setzte sich kerzengerade hin und legte anmutig die Hände in den Schoß.

»Möchtest du etwas zu Abend essen, Mutter? Ich kann Gustav veranlassen, dir etwas zu bringen.« *Bitte sag Nein, bitte sag Nein, bitte sag Nein …*

»Nein danke. Als Lady muss man auf seine Figur achten.« Ihr Blick wanderte über meine riesige Portion Pasta hinweg. Normalerweise aß ich nicht so viel, aber ich trieb viel Sport, und Hank hielt mich im Schlafzimmer ganz schön auf Trab. »Aber ein Martini wäre wunderbar, Liebling.«

»Klar. Einen Moment.« Ich stand auf und ging in die Küche, um einen Martini und für mich noch eine Flasche Wein zu bestellen. Ich hatte das Gefühl, dass hinter diesem unangekündigten Besuch mehr steckte als nur mütterliche Sorge. Sie war nicht der Typ, der Wind um ihre Kinder machte.

In Londons, Rios und meiner Kindheit hatte sie niemals eine Wunde gesäubert, ein Aua weggeküsst oder war bei uns geblieben, wenn wir Albträume hatten. Nichts von alldem. Sämtliche normalen Dinge, die eine gute Mutter eigentlich tat, wurden bei uns von gut bezahlten Nannys übernommen. London und ich trafen uns immer noch mit ihnen und kauften ihnen Weihnachtsgeschenke oder feierten unsere Geburtstage mit ihnen zusammen, aber Rio erinnerte sich womöglich nicht mal mehr an ihre Namen. Er hatte sich schon immer nur für sich selbst interessiert. Genau wie meine Mutter.

Ich kehrte ins Esszimmer zurück und hörte schon, wie Ihre Durchlaucht Hank in die Mangel nahm. *Wenn sie mir diese Beziehung versaut, werde ich mich von ihr lossagen.* Beziehung? Ruckartig blieb ich stehen. Hank und mich nicht nur als Freunde mit gewissen Vorzügen zu betrachten, konnte in Zukunft jede Menge Leid bedeuten. Außer seinen Eifersuchtsanfällen gegenüber Oliver und seiner dominanten Art im Bett hatte er niemals angedeutet, dass für ihn mehr dahinterstecken könnte.

Ich war nicht mal sicher, ob ich selbst mehr wollte.

Zugegeben, zwischen uns lief es großartig – ja sogar fantastisch –, aber wie lang konnte das gut gehen? Bis er wieder gesund war? Wahrscheinlich. Er war ein Cowboy aus Texas. Und er war nur zufällig geschäftlich in New York. Er würde wohl kaum auf unbestimmte Zeit hierbleiben, und ich konnte diese Stadt unter keinen Umständen verlassen. AIR Bright verlassen? Und weshalb? Wegen eines Mannes. Allein schon der Gedanke war grotesk. Wir hatten Spaß miteinander. Viel Spaß.

Wir passten körperlich gut zueinander, und ich genoss seine Gesellschaft sehr. Hank war anders als jeder andere Mann, den ich kannte – irgendwie besser. Seine Aufrichtigkeit, sein Charakter, seine moralischen Grundsätze sprachen mich an, aber das reichte nicht. Man musste schon im gleichen Bundesstaat leben. Jeder wusste doch, dass Fernbeziehungen niemals funktionierten; und dass wir unterschiedlichen sozialen Schichten angehörten, machte die Sache nur noch schwieriger. Verwirrt und deprimiert betrat ich das Esszimmer.

»Sie werden dann also kommen?«, waren die gefürchteten Worte, die ich aus dem perfekt karmesinrot geschminkten Mund meiner Mutter hörte.

»Aber sicher doch. Ich hab Aspen gerade gesagt, dass ich noch bekloppt werde, weil ich seit zwei Wochen hier festsitze. Dinner mit der Familie klingt super!«

»Sie sind seit zwei Wochen hier?« Dies war das erste Mal seit Langem, dass ich meine Mutter sprachlos erlebte. Ihre gleichmütige Maske verrutschte. Ihre Finger umklammerten das Stuhlkissen, und sie presste die Lippen fest aufeinander. Es bereitete mir ein Riesenvergnügen zu sehen, wie sie von ihrem Podest heruntterrutschte. Ein Punkt für Hank!

»Ja, Ma'am. Aspen hat wirklich gut für mich gesorgt.« Er zwinkerte mir zu. »Machen Sie sich also keine Sorgen.« Oh, Hank. Sie interessierte sich einen Dreck für ihn und seine Gesundheit. Sie machte sich Sorgen darüber, wie es auf andere wirkte, wenn man herausfand, dass er bei mir lebte. In ihren Augen war er nichts weiter als ein schmutziger Streuner.

»Entschuldigung …«, mischte ich mich ein.

»Oh, dann wäre das also klar. Darling, dein Freund, Mr. Jensen, wird unserer Dinnerparty auf dem Anwesen beiwohnen.«

»Weißt du, das halte ich eigentlich für keine gute Idee. Hanks Therapie ist sehr anstrengend und …«

»Ach, Unsinn. Der Mann will doch offensichtlich auch mal vor die Tür, nicht wahr, mein Lieber?« Es war, als schaute ich der bösen Hexe dabei zu, wie sie Schneewittchen – sprich Hank – den vergifteten Apfel reichte.

»Absolut. Engel, du weißt, mir geht's schon erheblich besser. Außerdem würde ich wirklich gern deine Familie kennenlernen.« Vergnügt stürzte er sich auf seine Pasta. Der arme Kerl hatte ja keine Ahnung. Sie wollte ihn den Gesellschaftslöwen zum Fraß vorwerfen und ihn blamieren. Meine Mutter war grundsätzlich äußerst fantasievoll bei derlei Anschlägen.

Ihr Plastiklächeln war unerschütterlich, und ihre gefühllose Maske ließ sie sogar noch kälter erscheinen. »Engel?«, fragte sie und warf mir einen scharfen Blick aus verengten Augen zu.

»Hank mag Spitznamen.« Eigentlich hätte ich seinen Kosenamen nicht verteidigen müssen, aber meine Mutter schaffte es nun mal, dass jeder in einem Radius von drei Metern zum Psycho wurde. Nur Hank schien vollkommen immun dagegen zu sein und verschlang sein Abendessen mit Hingabe.

Ich schob meinen Teller von mir. Mir war der Appetit vergangen.

»Ich bin froh, dass du nicht all diese Kohlenhydrate zu dir genommen hast. Du bist nicht mehr so jung wie früher. Immerhin gehst du auf die dreißig zu. Ein guter Mann will schließlich keine fette Frau haben – denk immer daran, Liebes.«

Ich hielt den Atem an und zählte bis zehn, um sie nicht zu erdrosseln.

»Hey, mal langsam. Was das angeht, hat Aspen keinen Grund zur Sorge.« Sein Blick brannte sich in meinen, und heißes Verlangen stand in ihm. »Ihr Körper ist fantastisch.« Er sah auf meinen Teller. »Hast du keinen Hunger, Darlin'?«

Meine Mutter war sprachlos und saß mit offenem Mund und weit aufgerissenen Augen da. Wenn es vorher noch Zweifel darüber gegeben hatte, wie weit unsere Beziehung ging, so waren diese nun definitiv aus dem Weg geräumt. Den Gedanken fand ich fantastisch. Meine Mutter würde nun stundenlang darüber nachgrübeln, dass mein Gefährte aus einer anderen sozialen Schicht stammte und ich auf meine angemessene Erziehung pfiff, und sie würde sich tierisch darüber aufregen. Vielleicht würde sie sich das mit der Einladung sogar noch mal überlegen und absagen.

»Nein, nicht mehr, Hank, danke. Mutter, wenn das alles ist, begleite ich dich jetzt nach draußen.« Hank stand gleichzeitig mit mir auf, der perfekte Gentleman. Er ging mit uns beiden zur Tür.

»Mrs. Reynolds, war mir eine Freude, Sie kennenzulernen.« Zum zweiten Mal an diesem Abend führte Hank ihre Hand an seine Lippen. Ich nahm mir vor, ihn zu bitten, sich das Gesicht zu waschen, bevor er mich wieder küsste.

»Auf jeden Fall war es eine Überraschung, Sie hier zu treffen. Danke, dass Sie Aspen beigestanden haben. Ich freue mich darauf, Sie morgen empfangen zu dürfen, Mr. Jensen.« Angesichts ihres süßlichen Saccharin-Tons hätte ich würgen können.

»Auf Wiedersehen, Mutter«, sagte ich und versuchte, die Tür hinter ihr zu schließen. Sie aber gab mir noch einen Luftkuss auf beide Wangen. Als sie endlich fort war, lehnte ich mich schwer gegen die Tür und schloss die Augen.

»Was ist los, Darlin'?« Hank strich sacht an meinem Haaransatz entlang. Es fühlte sich an wie zu Hause sein. Seine Berührung war mittlerweile eine Notwendigkeit geworden, etwas, wonach ich mich sehnte, und so schmiegte ich mich in seine große Hand, die nun mein Kinn umfing.

»Hank, was passiert zwischen uns?«

»Was meinst du damit? Wir genießen unsere Gesellschaft. Und zwar immens, möchte ich hinzufügen.« Er wackelte vielsagend mit den Augenbrauen, und seine Hände umgriffen meine Hüften. »Und mir geht es besser. Ich werde mit jedem Tag stärker.« Spielerisch drängte er sein Becken gegen meins.

Seine Reaktion war genau der Grund gewesen, warum ich mir bislang nicht gestattet hatte, mich in ihn zu verlieben, mehr für diesen wundervollen Mann zu empfinden. Wenn er erst wieder gesund war, würde er auf seine Ranch zurückkehren, in sein richtiges Leben.

»Ich werde für morgen eine Ausrede erfinden. Es besteht keine Veranlassung für dich, dabei zu sein. Ich hingegen werde es nicht vermeiden können. Heute hat sie mir einen Besuch abgestattet, und falls ich morgen nicht auftauche, ist mein Vater schon sehr bald der Nächste, der hier auftaucht.«

Er verzog das Gesicht zu einer Grimasse. »Warum soll ich nicht hingehen? Ich habe es ernst gemeint: Ich würde den Rest deiner Familie wirklich gern kennenlernen. Deine verrückte Schwester habe ich schon getroffen, und deine Mutter scheint ja ganz nett zu sein.«

»Lass dich von ihr nicht täuschen. Sie ist ein Wolf im Schafspelz. Sie ist nur hergekommen, um dich unter die Lupe zu nehmen.«

Er zuckte mit den Schultern. »Ist mir egal. Stört mich nicht im Geringsten. Aber wir gehen zu der Party.«

Das Ganze würde in einer Katastrophe enden. Hank würde geradeheraus sein wie immer und meine Familie sprungbereit, um den Cowboy in der Luft zu zerreißen. Es war, als werfe man ein Steak in ein Piranhabecken.

»Hank, das ist nicht wie ein Barbecue im Kreise der Familie.« Frustriert blies ich mir die Haarsträhnen aus der Stirn. »Das ist eine Zusammenkunft der High Society. Das Haus wird gerammelt voll sein mit erfolgreichen Führungskräften, Politikern, Menschen mit mehr Geld, als Gott hat …«

»Willst du damit sagen, dass ich da nicht reinpasse, Darlin'? Ich werde meinen Mann schon stehen.« Er sah mir forschend in die Augen. Die nächsten vier Worte erschütterten mich bis ins Mark. »Bin ich dir peinlich?«

»Natürlich nicht! Nein, ich … nein. Ich glaube nur, dass du dich nicht wohlfühlen wirst.«

»Aber du schon?«

»Na ja, auch nicht. Aber das tue ich nie. Meine Familie zu besuchen, ist ein notwendiges Übel.« Ich ließ die Hände über seinen breiten Oberkörper gleiten, versuchte, ihm zu zeigen, dass ich ihn vor dieser Art von Übel bewahren wollte. Er fasste sie und presste sie an seine Brust.

»Engel, ich werde dich zu dieser Party begleiten. Ich werde vor deiner Familie mit dir tanzen. Ich werde dir zeigen, dass du überall Spaß haben kannst, solange du mit dem Richtigen zusammen bist.« War er eigentlich real? Im Grunde war es doch gar nicht möglich, dass es etwas so Gutes auf der Welt gab.

»Mein Gott, Hank, ich könnte mich problemlos an dich gewöhnen.« *Aber das werde ich nicht.*

Er lachte und küsste mich, erst vorsichtig, dann rückte er ein Stück von mir ab, aber nur so weit, dass unser Atem sich noch immer vermischte. »Das will ich verdammt noch mal auch hoffen. Ich gehe so schnell nirgendwo hin. Jetzt hast du mich am Hals, Engel.«

»Meinst du das ernst?«, flüsterte ich und hielt die Augen fest geschlossen, wollte seine Reaktion nicht sehen. Er küsste jedes Augenlid und lehnte die Stirn an meine.

»Ich hätte es nicht gesagt, wenn ich es nicht auch so meine.«

Hank

Seit dem Besuch ihrer Mom am Vortag verhielt Aspen sich anders. Sie kam mir beinahe traurig vor, als sie sich heute Morgen zur Arbeit fertig machte und das Haus verließ. Wir schliefen nicht miteinander. Sie behauptete, Kopfschmerzen zu haben, und hastete wie ein verängstigtes Kätzchen ins Bad, um zu duschen und sich anschließend anzuziehen.

Allein.

Zum Abschied gab sie mir kaum einen flüchtigen Kuss auf die Lippen. Das war wohl der erste Morgen seit meinem Einzug, an dem wir uns nicht liebten. War ich tatsächlich eingezogen, oder wohnte ich nur vorübergehend hier? Eigentlich hatte ich den Eindruck, dass wir ganz gut vorankamen. Wenn ich nicht mit ihr zusammen war, dann wollte ich es sein. Aber vielleicht ging es ihr ja nicht so.

Irgendetwas stimmte nicht. Als sie heute Morgen das Haus verließ, hatte ich das Gefühl, dass sie *mich* verließ. Ich wusste nur, dass sie mein Herz im Schraubstock und meine Eier in ihrer Faust gefangen hielt. Sie musste nur mit ihren hübschen Wimpern klimpern, und ich war verdammtes Wachs in ihren zarten Händen. Was immer hinter ihrem Verhalten steckte, ich würde der Geschichte heute Abend auf den Grund gehen.

Es klopfte an meine Schlafzimmertür. Eigentlich hatte ich in diesem Raum noch kein einziges Mal geschlafen, aber dort bewahrte ich meine ganzen Klamotten auf. Wahrscheinlich war es die Therapeutin. Die Frau war ein Hingucker, aber nicht vergleichbar mit Aspen. Nur eins hatten sie gemeinsam – ihren Ehrgeiz. Die Therapeutin war wild entschlossen, mich jeden Tag bis zum Äußersten anzutreiben, und Aspen ermutigte sie auch noch. Ich freute mich nicht gerade darauf, aber, um ehrlich zu sein, meine Fortschritte machten mich froh.

»Herein«, rief ich und lächelte. Wenn ich an Aspen dachte, kam das Lächeln wie von selbst.

»Hallo Hank.« Oliver schritt herein, die Lippen grimmig aufeinandergepresst. Er ging ohne ein Wort zu meinem Schrank und schob mit geübter Hand die Bügel auf der Stange von links nach rechts.

Was für ein seltsamer Kerl. Er hielt bei dem ein oder anderen Kleidungsstück einen Augenblick lang inne, dann fuhr er fort, die Klamotten hin und her zu schieben. Er war Aspens bester Freund, aber meiner nicht. Trotzdem wollte ich mich bemühen. Wenn der Typ glücklich war, war anscheinend auch meine Frau froh. Also tat ich, was jeder heißblütige amerikanische Mann getan hätte, der mit einer Frau ins Bett will: Ich beschloss, mich mit dem Kerl anzufreunden. Na ja, gewissermaßen.

»Willst du mir nicht mal verraten, was du da treibst, Kumpel? Aspen ist bereits arbeiten gegangen. Das müsstest du doch wissen, oder?« Er lächelte geheimnisvoll. Sein Gesicht gefiel mir nicht sonderlich, vor allem nicht, wenn er irgendetwas zu verbergen schien.

»Na ja, Cowboy, unsere Aspen hat mir erzählt, dass du heute Abend bei einem Event auf dem Bright-Reynolds-Anwesen zugegen sein wirst. Jeder, der etwas darstellt, wird dort sein, einschließlich meiner Wenigkeit.« Er zerrte an meinen Klamotten herum, und sein verkniffenes Gesicht verzog sich grimmig. »Du hast einfach nichts Passendes anzuziehen. Hatte ich mir schon gedacht. Wir gehen also shoppen. Ich werde deine Therapiesitzung auf heute Nachmittag verlegen.«

»Shopping ist so ziemlich das Letzte, was ich heute tun will.« Ich verschränkte die Arme vor der Brust, so gut das mit der verletzten Schulter überhaupt möglich war, und setzte eine, wie ich hoffte, bedrohliche Miene auf.

»Dumm gelaufen.« Er drehte sich zu mir um und musterte mich von Kopf bis Fuß. »Dann verrat mir doch mal, was du zu so einer formalen Abendgesellschaft zu tragen gedenkst. Aspen wird in Versace erscheinen. Da kann der Prinz dem Ball wohl kaum in Wrangler beiwohnen.«

»Und warum zum Teufel soll das nicht gehen?« Für wen hielt der sich? Nur weil er die Klamotten für meine Frau aussuchte, hieß das wohl kaum automatisch, dass er jetzt auch noch mich einkleidete.

»Weil du sie damit blamieren würdest. Willst du das etwa?« Seine Worte bohrten sich in mein Herz wie ein Dolch. Das war wirklich das absolut Letzte, was ich wollte. Ich war sicher, dass ich ihre Familie mit meinem Südstaatencharme und einem Sack voller Partywitze für mich gewinnen würde. Einen guten hatte ich mir schon für den Abend zurechtgelegt. Jedenfalls war es wichtig, dass ich heute bei ihrer Familie gut ankam. Aus unterschiedlichen Welten zu stammen, war immer eine Herausforderung für eine Beziehung, allerdings vor allem für die Frauen, denn sie schienen das angeborene Bedürfnis zu haben, anderen zu gefallen. Junge, Junge, und ich wollte nun mal meinem Engel gefallen.

»Nein, will ich nicht. Also tu, was du für richtig hältst, Kumpel.«

»Danke.« Er schien sich etwas zu entspannen. Dann taxierte er mich mit strahlend weißem Lächeln. Ich fragte mich, ob er diese Zahnpasta-Strips benutzte, die die Zähne angeblich so weiß machen sollen, dass sie im Dunkeln leuchten. »Also, ich weiß genau, welcher Designer uns die Kleidungsstücke auf die Schnelle auf diese breite Brust und diesen riesigen Bizeps zuschneidert. Meine Güte, wie oft trainierst du überhaupt?«

Ich lachte laut, als er mich aus der Wohnung und zum Aufzug führte. Schon bald fuhren wir vor einem Laden mitten auf der Fifth Avenue vor, im Herzen von New York City. Ich sah mir das Gebäude an. Oliver grinste so breit, dass ich mir schon Sorgen machte, sein Gesichtsausdruck würde so bleiben.

Das Gebäude war aus grauem Stein und hatte Gitterstäbe vor den Fenstern im ersten Stock. Große, glänzende Lettern prangten an der Mauer und verkündeten: ARMANI/5th AVENUE.

»Sieht aus wie ein Knast«, sagte ich. Oliver schien meine Anwesenheit beinahe vergessen zu haben.

»Wenn das ein Gefängnis ist, dann schließ mich dort ein und wirf den Schlüssel weg!« Er fasste mich am Unterarm und zog mich auf den Eingang zu. Offensichtlich war er ganz aus dem Häuschen. Erinnerte mich an Butch, wenn er einen Knochen bekommen sollte. Dann wedelte dieser mit dem Schwanz und drehte sich wie wild um die eigene Achse, bis er vor meinen Füßen zusammenbrach, sobald die Aufregung nachließ. In gewisser Weise ähnelte Oliver Butch, aber leider war in diesem Szenario wohl eher ich der Knochen.

Nachdem ich sechs Anzüge anprobiert hatte, hatte ich die Nase gestrichen voll. Ich hatte den Siedepunkt erreicht. Das würde Aspen mir büßen – vorzugsweise auf dem Rücken liegend mit ihren Schenkeln an meinen Ohren.

»Oh, Hank, das ist er. Das ist es!«, verkündete Oliver.

Ich stand auf einem erhobenen, runden Podest gegenüber von drei großen Spiegeln. Sie waren so platziert worden, dass man die Kleidung aus jeglichem Blickwinkel begutachten konnte. Ein kleiner, behaart aussehender Typ stand vor mir und maß die Schritthöhe. Er griff meine Eier und schob sie zur Seite.

»Was zum Teufel, Partner?« Ich sprang zurück und bedeckte meine Kronjuwelen. »Das hier ist keine Arztpraxis. Fass mich noch einmal an, und ich verpasse dir eine.« Der Mann brabbelte irgendetwas in einer fremden Sprache vor sich hin. Oliver kam zu uns und beruhigte ihn.

Dann verdrehte er die Augen und kehrte zu mir zurück. »Hank, der Mann ist Schneider. Sie müssen dein Beininnenmaß nehmen, sonst fühlen sich deine, äh, guten Stücke nicht wohl. Die Hosenmaße hat er jetzt beisammen, können wir dann also mit Schultern, Armen und Taille weitermachen? Sei ein guter Junge und behalt die Flossen bei dir.« Ich musterte ihn mit verengten Augen, stellte mich aber wieder auf das runde Podest. »Wir haben ohnehin nicht viel Zeit.« Er klang total genervt. Konnte ich nachvollziehen.

»Sorry. Bin so was nicht gewöhnt. Bringen wir es einfach hinter uns«, sagte ich zu dem Mann mit dem Akzent. Er huschte um mich herum, bis er alles ausgemessen hatte. Gott wusste, was er noch alles vorhatte. Der Anzug passte doch gut; ein bisschen eng an Brust und Rücken, aber das konnte ich ausgleichen, indem ich das Jackett offen ließ. Es war die größte Größe, die sie dahatten. Mir hätte es gereicht, aber für Oliver kam das nicht infrage. Er sagte, ich müsse glaubwürdig wirken. Was immer das heißen sollte. Schließlich probte ich hier ja nicht für eine Broadway-Show.

Oliver wählte ein paar Hemden aus, mehr als ich für den Abend brauchte. Ich hingegen scrollte durch mein Handy und schrieb Aspen.

An: Aspen Reynolds

Dein Junge zieht mich für den Abend hübsch an. Du bist mir was schuldig. Aber hallo!

Ich sah, wie Oliver diverse Krawatten zur Hand nahm und an die leuchtend bunten Hemden hielt. Dann hörte ich, wie er der Verkäuferin sagte, wir wollten den gleichen Anzug noch einmal, aber in Schwarz mit Nadelstreifen, und dass alles auf Aspen Reynolds Rechnung ging. Bevor ich Einwände erheben konnte, meldete sich mein Handy.

Von: Aspen Reynolds

Bist du auch nett zu ihm? Wie soll ich es wiedergutmachen?

Oh, sie wollte spielen. Na prima. Ich dachte ein paar Sekunden lang nach, kam aber dann zu dem Schluss, dass Ehrlichkeit noch immer am längsten währt.

An: Aspen Reynolds

Mit dir selbst. Nackt. Um den Rest kümmere ich mich.

Ich hatte noch nicht mal Gelegenheit, mir das Handy wieder in die Tasche zu stecken, da pingte es schon wieder.

Von: Aspen Reynolds

Deal, mein Hengst.

»Okay, Hank. Ziehen Sie sich wieder an. Wir essen zu Mittag, während der Schneider den grauen abändert. Die anderen beiden werden später fertiggestellt.«

Wurde auch echt höchste Zeit, dass wir hier herauskamen. Die Klamotten konnte ich Aspen später noch bezahlen. Der Laden war zwar ganz hübsch, aber nirgends gab es Preisschilder, und nur wenige Stücke hingen auf den Stangen. Wenn man reinkam, kam sofort jemand, der deine Klamotten abschätzte, sich nach deinen Wünschen erkundigte und so was. Oliver nannte das persönliche Beratung.

Wenn die andere Hälfte der Bevölkerung so lebte, wollte ich nicht dazugehören. Was ich allerdings wollte, war ein großer, blonder Engel mit den schönsten Augen, die ich je gesehen hatte, und einem Körper, der wie ein Ticket ins Paradies war. Mein Gott, allein bei dem Gedanken an sie lief mir das Wasser im Munde zusammen und mein Schwanz ging in Habachtstellung. Ich konnte einfach nicht genug von ihr bekommen. Ich hatte sie jetzt seit Wochen jeden Tag gehabt, und wenn überhaupt, dann wurde das Verlangen nach ihr sogar noch mit jedem Tag stärker. Es war unmöglich zu erklären. Sie war einfach das, was ich wollte, und zwar immerzu.

Mein Handy klingelte und ich ging dran, weil ich dachte, Aspen sei es. »Hallo Engel. Ich hab grad an dich gedacht.«

»Engel? Das ist neu, Frechdachs«, ertönte Mas Stimme am anderen Ende der Leitung, laut und fröhlich wie immer.

»Ma, schön, deine Stimme zu hören.«

»Ach, tatsächlich? Denn das letzte Mal ist ja eine Weile her!« Ihr Ton war nun bitter und eine Spur sarkastisch.

»Oh, Ma, tut mir leid. Im Job ging alles drunter und drüber. Es gab einen Unfall, und ich wurde verletzt.« Shit, sie war sicher angepisst, wenn sie erfuhr, dass das schon mehr als zwei Wochen her war.

»Oh mein Gott! Mein Baby. Was ist geschehen? Erzähl mir alles!« Ich lachte. Sie würde mich sogar teeren und federn.

»Ach, Ma, mir geht's gut. Bin nur von einem Rohr aufgespießt worden, das war alles. Fuhr mir geradewegs durch die Schulter. Aber die Ärzte haben alles wunderbar hingekriegt. Jetzt bin ich schon seit fast drei Wochen auf dem Weg der Besserung.«

»Du wurdest operiert? Hank!«, rief sie. Dann schrie sie über den

Hörer hinweg. »Henry, Henry, mein Baby war verletzt. Musste sogar operiert werden und alles!« Ich hörte die gemurmelten Worte durch ihre Hand hindurch. Jetzt hielt sie also den Lautsprecher zu, während sie meinen alten Herrn Henry ins Bild setzte. Meine Mutter neigte eigentlich nicht zum Drama, aber wenn ihren Kindern etwas zustieß, war sie wie Mama-Bär mit ihren Jungen. Total aufgedreht und besorgt wegen nichts und wieder nichts.

Oh, Mann. Jetzt hatte ich es getan. Meiner Familie von dem Unfall zu erzählen, war mir total durchgegangen. Sie redete immer weiter. Ich beantwortete all ihre Fragen, schilderte ihr jede Einzelheit, die mir noch im Gedächtnis war.

»Na ja, wir kommen jedenfalls zu dir. Ich muss mein Baby sehen!« Ich konnte ihr Weinen und Schniefen buchstäblich quer durch die Staaten hören. Wenn Julia Jensen sich etwas in den Kopf gesetzt hatte, konnte man es sowieso nicht ändern.

»Okay, okay, Ma. Ich kauf dir ein Ticket und arrangiere alles, aber nötig ist es wirklich nicht. Aspen und ihr Helferteam waren wirklich fantastisch. Und alles verheilt super.«

»Aspen?« Ihre Stimme klang neugierig, also machte ich unbeirrt weiter und berichtete ihr so viel ich konnte, während ich mich wieder anzog. Den einen oder anderen Teil beschönigte ich, und ein paar Dinge ließ ich auch aus. Sie würde mich bei ihrem Besuch ohnehin löchern. Nicht nötig, ihr gleich alles zu erzählen.

»Na gut, aber ich glaube erst, dass es dir gut geht, wenn ich es mit eigenen Augen gesehen habe. Warte, bis du auf deinen Vater triffst, Frechdachs. Er wird dir wahrscheinlich den Hintern versohlen, weil du uns nicht früher informiert hast.«

Ich wusste, dass das ein Scherz war. Mom und Dad hatten uns Jungs nie angerührt; trotzdem hatten Heath und ich früher immer Angst gehabt, dass mein Vater vielleicht doch mal den Gürtel rauszog oder uns mit seiner großen Hand den Hintern versohlen würde.

»Tut mir leid, Ma. Wirklich, mir geht es gut. Du wirst ja sehen. Ich liebe dich.«

»Einmal zum Mond und wieder zurück, Frechdachs. Ich liebe dich einmal zum Mond und wieder zurück.«

Allein schon beim Klang ihrer Stimme bekam ich Heimweh. Anscheinend hatte ich also Neuigkeiten für Aspen. Der Abend würde interessant werden. Ich fragte mich, wie sie es aufnehmen würde.

»Nun komm schon, Hank. Ich verhungere hier draußen so langsam!«, tönte nun Olivers Quietschstimme vom Bereich vor der Ankleidekabine. »Wie lange kann es dauern, sich eine Jeans anzuziehen?«

»Immer langsam mit den jungen Pferden!« Er war wie ein wütender Moskito, der sich nicht abschütteln ließ.

Ich verließ den Schutz der Ankleidekabine.

»Fertig, Cowboy?«

»Fertiger geht nicht.«

Kapitel 9

Aspen

Oliver legte letzte Hand an mein Haar. Er hatte es zu einem glatten Knoten zusammengefasst, während lose, feine Haarsträhnen mein Gesicht umrahmten. Ein paar Kristalle in der Größe von Zehncentstücken zierten den Knoten. Sie passten zu den Ohrringen und dem Armband, das er für den Abend ausgewählt hatte. Das Kleid war nicht neu, aber eines meiner Lieblingsstücke. Es war schlicht geschnitten, hatte ein trägerloses Oberteil und einen Saum, der mir gerade bis auf die Knie reichte, und das alles in leuchtendem Königsblau mit grauer Satinschärpe um die Taille.

Der Look war definitiv ein neuerer Trend, beinahe die spielerische Variante eines Businesskostüms, aber aus weich fließendem, schimmerndem Material. Oliver hatte dazu hohe graue Wildleder-Plateauschuhe ausgewählt. Auch sie waren an der Ferse mit Kristallen besetzt, die sich auch über den Absatz zogen. Verdammt sexy.

Nachdem ich einen Blick in den Spiegel geworfen hatte, waren Oliver und ich uns einig, dass ich heiß aussah. Dies war das erste Mal seit Langem, dass ich mit meinem Outfit einem Mann gefallen wollte und nicht der Gästeliste. Ich kam mir vor wie ein Teenager – zwei Dinge, die normalerweise nicht zu mir passten. Nie.

Als ich mein Zimmer verließ, kam Hank auch gerade aus seinem.

»Verdammt, Engel. Du bist die hübscheste Frau, die ich je gesehen habe. Komm, lass dich anschau'n.«

Er fasste mich an der Hand und drehte mich langsam um meine eigene Achse. Ich ließ es zu, stand ganz unter seinem Bann. Dann legte er mir seine Pranken auf die Hüften und umfing meine Taille. Seine Hände konnten einander beinahe berühren. In seinen Armen kam ich mir ganz klein und zart vor. Die meisten Männer, mit denen ich zu tun gehabt hatte, waren höchstens drei bis fünf Zentimeter größer gewesen, und ich hatte mich zurücknehmen müssen, um auf Fotos neben ihnen nicht zu groß zu erscheinen. Das Letzte, was ich wollte, waren böse Kommentare in der Boulevardpresse. Das hätte meine Mutter mir nie verziehen. Hank aber war riesig. An seiner Seite wirkte ich geradezu zierlich, und das gefiel mir.

»Du siehst aber auch ganz nett aus, mein Hengst.« Ich fummelte an seiner königsblauen Krawatte herum. Er stand in einem stahlgrauen Anzug vor mir. An diesem Abend wirkten seine Augen eher grün als karamellfarben. Sein Oberhemd war leuchtend weiß mit zarten blauen Nadelstreifen.

Oliver war verdammt gut in seinem Job. Der Gesamteindruck war absolut fantastisch. Wenn Hank so aussah, musste ich ihn den ganzen Abend im Auge behalten. Sonst wollte ihn sich am Ende noch irgendein Society-Flittchen krallen, das nichts anderes zu tun hatte, als Monopoly mit ihren Treuhandfonds zu spielen oder ihre Zeit mit heißen Typen zu vertändeln.

»Oh, ihr beiden seid echt das perfekte Paar. Ihr solltet eigentlich die erste Titelseite des *Bright Magazine* zieren!«, stieß Oliver atemlos hervor.

Es klingelte an der Tür, und Hank streckte mir den Arm entgegen, damit ich ihn unterhakte. Ich liebte seinen altmodischen Charme. »Wenn ich nur halbwegs bei Verstand wäre, würde ich dieses Event sausen lassen, dich wieder in dieses Zimmer da bringen und mit dir treiben, wonach mir der Sinn steht«, flüsterte er mir ins Ohr. Sein Atem machte, dass mich die feinen Härchen in meinem Nacken kitzelten.

Ich lächelte ihn scheu an, als wir uns auf den Weg ins Foyer begaben. Oliver küsste gerade Dean, als wir uns näherten. Als Hank diese öffentliche Liebesbekundung zwischen den beiden beobachtete, wurde er ein ganz klein wenig rot. Oliver war es egal, wer ihn mit Dean zusammen sah. Immer schon. Er hatte seine Homosexualität nur dann versteckt, wenn er Jungs geküsst hatte, die sich noch nicht offen zu ihrer bekannten.

Hank räusperte sich. Dean lächelte und löste sich als Erster. Oliver schaute Dean in die Augen und war offenbar bis über beide Ohren verliebt. Sie passten super zueinander. Ich war unheimlich froh, dass Ollie einen festen Partner hatte. Hätte ich doch nur auch so ein Glück gehabt.

Dean streckte Hank die Hand entgegen. »Sie müssen der Herkules sein, von dem ich schon so viel gehört habe.« Dean schenkte ihm ein wissendes Grinsen.

Er war groß, viel größer als Oliver. Er war groß genug, um sich Oliver beim Händeschütteln quasi unter den Arm zu klemmen, aber er war nicht ganz so groß wie Hank. Sein dichtes schwarzes Haar war glatt nach hinten gekämmt, und er hatte atemberaubende blaue Augen, die vor Heiterkeit nur so funkelten, während er Oliver im Arm hielt.

Dieser Mann war der Gegensatz in Person. Beruflich war er jahrelang als Visagist und Hairstylist in der Modelbranche tätig gewesen. Dort hatten er und Oliver sich kennengelernt. Dann, eines Tages, hatte er alles hingeworfen, um Feuerwehrmann zu werden. Er war definitiv einer der bestaussehenden Feuerwehrmänner, die ich je gesehen hatte. Vor Kurzem war er in einem sexy Feuerwehrkalender abgebildet worden, »um seine Vorzüge zu präsentieren«, wie Oliver es formulierte.

»Ich heiße Hank, aber die Bezeichnung Herkules schadet dem Ego auch nicht!« Hank schüttelte Deans Hand, und beide lachten. »Wie ich höre, sind Sie Feuerwehrmann? Zu Hause hab ich hin und wieder bei der freiwilligen Feuerwehr ausgeholfen.« Das hatte Hank bislang nie erwähnt. Es gab immer noch so vieles, was wir nicht voneinander wussten. Ich genoss es, diese Kleinigkeiten nach und nach herauszufinden.

»Schuldig. Ich mache mir eben gern die Hände schmutzig. Männerarbeit, wissen Sie?«

»Abso-fucking-lut, Bro!« Hank klopfte Dean auf die Schulter. Er schien ihn schnell sympathisch zu finden. Was die Frage aufwarf, warum er mit Ollie nicht ebenso entspannt umgehen konnte.

Die beiden fuhren mit ihren »Männergesprächen« fort, während wir in den Aufzug stiegen. Oliver kam zu mir herüber und umarmte mich innig. »Unsere Freunde verstehen sich. Ist das nicht aufregend? Dean hasste Grant leidenschaftlich.«

»Dean hasst mich leidenschaftlich, nicht Grant«, erinnerte ich ihn.

»Oh ja, das hatte ich ja glatt vergessen«, erwiderte er lachend. »Aber Grant hat er tatsächlich auch gehasst.« Er lachte lauter, dann drehte er sich zu Dean um. »Hey, Baby, hasst du Aspen immer noch?«

»Arbeitest du immer noch achtzehn Stunden am Tag, inklusive der Wochenenden?«

»Ja, Herzblatt«, antwortete Oliver.

»Dann ja.« Doch auf seinem Gesicht war ein Lächeln zu sehen, das ich nur allzu gut kannte. Dass Dean mich hasste, war so etwas wie ein Running Gag zwischen uns. Es gehörte zum üblichen Schlagabtausch, obwohl ein kleiner Teil von mir durchaus glaubte, dass er mir ein wenig grollte, weil ich so viel von Olivers Aufmerksamkeit beanspruchte. Ich wusste allerdings, dass er es letztlich zu schätzen wusste, wie gut ich Ollie entlohnte, seit er nur noch das Gehalt eines Feuerwehrmanns bezog und nicht mehr so viel Geld nach Hause brachte wie damals in der Modeindustrie.

Trotz des freitäglichen Feierabendverkehrs brauchten wir nicht lange zum Anwesen meiner Eltern am Stadtrand. Die Stretchlimo fuhr auf den runden Vorplatz. Meine Eltern standen in der Tür und begrüßten jeden Gast persönlich. Für meine Mutter bestand ein kleines, gemütliches Beisammensein in der Regel aus etwa hundertfünfzig Leuten. Als wir näher kamen, sahen wir, wie die Senatorin und ihr Mann, vormals Präsident der Vereinigten Staaten, meiner Mutter einen Luftkuss auf beide Wangen gaben und meinem Vater die Hand schüttelten.

»Ist das der, von dem ich glaube, dass er es ist?«, flüsterte Hank mir ins Ohr.

»Ja.«

»Wow! Als du sagtest, dass hier heute Abend jede Menge abgefahrener Leute sein würden, hätte ich nicht gedacht, dass einer unserer ehemaligen Präsidenten dazugehören würde. Kann gar nicht erwarten, ihn kennenzulernen!«

Ich lächelte über seine Aufregung. Wir näherten uns meiner Mutter und meinem Vater, Dean und Oliver im Schlepptau. Hank ergriff sofort die Hände meiner Mutter und küsste ihre Fingerknöchel, dann schüttelte er meinem Vater die Hand.

»'n Abend, Mr. und Mrs. Reynolds.«

»Mr. Jensen, es ist mir eine Ehre, den Mann kennenzulernen, der meine geliebte Pen gerettet hat. Ich stehe tief in Ihrer Schuld«, sagte mein Vater mit breitem Lächeln zu Hank. Meine Mutter war eine böse Bitch, aber meinen Vater liebte ich heiß und innig. Er war neben London und Oliver der Mensch, der mir geraten hatte, nach den Sternen zu greifen und meinen Träumen zu folgen.

»Hallo Daddy.« Ich küsste ihn auf die Wange, und er umarmte mich innig. Dann wandte ich mich meiner Mutter zu. »Mutter.« Meine Mutter gab mir den Standardluftkuss auf die Wangen. Ich unterdrückte den Impuls, sie zurückzustoßen.

Wir stellten uns an die Seite, um auf Dean und Oliver zu warten.

Ich wollte, dass Hank sich heute Abend wohlfühlte, also hatte ich Oliver schwören lassen, immer in unserer Nähe zu bleiben. Auch wenn sie vielleicht nicht die besten Freunde waren, so war er für Hank doch zumindest ein bekanntes Gesicht. Außerdem kannte Ollie einfach jeden. Obwohl es nicht so aussah, als spiele das eine Rolle angesichts der Tatsache, dass Dean und Hank sich miteinander unterhielten wie Brüder, die sich nach langer Zeit wiedergefunden hatten.

Sie hatten sich über die Feuerwehr unterhalten, über Sportteams und Wetten darüber, wer in diesem Jahr in den Playoffs landen würde. Natürlich stand Dean auf Seiten der New York Giants, und Hank war ein glühender Anhänger der Dallas Cowboys.

Im Garten fanden wir einen Tisch beim Pool, an dem wir zu viert Platz nehmen konnten; zwei Stühle blieben frei. Große japanische Laternen hingen auf dem ganzen Gelände von unsichtbaren Kabeln herab. Flackernde Kerzen standen auf den Tischen neben wunderschönen Hortensiengestecken. Im Pool trieben Seerosenblätter mit Kerzen in der Mitte dahin. Jeder der Bäume war umgeben von funkelnden, weißen Lichtern.

Die Atmosphäre war ätherisch. Ein kleines Quartett an der gegenüberliegenden Seite des Gartens spielte klassische Musik. Mutter war die perfekte Partyplanerin. Kein Detail entging ihr. Wenn ich ihr ein großes Kompliment machte oder sie einen Event für mich planen ließ, würde sie womöglich das Gerede über Heirat für heute ad acta legen. Es konnte funktionieren, aber nur vielleicht.

Seit dem Tag, da Grant und ich uns getrennt hatten, hatte sie mich bedrängt, mich wieder mit ihm zu versöhnen. Ihr zufolge war er der perfekte Mann, wobei die Tatsache, dass er mich betrogen hatte – zweimal! –, keine Rolle für sie spielte. Sie fand, dass man von einem Mann seiner Herkunft nichts anderes erwarten durfte. Ich war nicht ihrer Meinung, und das war von jeher die Krux unserer dysfunktionalen Beziehung gewesen.

Wir saßen da und genossen die angenehme Unterhaltung, bis Hank und Dean sich auf den Weg machen, um uns Drinks von der Bar zu holen.

»Oh, Prinzessin, unsere Prinzen sind die Besten. Ist das nicht toll?« Unwillkürlich wurde ich von Olivers Fröhlichkeit angesteckt.

»Ich weiß, Ollie. Aber was, wenn meiner sich als Frosch entpuppt?«

Er sah mich aufmerksam an und kniff dabei die Augen leicht zusammen. »Was meinst du damit? Ich dachte, du und Hank kämt prima klar. Was ich da vor ein paar Wochen im Schlafzimmer gesehen habe, lässt darauf schließen, dass er deine Bedürfnisse hervorragend befriedigt.«

»Ja, im Schlafzimmer ist er unglaublich.« Ich dachte an neulich, als er mich in meinem begehbaren Kleiderschrank überraschend von hinten genommen hatte. Wir hatten ein ziemliches Chaos hinterlassen, denn die Kleider lagen hinterher überall verstreut herum. Ich hatte der Haushälterin gegenüber beinahe ein schlechtes Gewissen gehabt. »Oh, Oliver. Ich weiß nur einfach nicht, worauf die Geschichte mit ihm hinausläuft. Wir sind so verschieden. Nur weil wir körperlich so gut zueinanderpassen, heißt das doch noch lange nicht, dass wir füreinander geschaffen sind.«

»Warum nicht? Das verstehe ich nicht. Er sieht dich an, als hätte die Welt sich aufgehört zu drehen, nur weil du da bist. Dieser Cowboy verliebt sich in dich, Prinzessin. Ich weiß das so genau, wie ich meine Designermarken kenne. Und *du* weißt, dass ich die *sehr* gut kenne!«

»Ich kann nur nicht glauben, dass das auf lange Sicht funktionieren kann. Er lebt in Texas. Ich in New York.«

»Also zieht er hierher oder du nach Texas. Oh nein, das würde bedeuten, ich müsste auch nach Texas ziehen. Ich glaube, die Hitze würde meinem Haar nicht guttun!« Er tätschelte sein perfekt gestyltes Haar, um sich davon zu überzeugen, dass allein die Erwähnung eines solchen Szenarios seiner Frisur nicht schadete.

»Hör auf, hier die Dramaqueen zu spielen. Ich ziehe nicht nach Texas.«

»Du glaubst, dass du nicht nach Texas ziehst. Du weißt aber nicht, was die Zukunft für dich bereithält, Pen. Lass die nächsten Wochen doch einfach auf dich zukommen. Ich habe dich nie glücklicher erlebt. Genieß das Zusammensein mit Hank. Er jedenfalls scheint sich verdammt gern mit dir zu beschäftigen.«

Hank

»Wer scheint sich verdammt gern mit dir zu beschäftigen, Engel?« Ich stellte das Weißweinglas vor ihr ab. Ich war selbst erstaunt darüber, wie schnell ich Informationen über ihre Vorlieben und Abneigungen aufgenommen und abgespeichert hatte. In früheren Beziehungen waren mir solche Kleinigkeiten egal gewesen. Über Aspen aber wollte ich alles wissen. Dean gab mir einen kleinen Teller mit Essen, und den stellte ich zwischen uns, damit wir ihn uns teilen konnten.

»Du, mein Hengst.« Bei diesem Funkeln in ihren Augen wäre ich ihr beinahe vor die hübschen Füße gefallen.

»Na, stimmt doch auch.« Ich beugte mich vor und gab ihr ein Küsschen auf die Lippen. Sie legte die Hand in meinen Nacken und drückte ihren Mund härter auf meinen. Gerade als ich so richtig Feuer fing, löste sie sich wieder von mir und wirkte mit einem Mal scheu.

Alle am Tisch lachten. Bislang war es eine tolle Party gewesen. Ich hatte den Ex-Präsidenten der Vereinigten Staaten kennengelernt und noch ein paar andere hohe Tiere. Außerdem unterhielt ich mich prächtig mit Dean. Er war überhaupt nicht wie sein Freund. Er war cool. Ich mochte den Typen echt gern. Sah mich schon gelegentlich in Aspens Medienzimmer mit ihm Spiele gucken. Vielleicht konnten wir ja sogar zu einem Livespiel gehen. Kurz fragte ich mich, ob Aspen was für Sport übrighatte.

»Hey, Darlin', magst du eigentlich Sport?« Sie schauderte. Das war wohl Antwort genug.

»Pen! Unglaublich, dass du da bist!«, rief London und lief zu uns hinüber. Ein schlaksiger Typ folgte ihr unauffällig. London warf die Arme um ihre Schwester. Aspen lächelte strahlend. Ich liebte dieses Lächeln auf ihrem Gesicht. Anscheinend war die kleine Meinungsverschiedenheit, die sie vor ein paar Wochen in ihrer Wohnung gehabt hatten, beigelegt.

»London, Tripp, was für eine Überraschung, euch hier zu sehen! Ich dachte, du hättest einen Klienten?«, fragte sie und erwiderte die Umarmung ihrer Schwester.

»Ja. Aber sie sind zu zweit und wollen ihre Ruhe! Also kann ich an den Wochenenden tun und lassen, was ich will, solange ich mich nicht bei ihnen aufhalte. Die Frau war nicht allzu begeistert von meinen unkonventionellen Methoden. Sie gehört zur eifersüchtigen Sorte. Kann ich ihr keinen Vorwurf draus machen. Ihr Kerl ist ganz schön heiß!«, erklärte sie aufgekratzt. Ich nahm mir vor, Aspen mal intensiver über den Job ihrer Schwester auszufragen.

Aspen umarmte den hochgewachsenen Mann. Ich ballte meine Hände zu Fäusten, als dieser die Umarmung viel zu vertraulich erwiderte. »Tripp, darf ich dir Hank vorstellen.« Sie legte mir die hübsche Hand auf die Schulter und ließ sie an meinem Arm hinabgleiten. Ich erschauerte.

Mein Gott, so eine kleine Berührung, und schon war ich beinahe schmerzhaft hart. Auch dass wir uns heute schon geliebt hatten, änderte nichts daran. Ich wollte sie eine Woche am Stück vögeln, so heftig war mein Verlangen nach ihrem sanften Körper.

»Hank, das ist Tripp Devereaux. Er ist Londons bester Freund und Assistent.« Der, mit dem sie gelegentlich in die Kiste steigt, dachte ich.

»Nur manchmal, meine Schöne. Nur wenn sie meine Hilfe braucht. Was allerdings jetzt viel häufiger vorkommt, weil ihr Geschäft boomt.«

Meine Schöne? Bei der Leichtigkeit, mit der er das sagte, überlief mich kalte Eifersucht.

Tripp streckte mir die Hand entgegen. »Nett, dich kennenzulernen, Hank. Ich habe gehört, du bist der Mann, der unserer Pen das Leben gerettet hat. Danke dafür. Ich weiß gar nicht, was ich mit Bridge gemacht hätte, wenn ihrer Schwester irgendetwas zugestoßen wäre.«

Unsere Pen? Ich schüttelte dem Mann die Hand, wobei ich deutlich härter zudrückte, als höflich war. Tripp kniff die Augen zusammen. Botschaft angekommen. Gut.

»Bridge? Wer ist das? Deine Frau?«

»Frau?« Der Mann lachte aus vollem Halse, und die anderen stimmten mit ein. »Nein, großer Mann. Bridge ist mein Spitzname für London. Du weißt schon, wie in dem Reim *London Bridge Is Falling Down*, kapiert?«

»Oh, klar. Okay.« Jeder, wie er wollte.

Die beiden Neuankömmlinge gesellten sich zu uns, und nun gab es auch Alkohol. Seit meinem Unfall hatte ich nicht allzu viel getrunken, deshalb fühlte ich mich nach drei Bier – die tatsächlich im Glas serviert wurden – schon bestens.

»Hey, mein Hengst, das macht Spaß. Du machst Spaß«, lallte eine beschwipste Aspen.

»Ich fühle mich auch mächtig gut, Engel.« Ich presste einen

bierhaltigen Kuss auf ihre Lippen. Sie summte genüsslich und schmatzte.

»Ich liebe es, dass er sie Engel nennt. Ist das nicht süß?«, sagte London jetzt zu der Gruppe. Sie beugte sich über den Tisch, den Kopf in den Händen abgestützt, während Tripp ihr über den Rücken rieb. Ich konnte das Verhältnis der beiden noch nicht so genau einschätzen. Sie standen sich nah – wirklich nah. Aber das war auch bei Oliver und Aspen so, nur dass Letztere nichts Sexuelles verband. Tripp und London hingegen schienen doch extrem vertraut miteinander zu sein. »Warum nennst du sie Engel, Hank?«, fragte London.

Aspen schaute zu mir hinüber, ein breites Lächeln auf dem schönen Gesicht. »Weil sie da war, als es Dolche aus dem Himmel regnete. Sie war ganz in Gold und Weiß und erdete mich.«

Ein kollektives »Ooooh« ertönte von allen Anwesenden. Von allen außer Aspen. Sie hatte ihre perfekte pinkfarbene Unterlippe zwischen die Zähne genommen. Ich kannte dieses Gesicht. Dieser Blick hätte eine ganze Footballmannschaft auf der Stelle in die Knie gezwungen. Sie war angetörnt. Fuck, am liebsten hätte ich sie auf der Stelle genommen.

»Hank, begleitest du mich zur Damentoilette, bitte? In diesen Heels tun mir die Füße weh.« Sie blickte auf ihre Schuhe hinab. Sie funkelten und waren unglaublich hoch. Und steckten an den tollsten Beinen, die ich je gesehen hatte.

»Natürlich, Darlin', geh voraus.« Ich wäre ihr bis ans Ende der Welt gefolgt, solange ich dabei auf ihren Hintern sehen konnte.

Auf dem Weg zum Waschraum wurde Aspen bestimmt ein Dutzend Mal angehalten. Jeder schien etwas von ihr zu wollen. Zum Teufel, dabei wollte ich sie mit Haut und Haar. Schließlich hatten wir unser Ziel erreicht, und ich wollte mich gerade umdrehen und gegen die Wand lehnen, als sie an meiner Krawatte zog und mich mit sich in den Raum zog.

Ihre Lippen lagen auf meinen, kaum dass sie mich gegen die Tür gedrängt hatte. Ihr Duft nach Vanille und Honig umhüllte mich, und ich hätte sie am liebsten verschlungen. Tatsächlich war ich total ausgehungert.

»Hank, ich will dich. Jetzt.« Ihre Lippen schienen zu glühen. Sie waren heiß, feucht und köstlich. Unsere Zungen tanzten leidenschaftlich miteinander. Der Wein, den sie getrunken hatte, schmeckte nach Kirsche und Pflaume, dazu der Geschmack meines Engels. Sie löste sich von mir, und ihre zarte Zunge beschrieb einen Pfad von meinem Ohr hinab zu meinem Hals und wieder hinauf. Verdammt, die Frau wusste, wie sie es anstellen musste, dass ich hart wurde.

Ich vergrub die Hände in ihrem Haar. Diamantnadeln flogen durch die Gegend, und Strähnen fielen ihr in sanften Wellen über die weichen nackten Schultern. »Mein Gott! Du bist vollkommen.« Und das war sie. Jede Faser ihres Körpers brachte mich zum Explodieren. Die Art, wie sie sich mir entgegendrängte, als könnte sie es nicht kontrollieren. Und wie ihre Brüste nur darauf zu warten schienen, dass ich sie liebkoste. Der absolute Himmel zwischen ihren Schenkeln, der sich heiß und feucht nach meiner Berührung verzehrte. Diese Kombination machte mich einfach nur schwindelig vor Verlangen und Lust.

Aspens flinke Finger nestelten und zerrten an meinem Gürtel herum. Das Geräusch, als mein Reißverschluss geöffnet wurde, klang viel zu laut in dem stillen Raum. Ich schlug mit der Hand auf die Schalter neben mir. Der Ventilator erwachte surrend zum Leben und übertönte einige der Geräusche. Mein Engel war beim Sex nämlich alles andere als leise. Ich liebte jeden einzelnen ihrer Laute, doch der Rest der Party würde sie vielleicht nicht so gern hören wollen – insbesondere ihre Mutter nicht.

»Hank, du musst mich vögeln. Genau hier und jetzt.«

Ein tiefes Knurren drang aus meiner Kehle, während ich ihr das Kleid hinaufschob, und sie meinen Schwanz aus der Hose befreite.

Sie trug wieder diese scharfen schwarzen Strümpfe. Ich ließ die Finger unter das winzige Stück Stoff an ihren Hüften gleiten. Es zerriss in Sekundenbruchteilen.

Sie stöhnte, als ich es in meine Tasche steckte und sie rücklings zum Waschbecken schob. Ihr Mund lag noch immer an meinem Hals. Als ihr Hintern den Waschtisch berührte, stemmte sie sich selbst hoch. Nichts wäre mir lieber gewesen, als sie gegen die Tür zu pressen und sie dort zu vögeln, aber mit meiner Schulter konnte ich sie dort nicht halten ... noch nicht.

Schon bald würde ich sie an der Wand nehmen. Ohne Ankündigung drückte ich ihre Oberschenkel auseinander, um mich zwischen sie zu schieben. Sie war dermaßen feucht. Ihre Lust rann mir über die Finger.

Als ich zwei Finger in sie hineingleiten ließ, fuhr mir ihre Zunge über das Stück meiner Brust, das sie freigelegt hatte. Ich hatte gar nicht bemerkt, wie sie mein Hemd aufgeknöpft hatte. Sie war so verdammt heiß. Ihr Venushügel lag feucht in meiner Hand, bereit, mich zu empfangen.

»Oh, Engel, bist du so gierig auf meinen Schwanz?«

Sie nickte an meiner Kehle und knabberte an meiner Haut. Sicher hatte sie mich gerade markiert. »Ah, fuck!« Ich richtete meinen Schwanz aus, hob ihren Hintern hoch und stieß hart in sie.

»Oh Gott!« Ich versuchte, ihren Schrei durch einen Kuss zu ersticken. Sie war so wild. »Härter, Hank. Bitte. Fick mich hart.« Sie biss mir ins Ohr, und ich trieb mich in sie hinein. Meine Stöße folgten einem wilden Rhythmus, und sie hielt mich so fest, dass ich kaum noch Luft bekam.

Ihr Duft, der Geschmack ihres Körpers, ihre pulsierende Pussy um meinen Schwanz, ihr heißer Atem an meinem Nacken. Diese Frau war mein Kryptonit.

Wenn wir physisch miteinander verbunden waren, gehörten ihr mein Körper *und* meine Seele. Ich konnte ihr gar nicht nahe genug sein. Ich ließ die Hüften kreisen, rieb mich an ihrer Klit. Ihre inneren Muskeln umklammerten mich, sodass ich vor Lust fast verging.

Sie war kurz davor zu kommen. »Ja, Engel. Gib mir mehr. Gib mir alles.«

Ich knabberte an ihrer Unterlippe, schob ihr das trägerlose Kleid über die Schultern nach unten und auch den BH und kniff in ihre rosigen Nippel, verwandelte sie in harte kleine Kiesel. Sie liebte es ein wenig rau. Ich saugte an ihrer rechten Brust und ließ meine Hand nach unten zwischen unsere Mitten abtauchen. Es war berauschend, in ihre feuchte Hitze hinein- und wieder hinauszugleiten.

Ich hatte das Gefühl, sie zu zerreißen. Auf jeden Fall war es genau das, was sie mit mir tat.

Sie biss noch einmal in meinen Hals, und ich hielt meinen eigenen Schrei zurück, angestrengt darum bemüht, leise zu bleiben, aber es war zu viel. Sie war zu viel. Machtvoll pumpte ich in sie hinein. Sie gab diese kleinen Laute von sich, und da wusste ich es: Sie stand kurz vor einem Monsterorgasmus.

Ich ließ den Daumen über ihren heißen kleinen Punkt wirbeln und nahm ihre Brustwarze zwischen die Lippen. Im nächsten Moment bäumte sich Aspen auch schon auf und schrie ihre Erlösung hinaus. Ich hielt ihr die andere Hand über den Mund, um den Laut so gut es ging zu dämpfen. Sie biss in meine Hand, aber ich zog sie nicht zurück, stieß weiter kraftvoll in sie hinein, verlängerte ihre Lust und genoss meine eigene.

»Ich liebe es, dich zu ficken«, brachte ich zwischen zusammengebissenen Zähnen hervor.

Ein paar weitere Stöße, und schon verströmte ich mich in ihr. Ihre Beine schlangen sich fest um meine Taille, drückten meinen Körper an sie heran. Es dauerte eine kleine Ewigkeit, in der wir tief und keuchend atmeten, bevor wir uns langsam wieder beruhigt hatten.

»Mein Gott, Hank. Du bringst mich noch um«, flüsterte sie und küsste zärtlich meinen Hals und mein Gesicht.

»Gut. Und ich will der Einzige sein, der das tut. Verstanden?« Ich rieb meinen weicher werdenden Schwanz an ihr. »Von jetzt an gibt es nur noch mich für dich.« Ich betonte meine Worte mit einem weiteren Kreisen meiner Hüfte und einem innigen Kuss, in den ich mein ganzes Verlangen legte.

Sie erwiderte den Kuss und zog mich an sich. »Mach weiter so, Engel, und ich ficke dich noch einmal.« Mein Schwanz wurde erneut in ihr hart. So viel Macht hatte diese Frau über mich. Einmal war nicht annähernd genug.

»Du bist verrückt, weißt du das?« Sie lachte und stieß mich von sich. Mein Schaft glitt aus ihr heraus.

»Verrückt nach dir, Darlin'.« Ich grinste und knöpfte mir das Hemd zu, dann band ich mir die Krawatte um.

Sie machte sich sauber und zog sich wieder an, allerdings ohne den Slip, den ich sicher in meiner Hosentasche verwahrte. Es war nicht das erste zerrissene Spitzenteil. Schließlich hatte sich Aspen so weit hergerichtet. Ihre Frisur war allerdings nicht zu retten.

Aspen begutachtete sich im Badezimmerspiegel. »Oliver wird stinksauer sein, dass du meinen Knoten gelöst hast.«

»Interessiert mich 'nen Dreck, was er denkt. Ich setze einfach Dean darauf an.«

»Du magst Dean wirklich?«, fragte sie. Ihre Finger fuhren durch ihr goldenes Haar. Ich fand, dass es immer noch perfekt aussah. Genau wie alles an ihr.

»Ja. Er ist ein guter Typ, weißt du.«

»Ja, verstehe ich. Du hast mehr mit Dean gemein als mit Oliver. Ich bin froh, dass du einen neuen Freund gefunden hast. Aber ich glaube, du könntest Tripp auch mögen. Bei ihm weiß man nie so genau, wohin die Reise geht. Im einen Moment küsst er eine Frau, im nächsten treibt er es mit irgendeinem heißen Männermodel.«

»Wow, Engel, zu viele Infos für mich. Meine Güte«, sagte ich und kniff ihr grinsend in den Hintern.

Wir verließen das Bad und kehrten zu den anderen zurück. Mittlerweile war das Essen serviert worden, und zwei Teller standen vor uns auf dem Tisch. Nach der Waschraumakrobatik war ich am Verhungern, und meine Schulter pochte schmerzhaft. Nichts, was ein weiteres Bier nicht in Ordnung bringen konnte. Außerdem nahm ich freudig so ein bisschen Schmerz für ganz viel Aspen in Kauf.

»Musstest du unbedingt an ihrem Haar rummachen, Hank? Verdammt! Ich hab eine Ewigkeit gebraucht, um es so hinzukriegen«, schmollte Oliver und warf mir einen bösen Blick zu.

»Ich würde ja behaupten, dass es mir leidtut, doch wir wissen beide, dass das eine Lüge wäre, also sag ich es auch nicht«, antwortete ich und zog Aspens Stuhl zurück, damit sie sich setzen konnte. »Ich hatte es mir aber auch nicht vorgenommen.«

Dean, London und Tripp lachten so laut, dass die Leute an den anderen Tischen uns anstarrten.

»Was denn nun? Hast du es dir nicht vorgenommen, oder hast du sie dir vorgenommen?«, fragte er spitz. Oh, mein Kumpel wollte spielen. Ja, der Kerl wurde mir immer sympathischer.

»Beides.« Ich grinste, und er starrte mich mit offenem Mund an.

»Ich nehme zur Kenntnis, dass du sie mit offenem Haar lieber hast, wenn du bei ihr den Macho spielst.« Er brummte missbilligend und trank einen Schluck Wein.

»Machst du Witze? Aspen, erzähl ihm, dass du diejenige warst, die sich auf mich gestürzt hat!« Ich umklammerte mein Bier und trank es in einem Zug leer, dann grinste ich wie ein Idiot.

»Halt verdammt noch mal die Klappe, Ollie.« Aspen kniff Oliver in die Schulter.

»Autsch!« Er rückte näher zu Dean und von ihr fort.

»Was für eine Ausdrucksweise, Aspen. Dir ist schon bewusst, wer heute Abend alles hier ist, oder? Besinne dich bitte auf deine Manieren«, erklang da die kühle Stimme ihrer Mutter hinter ihr.

»Oh Mutter, nicht jeder ist so perfekt wie du.« Aspen kippte den Rest ihres Weins herunter und streckte mir das Glas entgegen. »Noch etwas, bitte.«

Ich sprang auf, wollte mit dem Wortwechsel zwischen Aspen und ihrer Mutter nichts zu tun haben. Ich wollte meinen Engel mit nach Hause nehmen und bis zum Morgen vögeln, um dann gleich wieder von vorn damit anzufangen. Mit ihr wegen ihrer Mutter zu streiten, passte so gar nicht zu diesem Plan.

Dean und Tripp folgten mir an die Bar.

»Gott, diese Frau ist unerträglich«, brach Tripp als Erster das Schweigen.

»Ich habe nie kapiert, warum sie so gemein zu Aspen ist. Von den drei Kindern ist Aspen bei Weitem das erfolgreichste. Man würde doch denken, dass sie Lobeshymnen auf sie singt, stattdessen lässt sie keine Gelegenheit aus, um sie zu piesacken.« Dean hasste Aspens Mutter also auch.

Ich hörte zu, wie die beiden Männer sich über sie und die Mutter-Tochter-Beziehung ausließen, und lauschte aufmerksam.

»Achtung, jetzt sinkt die Partystimmung gleich auf den Nullpunkt.« Dean deutete zu Aspen hinüber. Ein gut aussehender Typ in Anzug stand neben meinem Engel. Seine Hand lag auf ihrer Schulter, sein Daumen strich über ihren nackten Hals. Ich bemerkte, wie sie zurückwich.

Zum Teufel, nein. Ich sah nur noch rot.

Ich bahnte mir den Weg durch die Menge und blieb hinter Aspen stehen. Mit der gesunden Hand schnippte ich die des Mannes von Aspen fort und umfing ihre Taille dann besitzergreifend mit beiden Armen. Ich zog sie dicht an meinen Bauch. Sie lehnte sich bereitwillig an mich. Ich küsste die weiche Haut an ihrem Hals, wo der Mann sie berührt hatte, und seine Pupillen weiteten sich vor Schreck.

»Ich hab dich vermisst, Engel.« Ich gab ihr noch einen Kuss auf den Hals.

Die Augen ihrer Mutter sprühten Funken vor Zorn, als sie unsere ungezwungene Körperhaltung sah. Ohne Aspen loszulassen, streckte ich dem zudringlichen Kerl die Hand entgegen. »Hank Jensen. Und Sie sind …?«

Der Mann hatte sich schnell von seinem Schreck erholt und fand innerhalb weniger Sekunden seine Gelassenheit wieder. »Grant. Grant Campbell. Ich bin Aspens …«

»Geschäftspartner beim *Bright Magazine*«, beendete Aspen seinen Satz. Ich wusste, wer das Arschloch war, und hasste ihn jetzt schon leidenschaftlich. Er hatte ihr nicht nur einmal, sondern sogar zweimal wehgetan. Das allein hätte schon gereicht, um ihm eine runterzuhauen, aber sein blasierter *Ich bin besser als du*-Ton kam einem weiteren Grund schon sehr nahe. Doch im Moment hätte ich ihn eigentlich am liebsten nur so zum Spaß zusammengeschlagen.

»Und wie stehen Sie zu Aspen, Mr. Jensen?«, fragte der Mann, und seine Lippen verzogen sich zu einem höhnischen Lächeln.

»Ich bin ihr Freund.«

Kapitel 10

Aspen

Meine Augen waren bestimmt so groß wie die eines Babyelefanten. Hank hatte gerade im Brustton der Überzeugung verkündet, dass er mein Freund war. *Heiliger Strohsack!* Grants Gesicht war beinahe genauso entsetzt wie das meiner Mutter, nur dass sie auch noch scharf einatmete. In Zukunft würde sie es sich sicher zweimal überlegen, meine Hausgäste zu ihren Events einzuladen.

»Ich gebe zu, dass mich diese Neuigkeiten durchaus überraschen.« Grant hatte sich stets im Griff, aber sein Kinn verriet ihn. Es zuckte, und eine kleine Ader an seinem Hals pulsierte vor Zorn.

Etwas in seiner Stimme ärgerte mich. »Und wieso? Du hast immerhin keine Zeit verschwendet, dir eine neue Gespielin des Monats zu suchen.«

Grants Mund verzog sich wütend. *So ist's recht, mein Lieber,* daran hast du jetzt erst mal zu knabbern. Ich hielt Grants Blick fest, dessen Augen nun hell loderten.

Hank umfing meine Taille noch fester. »Hank, können wir nach Hause gehen?«, fragte ich über die Schulter hinweg. Seine Hand berührte die zarte Haut an meinem Nacken, um zu besiegeln, dass ich ihm gehörte. Ich war immer noch nicht sicher, ob er behauptet hatte, mein Freund zu sein, damit ich vor Grant das Gesicht wahren konnte, oder weil er es ernst meinte. Wir würden auf jeden Fall darüber reden müssen. Zuerst einmal aber musste ich unbedingt fort von Grant und meiner herzallerliebsten Frau Mama.

»Ihr lebt zusammen?«, schnaubte Grant angewidert.

»Hast du damit ein Problem, Schönling?« Hanks Unterton war bedrohlich. Er schob mich zur Seite. Dean legte mir den Arm um die Taille.

»Was lässt Sie annehmen, dass Sie irgendein Recht auf Sie hätten? Sie kennen sie jetzt … wie lange? Ganze zwei Wochen?«, wich Grant der Frage aus. Hank schwieg. Grant merkte, dass er jetzt Oberwasser hatte und forderte sein Glück weiter heraus, indem er sich Hanks Gesicht näherte. »Sie sind einfach nur ein praktischer Fick für sie. Sie spreizt hübsch die Beine, nicht wahr?« Hank biss die Zähne aufeinander, und seine starken Hände ballten sich zu Fäusten, sodass die Fingerknöchel weiß hervortraten. Ich starrte ihn an, erstarrt vor Schreck über Grants harsche Worte.

Grants Augen blickten kalt, und er fletschte die Zähne. »Was können Sie einer Frau wie Aspen geben? Aber vielleicht geht es ja auch gar nicht darum, was Sie ihr bieten können, sondern vielmehr darum, was sie Ihnen geben kann – mit ihrem Mund und ihrem Geld.«

Oh nein. Das kann nur schiefgehen.

»Tut mir leid, Engel. Aber er ist selbst schuld«, sagte Hank, zog die Hand zurück und versetzte Grant einen Schlag gegen das Kinn. Hart. Ich glaubte, Grants Kiefer brechen zu hören. Der Mann fiel um und war sofort k.o., wobei er die Kante des Pools nur um wenige Zentimeter verfehlte. Meine Mutter eilte ihm zur Hilfe, und da ich Hanks Kraft kannte, vermutete ich, dass Grant eine Gehirnerschütterung hatte. Er würde wahrscheinlich einen Arzt brauchen.

»Sie Barbar!«, schrie meine Mutter.

»Mein Gott, Hank! Was hast du dir verdammt noch mal dabei gedacht?« Ich verbarg das Gesicht in den Händen.

Auch wenn Grant den Schlag und einen hübschen Bluterguss im Gesicht verdient hatte, war diese Reaktion vollkommen würdelos. Der frühere Präsident der Vereinigten Staaten saß direkt am

Tisch hinter uns, seine Bodyguards an der Seite, bereit einzugreifen, sobald die Situation eskalierte. Die High Society der Stadt war Zeuge dieser Szene, und alle hatten mitbekommen, dass Aspen Reynolds' Ex, der Sohn des Senators, von ihrem derzeitigen Date niedergestreckt worden war.

Der Abend hatte so perfekt begonnen. Hatte mich glauben lassen, dass aus Hank und mir mehr werden konnte. Doch dieses Spektakel bewies, wie verschieden wir waren.

Plötzlich tauchte wie aus dem Nichts mein Vater auf. Er klopfte Hank auf die Schulter, und einen Augenblick lang erwartete ich, dass er ihn hinausbegleiten würde. Stattdessen streckte er die Hand aus und schüttelte Hanks kräftig. »Hank, anscheinend bin ich Ihnen schon wieder etwas schuldig. Es geht das Gerücht, dass dieser Mistkerl meinem kleinen Mädchen vor einiger Zeit das Herz gebrochen hat, indem er sie betrogen hat. Ich halte Sie für einen Mann von Ehre, der weiß, wie man eine Lady behandelt.«

»Ich würde Aspen niemals betrügen, Sir. Sie haben mein Wort.« Hanks Lächeln brachte mein Herz ein wenig zum Schmelzen. »Tut mir leid, dass ich auf Ihrer Party eine Szene gemacht habe, Mr. und Mrs. Reynolds. Ich verstehe natürlich, wenn Sie wollen, dass ich gehe.« Mein Gott, Hank war so ein freundlicher und fürsorglicher Mann. Außerdem war er besitzergreifend, störrisch, rückständig und vollkommen unbezähmbar. Ein Leben mit ihm würde noch mehrfach Vorkommnisse wie dieses für mich bereithalten.

»Machen Sie Witze? Ich habe die ganze Zeit gehofft, dass jemand etwas Pep in die Party bringen würde! Trinken wir einen zusammen, mein Sohn.« *Sohn.* Mein Dad war dabei, Hanks Charme und Charisma zu verfallen. Dem konnte man sich ja auch nur schwer entziehen. Dieser Mann hatte nun mal etwas Besonderes an sich.

Hank wandte sich zu mir um, und sein Blick brannte sich in meinen. In seinen jetzt leuchtend grünen Augen stand so viel Trauer und Bedauern, dass ich nur wie erstarrt dastehen konnte. Wieder einmal stand ich unter seinem Cowboy-Bann. Außerdem sah ich Anbetung in seinem Blick, Furcht, dass ich wütend war, und noch etwas anderes. Etwas, was ich noch nicht bereit war, auch nur ansatzweise zu entschlüsseln. Ich konnte nicht anders: Ich musste dieses wunderschöne, wilde Gesicht anlächeln, an dessen Kinn sich ein dunkler Bartschatten abzeichnete.

»Engel?«

»Geh nur, Hank. Ist schon gut. Wir reden später.«

Er zog mich an seine Brust und lehnte die Stirn an meine. »Sag mir, dass alles gut zwischen uns ist«, flüsterte er an meinen Lippen. Tränen traten mir in die Augen. Noch nie hatte ich einem Mann so viel bedeutet, dass es ihm so wichtig war, was ich dachte oder fühlte.

Ich nickte, und er küsste mich vor den versammelten Gästen. Kein hitziger Kuss zuerst, aber vielversprechend. Seine Hände vergruben sich in meinem Haar, und er umfing meinen Nacken, küsste mich inniger. Ich löste mich als Erste von ihm, wusste, dass wir uns sonst in dem Gefühl verlieren würden. Wenn wir uns beide aneinanderpressten, raubte das Verlangen uns alle Vernunft.

Er trat einen Schritt zurück und deutete auf Oliver. »Ich mag es, wenn sie das Haar offen trägt«, sagte er, und seine Stimme klang ebenso heiser wie sexy. Ich lachte laut auf.

»Das sehe ich, Macho-Mann«, blaffte Oliver mit leicht belustigter Stimme.

Ich sah zu meinem Vater hinüber, der das breiteste Grinsen überhaupt auf seinem Gesicht hatte. Er wirkte ehrlich begeistert. Meine Mutter sah aus, als hätte sie Dreck gegessen. Meine innere Bitch jubilierte laut und war stolz auf ihren Triumph.

Obwohl ich Hanks Verhalten nicht billigte, hatte Grant es provoziert. Er hatte lauter boshafte Dinge gesagt. Ich wünschte nur, Hank hätte sich bei so einem gesellschaftlichen Ereignis zurückhalten können. Wenn wir offiziell als Paar zusammenkamen, würde er mit mir an unzähligen Wohltätigkeitsveranstaltungen und Galas teilnehmen müssen. Das gehörte nun mal zu meiner Welt.

Als wir uns noch unterhielten, machten Fotografen heimlich und leise Fotos aus der Ferne. Ihre riesigen Kameras richteten sich auf Grants bewusstlose Gestalt. Hank verstand nicht, was das bedeutete. Ich war sicher, dass Grant seine Anwälte kontaktieren würde, sobald er wieder zu sich kam.

»Ollie, ruf unsere Anwälte an.«

Er holte sein Handy heraus und machte ein paar Fotos von Grant auf dem Boden. Dann tippte er schnell etwas auf seiner Tastatur ein und begann zu telefonieren. Er würde sich um die Folgen des Kinnhakens kümmern; allerdings würde mich das ein hübsches Sümmchen kosten. Zweifellos würde Grant mich dafür bezahlen lassen wollen.

»Meine Güte, Pen, wenn ich gewusst hätte, dass du für so viel Spaß auf Partys sorgst, hätte ich dich häufiger zu meinen eigenen eingeladen«, entgegnete London und lachte. Tripp warf ihr einen tadelnden Blick zu, stimmte ihr jedoch im Stillen offenbar zu, denn er nickte.

Dean kam zu mir herüber und zog mich in seine Arme. »Er meint es gut, das weißt du, oder?«, flüsterte er mir ins Ohr. »Er hätte es nie getan, wäre er nicht provoziert worden und wäre es nicht um deine Ehre gegangen.« Ich senkte die Lider und atmete Deans süß duftendes Eau de Cologne ein. Es passte zu Olivers. »Brich ihm nicht das Herz, Pen. Er ist sensibler, als er aussieht.«

Ich löste mich von ihm und schaute ihn an. In seinen himmelblauen Augen stand keine Anklage, sondern Sorge. »Du meinst, *ich* würde *ihm* wehtun?«

»Es ist leicht, dich zu lieben. Mein Oliver ist ja auch hoffnungslos verliebt in dich.« Ich öffnete den Mund, um ihm zu widersprechen. »Er liebt dich. Er würde alles für dich tun, genau wie ich, weil ich wiederum ihn liebe. Du hast nur Glück, dass ich bereit bin, ihn mit dir zu teilen.« Ich nickte, denn mir wurde klar, dass dies bei Weitem die ehrlichste Äußerung war, die Dean in all den Jahren, in denen er mit Oliver zusammen war, im Hinblick auf seine Gefühle je gemacht hatte.

»Du weißt aber, dass es nichts Körperliches ist?«, begann ich ihm zu versichern.

Er legte den Kopf in den Nacken und lachte schallend, hielt mich aber weiterhin fest. »Natürlich weiß ich das. Aber Liebe ist Liebe, und ich nehme Olivers Liebe sehr ernst, und ich weiß, dass du es auch tust. Deshalb warne ich dich: Dieser große Texaner ist ganz verzaubert von dir. Du überlegst dir lieber schnell, was du aus der Zeit mit ihm machen willst, sonst verpasst du deine Chance noch.« Der Freund meines besten Freundes erteilte mir eine Lektion in Sachen Liebe. Das war schon ziemlich schräg.

»Ich bin selbst dabei, mich zu verlieben.« Die Worte waren mir so schnell über die Lippen gekommen, dass ich gar nicht sicher war, ob ich sie tatsächlich ausgesprochen hatte.

»Ich weiß. Oh, Liebes, ich weiß. Du schaust Hank genauso an wie ich Oliver. Es ist offensichtlich. Nur ihr beiden selbst merkt es nicht.« Er lächelte, und ich umarmte ihn innig.

»Hey, hey! Du versuchst doch nicht etwa, mir meine Frau zu stehlen?«, sagte Hank hinter uns. Anscheinend widmete mein Vater sich nun einer anderen Gruppe von Gästen. Wahrscheinlich erzählte er jetzt jedem auf der Party, wie der Freund seiner Tochter den Sohn eines Kongressabgeordneten niedergestreckt hatte.

»Teilen ist lieben, Hank.« Um Deans Lippen zuckte es, aber sein Gesicht blieb ernst.

»Einen Teufel ist es. Du weißt doch, wie es eben dem Typen

ergangen ist, der mies über meinen Engel gesprochen hat? Willst du ihm Gesellschaft leisten?« Er deutete mit dem Daumen hinter sich, um seinen Worten Gewicht zu verleihen.

Dean konnte sich nicht mehr beherrschen, und nun brachen beide in wildes Gelächter aus. Hank hatte ihm ein Bier mitgebracht und mir ein frisches Glas Wein. Erstaunlich, wie schnell die beiden Männer Freundschaft geschlossen hatten.

Noch vor wenigen Sekunden hatte ich von meinem Freund, einem Mann, der Hank erst vor wenigen Stunden kennengelernt hatte, eine Lektion zum Thema »Pass auf sein Herz auf« erhalten. Es war, als sei ich in *Twilight Zone* gefangen. Nichts in meiner perfekt geplanten und berechneten Welt schien aufzugehen. Alles geriet aus den Fugen, drehte sich fast ausschließlich um einen Mann, der weit über eins achtzig groß war und der mich und meinen Körper schon beherrschte, wenn ich nur seinen Atem in meinem Nacken spürte.

Meine Mutter hatte den bewusstlosen Grant in eines der Gästezimmer bringen lassen. Ich war sicher, sie würde einen der zahlreichen anwesenden Ärzte veranlassen, sich ihn anzusehen. Die Gäste hatten sich wieder beruhigt und machten über das Spektakel nur noch ein paar entspannte Bemerkungen. Ich sagte nichts dazu.

So vieles in meinem Leben war aus dem Gleichgewicht geraten. Seit Hank da war, war nichts mehr im Lot und alles chaotisch. Doch obwohl die letzten Wochen alles andere als vorhersehbar gewesen waren, war ich nie glücklicher gewesen.

Mir wurde langsam klar, dass ich mich vielleicht zu sehr anstrengte, alles auf Kurs zu halten. Der Versuch, Hank in meinen Alltag zu integrieren, kam dem Bemühen gleich, einen viereckigen Dübel in ein rundes Loch zu stecken. Ja, Hank würde sich meinen beruflichen Verpflichtungen anpassen und sein Sozialverhalten optimieren müssen, aber das hieß noch lange nicht, dass ich ihn verändern wollte. Ich vergötterte ihn so, wie er war.

Ich sah zu Hank hinüber. Auf seinem Gesicht stand ein breites Lächeln. Und sein leichter Bartschatten ließ ihn mit jeder Sekunde noch wilder und attraktiver wirken. Er ließ den Blick aus seinen grünbraunen Augen zwischen meinen Freunden hin und her wandern. Während ich ihn beobachtete, wurde mir klar, wie perfekt er zu den einzigen Menschen auf der Welt passte, die mir tatsächlich etwas bedeuteten. Er verstand sich jetzt sogar besser mit Oliver, und mir wurde ganz warm ums Herz zu erleben, wie sie miteinander scherzten. Konnte ich mich langfristig auf ihn einlassen? Ich hatte keine Ahnung. Wir brauchten noch mehr Zeit. Drei Wochen waren wohl kaum genug, um zu entscheiden, wie es in Zukunft weitergehen sollte.

Hank lehnte sich in seinem Stuhl zurück und lachte über das, was London über ihre derzeitigen Klienten erzählte: Anscheinend hatten sie eine Pole-Dance-Stange in ihrem Hauptschlafzimmer installieren wollen. London war strikt dagegen gewesen, musste sie aber trotzdem einbauen, denn die Ehefrau ließ sich nicht umstimmen. Als die weibliche Kundin diese Stange dann zum ersten Mal ausprobierte, fiel sie herunter und brach sich das Handgelenk.

Man braucht wohl kaum zu betonen, dass die Stange schon am darauffolgenden Tag wieder abgebaut wurde. Jetzt ließ die Klientin London die Entscheidungen rund um die Innenausstattung allein treffen. Hank ergriff meine Hand und führte sie an seine Lippen, wobei er der Unterhaltung weiterhin seine ungeteilte Aufmerksamkeit schenkte. Er küsste jeden meiner Fingerknöchel, dann drückte er einen warmen Kuss auf meine Handfläche. Mein ganzer Körper erschauerte und schmerzte vor Verlangen.

Ich zog unsere Hände auf meinen Schoß. Überraschend legte er seine große Hand auf meinen Oberschenkel und ließ sie unter meinen Rock wandern, gerade so viel, dass es nicht anstößig war. Seine Finger spielten mit meinen Nylonstrümpfen und beschrieben Kreise über meinem Knie und auf der zarten Haut darüber.

Er sah mich an, und seine vollen Lippen verzogen sich zu einem winzigen Lächeln, dann warf er mir einen Luftkuss zu.

Der Mann war voller Überraschungen.

Hank

Aspens Exfreund auf so einer gezwungenen Familienspaßveranstaltung k. o. zu schlagen, gehörte wohl kaum zu meinen Sternstunden. Aber der Arsch hatte es nicht anders gewollt. Er hatte sich total unhöflich meinem Engel gegenüber verhalten, und irgendwer musste diesem Schönling ja mal beibringen, dass man eine Lady respektvoll zu behandeln hat. Und das galt insbesondere für eine Lady, die an meinem Arm hing.

In meiner Jugend hatte ich durchaus ein paar Probleme gehabt, zum Beispiel als ich Farmer McManns Traktor stahl, um eine Wette mit meinem Bruder zu gewinnen. Old Man Henry ließ mich dafür eine ganze Nacht im örtlichen Knast verbringen. Aber es wurde nie Anzeige erstattet, weil mein Vater mit Farmer McMann und dem Sheriff befreundet war. Danach musste ich einen Monat lang bei den Heuballen helfen und den Schweinestall ausmisten.

Ein paarmal wurde ich in eine wilde Prügelei mit einigen Sportlern verwickelt, und dann schlug ich den Cousin meiner damaligen Freundin zusammen, weil er sie unsittlich angefasst hatte. Zum Teufel, im Rückblick hatte ich echt für einen Haufen Ärger gesorgt. Ich hoffte nur, dass meine Neigung, Probleme mit den Fäusten zu lösen, Aspen nicht vertreiben würde. Für sie würde ich einen kühlen Kopf bewahren. Zumindest würde ich verdammt noch mal mein Bestes geben, um es zu versuchen.

»Wie ich höre, hat dein neuer Beau heute Abend Grant eine Abreibung verpasst.« Eigentlich war Tripp gerade dabei, uns etwas zu erzählen, aber ein Typ in sehr schickem Anzug mit nuttig aussehender Tussi am Arm übertönte seine Stimme.

Aspen verdrehte die Augen. »Ich freu mich auch, dich zu sehen, Rio.« London sprang auf und umarmte den Mann, wobei sie das Flittchen von seinem Arm pflückte, um ihn ganz und gar für sich zu haben. Rio schenkte London ein poliertes Grinsen, und die Schnepfe runzelte die Stirn.

»London, teure Schwester, wie geht es dir?«, fragte er. Jetzt lächelte die Trulla wieder. Das war also Rio. Ich bemerkte die Ähnlichkeit mit seinem Vater, aber dem Verhalten nach war er ein Schmierlappen – er hatte nichts von Londons Unbekümmertheit oder Aspens dezenter Eleganz. Nein, dieser Mann wusste gar nicht, dass Scheiße stinkt.

Aspen erhob sich und umarmte ihren Bruder, tätschelte leicht seinen Rücken. Ich sah, dass ihre Körper sich noch nicht mal berührten. So etwas wäre bei uns zu Hause undenkbar gewesen. Wenn Ma einen umarmte, pflegte sie ihn beinahe zu strangulieren. Ich stand auf und streckte die Hand aus. »Hank Jensen. Schön, Sie endlich kennenzulernen, Mr. Reynolds.«

»Rio bitte. Darf ich Sie Hank nennen?«

»So heiße ich.« Ich lächelte, hoffte, ihm eine Reaktion zu entlocken. Und sei es nur ein Lächeln. Aber es funktionierte nicht.

»Also, sagen Sie mir, Mr. Jensen, was um alles in der Welt hat Sie veranlasst, die Faust gegen Mr. Campbell zu erheben? Die Gerüchteküche brodelt bereits. Deshalb hielt ich es für ratsam, gleich die Quelle zu befragen.« Rio lehnte sich gegen das Rückenteil von Londons Stuhl.

»Ich reagiere nun mal nicht besonders freundlich auf Leute, die dich mies behandeln. Und das schließt arrogante, reiche, hübsche Schnösel wie Mr. Campbell durchaus mit ein. Außerdem war er nicht besonders nett zu Ihrer Schwester, als die beiden zusammen waren. Das allein wäre eigentlich schon Grund genug gewesen.« Ich konnte den Kerl einfach nicht einschätzen. Er zeigte keinerlei Gemütsregung, was er vermutlich stundenlang geübt hatte.

»Was für eine heftige Provokation für jemanden, der so neu in unserer Mitte ist.«

»Lass gut sein, Rio. Das geht dich nun wirklich nichts an«, mischte Aspen sich ein.

»Vater redet nur noch von ›Hank dem Helden‹, der das kleine Arschloch k. o. geschlagen hat. Er ist schon fast eine Legende. Zumindest kann ich jetzt behaupten, dass ich den Mann kennengelernt und die Legende aus erster Hand gehört habe.« Aspen verdrehte die Augen und schnaubte. »Es wird sehr amüsant sein, morgen in den Zeitungen darüber zu lesen.« Er wandte sich seinem Date zu. »Sollen wir?« Mit einer Handbewegung forderte er die spärlich bekleidete Brünette zum Gehen auf. »Bis zum nächsten Mal, Ladys, Gentlemen.« Seine Partybegleitung folgte ihm blindlings.

»Was meint er damit, dass wir darüber in den Zeitungen lesen werden?«

Alle sahen einander an, dann sagte Oliver: »Hank, die ganze Szene wird auf den Titelseiten der Klatschblätter erscheinen. Aber keine Sorge, unsere Anwälte kümmern sich bereits darum. Du wirst unbeschadet aus der Sache herauskommen, und Aspen wird sich um das Schmerzensgeld kümmern.«

»Schmerzensgeld. Was willst du damit sagen?« Ich spürte, wie der Zorn sich von meiner Brust bis in die Arme ausbreitete.

»Sie wird Grant für den Schaden finanziell entschädigen.«

»Willst du mich auf den Arm nehmen? Du willst dem Mistkerl was zahlen, weil ich ihn geschlagen habe?«

Aspen riss die Augen auf. »Hank, wir können später darüber reden.«

»Einen Teufel können wir. Wir reden jetzt darüber!« Entschlossen deutete ich mit dem Finger auf das frische Leinentischtuch.

Dean beugte sich vor und legte die Hand auf meinen Unterarm. »Hank, jetzt ist weder die Zeit noch der Ort für diese Unterhaltung. Die Leute schauen schon wieder zu uns hin. Das ist weder für Pens Ruf noch für den ihrer Familie besonders förderlich.«

Ich sah mich im Garten um, und tatsächlich starrten uns einige Leute an und warteten wahrscheinlich schon auf die nächste Vorstellung. Ich nickte und stand auf.

»Darlin', sollen wir von hier verschwinden?« Ich streckte ihr die Hand entgegen. Sie ergriff sie und ließ sich von mir hinausführen. Die anderen erhoben sich ebenfalls und folgten uns.

»Es wird wohl nie langweilig mit dir, mein Hengst.« Sie lehnte sich an mich. Ich merkte, dass sie die Stimmung zu heben versuchte, aber ich war immer noch gehörig angefressen. Auch sie war angespannt, Schultern und Rücken stocksteif. Doch sobald wir wieder zu Hause waren, würde ich für eine hübsche Entspannung sorgen. Ein paar nette Orgasmen, und Aspen würde die Geschehnisse des heutigen Abends vergessen.

Zu Hause.

Ohne dass ich es mitgekriegt hatte, war ihr Penthouse mittlerweile mehr zu meinem Zuhause geworden als meine Ranch. Meine Männer arbeiteten immer noch hier in New York City, und meine Verletzungen heilten schneller ab als erwartet. Der Arzt hatte erklärt, dass ich in zwei bis drei Wochen wieder arbeiten könnte, zumindest am Schreibtisch. Vielleicht war ich ja dann auch nicht mehr so ruhelos.

Wir brauchten nicht lange von der Villa ihrer Eltern zurück in die Stadt, aber die Fahrt verlief schweigsam. Ich spürte Aspens Anspannung. Sie sah die ganze Zeit zum Fenster hinaus. Hin und wieder warfen mir Oliver und Dean einen Blick zu.

Kaum waren wir daheim, ging Aspen geradewegs ins Bad und drehte die Dusche an. Ich setzte mich auf ihr Bett, dachte über meinen nächsten Schritt nach. Aspen war nicht unbedingt wütend, sondern einfach nur still. Sie kam mir … traurig vor. Ich hatte schon so viele Gefühle bei ihr erlebt, aber Traurigkeit hatte noch nicht dazugehört. Und es gefiel mir nicht, sie so zu sehen.

Ich beschloss also, ihr zu folgen, und wagte mich ins Bad. Sie stand unter dem Wasserstrahl, ihr Körper schimmerte porzellanweiß und perfekt durch das klare Glas. Ich zog die Kleider aus und betrat die Duschkabine. Sie nahm meine Anwesenheit kaum wahr, ließ die Schultern und den Kopf hängen wie nach einer Niederlage.

Ich küsste die warme Haut zwischen ihren Schulterblättern. Sie seufzte. Langsam begann ich ihren Nacken zu massieren, bearbeitete die Knoten, die ich dort ertastete.

»Redest du mit mir, Engel? Bis jetzt warst du ziemlich schweigsam.« Ich fuhr fort, ihre Muskeln zu kneten, und ließ die Hände über ihren Rücken gleiten.

»Es sollte nicht so schwer sein«, flüsterte sie.

»Was sollte nicht schwer sein, Darlin'?«

»Das hier. Eine Beziehung. Wir sind so …«

»So was, Engel?« Ich zog sie an mich, bis ihr nasser Körper mit meinem verschmolz.

»Verschieden«, beendete sie den Satz und atmete tief aus.

Ich ließ die Hände über ihren nassen Körper wandern; eine Hand umfing ihre Brust, die andere ihren Nacken. Ich neigte ihr Kinn zur Seite und beschrieb einen Pfad aus Küssen über ihren Schwanenhals. Sie stöhnte, als meine Finger ihren Nippel rollten und sanft daran zogen.

»Verschieden kann aber auch gut sein«, sagte ich und hörte nicht auf, sie zu liebkosen und zu streicheln.

»Meinst du?« Ihre Antwort war über das rauschende Wasser hinweg, das über unsere Körper strömte, fast nicht zu verstehen.

»Ich weiß es.« Ich ließ meine Hände an ihrem Körper hinabgleiten und drängte mein Knie zwischen die Beine, damit sie sie spreizte. Dann beugte ich mich hinunter, richtete meinen Schwanz auf ihre Mitte aus. Mit einem Stoß war ich tief in ihre feuchte Hitze eingedrungen.

»Oh Gott, Hank!«, schrie sie auf.

»Siehst du Engel.« *Stoß*. »War es jemals …« *Stoß*. »So für dich …« *Stoß*. »Früher?« *Stoß*.

Sie schüttelte den Kopf, biss sich auf die Unterlippe, und ihr Innerstes massierte mich. »Ich komme«, flüsterte sie.

»Ja, das tust du, und ich mache es wieder.« *Stoß*. »Und wieder. Bis du endlich verdammt sicher bist, dass kein Mann dich körperlich und emotional so ausfüllen wird, wie ich es tue, Engel.«

Nach dieser letzten Erklärung glitt ich noch tiefer in sie. Ihre Hände schlugen fest auf die Fliesen vor ihr, während ich sie hart von hinten nahm. Sie sollte fühlen, wie ernst es mir war. Sie kam immer und immer wieder, während ich mich in ihr Innerstes hineintrieb. »Spürst du das? Spürst du, wie dein Körper sich ergibt? Lass es geschehen, Engel. Ich bin hier. Ich werde immer hier sein.« Ich wollte, dass sie mich anflehte aufzuhören. Mich bat, nie mehr zu gehen.

»Hank, ich kann nicht, ich kann nicht, kann nicht mehr«, schrie sie, dann stöhnte sie, als ich um sie herum fasste und ihre Klit fand.

»Noch einer. Nur noch ein einziger Stoß. Ich will, dass du mit mir kommst, Engel.« Das war's. Ihre Pussy zog sich so fest um meinen Schaft, dass mir die Luft wegblieb. Mein Schwanz zuckte und ich ergoss mich in sie.

Wir sanken zu Boden, ein Durcheinander aus nackten Armen und Beinen. Ich hielt ihre schlaffe Gestalt und hob sie auf meinen Schoß. Meine Schulter schmerzte höllisch, aber das war mir egal. Dies hier war eine der intensivsten Erfahrungen meines Lebens. Ich wusste in diesem Augenblick, dass wir uns niemals trennen durften. Sie war für mich die einzig Wahre. Keine andere würde sein wie sie. Nur musste ich *sie* jetzt ebenfalls davon überzeugen.

Kapitel 11

Aspen

Irgendetwas an Hank war seltsam. Die ganze Woche über hatte er zwar weniger von meiner Zeit beansprucht, war aber dafür erheblich aufmerksamer im Hinblick auf meine Bedürfnisse gewesen. Statt gleich mit mir ins Bett zu steigen, wollte er sich jeden Abend unterhalten. Richtig über meinen Tag reden, über das Leben allgemein, über irgendetwas. Es war schön, beinahe normal. Wir sahen uns zusammen Filme an, gingen spazieren, aßen Eis, und eines Morgens machte er mir sogar Frühstück. Davon war Gustav ganz und gar nicht begeistert. Der Schwede war nicht gut auf Leute zu sprechen, die sich in seiner Küche zu schaffen machten.

Sogar der Sex war in dieser Woche anders. Ich konnte nicht genau den Finger darauf legen, aber irgendwie schien er mir bedeutungsvoller zu sein.

Ich fragte mich flüchtig, ob das mit der Tatsache zu tun hatte, dass heute Abend Hanks Mutter in die Stadt kommen und ein paar Tage bleiben würde.

Ich war gleichermaßen aufgeregt wie ängstlich. Was, wenn sie mich nicht mochte? Was, wenn sie Hank drängte, nach Hause zurückzukehren? Für ihn stand seine Mutter auf einem Podest, etwas, was mir vom Gedanken her völlig fremd war.

Meine Mutter war eine böse Teufelin, an die man maximal einen flüchtigen Gedanken verschwenden durfte. Er allerdings liebte seine Mutter und sprach über sie, als sei sie aus Zimt und Zucker.

Ich stellte sie mir wie eine Art Mary Poppins vor. Ein richtiger Gutmensch. Das war mein Untergang.

Oliver betrat mein Büro. »Ich habe im *Bellissimo* für sieben Uhr einen Tisch für euch drei reserviert. Bist du bereit, Hanks Mutter kennenzulernen?«

»Nicht wirklich. Was, wenn sie mich hasst?«

»Pen, das meinst du doch nicht ernst, oder? Sie wird dich nicht hassen.« Er begann, an meinem Haar herumzufummeln, schlang sich Strähnen um die Finger, um die Locken ein wenig aufzufrischen. Hank mochte mein Haar am liebsten, wenn er mit den Fingern hindurchfahren konnte, deshalb trug ich es in letzter Zeit viel häufiger offen als früher. Ich liebte es, wenn Hank mich berührte, und setzte alles daran, dass das so oft wie möglich geschah.

»Das kannst du gar nicht wissen. Meine eigene Mutter hasst mich schließlich auch!«

»Deine Mutter ist eine hochnäsige Bitch. Die mag sich nicht mal selbst.« Wir lächelten beide und wussten, dass seine Worte mehr als nur ein Körnchen Wahrheit enthielten.

Ich lehnte mich an meinen Schreibtisch und kaute so lange an meiner Unterlippe herum, bis sie wehtat. Gleichzeitig rieb ich mir die Schläfen, um die beginnenden Kopfschmerzen zu vertreiben, aber ohne Erfolg.

»Du machst dir ja tatsächlich Sorgen?« Seine Stimme klang eine Spur überrascht.

»Ja, das mache ich.« Ich holte tief Luft. »Hank liebt seine Mutter. Wenn sie mich nicht mag, gibt es keine Hoffnung für uns.«

»Das glaube ich nicht, Liebes. Du hast einfach zu wenig Selbstwertgefühl. Du bist schön, unanständig reich und vor allem: Hank liebt dich«, schloss er.

»Halt die Klappe! Er liebt mich nicht. Er liebt es, mit mir zu vögeln. Das ist ein Riesenunterschied!« Die Worte kamen mir unwillkürlich über die Lippen, aber selbst ich glaubte das nicht mehr hundertprozentig.

»Doch, Pen, das tut er. Er wohnt jetzt bei dir, wie lange? Fünf Wochen? Schläft in deinem Bett. Ihr verbringt jede freie Sekunde miteinander.« Er runzelte die Augenbrauen. »Dafür bist du mir übrigens noch was schuldig. Und letztlich warst du niemals glücklicher.« Er tippte mir ans Kinn, bis ich ihm in die Augen sah. »Der Cowboy liebt dich. Das solltest du langsam akzeptieren und die Verantwortung dafür übernehmen. Und du musst es ihm sagen.«

»Ich habe einem Mann wie ihm nichts zu geben.«

»Du hast alles zu geben und bekommst seine Liebe dafür. Er ist nicht Grant. Er wird dich nicht betrügen. Er ist Hank der Herkules. Ein verdammter Cowboy aus Texas. Ich kann echt von Glück sagen!«

»Du hast Dean, Blödmann!«

»Das stimmt natürlich. Ich habe Dean, und … mmmmh, der ist ein echtes Leckerchen.« Er sah mit träumerischem Blick in die Ferne.

»Normalerweise bin ich nicht nervös, bevor ich die Familie kennenlerne. In meinen früheren Beziehungen kannten ihre Familien bereits meine, und mein Ruf sprach für sich. Aber Hanks Mom hat keine Ahnung, wer ich bin.« Ich sackte auf meinem ledernen Bürostuhl zusammen und ließ den Kopf auf die Tischplatte fallen.

Oliver rieb mir Rücken und Schultern und zog mich wieder hoch. »Hör auf damit. Du machst noch eine Delle rein«, sagte Oliver lachend. »Keine Sorge, du machst das bestimmt großartig. Lass deine Schönheit und deine Persönlichkeit für dich sprechen. Als wir beide uns kennenlernten, hattest du nichts als krause Haare und deinen Treuhandfonds, und trotzdem wusste ich, dass ich mein Leben mit dir verbringen wollte.«

»Danke, Ollie.« Ich hatte Tränen in den Augenwinkeln. Ich drückte die Fingerspitzen dagegen, damit sie nicht flossen. Beim ersten Treffen mit seiner Mutter wollte ich wirklich nicht wie ein Waschbär aussehen.

»Na ja, wer hätte denn sonst diese Mähne bändigen und deine Haargummis verbrennen sollen?« Er tat, als liefe ihm ein Schauer über den Rücken und als müsse er sich übergeben.

»Oh, jetzt hör aber auf. So schlimm war es nun auch wieder nicht.«

Er sah mich scharf an und zog die Brauen so hoch es ging.

»Okay, vielleicht doch.«

Dann widmeten wir uns wieder den letzten dienstlichen Aufgaben für den Tag. Ich schrieb Hank, um ihn zu fragen, ob er fertig war.

An: Hank Jensen

Dinner um 19.00 Uhr im Bellissimo. Ist sie da?

Von: Hank Jensen

Kostbare Fracht angekommen. Wir treffen dich dort, Engel.

Natürlich dauerte mein Fünf-Uhr-Meeting länger. Ich hatte Hank nichts davon gesagt, aber ich traf mich mit Grant und seinen Anwälten wegen des Vorfalls auf dem Anwesen meiner Eltern am vergangenen Wochenende. Nach einer Woche juristischer Höllenqualen war ich bereit, dem Mistkerl einen Vergleich anzubieten. Ich wollte nicht, dass die Sache Hanks Genesung oder seine Freude über den Besuch seiner Mutter beeinträchtigte.

Mein Anwalt, Nathaniel Walker, war ein gerissener Geschäftsmann mit sympathischem britischem Akzent und recht ansehnlichem Erscheinungsbild. Wir waren vor ein paar Jahren einander vorgestellt worden und einige Male miteinander ausgegangen.

Außer einem keuschen Kuss war nichts geschehen; uns war damals klar geworden, dass wir mit einer freundschaftlichen und geschäftlichen Beziehung besser fuhren als mit einer romantischen.

Bei Nate flogen einfach keine Funken. Zuerst hatte er mich monatelang verfolgt, damit ich in ein erstes Date einwilligte. Jetzt ersparte er mir mit der gleichen Entschlossenheit ein paar Hunderttausend Dollar für einen Fehler, den ich gar nicht begangen hatte.

Grant verhielt sich vollkommen lächerlich. Er wollte mich verletzen, und er fuhr alle juristischen Geschütze auf, um mir zu schaden und mich zu demütigen. Mit Nate an meiner Seite würde er jedoch nicht gewinnen. Stone, Walker & Associates waren für ihre Erfolgsquote bekannt, nicht für ihre Misserfolge.

Nach dem Meeting waren wir aber immer noch nicht zu einer Einigung gelangt. Grant wollte offiziell Klage einreichen, hielt sich aber zurück, weil er abwartete, was ich ihm anbieten würde.

»Gott, er ist so ein Widerling! Ich kann nicht glauben, dass ich ihn jemals geliebt habe. Was zum Teufel habe ich mir nur dabei gedacht?« Ich rieb mir die Augen, als ich mich mit Nate auf den Weg zu den Aufzügen machte.

»Widerling passt wie die Faust aufs Auge. Aber mach dir keine Sorgen, Liebes.« Er legte die Hand auf meine Schulter und drückte sie. »Nicht mehr lange, und wir haben seinen Arsch in der Schlinge«, sagte er mit boshaftem Nachdruck und seinem heißen britischen Akzent.

»Das glaube ich dir, Nate. Wenn irgendjemand diesem Quatsch ein Ende machen kann, dann du und Collier. Wie geht es deinem Bruder überhaupt?«

Sein Bruder war ebenfalls ein exquisites Exemplar der Gattung Mann. Gut aussehend, smart, sehr freundliche Augen. Und auch er hatte jenen charmanten britischen Akzent, der jede Frau dahinschmelzen ließ. Doch neuerdings fuhr ich anscheinend nur auf Südstaatenakzent ab.

Nate begleitete mich zu meiner Limo und öffnete mir die Tür. »Kann ich dich irgendwo absetzen?«, fragte ich.

»Vielleicht. Fährst du up- oder downtown?«

»Uptown.«

»Hervorragend! Dann würde ich gern mitfahren. Danke, Liebes.«

Nathaniel Walker war ein netter Kerl, charmant, mit dem Aussehen eines Filmstars. Ich fragte mich, warum er immer noch Single war. »Nate, triffst du dich eigentlich mit jemandem?«

Er wackelte mit den Augenbrauen, und sein Mund verzog sich zu einem sexy Grinsen. »Soll das eine Einladung sein?«, witzelte er.

»Ich bin nur neugierig. Was macht ein alleinstehender Typ, gut aussehend und überdies auch noch Brite ohne eine wunderschöne Sexbombe am Arm?«

»Nur weil ich im Moment keine sichtbar am Arm habe, heißt das noch lange nicht, dass es niemanden gibt«, wies er mich zurecht.

»Oh! Tut mir leid. Du hast recht.«

Er lachte. »Du hast allerdings den Nagel auf den Kopf getroffen. Ich bin offiziell mit niemandem zusammen. Habe nur ab und zu ein Date. Bin viel zu beschäftigt, um die richtige Sahneschnitte zu finden.«

»Sahneschnitte?«

»Eine Freundin. Wir Briten bezeichnen Frauen gern als Sahneschnitten«, stellte er klar.

»Ihr Briten seid seltsam.«

»Nicht seltsamer als ihr Yankees! Im Vergleich zu uns geben die Männer den Frauen hier ganz schreckliche Namen. ›Meine Bitch‹ oder ›meine Alte‹ sind an der Tagesordnung. Ich kann mir nicht vorstellen, dass Frauen die Bezeichnung Bitch lieber ist als der Vergleich mit einem köstlichen Stück Kuchen.«

»Stimmt wohl«, sagte ich nachdenklich. »Also Sahneschnitte.«

Wir lachten beide. Ich beugte mich vor und goss mir zwei Finger breit Scotch ein.

»Wow, Liebes. Das ist aber eine Menge für ein zartes Ding wie dich.«

»Flüssiger Mut.« Ich zögerte erst, dann trank ich einen Schluck und ließ mir vom Alkohol den Bauch wärmen und die Nerven beruhigen.

»Aspen, Schatz, du hattest in den paar Jahren, seit wir uns kennen, noch nie Angst vor irgendetwas. Willst du darüber reden?«

»Die Mutter meiner besseren Hälfte kommt zum ersten Mal in die Stadt.«

»Ah, verstehe. Brauchst nichts mehr zu sagen. Meine Mum hat jede Frau, die ich mit nach Hause brachte, einem Verhör unterzogen. Sei einfach du selbst. Und wenn das nicht funktioniert, kauf ihr ein Auto.« Er grinste boshaft.

Ich schlug ihm gegen die Schulter und stimmte in sein Lachen mit ein.

Mein Ziel kam zuerst in Sicht, und da Nate vollendete Manieren hatte, stieg er aus und half mir aus dem Wagen. Dann umarmte er mich, küsste mich auf beide Wangen und ließ die Hände an meinen Armen heruntergleiten, um meine Hände zu ergreifen und zu drücken. »Du machst das schon, Liebes.« Er gab mir einen flüchtigen Kuss auf die Stirn.

Ich lächelte zu ihm empor und wandte mich ab. Meine Nase stieß gegen etwas Steinhartes. *Autsch!* Diesen männlichen Geruch mit einer leichten Zitrusnote hätte ich überall wiedererkannt. Ich blickte in die zornglühenden grünen Augen meines Cowboys.

»Wer ist dein Freund da, Engel?«

Ich brauchte einen Moment, um seine Frage zu verstehen, so verblüfft war ich über die knisternde Wut, die von ihm ausging. Nate hörte die Frage und stellte sich sogleich selbst vor.

»Sie müssen die bessere Hälfte sein, die sie im Auto erwähnte. Rechter-Haken-Hank!« Nate streckte ihm die Hand entgegen. Hank runzelte die Augenbrauen, und seine Pupillen verengten sich zu winzigen Punkten. »Ich bin Nathaniel Walker, Aspens Freund und Anwalt. Schön, Sie kennenzulernen.«

Hank schüttelte ihm die Hand. »Rechter-Haken-Hank? So hat mich noch keiner genannt. Hank Jensen.« Er schien sich ein wenig zu entspannen, legte den Arm um meine Schulter, und ich schmiegte mich an ihn. »Ich wollte draußen sein, wenn du ankommst, damit ich dir unseren Tisch zeigen kann.« Sein Blick wurde weicher, als er mich ansah.

»Okay, na gut, dann mach ich mich am besten mal aus dem Staub. Wir sprechen uns ein andermal.« Ich nickte, und Hank zog mich nur noch enger an seine Brust. »Tschüs.«

Hank

Als ich sah, wie der Mann Aspen berührte, kochte ich vor Wut. »Ich hab was dagegen, dass ein anderer Mann meine Frau betatscht.« Meine Anspannung wuchs, und bis ich Antworten hatte, würde das auch so bleiben. Mit einem Arm um ihre Taille führte ich sie ins Restaurant.

»Hank, sei nicht albern. Er ist mein Anwalt und ein guter Freund. Zwischen uns läuft nichts«, versuchte sie mir wenig überzeugend zu versichern. Ich kannte meinen Engel zwar noch nicht lange, aber immerhin gut genug, um zu wissen, wann sie mir etwas verheimlichte.

»Hast du mit ihm geschlafen?« Ich musste wissen, ob dieser Mann seine Pfoten an Aspen gelegt hatte.

»Nein!« Es war halb Flüstern, halb Schrei.

»Hast du ihn je gedatet?« Keine Ahnung, warum ich mich selbst quälte, doch er hatte sie berührt. Er war gut aussehend, und die beiden wirkten viel zu vertraut. Sie stöhnte.

»Ja, zweimal. Es hat gereicht, um zu erkennen, dass wir nie mehr sein würden als Freunde.« Sie seufzte und schaute mir forschend in die Augen.

»Hat er dich geküsst?« Sie blieb wie angewurzelt stehen, und ich kannte die Antwort.

»Können wir das jetzt bitte lassen?«

Ich fasste ihr Kinn und hielt ihren Blick fest. »Antworte auf meine Frage.«

»Ernsthaft?« Sie verdrehte die Augen. »Genau genommen ja, wir haben uns geküsst … einmal! Es fühlte sich an, als hätte ich meinen Bruder geküsst. Jetzt zufrieden?«

»Nicht wirklich. Deine Lippen gehören jetzt mir. Ich will nicht, dass irgendjemand von dem kostet, was mir gehört.« Ich umschloss ihr Gesicht mit beiden Händen. »Verstanden?«

Sie blickte mich eindringlich an, und in ihren graublauen Augen tobte es. Ich sah, dass sie verstanden hatte. Sie senkte die Lider und atmete leise aus. Gott, sie war so schön. »Hank …«, begann sie, aber ich schnitt ihr mit meinen Lippen das Wort ab. Sie schmeckte wie ihr Lipgloss nach Honig und Kirsche.

Sie seufzte in meinen Mund, und ich ließ meine Zunge hinabtauchen, kostete noch mehr von ihr. Ich spürte, wie Menschen an uns vorübergingen, doch es war mir egal. Ich küsste meinen Engel, hieß ihn willkommen, als käme ich nach einem harten Arbeitstag wieder zu ihm nach Hause. Aspen erwiderte meinen Kuss mit einer Inbrunst, die ich nicht erwartet hatte. Meine Hand wanderte hinab und umfing ihren Hintern. Ich zog sie hoch und an mich heran. Sie stöhnte. Verdammt, sie war perfekt. Sie löste sich als Erste, ihre Augen nun tiefblau.

»Das war schon besser, mein Hengst.«

Verdammt, ich liebte es, wenn sie mich so nannte. Dann wurde mir ganz warm ums Herz, und mein Schwanz wurde hart. Ich konnte es gar nicht abwarten, sie wieder heimzubringen.

»Hör auf, mich so anzusehen«, tadelte sie.

Ich lächelte. »Wie denn?«

»Als denkst du an all die unanständigen Dinge, die du mit mir tun wirst.«

Ich drückte ihren Po noch einmal und gab ihr einen schnellen Kuss auf die Lippen. »Du kennst mich wirklich gut, Darlin'.«

»Komm, Hank, deine Mom wartet.«

»Verdammt, die hätte ich fast vergessen! Shit!« Ich schob Aspen in den Raum, in dem meine Mutter sich schon glücklich damit beschäftigte, die Blumenarrangements neu zu ordnen. Ihr Blick flog in unsere Richtung, und sie lächelte, als sie mich entdeckte. »Mom, das hier ist Aspen Reynolds.«

»Wie schön, Sie kennenzulernen, Mrs. Jensen.« Aspen streckte die Hand aus, aber meine Mutter sprang vom Stuhl auf und warf die Arme um sie.

»Nennen Sie mich doch einfach Julia oder Mom. Das macht jeder!«

»Danke, Julia. Meine Freunde nennen mich Pen.« Aspen erwiderte die Umarmung und löste sich dann von ihr. Ich zog erst den Stuhl für meine Mutter und dann Aspens hervor.

Wir bestellten Drinks und gefüllte Pilze als Vorspeise. Ich überließ die Weinauswahl Aspen, da sie sich mit so was auskannte.

Aus dem Nichts kamen die wunderschönsten Worte aus dem Mund meines Engels, die sie an den Kellner richtete: *Ci piacerebbe avere vino rosso questa sera. Che cosa mi consiglia?*

Meine Mutter und ich beobachteten staunend, wie Aspen in fließendem Italienisch mit dem Kellner sprach, um Wein zu bestellen.

»Engel? Du sprichst Italienisch?« Ich konnte meine Überraschung ebenso wenig zurückhalten wie meine Mutter.

»Ja. Und Spanisch, Französisch und ein wenig Deutsch.« Sie lächelte. Ich starrte sie an, total perplex. »Was?« Sie grinste.

»Ich kann nur über dich staunen, Engel.«

»In meiner Branche könnte ich mich mit der Hälfte der Models und jungen Talente gar nicht richtig unterhalten, wenn ich ihre Sprache nicht beherrschen würde. Ich meine, die meisten sprechen zwar Englisch, aber oft ist es trotzdem ziemlich schwierig, sich auszutauschen. Wenn ich zum Beispiel Vertragsverhandlungen führe, will ich, dass sie auch genau wissen, was sie da unterschreiben.«

»Sie sind so klug. Ich wette, Sie haben einen tollen Job!«, stieß meine Mutter begeistert hervor. »Für wen arbeiten Sie?«

»Ja, mein Job ist toll«, antwortete sie, ohne weiter darauf einzugehen.

»Sei nicht so schüchtern, Darlin'. Erzähl Ma doch einfach, was du tust.« Ich war stolz auf Aspen und wollte, dass sie es auch war.

»Oh, Hank, deine Mom interessiert sich ganz sicher nicht für meine Arbeit.« In diesem Augenblick wurde der Wein gebracht. Sie schwenkte ihn im Glas, steckte die Nase hinein und schnupperte. Dann nippte sie daran und nickte dem Kellner zu. Er goss uns drei Gläser ein, und sie trank einen riesigen Schluck. Sie verhielt sich merkwürdig, verkrampfte die Hände im Schoß und rieb sie aneinander. Irgendwann dämmerte es mir. Die selbstbewusste, befehlsgewohnte Geschäftsfrau war nervös.

»Ma, Aspen ist ein bisschen zurückhaltend. Eigentlich ist sie eine ganz große Nummer. Weißt du, sie besitzt das Gebäude, an dem ich den Anbau vornehme. Es war ihre Ausschreibung, auf die ich ein Gebot abgegeben und für die ich den Zuschlag erhalten habe.« Ich lächelte breit, und Aspen ließ den Kopf hängen.

Ein wirklich merkwürdiges Verhalten für sie. Seit wir uns kannten, war sie immer megaselbstsicher gewesen, mit Haut und Haar eine Frau, die mit Macht kein Problem hatte. »Hört mein Gebrüll«, schien sie stets zu sagen, besonders wenn es um ihre Arbeit ging. Normalerweise sprang sie sofort darauf an, sobald man auch nur etwas erwähnte, was mit ihrer Arbeit zu tun hatte.

Heute versuchte sie, ihren Job herunterzuspielen, und ich verstand nicht, wieso.

»Wow! So ein junges, zartes Ding wie Sie spricht all diese Sprachen und besitzt Gebäude? Fantastisch.« Ma stützte den Ellbogen auf den Tisch und legte den Kopf in die Hand. Sie lächelte Aspen strahlend an, und schon kam ich mir irgendwie noch größer als sonst vor.

»Sag ich ja, Ma. Mein Engel ist genauso klug wie schön.«

Sie musterte Aspens Gesicht und ihren Körper. »Ganz sicher schenkt sie dir hübsche Babys!«, meinte sie vielsagend und zwinkerte.

Aspen blieb der Mund offen stehen, und ihre Augen weiteten sich. »Mom! Lass das Gerede. Du hast doch schon zwei Enkelsöhne. Du kriegst den Hals wirklich nicht voll.« Aspen entspannte sich sichtlich. Wollte sie keine Kinder? Ich wollte welche. Vielleicht nicht sofort, aber in ein paar Jahren schon. Ich war bereits vierunddreißig. Ewig lang wollte ich nun auch nicht mehr warten.

Anscheinend gab es jetzt noch etwas, was wir der Liste, worüber wir später noch reden wollten, hinzufügen mussten.

Das Essen war ziemlich mächtig, und der Wein floss reichlich. Aspen trank mehr als sonst und begann schon leicht zu lallen. Mir war das egal, denn wenn sie trank, konnte sie die Finger nicht von mir lassen. Sie war dann sehr liebevoll und hatte ein lockeres Mundwerk, und ich gedachte, meinen Vorteil daraus zu ziehen, sobald sich Ma für die Nacht zurückzog.

Schließlich brachte ich meine beiden besten Mädels nach Hause.

Natürlich hatte Aspen den Fahrer ihrer Limo angewiesen, uns abzuholen, und meine Mom war absolut begeistert. Nie zuvor hatte sie in einer Limo gesessen, und sie wiederholte pausenlos, wie aufregend und schick das alles war. Aspen lächelte nur, schmiegte sich an mich und gab mir verstohlene Küsse auf den Hals, wenn sie glaubte, dass meine Mom nicht hinsah. Sie hatte mehr intus, als sie glaubte, und verhielt sich alles andere als diskret, aber Mom schien es nur recht zu sein. Es hatte keinen Sinn, meiner Familie eine Frau vorzustellen, wenn ich nicht vorhatte, sie zu behalten. Und Aspen wollte ich für immer behalten. Mom schaute immer mal wieder zu uns herüber, und ihr Blick war wissend.

»Du bist deinem Vater total ähnlich, Frechdachs.«

»Ma, das sagst du immer.« Ich schüttelte den Kopf und fuhr fort, mit den Fingern durch Aspens seidiges Haar zu fahren.

»Weiß ich, aber euer Anblick erinnert mich an deinen Vater und mich vor vielen Jahren, als wir noch jung waren und nur Augen füreinander hatten.«

Ich spannte mich an und blickte nach unten, doch ich musste mir keine Sorgen über das machen, was meine Mutter sagen wollte. Aspen war neben mir eingeschlafen.

»Was hältst du von ihr, Ma?«, flüsterte ich.

»Sie ist sehr schön«, antwortete sie und betrachtete Aspen.

»Stimmt. Und klug«, fügte ich hinzu.

Sie nickte. »Und du liebst sie«, bemerkte sie ohne Umschweife. Meiner Mutter entging eben nichts. Als Heath und ich noch jung waren, hatte sie immer gewusst, wann wir uns mal wieder in irgendeinen Schlamassel geritten oder versucht hatten, ein paar Kekse zu stehlen. Sie hatte Heath sogar bei seinem ersten Date gesagt, dass er »dieses Mädchen heiraten« würde, und siehe da: Er hatte es getan. Nun las sie in mir wie in einem offenen Buch. Es hatte also keinen Zweck, das Offensichtliche zu leugnen.

»Stimmt, Ma.«

»Und sie weiß es noch nicht?« Meine Ma war ganz schön scharfsinnig.

Ich schüttelte den Kopf.

»Warum hast du es ihr noch nicht gesagt?« Sie wollte mich keineswegs verurteilen, sondern war nur besorgt.

»War nie der richtige Zeitpunkt dafür. Ich bin immer noch in der Genesungsphase. Sie arbeitet viel. Ich habe ihre Familie letztes Wochenende kennengelernt. War eine Katastrophe.«

»Na ja, sie ist aber immer noch an deiner Seite, so schlimm kann es also nicht gewesen sein. Das hat offensichtlich etwas zu bedeuten.« Ich zuckte mit den Schultern. »Glaubst du, sie liebt dich auch, mein Schatz?«

Ich schloss die Augen. Das war die Frage der Fragen. Liebte Aspen mich? Und wenn sie mich liebte, warum? Ich war nicht reich. Ich konnte ihr nicht das Leben bieten, das sie gewöhnt war. Ich wusste nicht mal, ob ich in New York bleiben wollte. Sie würde ihre Firma niemals verlassen. Dazu war sie zu erfolgreich. Wenn ich sie also wollte, würde ich ein paar Opfer bringen müssen. War ich dazu bereit? Ich hatte keine Ahnung.

Es gab also noch jede Menge, worüber Aspen und ich nachdenken mussten. Aber eins war mir sonnenklar: Wenn sie mich liebte, würden wir eine Lösung finden. Irgendwie würden wir dafür sorgen, dass es funktionierte.

»Keine Ahnung«, antwortete ich endlich. »Ich weiß es einfach nicht.«

»Nun ja, mein Sohn, sieht aus, als müsstest du die Ärmel hochkrempeln und diese Frau erobern.«

»Stimmt, Ma. Aber wie?«

»Uns wird schon was einfallen, Baby. Keine Sorge. Mama ist ja jetzt da.«

Mir war bewusst, dass meine Mutter sich ab sofort in meine Beziehung mit Aspen einmischen würde. Gleichzeitig überraschte es mich, wie wenig mich das störte. Ich konnte sämtliche Hilfe gebrauchen, die sich bot. Allerdings machte ich mir Gedanken wegen ihrer Methoden.

»Gott steh uns bei«, flüsterte ich in Aspens Haaransatz. Sie kuschelte sich noch enger an mich, und meine Mutter lachte.

Kapitel 12

Aspen

Kaffeepulver rein. Check. Wasser dazu. Gut. Auf Start drücken. Okay. Das hatte ich jetzt schon mal geschafft.

Gustav hatte sich für den Tag krankgemeldet; ich konnte Kaffee kochen. Hoffentlich. Wenn Hank mich nach der Autofahrt nicht geweckt und die ganze Nacht lang verwöhnt hätte, wäre ich jetzt nicht so verdammt müde gewesen. Der Mann war unersättlich. Es stimmte ja, ich hatte eine ziemliche Dürreperiode hinter mir und wurde in den vergangenen Wochen außerordentlich befriedigt, aber irgendwann brauchte eine Frau auch mal ihren Schlaf. Doch irgendwas war in der letzten Nacht anders gewesen. Hank war wie ausgehungert, als sei ich seine erste Mahlzeit seit Wochen. Die Dinge, die er mit mir machte, waren in manchen Ländern womöglich sogar illegal. Der Mann brachte mich noch um.

Tod durch Orgasmus.

Bei dem Gedanken musste ich grinsen. Meine Schenkel bebten bei der Erinnerung daran, wie oft er mich allein mit seinem Mund zum Höhepunkt gebracht hatte. *Mein Gott!*

Langsam tröpfelte der Kaffee vor sich hin, während ich in Erinnerungen an die vergangene Nacht schwelgte.

»Morgen, Kleines«, hörte ich die freundliche Stimme von Hanks Mutter.

Hanks Mutter … Mist!

Die Tatsache, dass wir Besuch hatten, war mir in meinem von Sex und Schlafmangel benebelten Zustand vollkommen entfallen.

Ich schloss die Augen und versuchte, mich nicht zu sehr wegen meines Erscheinungsbildes zu schämen – mein Haar hatte ich unordentlich zu einem Knoten zusammengefasst, ich trug keinen BH und auch sonst nichts weiter als den schwarzen Spitzenslip, der sich unter Hanks weißem Button-down-Shirt deutlich abzeichnete. Es war das Hemd, das er gestern Abend zum Dinner getragen hatte, und das Erste, was ich gefunden hatte, als ich heute Morgen aus dem Bett gestiegen war. Ich spürte, wie mir die Verlegenheit flammend rot die Brust hinaufkroch. Seine Mutter würde mich nicht nur hassen, sie würde mich auch für eine Schlampe halten. So viel zu einem guten ersten Eindruck!

Ich griff nach dem Saum des Hemdes und versuchte vergeblich, ihn herunterzuziehen, um meine nackten Beine zu bedecken. Es funktionierte nicht. Mein Schicksal war ohnehin besiegelt, also wandte ich mich um. Sie wirkte fröhlich und lebhaft und vollkommen entspannt an diesem sonnigen Morgen. Mein Gott, ich hätte sie so gern gehasst. »Guten Morgen. Kaffee?«

»Klar. Danke.« Sie schenkte mir ein strahlendes Lächeln. *War denn jeder in dieser Familie nach dem Aufwachen so fröhlich?* Hank war genauso. Sie betrachtete meine Kleidung oder besser deren Abwesenheit. »Sieht aus, als hätten Sie noch einen netten Abend gehabt.«

Hitze durchflutete meinen Körper. Meine Haut war sicher leuchtend rot. »Tut mir so leid. Ehrlich gesagt hatte ich ganz vergessen, dass Sie hier sind. Mein Aufzug ist absolut unangemessen …«

Sie schnitt mir das Wort ab. »Machen Sie Witze? Ich bin mit einem Jensen verheiratet, Liebes. Wenn Hank auch nur ansatzweise ist wie mein Henry, und Ihrem Aufzug …«, sie deutete mit dem Finger auf meinen Hemdensaum und ließ ihn bis zum Kragen hinaufwandern, »… und diesem riesigen Knutschfleck an Ihrem Hals nach zu urteilen, ist er das, werden Sie in Zukunft unter chronischen O-Beinen leiden.«

Es gab nur eine Art, wie ich auf diese Bemerkung reagieren konnte. Gelächter. Ich lachte aus vollem Halse, bis mir der Bauch wehtat. Tränen rannen mir die Wangen hinab. Hank kam herein, nur mit seiner Pyjamahose bekleidet und mit nacktem Oberkörper. Er kam zu mir hinüber und klopfte mir auf den Rücken.

»Ich nehme mal an, dass du dafür verantwortlich bist?« Er deutete auf seine Mom, während ich vergeblich versuchte, meinen hysterischen Anfall unter Kontrolle zu bekommen.

»Ins Schwarze getroffen.« Sie zuckte mit den Schultern und lächelte.

»Auf mehr als nur eine Weise«, flüsterte er mir mit sexy Stimme ins Ohr, sodass ich einen erneuten Lachanfall bekam.

Ich schnaubte, die Tränen liefen mir übers Gesicht, und ich hielt mir den Bauch. Hank zog mich hoch. Er legte eine Hand auf meine Taille, die andere in meinen Nacken. »Wieder besser, Darlin'?«, fragte er und wischte mir die restlichen Tränen ab. »Du bist so hübsch, wenn du weinst.« Er küsste mich vor seiner Mutter auf den Mund. Dann löste er sich von mir und sah mir forschend ins Gesicht. »Und auch richtig hübsch, wenn du rot wirst.« Er grinste und zwinkerte mir zu, dann ließ er mich los, um drei Tassen aus dem Schrank zu holen.

»Kein Grund, verlegen zu sein, Pen. Ihr seid schließlich beide erwachsen. Ich freue mich einfach, meinen Jungen lächeln zu sehen.«

Ich sah zu Hank hinüber. Seine große Gestalt lehnte an der Anrichte. Geistesabwesend trommelte er mit den Fingern auf die Granitplatte, während er darauf wartete, dass der Kaffee durchgelaufen war. Auf seiner Brust schimmerten einzelne Härchen, durch die ich so gern mit den Nägeln fuhr.

Unwillkürlich hatte ich die Hand ausgestreckt und strich ihm über die Brust und dann hinauf, um die Narbe von der OP zu begutachten. Ich presste die Lippen auf die Stelle und gab ihm einen sanften Kuss. Diese Narbe zu lieben und zu küssen, gehörte mittlerweile zu meinem täglichen Ritual. Er lief mit nacktem Oberkörper herum, und ich sah und fühlte mich nach Herzenslust satt an ihm.

Jeden Morgen gehörte es zu meinen Aufgaben, diese Narbe in Küssen zu baden und ein stummes Gebet zu Gott zu schicken. Hanks Stöhnen, als meine Lippen auf seine Haut trafen, wurde übertönt von dem Keuchen hinter uns. Ich riskierte einen Blick auf seine Mutter. In ihren Augen schwammen Tränen.

»Mir geht's gut, Mom. Wirklich.«

»Das sehe ich. Ich habe nur so lange darauf warten müssen.« Ihre Äußerung war mir vollkommen unverständlich, doch Hank lächelte und zog mich dichter zu sich heran.

Der Tag verlief ohne weitere Vorkommnisse, außer dass seine Mutter dauernd um Hank herum war. Sie stürzte sich auf jede Gelegenheit, ihm ein Getränk oder etwas zu essen zu bringen. Und sie wärmte alte Geschichten aus Hanks Jugend auf. Ich hörte aufmerksam zu, wenn die Rede davon war, wie er Mädchen in der Scheune versteckt und sich dann im Dunkeln zu ihnen rausgeschlichen hatte.

Dann lachte ich wieder Tränen, als sie berichtete, wie Hank in dem alten Chevy seines Dads mit einem Mädchen herumgemacht hatte. Die Sache wurde immer heißer, und unbeabsichtigt legten sie dabei den Schalthebel um, sodass der Wagen in einen Graben rollte. Natürlich versuchte Hank mir eine andere Version zu verkaufen und meinte, dass es nur ein Unfall gewesen sei. Sie hätten nicht miteinander herumgeknutscht wie liebeskranke Teenager.

»Das war die kleine Susie Q, stimmt's? Deine Highschool-Liebe?«, fragte seine Mutter.

»Stimmt.« Hank verstummte und wirkte einen Augenblick lang nachdenklich.

»Oh, Hank war so verknallt in Susie Shoemaker. Ich war damals fest davon überzeugt, dass ihr beiden mal heiraten würdet.

Wie ich hörte, wurde sie übrigens kürzlich geschieden.« Sie presste nachdenklich die Lippen aufeinander.

»Tatsächlich?«, fragte Hank plötzlich interessiert.

»Was ist denn damals zwischen euch vorgefallen?«, fragte ich. Neugierig, warum er nicht mit seiner Highschool-Liebe zusammengeblieben war.

»Nichts.« Hank versteifte sich und nahm den Arm von meiner Schulter. »Ich will wirklich nicht über Susie reden. Das ist lange her. Wie geht es meinem Bruder und seinen kleinen Hosenscheißern?«

Hank lenkte die Unterhaltung in sichereres Fahrwasser. Sowohl seine Mutter als auch ich selbst bemerkten sein Unbehagen und ließen das Thema fallen. Wenn er nicht gern darüber sprach, wollte ich es auch nicht wissen. Aber eigentlich belog ich mich damit selbst. Natürlich wollte ich wissen, warum ihn die Sache offenbar immer noch beschäftigte. Deshalb nahm ich mir vor, ihn danach zu fragen, sobald wir allein waren.

Nachmittags ließ ich Hank und seine Mutter allein, um ein Nickerchen zu machen und ihnen etwas Zeit für sich zu gönnen. Ein paar Stunden waren vergangen, und die Sonne ging bereits unter, als ich vom Geräusch meines knurrenden Magens erwachte. Ich duschte schnell und warf ein bequemes, hellgraues Jerseykleid über. Es war eng anliegend, aber nicht zu erotisch, und es fühlte sich eher wie ein langes T-Shirt und nicht wie ein Kleid an. Langsam schlenderte ich durchs Haus auf die Stimmen von Hank und seiner Mutter zu. Ich hörte meinen Namen, also blieb ich stehen, um ein paar Sekunden lang zu lauschen.

»Aspen ist entzückend, Frechdachs, und es ist offensichtlich, wie sie für dich empfindet.«

Ich spitzte die Ohren, um seine Antwort zu hören. »Ich mag sie auch, Ma. Mehr, als ich sollte.« Seine Stimme klang traurig, gar nicht nach ihm selbst. *Warum sagte er so etwas? Mehr, als er sollte? Was meinte er damit?*

»Bringst du sie mal mit nach Hause, wenn dein Job hier erledigt ist?«, fragte sie.

»Keine Ahnung, ob sie das will, Ma. Zwischen uns ist es nicht so wie zwischen dir und Dad. Wir haben bisher noch nicht mal drüber gesprochen, was das mit uns eigentlich genau ist.«

Furcht kroch meinen Rücken hinauf bis zu den winzigen Härchen in meinem Nacken. Dieses Gefühl kannte ich nicht, und es war mehr als unangenehm.

»Frechdachs, so sehr du dieses Mädchen magst und sie dich – ich meine, du bist ein Jensen, wie könnte sie dich nicht mögen?« Sie lachte und fuhr dann fort: »Eine Fernbeziehung würde niemals funktionieren. Das weißt du doch, oder?«

Hank grummelte zustimmend, und seine Stimme klang eindeutig niedergeschlagen. »Ja, das weiß ich.«

Die Wand unter meinen Händen fühlte sich kalt an. Die Vorstellung, dass Hank nach Hause zurückkehrte und wir uns nicht mehr jeden Tag sehen würden, war wie ein scharfes Messer, das man mir in den Bauch rammte. In so kurzer Zeit war der Mann eine feste Größe in meinem Leben geworden. Etwas, auf das ich zählen konnte, wenn ich nach Hause kam. Der Mensch, bei dem ich Dampf ablassen konnte, mit dem ich lachen konnte, mit dem ich Sex hatte. Aber es konnte nicht funktionieren.

Seine Heimat, seine Ranch, seine tolle Familie befanden sich in Texas. Meine Heimat war hier. Würde er das alles aufgeben, um mit mir in einer undefinierten Beziehung zusammenzuleben? Konnte ich mein Umfeld für ihn aufgeben? Wir hatten uns noch nicht einmal gesagt, was wir füreinander empfanden. Wie sollte ich meine eigenen Gefühle für ihn verstehen, wenn ich immer daran denken musste, dass uns nur noch ein paar kurze Wochen blieben?

Statt weiter zuzuhören, holte ich tief Luft und betrat das Wohnzimmer.

»Hey, Darlin'. Gut geschlafen?« Hank nahm meine Hand und

zog mich auf seinen Schoß, nicht auf den Couchsitz neben sich. Ich quiekte wie ein kleines Mädchen und versuchte zu verhindern, dass mein Kleid hochrutschte und meinen Slip enthüllte. Seine Haut war warm, als ich mich an seinen Hals schmiegte. Ich spürte die kleinen kratzigen Härchen, die an seinem Kinn gewachsen waren und nun über meine Haut rieben. Es war keineswegs schmerzhaft, sondern eigentlich das genaue Gegenteil.

»Hab ich, danke. Sorry, dass es so lang gedauert hat.«

»Du warst eben müde.« Sein Grinsen sprach Bände. Er flüsterte mir ins Ohr. »Oh, Engel, was ich heute Nacht schon wieder alles mit dir vorhabe …« Er sprach nicht weiter, sondern gab mir einen feuchten Schmatzer auf die Ohrmuschel.

»Eklig!« Ich schauderte und wischte über die nasse Stelle.

Hank und seine Mutter lachten mich aus.

»Gewöhn dich daran, Kleines. Die Jensen-Männer sind berüchtigt für ihre Streiche.«

»Zur Kenntnis genommen.«

Hank drückte mich an sich. »So schlimm sind wir gar nicht.«

»Ich lasse euch beide jetzt mal eine Weile allein und kümmere mich ums Abendessen«, meinte Julia.

»Oh nein. Sie müssen nicht kochen. Wenn Gustav nicht da ist, können wir ausgehen oder uns etwas kommen lassen.«

»Aber jetzt, wo der lästige Typ fort ist, will ich unbedingt in diese Küche. Allein dieser durchsichtige Kühlschrank sieht aus wie im Film! Ein sechsflammiger Herd! Frechdachs, kannst du dir vorstellen, was ich für tolle Sachen damit gekocht hätte, als ihr Jungs noch klein wart?«

»Lass sie einfach. Es macht ihr Spaß. Sie ist wirklich eine großartige Köchin, und so richtige Hausmannskost könnte ich jetzt echt brauchen«, sagte Hank.

»Was meinst du denn damit? Wir essen doch jeden Abend warm.« Ich sorgte dafür, dass wir unsere Mahlzeiten häufiger im

Haus und nicht im Restaurant einnahmen, denn ich wusste, dass es Hank so lieber war.

»Darlin', du kannst diesen Gourmetkram, den Gusto kocht, wohl kaum als Hausmannskost bezeichnen, oder?«

»Doch, das kann ich sehr wohl, und das tue ich auch. Wie nennst du es denn?«

»Es schmeckt wie das, was man im Restaurant kriegt. Das wirst du merken, nachdem du von Mas Essen gekostet hast.«

»Ma«, rief Hank. »Was kochst du denn?«

Sie unterhielten sich über die Räume hinweg. Die Lautstärke war ohrenbetäubend. Sich durch Türen hindurch etwas zuzuschreien, so etwas gab es nicht im Bright-Reynolds-Haushalt. Nie.

»Dein Lieblingsessen!«, brüllte Julia zurück.

»Oh mein Gott. Jetzt erwartet dich eine echte Köstlichkeit, Engel. Ihr Brathähnchen mit Maisbrot wird dich umhauen.« So aufgeregt wie jetzt hatte ich Hank noch nie gesehen. Na ja, außer wenn ich nackt vor ihm lag und er sich mit mir vergnügen konnte. Doch solange er glücklich war, war auch für mich alles in Ordnung.

Hank

»Oh Gott, oh … himmlisch, mmmmh«, brachte Aspen stöhnend hervor, den Mund voller Brathähnchen. Jeder Bissen schien einem kleinen Orgasmus gleichzukommen. Der Anblick machte mich hart wie Stahl, sodass ich Mühe hatte, mich auf etwas anderes zu konzentrieren. Ich wollte im Augenblick nur eines: Sie auf den Tisch werfen und sündhafte Dinge mit ihr treiben. Wenn sie mit ihren Schlemmgasmen weitermachte, würde mich auch nichts davon abhalten können, Ma hin oder her.

»Schmeckt's, Engel?«

Sie lächelte mit vollem Mund und schaufelte das Essen in sich hinein, als sei es ihre Henkersmahlzeit. Ich liebte es zuzusehen, wie mein Engel aß … richtig aß. Aspen war sonst immer so pingelig, achtete darauf, wie viel sie zu sich nahm, wie viel Kalorien, Kohlenhydrate und Fett in den einzelnen Speisen enthalten waren. Und wenn sie das Gefühl hatte, es übertrieben zu haben, verbrachte sie hinterher Stunden im Fitnessstudio. Allerdings konnte ich mich nicht beklagen. Ihr Körper schien geradewegs aus der *Sports Illustrated* entsprungen, und ich genoss jeden einzelnen Zentimeter.

»Oh Mann, Julia. Das ist … ich glaube, so etwas Fantastisches habe ich noch nie gegessen. Das ist tatsächlich das beste Hühnchen meines Lebens. Wobei ich gar nicht weiß, ob ich überhaupt schon mal Brathähnchen gegessen habe. Sie müssen dieses Rezept unbedingt an Gustav weitergeben!« Sie warf sich ein Stück Maisbrot in den Mund.

»Nope! Das mache ich nicht, Kleines. Wenn Sie mein Hühnchen essen wollen, müssen Sie nach Texas kommen, um es sich zu holen. Natürlich könnten Sie auch dorthin ziehen, dann würde ich versprechen, es einmal die Woche für Hank und Sie zuzubereiten.«

Aspen schloss die Augen und tupfte sich den Mund mit der Serviette ab. »Julia, ich glaube, das ist momentan nicht möglich. Meine Arbeit …« Sie seufzte, und es tat mir weh zu sehen, wie sie sich quälte. »Meine Arbeit ist wichtig. Ich habe mehrere Zehntausend Angestellte, und wenn ich die Firma nicht weiterhin so leite wie jetzt, werden viele Menschen ihren Job verlieren.«

»Heiliger Strohsack! So viele Leute arbeiten für Sie? Zum Teufel, Hank, da wären aber eine Menge Familien betroffen, wenn unsere Kleine zusammenpacken und wegziehen würde. Ich hatte ja keine Ahnung. Wow …« Ma verstummte.

Aspen schien der Appetit vergangen zu sein, denn sie schob nur noch die Kartoffeln auf ihrem Teller hin und her.

»Niemand fragt dich, ob du wegziehen willst, Engel.« Aspen hob ruckartig den Kopf und sah mir in die Augen. Schmerz schwamm in den schimmernden, blauen Tiefen. »Ich meine, oh *shit* …« Ich wusste nicht, wie ich es ihr sagen sollte. Die Situation war vertrackt.

Tränen traten ihr in die Augen, und sie stand auf. »Danke vielmals, Julia, für die wundervolle Mahlzeit. Die beste meines Lebens. Ich habe noch zu tun und ziehe mich ins Arbeitszimmer zurück. Lassen Sie das Geschirr einfach stehen. Das Hausmädchen wird sich darum kümmern.« Und dann war sie fort – kein Blick zurück, kein flüchtiger Kuss auf die Wange, gar nichts. Sie war verletzt, und ich hatte keine Ahnung, wie ich das in Ordnung bringen sollte.

»Hank, was zum Teufel hast du dir dabei gedacht?« Mas Gesicht war rot vor Zorn.

»Was hätte ich denn tun sollen? Sie wird nicht von hier wegziehen und mit mir nach Hause, nach Texas kommen.«

»Hast du schon mal darüber nachgedacht, dass du hierbleiben könntest?«

»In New York?«

»Sei doch nicht so begriffsstutzig, Sohn. Die Frau ist eindeutig verliebt in dich und du in sie.«

»Das kannst du nicht wissen, Ma.«

»Oh doch, das kann ich. Mütterliche Intuition. Sie liebt dich, und im Augenblick ist sie regelrecht am Boden zerstört. Wer arbeitet denn schon an einem Samstag?« Sie kannte eben Aspen nicht. Aspen arbeitete ständig. Deshalb war sie ja auch so erfolgreich. Sie ließ niemals nach. »Du musst ihr sagen, dass du eine Lösung für eure Lage finden wirst.«

»Wie kann ich ihr das versprechen?«

»Du sagst ihr einfach, dass du in New York bleibst. Du wirst dir eine Möglichkeit einfallen lassen, wie du dein Unternehmen von hier aus leiten kannst. Vielleicht ist dies ja sogar der richtige Zeitpunkt zum Expandieren. Du hast doch schon mal über eine Zweigstelle nachgedacht. Das ist die perfekte Gelegenheit.«

Meine Mom hatte recht. Ich hatte mit Mac, meinem vertrauenswürdigsten Mann, bereits über Expansion gesprochen. Aber er hätte Texas niemals länger als unbedingt nötig verlassen. Seine Frau und seine drei Kinder warteten zu Hause sehnsüchtig auf seine Rückkehr. So lange wie bei diesem Job hier waren wir noch nie fort gewesen, und ich ließ ihn jedes zweite Wochenende nach Hause zu seiner Familie fliegen. Was, wenn ich eine Zweigstelle in New York eröffnete? Mac konnte das Büro in Texas auch hervorragend ohne mich leiten.

»Darüber sollte ich mal nachdenken, Ma. Aber ich würde hier ein Büro und Investoren brauchen, um zu expandieren. Ich habe noch nicht genügend Kapital, um eine Zweigstelle an solch einem kostspieligen Ort zu eröffnen.«

»Erwähntest du nicht, dass deiner Freundin ein ganzes Gebäude gehört?« Sie legte den Kopf schief und sah mich an, als sei ich taub, stumm und blind. »Vielleicht könntest du ja bei ihr Räumlichkeiten anmieten? Außerdem hat sie jede Menge Geld. Ich wette, sie kennt ein paar Investoren.«

Schon wieder! Meine Mom war echt eine kluge Frau. Nicht umsonst zog sie auch im Viehgeschäft im Hintergrund die Fäden.

»Vielleicht sollte ich mit Aspen darüber reden. Aber wenn sie nicht genauso empfindet, dann …«

»Mund halten, Frechdachs. Du sagst der Frau, was du fühlst, und ich wette jeden einzelnen Dollar auf meinem Konto darauf, dass sie das Gleiche für dich empfindet. Hab ein bisschen Vertrauen, mein Lieber. Du bist ein Jensen. Meine Jungs sind unwiderstehlich. Du bist der liebenswerteste Mann der Welt.«

»Ma, du bist voreingenommen.«

»Stimmt, und das aus gutem Grund. Du wirst perfekt für sie sorgen. Sie braucht einen richtigen Mann an ihrer Seite. Wenn du ihr das nicht gibst, dann sag ich dir eins: Sie ist ein heißer Feger. Jemand anders wird …« Sie sprach nicht weiter.

Zum Teufel damit! Niemals würde ich zulassen, dass ein anderer Mann auch nur ein Haar auf ihrem hübschen Kopf anfasste. Die Vorstellung, dass jemand anders meine Frau küssen oder gar lieben könnte, machte mich verrückt. Wahnsinnig. Absolut unzurechnungsfähig.

»Ma, gute Nacht.«

»Geh zu ihr, Baby!«, rief sie mir nach, während ich mich auf den Weg zu Aspens Arbeitszimmer machte.

Sie stand am Fenster und schaute hinaus, die Arme schützend vor ihrer Brust verschränkt. Sie hatte mich nicht hereinkommen hören. Ich betrachtete ihre Gestalt, die sich vor der New Yorker Skyline abhob, und sah, dass sie tief in Gedanken war. Sie war so wunderschön.

Das graue Kleid schmiegte sich um ihre Hüften und ihren Hintern. Das Licht von der Schreibtischlampe schimmerte auf ihrem langen goldenen Haar. Sie hatte den Kopf zur Seite geneigt und gab damit den Blick auf ihren sahnig weißen Hals frei. Dieser Hals machte mich ganz schwach. Ich wollte ihr dort mein Zeichen aufdrücken, damit jeder sehen konnte, dass sie besetzt war, dass sie mir gehörte.

Leise trat ich an sie heran und legte ihr die Arme um die Taille. Dann vergrub ich das Gesicht in der süßen Kuhle an ihrem Hals. Sie seufzte und schmiegte sich an mich. Unsere Körper schienen perfekt zusammenzupassen.

»Engel, wir werden eine Lösung für unsere Wohnsituation finden …«, fing ich an, aber sie unterbrach mich.

»Wie denn? Es ist unmöglich, Hank. Das alles war wunderbar, aber es ist nicht die Wirklichkeit. Es ist nicht real.«

Weißglühende Wut durchströmte mich. Wie konnte sie das so einfach sagen? Obwohl ich sie im Arm hielt, verkrampfte sich mein Körper, und meine Finger gruben sich in ihre Hüften.

»Das meinst du nicht ernst, dass das hier nicht real ist …«

Sie drehte sich in meinen Armen um. Tränen liefen ihr über das zarte Gesicht. Es setzte mir zu, dass es ihr so schlecht ging. Ich wollte diese Tränen fortküssen, sie glücklich machen, sie lächeln sehen.

»Ist es das? Wirklich? Denn es fühlt sich an wie ein Traum. Wie ein perfekter, wunderschöner Traum … aber eben nicht real.« Beim letzten Wort brach ihr die Stimme, und sie schluchzte.

Ich zog ihren Kopf mit beiden Händen zu mir heran und drückte meine Lippen auf ihre. Als sie keuchte, schob ich die Zunge in ihren honigsüßen Mund. Ich ließ die Hände an ihrem Rücken hinab zu ihrem Hintern gleiten, presste sie an mich. »Fühlt sich das real an, Engel?« Ich drängte meine Erektion an sie, und sie stöhnte. Ich drehte uns um, hob ihre süßen Pobacken hoch, und sie klammerte die Beine fest um meine Taille.

Ich schob den Stuhl weg und die Dokumente vom Tisch, dann setzte ich sie auf der Holzoberfläche ab. Unser Kuss war gierig, alles verschlingend. Als Aspen an meiner Zunge saugte, spreizte ich ihre Schenkel. Mit bebenden Fingern riss ich ihr den Slip mit einem einzigen Ruck herunter. Ich hielt mir die Spitze ans Gesicht. Sie beobachtete mich, die Pupillen so weit, dass man kaum noch erkennen konnte, dass die Iris blau war. Ich schnupperte an ihrem Höschen, und ihr Duft schoss mir geradewegs in den Schwanz und machte mich noch härter.

»Ist das real, Engel? Wie feucht du für mich bist, wie verdammt gut du riechst!«

»Hank …« In ihrer Stimme schwang so viel Verlangen. Ein Verlangen, das nur ich stillen konnte.

Ich schob meine Pyjamahose herab und sie das Kleid nach oben. Meine Hände bedeckten ihre geschmeidigen runden Brüste.

Ich zog an den Nippeln, bis sie sich steil aufrichteten. Aspen stöhnte, bäumte sich mir entgegen, bot mir ihre Brüste als Geschenk dar. Ich betete jede zarte Spitze mit meiner Zunge an, mit meinen Lippen und den Fingern.

»Ist das real, Engel?« Ich schimpfte immer weiter, während ich an ihren Brüsten saugte und leckte, bis sie ihre Hüften hart an meinem Schwanz kreisen ließ, ihn mit ihrer Lust benetzte.

»*Fuck*, Hank …«

»Oh ja, ich werde dich vögeln. Ich werde dich so hart ficken, dass du nie wieder vergisst, wie real das hier ist, Engel.« Ich führte meinen Schwanz an ihre Pussy, umgriff ihren Po mit beiden Händen und stieß in sie hinein. Sie schrie, warf den Kopf in den Nacken. Ich glitt heraus und wiederholte das Ganze. »Ist das real? Ich bin so tief in deiner Pussy. Das ist …« *Stoß*. »So fucking …« *Stoß*. »Real!«

Sie kam hart an mir. Ihre Pussy umklammerte mich wie ein Schraubstock. Ich hielt meine eigene Lust zurück, ließ Aspen nach hinten gleiten, sodass sie nun mit dem Rücken auf dem Schreibtisch lag. Sie bäumte sich mir mit jedem Nachbeben entgegen, ihr wunderschöner Körper lag ausgebreitet vor mir, bereit, erneut von mir genommen zu werden. Ich zog mich aus ihr zurück, und sie stöhnte. Ich musste sie schmecken.

»Hank, Hank … du … musst …« Sie keuchte schwer, brachte kaum ein Wort heraus.

»Oh, Engel, ich bin noch nicht fertig mit dir.«

Kapitel 13

Aspen

Hanks Hände waren überall gleichzeitig. Bevor ich aus seligen Höhen wieder herabgesunken war, hatte er mich nackt auf den Schreibtisch gelegt, meine Beine weit gespreizt. Er schob seine kräftigen Finger in mich, rieb mit einer Hand über meine Klit, während er mit der anderen meinen Schenkel umschloss. Noch nie war Sex so gewesen wie mit Hank. Das hier war nicht nur vögeln, sondern ein Erlebnis. Der Mann war im Bett unglaublich geschickt, und jede seiner Fähigkeiten lebte er an mir aus.

Ich stöhnte und versuchte, nach ihm zu greifen, als er mit der Kuppe seines Daumens über meine Perle rieb. Er flüsterte: »Fühlt sich das für dich real an, Engel?«

Dann setzte er sich plötzlich auf meinen Bürostuhl, zog meine Schamlippen weit auseinander und ließ seine Zunge dazwischen eintauchen, um von mir zu kosten. Er stöhnte zufrieden. Seine Zunge leckte und nippte, als sei meine Mitte ein reifer Pfirsich. Meine Lider flatterten, und ich schloss die Augen, denn die Lust war beinahe unerträglich. Er hielt meine Schenkel weit offen, während er mich mit seiner warmen Zunge vögelte. Ich hörte das feuchte Saugen und Ziehen seiner Lippen an meiner Pussy.

Bald darauf glitt er mit seinen Fingern in mich hinein, um meinen G-Punkt zu berühren. Hart rieb er über diesen köstlichen Punkt, und ich kam sofort, drängte mich an sein Gesicht, ritt seinen Mund. Ich spürte, wie er an meiner Mitte lächelte. Danach legte er seine vollen Lippen über meine Klit und knabberte an mir bis zum nächsten bewusstseinsverändernden Orgasmus.

Ich versuchte, sein Gesicht von mir zu schieben. »Nicht mehr, ich kann nicht mehr. Nicht …«

Er stand auf, zog meine Schenkel an seinen riesigen Schwanz und drang langsam in mich ein. Meine geschwollene Pussy gab seinem Begehren sofort nach. Er stieß so tief in mich hinein, dass er nicht nur mein Innerstes, sondern auch meine Seele zu berühren schien.

»Du kannst noch mehr ertragen, Engel, und das wirst du auch. Ich in dir. Mein Schwanz, der dich ausfüllt und öffnet …«

»So groß, zu viel.« Ich kriegte kaum ein Wort heraus. Er zog sich zurück, dann stieß er seinen Schwanz bis zum Anschlag in mich hinein und traf auf meine Klit. Schockwellen der Lust zuckten mein Rückgrat hinab, und ich erbebte bis in die Fingerspitzen. Wenn wir Sex hatten, schien mein ganzer Körper zu vibrieren und zu kribbeln. Ich hatte mich niemals lebendiger gefühlt als in der Vereinigung mit diesem Mann.

»Es ist niemals zu viel.« Er stöhnte und ließ die Hüften kreisen. Ich keuchte vor Lust. »Das … genau hier. Das ist real. Du kannst es spüren, Engel.« Er unterstrich seine Behauptung mit einem tiefen Stoß, bei dem mir der Kopf in den Nacken schlug.

»Ja, ich spüre es … Oh, Hank, ich spüre es«, rief ich, als er sich hart in mich hineintrieb. Er schlang meine Beine um seine Taille und hob mich zu sich empor. Unsere Gesichter waren einander nun ganz nah, und sein Mund eroberte meinen in einem gierigen Kuss.

Er setzte sich auf den Stuhl, sodass sein Schwanz noch tiefer in mich hineinglitt, unglaublich tief. Ich bekam kaum noch Luft. Er rieb seine Nase an meiner und küsste mich nun sanft. »Spürst du mich, Engel?«

Ich nickte.

»Das hier ist real … zweifle nie mehr daran.« Ich nickte wieder. »Und jetzt reite mich.« Seine Stimme brach, so viel Anstrengung kostete es ihn zu sprechen. Endlich ließ er sich gehen. Das schürte meinen Hunger auf ihn. Einen mordsmäßigen Hunger.

Ich verschränkte die Hände in seinem Nacken und schob die Finger in sein dunkles Haar. Es war feucht von Schweiß. Ich küsste ihn, zog mit den Zähnen an seiner Unterlippe, um seinen Schmerz dann mit meiner Zunge zu lindern. »Es tut mir leid … In meinem ganzen Leben war noch nie etwas realer«, flüsterte ich dicht an seinem Mund. »Nur du.« Ich gab meinen Worten Gewicht, indem ich mich mit den Füßen abstützte, um dann an seinem Schaft auf und ab zu gleiten.

Und dann ritt ich meinen Mann wie ein preisverdächtiger Jockey. Er griff mich an den Hüften, gab mir den Rhythmus vor. Sein Becken bäumte sich mir entgegen. Etwas Erotischeres hatte ich noch nie gesehen. Wir verfielen in perfekten Gleichklang, bis wir beide uns nur noch aneinanderklammern konnten, so fest, dass unsere Nägel kleine, rötliche Halbmonde auf unserer feuchten Haut hinterließen, während wir unseren gemeinsamen Höhepunkt in die Welt hinausschrien.

»Nur du«, flüsterte Hank mir ins Ohr, während ich auf ihm zusammensank und Arme und Beine schlaff hängen ließ. Kein Wunder nach so vielen Orgasmen hintereinander. Seine Hände strichen beruhigend über meinen Rücken. Ich war zu befriedigt, um irgendetwas anderes tun zu können, als schließlich an seiner warmen, nackten Brust einzudösen. Sein Herzschlag war das perfekte Schlaflied. Mit mir im Arm stand er auf, unsere Körper in Liebe vereint. Danach verließ er das Arbeitszimmer. Ich war schon fast eingeschlafen, und wir waren beide vollkommen nackt, als er mit mir auf *unser* Zimmer zuging.

»Nacht, Ma«, hörte ich ihn sagen. Ich hatte nicht mehr die Kraft, mir Gedanken darüber zu machen, wie das hier aussah.

»Oh, mein Sohn!«, sagte sie lachend. »Ich habe nichts gesehen, Aspen! Meine Güte, Sohn, du hättest mich vorwarnen sollen. Wenn ich euch beide so sehe, vermisse ich meinen Henry doch sehr.«

»Wir haben alles geregelt«, entgegnete er und setzte seinen Weg fort. Statt beschämt zu sein, akzeptierte ich es einfach. Hank tat, was Hank wollte. Wenn er beschloss, mit mir vollkommen nackt von einem Zimmer zum anderen zu laufen, dann war das sein gutes Recht. Wenigstens hatte seine Mom nur unsere Hintern gesehen, denn unsere Vorderseiten hafteten eng aneinander. Hoffentlich würde sie mich morgen früh nicht zu sehr verurteilen.

»Macht ganz den Eindruck. Na dann, gute Nacht.«

Am nächsten Morgen wachte ich davon auf, dass mich etwas Nasses an der Hand leckte und an die Schulter stieß. Ich öffnete ein Auge und stellte fest, dass Butch glücklich meine Hand abschleckte, die vom Bett herabhing. Oliver war derjenige, der gegen meine Schulter stupste.

»Ollie, es ist Sonntag. Was zum Teufel treibst du hier?« Ich setzte mich auf, und die Decken rutschten mir bis zur Taille hinab. Oliver hielt sich die Augen zu, und ich brauchte einen Moment, bis ich es bemerkte.

»Tu nicht so, als hättest du mich nicht schon mal nackt gesehen. Zum Teufel, wahrscheinlich hast du das sogar häufiger als Hank. Viel häufiger.«

Das ließ Hank aufhorchen. Er setzte sich auf, und sein Haar stand ihm vom Schlafen in sämtliche Himmelsrichtungen ab. Beim Anblick seiner nackten Brust hingegen hielt Oliver sich keineswegs die Augen zu. Was ich ihm keineswegs verdenken konnte, denn der Mann war ein bemerkenswerter Anblick.

»Glückliche Bitch.« Ollie schnalzte mit der Zunge und starrte Hank unverhohlen an.

»Stimmt.« Ich grinste. »Was willst du? Warum weckst du mich an einem Sonntag auf?«, fragte ich, während Hank mich von hinten an sich zog und mir die Decke bis zum Hals hinaufzog. Es gefiel ihm nicht, wenn ein anderer Mann mich nackt sah. Was mir das Gefühl gab, etwas Besonderes zu sein, begehrt zu sein.

»Hast hoffentlich einen guten Grund, Kumpel.« Hank küsste mich auf die nackte Schulter.

»Es geht um die Arbeit, Pen. Eins der Models macht immer wieder Schwierigkeiten. Diesmal ist es, glaube ich, eine Überdosis. Sie sollte in diesem Moment eigentlich bei einem Shooting am Times Square sein.«

Ich schwang mich splitterfasernackt aus dem Bett, sprang über Butch hinweg, der seinerseits aufs Bett hüpfte. Hank stöhnte.

Ollie setzte sich auf die Bettkante und kraulte den Hund, während ich ins Bad eilte, um schnell zu duschen.

Ich hörte Gelächter, dann betrat Oliver das Bad und ging zum begehbaren Schrank. Hank war ihm dicht auf den Fersen.

»Mein Gott, Oliver, wenn du nicht aufhörst, dauernd meine Frau anzustieren, muss ich was dagegen unternehmen.« Unbeirrt schritt Oliver weiter zum Schrank, um mir ein Outfit herauszusuchen.

»Hank, wann lernst du endlich, dass ich kein Interesse an weiblichen Möpsen oder Ähnlichem habe?« Hank stand vollkommen nackt da und stampfte mit dem Fuß auf. »An dir hingegen …« Ollie musterte Hank in all seiner Pracht.

Sein Schwanz hing groß und schwer zwischen seinen Schenkeln, dunkles Haar schmiegte sich an seine Lenden. Dazu seine fein gemeißelten Bauch- und Brustmuskeln. Ich musste mich ganz schön zurücknehmen, um nicht die Hände zu meiner Mitte zu führen und es mir zu besorgen, während ich ihn so dastehen sah, wütend und aufgebracht, genau vor der Glastür der Duschkabine. Der Mann war ein atemberaubender Anblick.

Oliver starrte meinen Mann weiter offen an. »Verdammt, Hank. Wenn ich nicht in einer festen Beziehung mit dem erotischsten Feuerwehrmann der Welt wäre, dann würde ich mich so sicher wie das Amen in der Kirche auf dich stürzen, Cowboy.«

Ich lachte, als Hank in die Dusche stieg. »Du hast ganz schön durchgeknallte Freunde, Darlin'.«

»Glaub mir, das weiß ich«, sagte ich laut genug, dass Oliver es hören konnte. Hanks Hände wanderten von meinem Rücken aus nach vorn und umfingen meine Brüste, kniffen mir in die Nippel.

»Kumpel, wenn du jetzt nicht scharf auf eine Show bist, solltest du dich besser verziehen«, warnte Hank, dessen Schwanz sich aufgerichtet hatte und sich zwischen meine Pobacken drückte.

Ein dunkler Wirbel, der etwas leuchtend Rotes in den Händen hielt, eilte vorbei. Eine Sekunde später hörte ich das Klicken der Tür.

Nach einer äußerst angenehmen Dusche hatte ich mein rotes Kostüm, eine beige Seidenbluse und nudefarbene Peeptoe-Slingbacks übergestreift. Oliver legte letzte Hand an einen glatten Knoten, während Hank am Waschtisch lehnte. Seine dunkle Jeans hing tief auf seinen Hüften, ein *Dallas-Cowboys*-T-Shirt spannte sich eng um seine breite Brust. *Mjam!*

»Also, wie lang wirst du heute fort sein?«, fragte Hank und verschränkte die Arme. Er war immer noch vorsichtig mit seinem Arm an der verwundeten Schulter, wenn auch kaum wahrnehmbar. Noch nie zuvor hatte er gefragt, wann oder wie viel ich arbeiten musste.

»Keine Ahnung«, antwortete ich wahrheitsgemäß. »Dieses Model, Hank. Sie ist unglaublich. Im Augenblick ist sie in der Branche am gefragtesten, aber sie ist jung, dumm und trifft die miesesten Entscheidungen. Sie kommt aus einer ziemlich kaputten Familie und braucht jemanden, der ihr hilft und sie auf den richtigen Pfad bringt.«

»Und dieser Jemand musst dann du sein?« Seine Stimme klang nicht verurteilend, sondern lediglich neugierig.

»Vielleicht. Letztlich bin ich dafür verantwortlich, dass sie die Jobs, für die ich sie durch die AIR Bright Modeling Agency verpflichtet habe, auch durchzieht. Wenn sie eine Überdosis genommen hat, muss ich schauen, ob sie den geplanten Job am Wochenende schaffen kann oder gleich in die Entzugsklinik muss. Warum?« Eigentlich hatte ich keinen anklagenden Ton anschlagen wollen, aber ich hatte mich noch nie vor jemandem rechtfertigen müssen, und das brachte mich aus dem Konzept.

»Keine Ahnung.« Er zuckte mit den Schultern. »Hey, hast du was dagegen, wenn ich ein paar Jungs für das Spiel einlade, solange du weg bist?« Meine Anspannung verflog sofort. Es war total süß, dass er mich um Erlaubnis fragte, einige Freunde einladen zu dürfen. Das war unnötig – er brauchte meine Erlaubnis für rein gar nichts, aber ich wusste es zu schätzen.

»Sind wir fertig, Ollie?« Er trug noch etwas Haarspray auf, um ein paar vereinzelte Haarsträhnen zu fixieren.

»Perfekt. Ich bin in der Küche und hole schon mal deinen Cappuccino für unterwegs.«

»Danke.« Ich wartete, bis er aus dem Zimmer war, dann wandte ich mich Hank zu und schlang ihm die Arme um die Taille. Er zog mich fest an sich. Sein T-Shirt fühlte sich babyweich an meiner Wange an, als sei es schon eine Million Mal gewaschen worden. Wahrscheinlich war dem auch so, so sehr, wie Hank sein Footballteam liebte. »Hank, du kannst einladen, wen du willst und wann du willst. Solange du hier bist, will ich, dass du das hier als dein Zuhause betrachtest.«

»Ich fühle mich hier zu Hause, Engel. Wo immer du bist, da will ich auch sein«, antwortete er und legte das Kinn auf meinen Scheitel. Ich wollte mich nicht der Hoffnung hingeben, dass dies für immer hieß, und ich wagte auch nicht zu fragen.

»Okay. Ich muss jetzt gehen. Viel Spaß bei deinem Spiel.«

Er begleitete mich hinaus und in die Küche; seine Mutter unterhielt sich gerade mit Gustav. Spannung lag in der Luft. Sie wollte selbstgemachte Pfannkuchen zubereiten, und Gustav hatte Crêpes geplant.

Oliver beobachtete die beiden, vollkommen fasziniert von ihrer Streiterei. Ich versuchte, Julias Blick zu meiden. Bei der Erinnerung daran, dass sie gestern Abend mitangesehen hatte, wie Hank mich aus dem Arbeitszimmer trug – und zwar wie der liebe Gott mich geschaffen hatte –, wurden mein Hals und mein Gesicht ganz heiß. Wahrscheinlich passte die Farbe meiner Haut nun perfekt zu meinem Kostüm.

»Bitte, für Sie, Kleines.« Hanks Mutter gab mir einen Ball, der in ein Küchentuch aus Papier eingewickelt war.

»Was ist das?«

»Selbstgemachte Blaubeermuffins. Die hab ich heute in der Früh extra für Sie gebacken.« Sie lächelte so strahlend, dass sie der Sonne Konkurrenz machte. Die Frau war wirklich unglaublich freundlich und schien sich nicht darum zu scheren, was zwischen Hank und mir vor sich ging. Gustav zog ein wütendes Gesicht, schwieg aber.

»Blaubeermuffins esse ich am liebsten!« Die Muffins, die sie für mich eingepackt hatte, waren noch warm. Ihre Freundlichkeit brachte mich ganz aus der Fassung.

»Ich weiß. Als Sie gestern schliefen, habe ich Hank gefragt, was Sie gern essen.« Ich sah zu Hank hinüber. Er lächelte scheu und blickte zu Boden, trat verlegen von einem Fuß auf den anderen.

»Hank, woher wusstest du das denn? Wir haben doch noch nie zusammen Muffins gegessen!«

»Du hast es einmal erwähnt, als wir an der Bäckerei vorbeikamen. Sagtest, dass du sie nicht allzu häufig isst, weil du sie nur ganz frisch magst. Ma macht die besten in ganz Texas.« Er war stolz auf seine Mutter. Das war wahrscheinlich das Netteste, was je ein Mann für mich getan hatte.

Hank

Es klingelte an der Tür, und ich eilte hin, um zu öffnen. Dean begrüßte mich lächelnd. »Mit deinen Cowboys geht es bergab, Mann!«, machte er mich sofort an.

Er trug ein *New York Giants*-Shirt, kein *Jets*-Shirt. Sein etwas längeres schwarzes Haar hing ihm locker um das Gesicht herum. Wenn ich es nicht besser gewusst hätte, hätte ich ihn für einen Kerl gehalten, vor dem man sich durchaus in Acht nehmen musste. Hinter ihm folgte ein Typ, den ich auch schon mal gesehen hatte. Es war dieser Anwalt, der mit Aspen befreundet war. Ich kniff bei seinem Anblick die Augen zusammen, versuchte aber, mich nicht weiter aufzuregen.

»Einen Teufel sind sie. Deine Jets werden demnächst mit ihren Kleinmädchenflügeln flattern und ganz schnell davonfliegen, nachdem ihnen meine Cowboys den Arsch versohlt haben!«

»Hank, du sagtest ja, ich dürfe einen Freund mitbringen. Das ist Nate Walker. Macht den ganzen juristischen Kram für Aspen und Oleander.« Das war sein Kosename für Oliver. Konnte ich nachvollziehen. Ich nannte meinen Engel auch nur selten bei ihrem gottgegebenen Namen.

»Wir kennen uns.« Ich streckte ihm die Hand entgegen.

»Ja, Hank dachte, ich wollte mich an seine Sahneschnitte heranmachen«, witzelte er und schüttelte mir die Hand. Ich drückte sie fest, um ihn daran zu erinnern, dass ich ihn mir nichts dir nichts kaltmachen konnte, wenn ich provoziert wurde.

»Verdammt! Kumpel, bleib cool. Ich brauch die Hand noch!« Er entzog sie mir und schüttelte sie, offenbar tat sie ihm weh. Ich grinste fröhlich.

»Bist du nicht mal mit Aspen gegangen, Nate?«, fragte Dean, und sofort ging ich wieder in die Luft.

»Zum Teufel, Dean! Du hast wirklich eine beschissene Art, Freunde vorzustellen. Wenn ich es nicht besser wüsste, könnte man glauben, du willst, dass er mich umbringt!« Okay, also hatte der Typ wenigstens keine Scheiße im Hirn.

»Egal. Aspen hat mir erzählt, dass ihr ein paar Dates hattet und dass du echt miserabel küsst. Sie hat dich mit ihrem Bruder verglichen.« Ich schauderte und tat, als ziehe ich eine angewiderte Grimasse.

»Ach, halt die Klappe. Das ist einfach nur gemein.« Er grinste, und ich schlug ihm auf den Rücken, um ihm zu zeigen, dass alles gut zwischen uns war. Natürlich würde ich heute keine Gelegenheit auslassen, um seine romantischen Fähigkeiten in den Dreck zu ziehen. Rache und so.

Gerade als ich mich umdrehte, um Dean noch ein bisschen zu ärgern, klingelte es wieder an der Tür. Diesmal war es Mac. »Schön, dich zu sehen, Mac! Immer gut, noch einen Texaner im Haus zu haben!«

Mac war ein großer Mann, den Texas-Hut fest auf dem Kopf, das *Cowboys*-Trikot stolz am Körper. Mit Stetson und Cowboyboots war er beinahe größer als ich. Seine braunen Augen funkelten belustigt. »Nette Bude, Boss.«

»Du weißt doch, dass sie meiner Lady gehört, Mac. Aber warte, bis du das Medienzimmer gesehen hast. Dann willst du gar nicht mehr hier weg!«

Wir betraten den Raum, und Mac pfiff durch die Zähne. Dort standen acht einzelne Fernsehsessel aus dunkelbraunem Leder. Ganz vorn befand sich eine passende dunkle Ledercouch. Auf die legte sie sich wahrscheinlich immer, wenn sie allein einen Film sah. Der ganze Raum war rot gestrichen mit goldenen Kringeln und Firlefanz, der überall herumbaumelte. Der Bildschirm nahm die gesamte hintere Wand ein. Es war, als hätten wir hier unser ganz persönliches Kino. Ma brachte uns Popcorn und Snacks.

Dann kam Gustav mit ein paar eisgekühlten Bier. »Gusto! Danke für das Bier, Mann. Wollen Sie mitgucken?« Gustav sah die Jungs an und nickte. Er setzte sich auf einen der Stühle, und es dauerte nicht lang, da schrien und lachten wir uns kaputt. Zur Halbzeit stand es zwischen Cowboys und Jets unentschieden.

Die Jungs folgten mir in die Küche, wo Ma gerade Lunch auf die Teller schaufelte. Gusto rannte zu ihr hinüber, um ihr zu helfen.

»Ich mach das schon, Gusto.«

»Was ist das?«, fragte er mit seinem starken Akzent.

»Würstchen im Schlafrock, Dummerchen.« Ma gab ihm eins, und er kostete davon.

Sein Gesicht verzog sich, wie ich glaubte, genüsslich. Bei diesem Mann wusste man nie. Eigentlich schien er ständig angepisst zu sein.

»Das müssen Sie mir beibringen!«, rief er in ernsthaftem Ton.

»Na gut, aber nur, wenn Sie mir zeigen, wie man diese Crêpe-Dinger macht«, bot Ma an.

Wir füllten unsere Teller mit Essen, nahmen uns noch mehr Bier, Chips mit Dip und gingen dann auf den großen Balkon, um uns dort den Bauch vollzuschlagen. Dean holte ein paar Zigarren hervor. Der Tabak, das Bier und die Jungs gaben mir zusammen das Gefühl, zu Hause zu sein. Ich mochte Dean und Nate mehr, als ich gedacht hatte. Dean war zwar ziemlich ruhig, aber wenn er mal was sagte, lachten wir uns alle schief. Der Typ war echt witzig.

Nate war auch ein interessanter Kerl. Er redete viel und hatte Unmengen nutzloses Wissen über Football. Obwohl man in England von Soccer sprach. Anscheinend gab er Soccer den Vorzug vor Football, und wir brauchten eine Weile, bis wir mitkriegten, dass er gar nicht über das NFL-Spiel sprach, das wir uns gerade ansahen. Er trug sogar ein Trikot von irgendeinem europäischen Team in leuchtendem Grün mit schwarz-weißen Buchstaben und Streifen. Manches von dem, was er sagte, konnte ich nicht verstehen. Er sprach Englisch, benutzte aber Wörter, die ich noch nie im Leben gehört hatte. Nach ein paar Bier spielte das aber keine Rolle mehr. Wenn ich ihn nicht verstand, zuckte ich nur mit den Schultern und ließ Dean übersetzen.

Mac schien sich ebenfalls prächtig zu amüsieren. Ein paarmal verließ er den Raum und telefonierte am Handy. Es war das Wochenende, an dem er nicht zu Hause war, weshalb er häufig mit seiner Frau sprach. Lisa war toll. Sie verstand, wie hart er arbeiten musste, aber ich merkte, dass Mac sie schrecklich vermisste.

Als ich wieder einmal Zeuge wurde, wie sehr er darunter litt, nicht mit seiner Frau und den Kids zusammen zu sein, verfestigte sich die Idee, mein Geschäft zu erweitern. Ich war noch nicht so weit, dass ich Aspen von der Idee erzählen wollte. Wir hatten immer noch nicht darüber gesprochen, wohin das mit uns führen würde, aber eins wusste ich genau. Ich wollte da sein, wo sie war. Punkt.

Im dritten Viertel bat ich Mac, mir in Aspens Arbeitszimmer zu folgen. Er wirkte besorgt, als ich mich an den Schreibtisch lehnte. Die Erinnerung daran, was ich hier letzte Nacht mit meinem Engel gemacht hatte, war noch ganz frisch, und ich grinste wie ein Idiot.

»Was ist los, Mann?«, fragte Mac.

»Was würdest du sagen, wenn Jensen Construction expandiert?«

Macs Pupillen weiteten sich, und ein Lächeln breitete sich auf seinem bärtigen Gesicht aus. An den Wochenenden rasierte der Mann sich nicht. Sagte, wenn er schon nicht seine Frau küssen konnte, dann konnte er es wenigstens genießen, ein Mann zu sein. »Ich würde sagen, ist verdammt noch mal höchste Zeit dafür, Boss!«

Ich lachte. »Also, ich denke darüber nach, ein Büro hier in New York City aufzumachen.«

Macs Lächeln verblasste. »Hank, ich will wirklich nicht für jemand anders arbeiten, aber ich kann meine Familie nicht nach NYC verfrachten. Das steht nicht zur Debatte. Lisa würde mich umbringen, wenn ich so was auch nur vorschlage … und ich …« Er wollte gerade weitere Entschuldigungen hervorbringen, aber ich schüttelte nur den Kopf.

»Ich überlege, ob ich herziehe und das Büro hier eröffne. Dann müsste ich allerdings irgendwen zum Manager der Texas-Filiale befördern. Kennst du jemanden, der für den Posten infrage kommt?« Ich grinste.

Macs Lächeln kehrte sofort zurück. »Scheiße, Hank. Du bietest mir an, unser Büro zu Hause zu leiten?«

»Wenn ich genügend Kapital zusammenkratzen kann und hier Räumlichkeiten finde, ja, dann mach ich das.«

Mac nahm seinen Cowboyhut ab und fuhr sich durch das vom Hut plattgedrückte Haar. »Verflixt, Boss! Es wäre mir eine Ehre, und ich würd dich nicht im Stich lassen. Du bist wie ein Bruder für mich. Und für Lisa und die Kids gehörst du sowieso zur Familie. Würde mich total stolz machen.«

»Na gut. Ich sag dir in den nächsten Wochen Bescheid, wie der genaue Plan aussieht. Sei nicht zu aufgeregt; bis jetzt ist noch nichts passiert. Doch ich vertraue dir und könnte es auch nicht schaffen, wenn ich keinen guten Mann in Texas hätte.« Ich schlug ihm auf den Rücken, und wir kehrten zum Spiel zurück.

In der Küche war irgendetwas im Gange, und ich rannte hin. Aspen und Oliver waren zurück und lachten über Gusto und Ma, die sich gerade mit Mehl bewarfen.

»Hey, hey, hey. Was in Gottes Namen macht ihr denn da?« Die beiden drehten sich zu der wachsenden Anzahl von Zuschauern um. Mas Haar war weiß und vollkommen von Mehl bedeckt. Gusto hingegen hatte Mehl und Butter überall auf seiner Jacke verteilt, und ein Klumpen klebte ihm an der Wange. Auch sein Haar war mehlweiß. Anscheinend hatte Ma ein paar ordentliche Treffer gelandet.

»Meine Güte, Gustav, ich bin schockiert!«, rief Aspen, und er senkte den Blick und trat unruhig von einem Fuß auf den anderen.

»Oh, sie macht nur Spaß, Gusto. Entspannen Sie sich, Partner. Sie wird Ihnen nicht gleich kündigen. Anscheinend sind Sie und Ma einander durchaus ebenbürtig.« Wir lachten alle, als die restlichen Jungs in die Küche kamen.

»Werbepause«, verkündete Dean und deutete mit dem Daumen hinter sich auf das Medienzimmer. »Die Jets haben ein Field Goal erzielt, und jetzt steht es wieder unentschieden.«

»Danke für das Update, Kumpel.« Aspen schmiegte sich an mich, und ich legte ihr den Finger unters Kinn und hob es hoch. »Hallo, Engel.« Ich küsste sie auf die Lippen. »Wie war die Arbeit?«

Oliver schauderte und umarmte Dean, rieb das Gesicht an seiner Brust. Dean legte die Arme um ihn und hatte kein Problem damit, mit Oliver vor den anderen zusammen zu sein. Man sah, dass Dean Oliver beschützen wollte. So ähnlich wie ich Aspen.

»Brr, frag nicht. Sagen wir einfach, ich verliere mal wieder ein paar Hunderttausend Dollar und womöglich eine Kampagne in Höhe einer halben Million, während das Model eine einmonatige Entziehungskur hinter sich bringt.«

Nate mischte sich ein. »Pen, brauchst du mich dabei?«

Sie nickte und seufzte. »Ja, sie ist definitiv vertragsbrüchig geworden, aber darüber reden wir später. Ich will wissen, wie das Spiel steht und was ihr Jungs ansonsten so getrieben habt.«

Wir kehrten also zurück, um uns das letzte Viertel anzusehen. Aspen konnte sich richtig dafür begeistern. Sie feuerte die Cowboys an, denn sie meinte, dass ihr nur mein Glück am Herzen läge. Wenn ich sie nicht vorher schon geliebt hätte, dann bestimmt ab diesem Moment. Sie war alles, was ich noch nie in einer Frau gehabt hatte. Sie war klug, zum Abheben schön, konnte nicht kochen und wahrscheinlich auch nicht putzen. Sie war nicht häuslich, würde nie eine gute Hausfrau sein, so wie Ma sich das für mich wünschte. Aber das juckte mich nicht die Bohne. Ich wollte sie so, wie sie war: die arbeitssüchtige Jungunternehmerin, der ein Männeranzug besser stand als mir.

Sie war ganz und gar sanfte Kurven und sinnliche Frau in diesen Klamotten. Auf der Straße war mein Engel die perfekte Lady, aber im Bett der Hammer. Mir war sonnenklar – und meiner Ma ebenfalls –, dass sie die Richtige für mich war. Keine andere Frau würde ihr je das Wasser reichen können. Ich war bereit, ihr zu sagen, wie ich mich fühlte, aber das wollte ich bei mir zu Hause tun.

Als die Cowboys das nächste Field Goal erzielten und damit in Führung gingen, küsste ich sie. Sie schmeckte nach Popcorn und Bier, und ich verschlang sie regelrecht. Bevor es allerdings allzu heiß herging, hob ich ihr Kinn in die Höhe und sah ihr forschend in die Augen. »Kommst du nächstes Wochenende mit mir nach Hause? Einfach nur auf ein langes Wochenende?«

»Natürlich. Alles okay?« Sie hielt meinen Blick fest. Diese blauen Augen waren tiefer als das Meer – und genauso hübsch. Ich hätte mich in ihnen verlieren können.

»Ich will dir die Ranch zeigen. Und dir meinen Bruder, seine Frau Jess und die Jungs vorstellen.«

»Das wäre toll.« Sie lächelte scheu.

»Dann wäre das geregelt. Ich buche uns die Tickets.«

»Nicht nötig.« Sie tippte Oliver auf die Schulter, der gerade ausgiebig mit Dean knutschte. Es war das Gleiche, wie wenn ich

Aspen liebevoll streichelte. »Ollie, kannst du kommendes Wochenende meinen Jet für mich reservieren? Hank und ich begleiten seine Mutter nach Hause und bleiben übers Wochenende dort. Du kannst unsere Rückkehr für Montag oder Dienstag einplanen, abhängig von meinen Terminen.« Oliver schob die Unterlippe vor. »Was ist los?«, fragte sie.

»Ich will auch dorthin.« Er schmollte weiter, und sie sah mich an, ebenfalls mit Schmollmündchen. Ihre glitzernde Unterlippe schob sich vor, sodass ich am liebsten hineingebissen hätte, also tat ich es. Sie intensivierte den Kuss. Junge, Junge, die beiden konnten einem ganz schön zusetzen. Er hatte meine Frau am Wickel, und meine Frau hatte mich bei den Eiern. Keine gute Kombi.

»Oliver, Dean, würdet ihr uns nach Texas begleiten? Auf der Ranch ist jede Menge Platz«, fragte ich sie. Oliver lächelte, als habe man ihm zum Geburtstag seinen sehnlichsten Wunsch erfüllt.

»Kannst du dich freischaufeln, Baby?«, fragte Oliver Dean und hüpfte förmlich auf und ab.

»Na ja, eigentlich habe ich noch jede Menge Urlaub, denn deine Chefin ist eine Sklaventreiberin und gibt dir nie frei«, antwortete er trocken und warf Aspen aus verengten Augen einen Blick zu. Wir wussten beide, dass er es nicht ernst meinte. Aspen verdrehte aber die Augen und tat so, als sei sie beleidigt.

»Oh, das wird ein Spaß! Pen, ich muss uns dringend Cowboystiefel und sexy Jeans besorgen … ooh, ooooh, und bei dieser neuen Linie von Ralph Lauren gibt es diese maßgeschneiderten Karohemden.« Der Mann quiekte wie ein kleines Mädchen.

»Du hast ihn so glücklich gemacht, Hengst«, flüsterte Aspen mir ins Ohr. »Du weißt, dass ich deshalb heute Nacht besonders nett zu dir sein werde«, versprach sie und leckte kurz und zärtlich über meine Ohrmuschel.

»Okay, okay, ihr verrückten Hühner. Gusto und ich haben ein Festmahl zubereitet!«, rief Ma von der Tür aus. Die gesamte Gruppe setzte sich in Bewegung.

Die Auswahl an Essen war der Hammer. Es gab hausgemachte Chilibohnen, Maiskolben, Mas berühmtes Brathähnchen, Rippchen, geröstetes Gemüse und jede Menge andere Beilagen. Wir schlugen ordentlich zu und sagten kaum ein Wort, bis die erste Runde an Drinks und Essen verschlungen war. Dann ging es wieder los mit dem Gerede darüber, wie die Cowboys den Jets einen Tritt in den Arsch verpasst hatten. Tatsächlich war es so knapp gewesen, dass es gut und gern auch unentschieden hätte ausgehen können, aber das hinderte mich nicht daran, den anderen unseren Sieg immer wieder unter ihre *Jets*-Nasen zu reiben.

Aspen machte mit, während ihre nackten Füße mit ihren perfekten pinkfarbenen Zehennägeln in meinem Schoß lagen. Ich massierte sie ihr, während wir tranken und unsere Zeit mit den Freunden genossen. Nächste Woche um diese Zeit würde ich zu Hause sein und meinem Engel endlich offenbaren, was ich für sie empfand. Und ich würde ihr von meinen Plänen erzählen, in die Stadt zu ziehen. Ich hoffte nur, dass ich mich nicht täuschte und dass sie mir tatsächlich die gleichen Gefühle entgegenbrachte.

Kapitel 14

Aspen

Die Woche verging wie im Flug. Sich um die Angelegenheit mit dem prominenten Model auf Entzug zu kümmern sowie um den Anbau für das *Bright Magazine* war eine echte Herausforderung. Ein verlängertes Wochenende auf dem Land war jetzt genau das Richtige. Ich war bereit!

Zumindest dachte ich das. Oliver hatte Unmengen von Kleidungsstücken ausgebreitet, die er für die Reise gekauft hatte. Noch nie hatte ich so viele Karo- und Paisleymuster oder Jeans auf einen Haufen gesehen. Zumindest in stilistischer Hinsicht versprach dies definitiv ein interessantes Wochenende zu werden. Ich strich über den schimmernden Knopf an einem der Hemden.

»Ollie, bist du dir sicher mit all diesen Klamotten? So was tragen wir doch sonst nie«, rief ich ihm zu. Er zog in beunruhigendem Tempo immer mehr Sachen aus meinem Schrank.

»Natürlich bin ich das, Prinzessin. Wie willst du denn ohne die entsprechende Kleidung wie ein Cowgirl aussehen?«

»Ich versuche es erst gar nicht. Hank mag mich so, wie ich bin.« Zumindest war ich davon einigermaßen überzeugt.

Die letzten zwei Wochen mit Hank waren wie im Märchen gewesen. Er war sowohl emotional als auch körperlich äußerst aufmerksam gewesen. Wir wohnten in meinem Penthouse, als hätten wir schon immer zusammengelebt. Alles war relativ entspannt. Selbst Butch und seine schlabberigen Gutenmorgenküsse wurden zu einer Gewohnheit, die ich mit dem Trost und der Zuflucht eines Zuhauses verband.

An Hank zu denken und daran, dass ich mich bei ihm zu Hause fühlte, war gefährliches Terrain – irgendwann würde er doch wieder nach Texas zurückkehren. Ich verdrängte die Gedanken und packte ein paar der Sachen ein, die Ollie gekauft hatte, und noch ein paar mehr, die eher meinem Geschmack entsprachen.

Oliver zuckte zusammen, als ich nach einer eleganten Hose griff. »Ernsthaft, Pen? Wann willst du die denn anziehen?«

»Keine Ahnung. Aber ich will vorbereitet sein. Ich stehe nicht da, wo ich heute bin, weil ich dauernd an mir gezweifelt habe. Und jetzt hol mir bitte eine Seidenbluse und einen Blazer, die zu der Hose passen.«

»Na gut«, erwiderte er schnaubend.

Zusammen packten wir meinen Koffer in Rekordgeschwindigkeit, und das war auch gut so, denn wir hatten es bis zur letzten Minute hinausgezögert.

Hank eilte ins Schlafzimmer, seine Mutter dicht auf den Fersen. »Fertig, Engel?« Er lächelte, als er sah, dass mein Koffer bereits geschlossen und fertig zum Abholen war. Er zog mich an sich und gab mir einen Kuss auf die Lippen. »Ich kann es gar nicht abwarten, dich nach Hause zu bringen.« Sein Lächeln war wunderschön, aber sorgte dafür, dass der Druck in meinem Magen noch wuchs. Für Hank war Zuhause seine Ranch, nicht das Penthouse.

Ich atmete tief ein, verdrängte meine Angst. »Ich auch.« Das war nur eine kleine Lüge, aber Hank sah mir dennoch forschend in die Augen. Der Mann kannte mich einfach zu gut. »Wirklich? Komm, gehen wir.«

Hank hielt meinen Blick einen Moment lang fest, dann griff er mit dem gesunden Arm nach meinem Koffer, und wir machten uns auf den Weg. Julia bekam beinahe einen Herzinfarkt, als ihr klar wurde, dass wir im Privatjet fliegen würden. Sie hüpfte vor

Aufregung von einem Fuß auf den anderen, als sie das Flugzeug auf dem Rollfeld sah.

»Oh, Frechdachs, ist das nicht fantastisch?« Sie faltete die Hände vor der Brust. Vor Aufregung schien sie förmlich zu vibrieren, während sie meinen Jet anstarrte. Der Schriftzug *AIR Bright Enterprises* prangte auf dem Flugzeugrumpf.

Hank und ich lächelten. Die Flugbegleiter holten unser Gepäck aus der Limo, und wir gingen an Bord.

»Willkommen an Bord, Ms. Reynolds. Schön, Sie wiederzusehen.« Der Pilot gab mir einen Wangenkuss. Sofort legte Hank den Arm um meine Taille und zog mich an sich. *Höhlenmensch!*

»Hank, das ist Captain Kirk.«

Hank riss die Augen auf. Er fing an zu lachen und schlug sich auf die Knie. »Captain Kirk? Echt jetzt?«

»Was ist denn nur los mit dir? Ja, das ist unser Pilot.«

Der Captain stand nur da und lächelte ebenso wissend wie schmallippig. Sein Haar wurde bereits grau, doch insgesamt war er eine gut aussehende Erscheinung. Wahrscheinlich Anfang vierzig. Hank hatte sich mittlerweile zumindest wieder so weit beruhigt, dass er dem Mann die Hand schütteln konnte.

»Sorry, Partner, aber das hatte ich nicht erwartet.«

»Ich verstehe nicht. Was ist so witzig?« Ich sah zwischen den Männern hin und her. Captain Kirk schüttelte nur den Kopf. Hank versuchte, sich das Lachen zu verkneifen.

»Oh, Darlin', sag jetzt nicht, du hast niemals *Star Trek* gesehen?«

»Äh, nein. Ist das ein Film oder was?«

»Eine sehr beliebte Fernsehserie, und später gab es auch Kinofilme. Jedenfalls freut es mich, Sie kennenzulernen, Captain. Und nichts für ungut.«

»Schon gut, Hank. Passiert häufiger.« Captain Kirk war liebenswürdig und freundlich. Ich hingegen war ein wenig angefressen, weil Hank so gedankenlos reagiert hatte.

Einige Stunden und ein Nickerchen später landeten wir in Texas. Wir beeilten uns, in die Limo zu kommen, um die zweistündige Fahrt zu Hanks Ranch hinter uns zu bringen. Als der Wagen über die Autobahn raste, veränderte sich die Aussicht. Wir ließen die Betonwüste hinter uns und fuhren durch eine grüne, sanft hügelige Landschaft. Irgendwann ging die Straße von makellosem Asphalt in grobe, vernachlässigte Wege mit Schlaglöchern über, und schließlich fuhren wir über staubige Kieswege. Hank hatte sich geweigert, Butch bei Gustav zu lassen. Er war überzeugt, dass der Hund dort vereinsamen würde, also hatten wir ihn mitgenommen.

Butch ließ den Kopf zum Fenster heraushängen und biss gut gelaunt in den Wind, wobei seine Lefzen hin und her schlugen. Schließlich bog die Limo von der unbefestigten Straße ab und in einen kleinen Weg. Am Ende befand sich eine runde, kiesbedeckte Auffahrt vor einem großen zweistöckigen Haus, dessen weiß gestrichene Fassade horizontal verlaufende Holzbalken zierten. Dunkelblaue Fensterläden umarmten jedes einzelne Fenster. Das gesamte Gebäude war von einer gemütlichen Veranda umgeben, von der man einen Ausblick auf das weite, üppige, grüne Land hatte.

Butch wäre vor lauter Eile, endlich aus dem Auto zu kommen, beinahe aus dem Auto gesprungen. Kaum hatten wir die Tür geöffnet, schoss er pfeilschnell davon, direkt auf eine schnatternde Gänseschar in der Ferne zu. Hank lachte, als wir ausstiegen. Die Luft um uns herum duftete frisch und eine Spur nach Frühlingsblumen. Ich hörte einen Bach oder ein Flüsschen in der Nähe plätschern. Es war unglaublich, und ich sah mich bewundernd auf der riesigen Ranch um.

»Hank … das ist … wow. Atemberaubend.«

Er legte mir von hinten die Hände um die Taille und schmiegte sein Kinn in meine Halskuhle. »Willkommen in deinem Zuhause weit weg von zu Hause, Engel. Komm. Ich will dir alles zeigen.«

Er führte mich die hölzernen Treppenstufen hinauf, die unter unserem Gewicht knarrten. Die anderen folgten uns ebenfalls hinauf. Drinnen war es dunkel, und Hanks Mutter eilte zu den Fenstern, um die Vorhänge zurückzuziehen und Licht hereinzulassen.

»Ich hab diesen Jungen gebeten, rüberzukommen und die Fenster zu öffnen, damit ein bisschen Luft reinkommt. Hat er wohl vergessen.« Julia schüttelte den Kopf und zog die Fenster auf, ließ die Sommerbrise in den Raum.

Es war ein großes Wohnzimmer mit alten Möbeln und Decken und Überwürfen überall. Eine Wand war bis zur Zimmerdecke mit Bücherregalen gepflastert. Ich war überrascht, hier so viele Bücher vorzufinden. Ich wusste, dass Hank gern las, denn er hatte immer einen Stapel Taschenbücher auf der Kommode im Gästezimmer zu Hause liegen. Doch hier hatte ich ein halbes Zimmer mit Büchern vor Augen, deren vielfarbige Rücken davon zeugten, dass sie durchaus gelesen worden waren. Julia folgte meinem Blick. »Mein Hank hier ist eine Leseratte. Wollte früher mal Schriftsteller werden. Er schrieb als Teenager ganz tolle Krimis.«

Hank zuckte mit den Schultern und verdrehte die Augen. Ich legte einen Finger auf die Regale und überflog einige der Titel. Ein großer Bereich war Romanen von Grisham und Koontz vorbehalten, aber zwei Regalbretter waren voll mit Büchern über Architektur und Design. Hank fasste mich mit seiner großen Hand am Ellbogen. »Hey, du kannst dir meine Sammlung später ansehen. Pack erst mal aus, und dann will ich dir was zeigen.«

Er führte uns die Treppe hinauf. Der erste Raum war ein Gästebad, dekoriert in grellem Blumenmuster. Die Blümchen zogen sich über jede verfügbare Fläche inklusive der Tapete. Oliver und ich sahen uns entsetzt an. »Das hat Ma entworfen. Sie wollte dem Bad einen weiblichen Touch geben.« Ich nickte, behielt meine Meinung aber für mich. Auch Oliver schwieg. Dean schien sich nicht weiter daran zu stören.

»Das ist eines der Gästezimmer, in dem ihr übernachten könnt … oder wollt ihr zwei haben?«, fragte Hank sicherheitshalber.

Oliver sah Hank an, als seien ihm Hörner gewachsen. »Du weißt schon, dass wir zusammenleben, oder Cowboy?«

Dean gab Oliver einen Klaps auf die Schulter. »Danke, Hank. Ein Zimmer reicht völlig.« Sie betraten den Raum.

Ich hörte, wie Dean Oliver scherzhaft tadelte. »Südstaatencharme. Manieren, Oleander. Dich kann man echt nicht überall mitnehmen«, war das Letzte, was ich Dean sagen hörte, als sie die Tür schlossen, um sich heimisch einzurichten.

Hank und ich grinsten uns an. »Und das hier ist unser Schlafzimmer.« Es war die Art, wie er »unser Schlafzimmer« sagte, die mich förmlich dahinschmelzen ließ. Ich schmiegte mich an ihn. Er öffnete die Doppeltüren zu einem großen Raum. Er war hell mit dunklen, schokoladenfarbenen Plantage-Fensterläden. Die Wände waren in Jeansblau gestrichen mit weißen Sockel- und Stuckleisten.

Inmitten des Zimmers stand ein Himmelbett aus Mahagoni. Das genaue Gegenteil zu meinem Bett im Penthouse in New York. Jede einzelne Säule war mit reicher Schnitzerei verziert. Ich fuhr mit den Fingern über die tiefen Kerben.

»Was für ein wunderschönes Bett«, hauchte ich.

»Das hat mein Großvater selbst gezimmert. Eines der letzten Dinge, die er machte, bevor er vor ein paar Jahren starb.« Hanks Stimme klang ein wenig traurig, aber er lächelte, als ich mir die Schnitzereien näher ansah.

»Es ist wunderschön, Hank.«

»Ich kann gar nicht erwarten, dich hineinzulegen.« Er grinste, und ich lächelte.

Neben dem Zimmer befand sich ein Badezimmer. Eine altmodische Löwenfußbadewanne stand neben einer ultramodernen

Duschtasse. Diese hatte keine Türen, sondern bestand nur aus drei gefliesten Wänden, die mit winzigen kleinen Mosaiksteinchen in verschiedenen Farbtönen besetzt waren. Dazu gab es eine in die Decke eingelassene Regendusche. Der Kontrast zwischen der antik anmutenden Badewanne und der opulenten modernen Dusche gefiel mir. Alles war aufeinander abgestimmt und passte fantastisch zusammen. Konnte das möglicherweise auch für das Leben und die Liebe gelten? Eine Antwort darauf hatte ich immer noch nicht.

»Bist du bereit, nach unten zu gehen? Ich wollte dir doch noch was zeigen«, erinnerte er mich.

»Klar.« Trotzdem sah ich sehnsüchtig zum Bett hinüber, denn nach dem langen Reisetag verzehrte ich mich erst nach wilden Zärtlichkeiten und dann einem Schläfchen.

Er merkte, was ich da anstarrte. »Oh, Darlin', ich werde dich heute Abend gut und hart in diesem Bett dort nehmen.« Seine Lippen senkten sich auf meine herab, und schon tanzten unsere Zungen miteinander. Ich stöhnte. Wir hatten den ganzen Tag nebeneinander gesessen, trotzdem vermisste ich ihn und schmiegte mich jetzt an seine breite Brust. Große Hände umfingen und massierten meinen Po, dann presste Hank seine Erektion an meine Scham.

»Hank …«, sagte ich warnend und rieb die Hüften an ihm.

Er stöhnte. »Schon gut, schon gut. Gehen wir runter. Ich habe den Pick-up vorfahren hören.« Ich sah zu ihm auf, die Lippen konzentriert aufeinandergepresst. »Mit anderen Worten, mein Bruder und seine Familie sind da«, erklärte er aufgeregt.

Hank fasste meine Hand und zog mich zur anderen Seite die Treppe hinunter. Man konnte durchs Wohnzimmer nach oben gelangen oder eben über die hintere Treppe, die in die Küche hinabführte. Sie war ebenfalls geräumig, nicht so groß wie meine, aber bezaubernd. Die Wände waren in leuchtendem Gelb gestrichen.

Hinzu kamen weiße Schränke im Shabby Chic. Er zog eine Doppeltür auf, hinter der sich eine riesige Terrasse befand. *Oh. Mein. Gott.*

Ich blieb mit weit offenem Mund stehen. So etwas hatte ich noch nie gesehen.

Hank

Sie stand da mit offenem Mund und schnappte nach Luft wie ein Fisch auf dem Trockenen. Ich legte ihr von hinten die Arme um die Taille und zog sie an meine Brust. »Und? Was hältst du davon?«

»Wann können wir einziehen?«, fragte sie keuchend, und ich lachte.

»Oh, Engel. Ich hab's dir doch schon gesagt. Das ist dein Zuhause weit weg von zu Hause.«

»Was meinst du damit, Hank?«, flüsterte sie und nahm den Ausblick auf die gesamte Ranch in sich auf. Ich hielt sie fest und dachte darüber nach, während ich in die Ferne blickte. Es war diese fantastische Aussicht, die die Ranch für mich ausmachte. Grüne Ländereien erstreckten sich, so weit das Auge reichte, hier und da mit Bäumen und jeder Menge bunter Blumen gesprenkelt. Sanfte Hügel und ein Flüsschen gaben der Landschaft Struktur. Meine rote Scheune stand seitlich in einiger Entfernung. Sie behinderte den Blick nicht, sondern vervollkommnete ihn. Ein großes »J« war in Weiß auf die Spitze gemalt worden.

»Na ja, das heißt, ich will, dass du bei mir bist, wo immer ich bin. Im Moment ist unser Zuhause hier. Wenn wir in New York sind, ist unser Zuhause das Penthouse.« Es kam mir eigentlich ganz einfach vor, aber da ich nicht wusste, wie sie uns beide sah, war meine Stimmung leicht gedämpft. »Engel, weißt du es denn nicht?«

Sie drehte sich zu mir um, und der Himmel spiegelte sich in ihren blauen Augen, sodass sie endlos tief zu sein schienen. »Was soll ich wissen, Hank?«

»Du bist die Richtige für mich. Ich lie…« Doch ich konnte nicht weiterreden, denn plötzlich wurde mein Körper nach vorn geschleudert. Unsere Köpfe stießen kurz zusammen, bevor ich die Quelle der Urgewalt entdeckte, die mich gegen Aspen hatte prallen lassen. Zwei fast identische Köpfe sahen zu mir empor, ganz braunes Haar und große grüne Augen. Aspen und ich rieben uns die Stellen, wo unsere Stirnen sich getroffen hatten. »Geht's dir gut, Darlin'?«

Sie lachte. »Ja, mein Hengst, mir geht es gut. Wer sind die beiden Racker?« Sie tätschelte den zwei Jungen gleichzeitig den Kopf.

»Onkel Hank, Onkel Hank!«, schrien sie einstimmig, und ihr strahlendes Lächeln war ein Bild für die Götter.

Ich nahm jeden auf einen Arm hoch. Meine verletzte Schulter protestierte ein wenig, aber es ging. So schwer waren die Jungs auch wieder nicht. »Das hier ist Hunter, und der kleine Kerl hier ist Holt.« Ich deutete mit dem Kopf auf die Jungen.

»Wow, ihr beiden seht ja komplett gleich aus. Schön, euch kennenzulernen. Euer Onkel Hank hat mir schon viel von euch erzählt!« Die Pupillen der beiden weiteten sich, und ohne groß nachzudenken, sprangen sie zu Boden und umarmten jeder eins ihrer Beine. Überrascht schnappte Aspen nach Luft, dann drückte sie die beiden an ihren zierlichen Körper. Sie sah so verdammt gut aus mit den zwei Jensen-Jungs im Arm. Und sofort ging meine Fantasie mit mir durch, und ich fragte mich, wie sie wohl aussehen würde mit unseren eigenen Kindern, die nach ihrer Aufmerksamkeit verlangten.

Holt sah Hunter an, und sie flüsterten miteinander. »Du bist hübsch«, sagten sie – wieder gleichzeitig. Dann sahen sie zu mir. »Hast du uns was mitgebracht?« Und dann fingen sie an, vor Vorfreude auf und ab zu hüpfen.

Ich hatte vergessen, den Hosenscheißern ein Geschenk zu besorgen. Ich sah auf und biss mir auf die Lippe, wollte sie gerade enttäuschen. »Natürlich haben wir Geschenke für die besten kleinen Jungs der Welt dabei«, mischte Aspen sich ein. »Und nach dem Abendessen kriegt ihr die auch ganz sicher.«

Mein Blick suchte ihren. Sie zwinkerte mir zu und lächelte. Shit. Ich war geliefert. Die Frau war verdammt noch mal perfekt.

»Holt, Hunter, wo in drei Teufels Namen steckt ihr?!«, dröhnte eine Stimme durch die offene Küchentür.

»Hier draußen«, rief ich.

Da kam mein Bruder auf die Terrasse, stieß mit dem großen Cowboyhut an den Türrahmen. Er war vielleicht mein kleiner Bruder, aber dafür drei Zentimeter größer als ich – dazu der Stetson, und schon waren es fast zehn Zentimeter. Mit langen Armen zog er mich an sich und schlug mir auf den Rücken. Ich erwiderte die Umarmung, denn ich hatte meinen Bruder wirklich schrecklich vermisst.

»Hast Ma beinahe zu Tode erschreckt«, schimpfte er. »Wie verheilt die Schulter denn?«

»Gut. Wirklich gut. Keine Sorge. Außerdem hat Aspen echt gut für mich gesorgt.«

»Also du bist das hübsche Ding, von dem Ma pausenlos erzählt. Komm her, Mädchen!« Er zog Aspen in seine Arme. Ihr verblüfftes Gesicht war unbezahlbar. Mein Bruder war wahrscheinlich der einzige Mann, der meinen Engel fest umarmen durfte.

»Schön, dich kennenzulernen, Heath. Hank hat mir so viel Gutes über dich und deine Frau erzählt.«

»Bezahlst du sie, damit sie so was sagt?« Heath deutete mit dem Daumen auf Aspen.

Jess kam nun ebenfalls auf die Terrasse. Sie trug einen weich fließenden Rock und ein Tanktop. Ihr langes dunkles Haar wehte im Wind. Ihr sportlicher Körper war sonnengebräunt und harmonierte blendend mit ihren schokobraunen Augen. Mein Bruder war ein glücklicher Mann. »Engel, das ist Jess. Jess, das ist Aspen.«

»Pen, bitte. Alle außer Hank nennen mich Pen.«

Wir schüttelten einander die Hände, dann setzten wir uns an den Terrassentisch. Ma stand bereits in der Küche. Schon bald brachte sie uns frische Limonade, Käse und Kräcker heraus.

»Jess, du bist wirklich eine Schönheit. Hast du je darüber nachgedacht zu modeln?«, fragte Aspen die Frau meines Bruders.

»Oh nein, nein. Du bist zu freundlich. Ich bin nur ein Mädchen vom Lande mit einem Landleben. Außerdem reicht es mir völlig, zusammen mit Heath das Familienunternehmen zu leiten. So kann ich mich um die Jungs kümmern und trotzdem noch etwas zu unserem Lebensunterhalt beitragen.«

»Na ja, wenn du es dir je anders überlegst, du hast wirklich eine atemberaubende Figur …« Nach einer Weile hörte ich der Unterhaltung nicht mehr zu. Dieser Frauenkram war manchmal tödlich langweilig.

Schließlich stieß auch mein Dad zu uns, und wieder folgte eine Vorstellungsrunde. Mittlerweile hatten die Männer es auch aus ihrem Zimmer nach unten geschafft, waren frisch geduscht und zufrieden.

Aspen sah zu Oliver hinüber, und ihre Augen funkelten. Der Winzling grinste von einem Ohr zum anderen. Mir war klar, was das hieß. Es bedeutete, dass ich das Bettzeug im Gästezimmer verbrennen musste, sobald sie abgereist waren. Aspen lachte, dann zog sie einen Schmollmund und schüttelte den Kopf. Oliver verdrehte die Augen und zuckte mit den Schultern. Die stumme

Kommunikation zwischen den beiden war höchst interessant anzusehen. Es war, als führten sie eine komplette Unterhaltung, ohne dass auch nur einer von ihnen den Mund aufmachte.

»Also, Aspen, Ma hier sagt, dass du stinkreich bist«, sagte jetzt Old Man Henry.

Mein Blick schoss zu ihm hinüber. »Was zum Teufel soll das, Pops?«

»Ich mach doch nur Konversation, sonst nichts.« Er trank einen kräftigen Schluck von seinem Coors.

»Schon gut, Hank.« Aspen tätschelte meine Hand und zog sie dann in ihren Schoß. »Wisst ihr, ich habe wirklich hart gearbeitet, um dorthin zu kommen, wo ich jetzt stehe, und ja, es hat sich bezahlt gemacht. Sogar sehr.«

»Ich hab deinen Namen in einer Zeitschrift im Supermarkt hier im Ort gesehen. Da stand, dass du auf irgend so einer Liste von wirklich wichtigen Leuten in der Mode- und Unterhaltungsbranche bist«, fügte Jess hinzu, und ihre Augen leuchteten vor Bewunderung. In solchen Momenten mochte ich Jess immer besonders.

»Stimmt wahrscheinlich. Oliver könnte besser darauf antworten, denn er plant und organisiert alles für mich. Hin und wieder mache ich für die eine Zeitschrift ein Fotoshooting. Normalerweise geht es dabei immer um ein Interview über ein vielversprechendes Model oder einen neuen Filmstar oder Ähnliches.« Aspen antwortete ohne jede Arroganz. Trotzdem hätte ich meinen alten Herrn am liebsten zusammengestaucht, weil er das Thema überhaupt angeschnitten hatte.

»Und was hältst du dann von einem Leben als Ehefrau mit Familie, wenn du so viel arbeitest?« Gleich würde ich meinem Pops eine runterhauen. Natürlich würde ich bitter dafür büßen, denn er hatte einen echt ekligen rechten Haken, und meine Mutter würde mich vermutlich umbringen, wenn ich die Hand gegen ihn erhob, aber der Mann tickte echt nicht richtig.

Jetzt wirkte Aspen doch bedrückt. Ich sah, wie sie die Zähne zusammenbiss und ihr Kreuz sich anspannte. Sie ließ meine Hand los, trank einen Schluck von ihrer Limonade, und dann hörte ich, wie sie tief Luft holte. Entweder würde *sie* ihm jetzt zeigen, was eine Harke war, oder *ich* würde es tun. »Ich war bislang nie in der Situation, wirklich darüber nachdenken zu müssen, Henry. Ich hatte noch nie eine Beziehung zu einem Mann, der sich solche Dinge wünschte.« Sie sah zu mir auf und biss sich auf die Unterlippe.

»Bis heute«, bestätigte ich und legte ihr den Arm um die Schultern, um sie an mich zu ziehen.

Sie lächelte. »Bis jetzt, ja.« Sie entspannte sich etwas, und ich massierte ihr den Nacken, so wie sie es mochte. Ich hörte das leise Summen tief aus ihrer Kehle. Bei diesem Laut wurden meine Wranglers ein bisschen zu eng, denn er erregte bestimmte Teile meines Körpers.

»Verstehe. Na ja, dann solltest du besser mal darüber nachdenken, denn ich erwarte noch ein paar weitere Enkel von diesem Tölpel hier.« Henry lachte. Ein wenig ließ die Anspannung am Tisch nach, aber mein Engel war immer noch steif wie ein Brett. Sie war erst ein paar Stunden hier, und schon hatte man sie nach ihrem Geld und ihrem Job gefragt und sich erkundigt, ob sie bereit war, sich zu binden und meine Frau zu werden und meinen Eltern Enkel zu schenken.

Die Tatsache, dass sie überhaupt noch da war, war ein Beweis für ihre Stärke und ihren Mut. Jede andere Frau in ihrer Lage hätte schon längst den Abflug gemacht.

Jess und Ma brachten noch ein paar kalte Bier für die Jungs und irgendein fruchtiges, weinhaltiges Getränk für die Frauen.

»Was ist das?«, fragte Aspen.

»Spritzer«, antwortete Jess.

Aspen trank einen kleinen Schluck, dann nickte sie lächelnd.

Oliver nahm ihr Glas und nippte ebenfalls daran. »Mmmh, ich will den Bitch-Drink«, sagte er, und Ma und Jess lachten.

Oliver stellte Dean sein Bier hin. Dean legte den Arm um Oliver, liebkoste und küsste ihn auf die Schläfe, während er Heath lauschte, der einen endlosen Vortrag über Viehhaltung hielt.

»Was zum Teufel?«, rief da Pops, dessen Aufmerksamkeit jetzt offensichtlich auf Dean und Oliver ruhte. Der Mann stand kurz vor einem Tobsuchtsanfall, und seine Brust weitete sich so sehr, dass es beinahe einschüchternd wirkte.

Schnell stand ich auf und fasste Old Man Henry am Arm. »Pops, auf ein Wort. Jetzt!«

»Dann will ich mal hoffen, dass es wichtig ist, Junge.« Seine Stimme enthielt eine eindeutige Warnung.

Ich brachte Old Man Henry in ein anderes Zimmer und erklärte ihm, dass Dean und Oliver in einer festen Beziehung lebten. Er war schockiert und verstand es nicht. Erklärte sich aber letztlich bereit, den Mund zu halten. Dies waren Aspens und meine Freunde und zudem Gäste in diesem Haus. Er musste sie mit Respekt behandeln. Ich fügte hinzu, dass Oliver derjenige gewesen war, der dafür gesorgt hatte, dass ich während meiner Rekonvaleszenz eine erstklassige Betreuung erhalten hatte. Bei Tisch würde ich erwähnen, dass Dean Feuerwehrmann war. Das würde Pops gefallen. Männerarbeit und so ’n Kram.

Ich war überrascht, wie selbstverständlich ich Oliver und Dean verteidigte. Die Männer waren mir echt ans Herz gewachsen, und ich genoss ihre Gesellschaft und dass sie nun einen Platz in meinem Leben hatten. Außerdem war es offensichtlich, dass Aspen Oliver wie einen Bruder liebte und niemals einen Mann an ihrer Seite dulden würde, der ihn nicht akzeptierte. Wenn ich also die Frau haben wollte, musste ich den Mann auch nehmen. Sie waren ein Gesamtpaket – und so lange er meinem Engel nicht wehtat oder ihn vögelte, war alles gut.

Wieder zurück auf der Terrasse fand ich Aspen, die am Geländer lehnte und in den dunkler werdenden Himmel hinausblickte und zu den Glühwürmchen in der Ferne. Es war, als würde ihre Gestalt von einem sanften Glorienschein umgeben. Ich fühlte mich magisch von ihr angezogen. Mein Körper sehnte sich schmerzhaft danach, ihr nahe zu sein. Ich legte die Hände um ihre zierliche Taille und küsste die zarte Haut in ihrem Nacken.

»Deine Schönheit macht mich fertig, Engel.« Ich biss ihr in den Nacken und linderte den Schmerz mit meiner Zunge.

Sie drängte sich an mich und schob ihre Finger zwischen meine. »Hier ist es wunderschön, Hank.«

»Ich finde es wunderschön, dass du hier bist.«

Sie seufzte, und ich spürte, wie sie sich verkrampfte. Irgendetwas machte ihr zu schaffen, aber sie wollte nicht darüber reden. Doch ich würde es sicher aus ihr herausbekommen, wenn wir später allein waren.

»Okay, ihr beiden. Kommt zurück. Abendessen ist fertig!«, rief Ma.

Ich wirbelte Aspen herum und hielt sie am Geländer fest. Meine Hände umfingen ihre Wangen, und ich hob ihr Kinn etwas an, um ihr in die hübschen blauen Augen zu sehen. Kaum trafen sich unsere Blicke, lächelte sie. Ich konnte nicht anders, beugte mich herab und küsste sie. Sie war zu viel. Alles an ihr zog mich in den Abgrund und verschluckte mich mit Haut und Haar. Meine Zungenspitze fuhr über ihre Unterlippe, und wohlig seufzend gewährte sie mir Zugang zu ihrem Mund. Sie schmeckte nach Kirschen und Wein. Mein neuer Lieblingsgeschmack.

Wir pressten die Lippen aufeinander und küssten uns leidenschaftlich, bis wir beide vergessen hatten, wo wir waren. Ich ließ die Hände an ihren Seiten hinabgleiten, um ihren herzförmigen Hintern zu umfassen. Sie stöhnte und neigte den Kopf zur Seite, um sich ganz in unserem Kuss zu verlieren. Und während ich meinen Engel küsste, breitete sich große Zufriedenheit in meinem ganzen Körper aus.

Gerade als ich ihre Beine hochheben und mir um die Taille schlingen wollte, durchdrang eine Stimme den Nebel der Lust.

»Leute, ihr habt Zuschauer«, sagte Dean hinter mir.

Ich löste mich von Aspen und drehte mich um. Aspen barg den Kopf an meiner Brust und schüttelte tödlich verlegen den Kopf. Alle am Tisch schwiegen, hatten unseren Mangel an Anstand beobachtet.

»Was soll ich sagen?« Grinsend zuckte ich mit den Schultern. »Sie ist nun mal verdammt heiß!« Unser Publikum brüllte vor Lachen.

»Pass auf, was du sagst, Sohn. Und jetzt hör auf, das hübsche Ding zu malträtieren und kommt hier rüber. Deine Ma hat sich für diese Mahlzeit beinahe zu Tode geschuftet!« Pops war eindeutig im *Ich bin der Mann im Haus*-Modus, obwohl das hier doch eigentlich *mein* Haus war.

»Bereit, Darlin'?« Sie nickte, und ich führte sie über die Terrasse zu ihrem Stuhl.

Bevor sie sich hinsetzte, hielt ich sie noch einmal kurz zurück, neigte ihren Oberkörper nach hinten und hielt ihren Blick fest. »Noch einen für den Weg!«, sagte ich, und dann küsste ich sie leidenschaftlich und machte vor meiner ganzen Familie und unseren Freunden eine große Show daraus. Sie umschloss meinen Bizeps und vergrub ihre Fingernägel darin. Doch schnell entspannte sie sich in meinen Armen und erwiderte meinen Kuss.

Ich richtete sie wieder auf und zog ihren Stuhl hervor, um sie buchstäblich daraufzusetzen. Alle um den Tisch versammelten Gesichter lächelten.

»Neandertaler«, blaffte sie, aber ihre Stimme klang glücklich. Ich wusste, dass das jetzt genau das Richtige gewesen war. Es nahm ihr die Verlegenheit und schob die Verantwortung für unser Verhalten mir zu.

Bald ließen wir uns alle die Schweinekoteletts, die gestampften Süßkartoffeln und Mas Maisbrei schmecken. Oliver und Dean verputzten alles bis auf den letzten Krümel, und Aspen summte genüsslich – ein weiterer Schlemmergasmus. Am Ende der Mahlzeit war mein Schwanz so hart, dass nur eine Berührung ihrer Hand es mir schon besorgt hätte. Nach dem Abendessen folgte Aspen den Frauen in die Küche, um aufzuräumen.

»Sie ist mächtig prima, Bro.« Heath deutete mit dem Kinn auf das Fenster, hinter dem wir die drei Frauen sehen konnten. »Du bist ihr verfallen, was?«

Ich nickte. »Jep. Die verdammte Kleine hat mich erledigt.« Pops, Oliver und Dean hörten zu, mischten sich aber nicht ein.

»Du hast es ihr doch gesagt, oder?«

Mein Bruder kannte mich einfach zu gut. Bei den Jensens konnte man nichts geheim halten. »Nee, wir haben noch nicht drüber gesprochen. Ich wollte es hier machen. Ich wollte noch sehen, was sie von der Ranch hält.«

Jetzt sagte Dean doch etwas. »Du weißt, dass sie nicht hierherziehen wird.« Seine Stimme klang ein wenig traurig.

»Ja, ich glaub, das wusste ich schon in dem Augenblick, als wir uns kennenlernten. Ich habe mir dazu ein paar Gedanken gemacht, auch wenn noch nichts spruchreif ist.« Dann schilderte ich den Jungs meine Sorgen, wie ich das für die Expansion nötige Kapital zusammenkratzen oder Investoren finden sollte. Oliver hatte ein paar Ideen und verkündete, darüber mit mir allein reden zu wollen. Pops schäumte vor Wut, hielt aber den Mund. Ich wusste, er würde mir den Marsch blasen, wenn er mich unter vier Augen zu fassen bekam.

»Oh, Hank, dieser Plan … er ist perfekt. Und so romantisch«, gurrte Oliver und überschlug sich fast vor Begeisterung. Dean rieb ihm mit einer Hand über den Rücken, während er mit der anderen sein Bier umfasste.

»Aber haltet den Mund. Ich will darüber allein mit Aspen reden, wenn der richtige Zeitpunkt gekommen ist.«

Alle nickten. Dann kehrten die Frauen mit dem Nachtisch zurück. Nachdem wir uns mit Mas Selbstgemachtem vollends den Bauch vollgeschlagen hatten, verabschiedeten wir uns voneinander. Die Jungs zogen sich in ihr Zimmer zurück, und ich schlang den Arm um die Taille meiner Frau, kaum dass die Tür ins Schloss gefallen war und die anderen gegangen waren.

»Was hast du jetzt mit mir vor, mein Hengst, wo du mich ganz für dich allein hast?« Ihre hübschen Lippen lächelten verführerisch.

»Oh, Engel. Ich werde dich so fertigmachen, wie du mich fertiggemacht hast.« Sie kreischte, als ich ihre Taille umfing und sie mir über die Schulter warf wie ein Feuerwehrmann sich seine Last. Das hatte ich bei der freiwilligen Feuerwehr gelernt. Mit den Händen gab sie mir einen Klaps auf den Hintern, während ich die Treppen hinaufstieg.

Kapitel 15

Aspen

Kurzerhand ließ mich Hank auf die Matratze runter. Seine Hände fuhren an meinen Hosenbeinen hinauf, öffneten die Knöpfe und zogen mir die Hose aus, sodass ich nur noch in einem roten Spitzentanga vor ihm lag. Der Mann liebte mich in Rot. Er stöhnte, als er den dazu passenden BH enthüllte. Ich atmete heftig, und meine Brüste hoben und senkten sich so sehr, dass der halbtransparente BH sie kaum verhüllte.

»Fuck«, stieß er knurrend hervor und biss mir in eine Brustwarze. Ich drängte sie ihm entgegen, damit er sie tiefer in den Mund nahm. Er zog an meinem anderen Nippel, wobei die Spitze zusätzlich über die empfindliche Haut rieb.

Danach schob er jedes Körbchen herunter, und ich spürte die kühle Luft auf meinen Brüsten. Meine Nippel richteten sich auf vor Verlangen und Lust. Hank beugte sich herab und strich mit der Zunge über eine emporragende Spitze. Ungeschickt machte ich mich an seinem Shirt zu schaffen und streifte es nach oben. Er ließ meine Brüste nur so lange los, wie er brauchte, um es sich auszuziehen. Haut an Haut. *Perfekt.*

Ich stöhnte. »Mein Gott, Hank. Wie sehr ich es liebe, dich zu spüren.«

»Darlin', du wirst gleich noch erheblich mehr von mir zu spüren bekommen.« Er unterstrich seine Worte, indem er mir seine Männlichkeit zwischen die Schenkel trieb.

Seine Hände glitten über meine Brüste und meinen flachen

Bauch, direkt unter die Spitze meines Tangas. Mit seinen großen Fingern reizte er meine Pussy, dann schob er zwei von ihnen in mich ein.

»Shit!« Im Schlafzimmer fluchte er echt viel. »Oh, Engel, du bist klatschnass. Du hast ja keine Ahnung, was das mit mir macht.« Immer wieder biss er in meine Brüste oder knabberte an ihnen. Es war, als würden Stromschläge durch meinen Körper fahren, und ich vibrierte vor Begierde.

»Nur du, Hank.« Ich presste mich heftig gegen seine Finger, als mir buchstäblich der Atem wegblieb. »Mein Körper verzehrt sich nach dir«, bekannte ich nach einem besonders gekonnten Stoß seiner Finger.

Ein tiefes gutturales Stöhnen drang ihm aus der Brust, bevor er mit beiden Händen meine Hüften umfasste und den Stoff meines Tangas zerriss. Hank liebte es, meine Slips zu zerreißen. Er warf sich die Fetzen über die Schulter. Wieder ein Hundert-Dollar-Höschen im Eimer.

Es war mir egal. Sein Verlangen nach mir war aufregend, und die zerrissenen Überreste seiner unverhohlenen Lust würde ich später voller Stolz in den Müll werfen. Ein Opfer unserer fieberhaften Sehnsucht nach dem jeweils anderen. Ich lag da, während sein Blick jeden Zentimeter meines Körpers erkundete. Sein Atem ging stoßweise.

Mit starken Händen spreizte er meine bebenden Schenkel. Im schwachen Mondlicht, das ins Zimmer drang, war das Funkeln in seinen Augen deutlich zu sehen. Sie waren voller Hunger, voller urtümlicher Intensität in seinem Verlangen nach meinem Körper – nach mir. Der Anblick erschütterte mich bis ins Mark. Hatte mich jemals ein Mann auf diese Weise angesehen? Als sei ich die schönste Frau der Welt?

Er legte mir die Hände auf die Knie und ließ sie an der Innenseite meiner Schenkel hinaufgleiten. Schauer der Begierde überliefen mich. Ich freute mich auf seine Berührung, und als seine Daumen meine Spalte teilten, senkte er den Kopf und pustete auf meine Mitte.

Jeder Atemzug hauchte mir neues Leben ein. Früher hatte ich mein Leben immer für gut gehalten. Die Arbeit war toll, meine Wohnung wie aus dem Bilderbuch, und ich hatte mehr Geld, als ich ausgeben konnte. Dann traf ich diesen teuflisch gut aussehenden Cowboy, der mir das Leben rettete, und alles veränderte sich ... zum Besseren.

Vor Hank war mir gar nicht klar gewesen, wie wenig ich hatte. Nun, da ich diesen Mann hatte, wusste ich, dass ich nur die leere Hülle der Frau gewesen war, die ich sein konnte. Durch Hank schien alles möglich zu sein: Arbeit, Freunde, Familie, ein Mann, zu dem ich nach Hause kam. All diese Dinge hatte ich jetzt, auch wenn ich nicht wusste, wie ich sie festhalten sollte.

Hank riss mich aus meinen Gedanken, indem er lang und kraftvoll über meine gesamte Pussy bis hin zu meiner Klit leckte.

»Heiliger ... oh Gott!«, schrie ich auf.

Mein Körper zuckte und dehnte sich, spornte ihn an. Hank öffnete mich wie eine Blüte und saugte an meinem Nektar, bis eine allumfassende Leidenschaft mich aufschreien ließ. Seine Zunge wirbelte über meinen Venushügel und leckte und saugte schließlich noch den letzten Tropfen meines Höhepunktes auf. Das zufriedene Brummen, das aus seiner Kehle drang, gab mir den Rest.

»Hm, Honig mit Vanille. Mein Gott, ich werde nie genug von dir bekommen«, flüsterte er und biss und leckte sich an meinem Körper hinauf, ließ die Zunge über die empfindliche Haut meines Bauchs streichen, ließ sie in meinen Nabel abtauchen und umkreiste ihn. Dann setzte er seinen Pfad nach oben fort, wobei ich seine Zähne spüren konnte.

Mich überliefen Schauer, und eine Gänsehaut überzog meine überhitzte Haut. Er knabberte an meinen Brüsten, küsste sie, wanderte dann weiter, bis er meinen Mund erreicht hatte. Er küsste mich voller Verlangen, und ich schmeckte mich selbst vermischt mit seinem einzigartigen Aroma. Erregt ließ ich mein Becken an seinem kreisen und schlang mein Bein um seinen Körper.

»Vögel mich, mein Hengst.« Ich vergrub die Zähne in der Kuhle an seinem Nacken. Ich wollte ihn markieren, wollte ihm mein Zeichen aufbrennen.

»Heute Nacht nicht, Engel. Heute Nacht mache ich Liebe mit dir in unserem Bett, in unserem Zuhause weit weg von zu Hause.« Seine Worte berührten mein Herz zutiefst. Jenes Herz, von dem ich geglaubt hatte, dass ein betrügerisches Arschloch es gebrochen hatte. In Wirklichkeit war das, was ich für Grant empfunden hatte, nur ein Abklatsch meiner Gefühle für Hank. Durch ihn fühlte ich mich lebendig, begehrt, gebraucht.

Hank schleuderte seine Jeans von sich, senkte seinen muskulösen Körper zwischen meine Beine. Ich griff hinter mich, löste meinen BH und warf ihn neben das Bett. Hank hob meine Oberschenkel in die Höhe und spreizte sie weit. Ich widerstand dem Drang, sie wieder zusammenzuführen. Der Mann hatte mich gerade bis zur Besinnungslosigkeit geleckt; Befangenheit war da wohl kaum angebracht. Doch da war etwas Besonderes an der Art, wie er mich nun ansah, als er seinen Schwanz vor meiner feuchten Hitze in Stellung brachte. Sein Blick war voller Ehrerbietung, voller … Liebe. Dann versenkte er seine harte Erektion in mir, Zentimeter um glückseligen Zentimeter. Wir keuchten beide, unsere Blicke brannten sich ineinander, während er mich erfüllte.

»Du weißt es immer noch nicht?«, flüsterte er dicht an meinen Lippen und schaute mir weiterhin unverwandt in die Augen.

»Ich glaube doch«, antwortete ich unsicher, denn hier zu sein, bei diesem Mann, zu diesem Zeitpunkt in meinem Leben, das war absolut surreal.

»Du bist alles, Engel. Alles, was ich jemals wollte.« Er glitt fast ganz wieder heraus, um dann wieder in mich einzudringen und zum Schluss leicht die Hüften kreisen zu lassen. *Oh Gott!*

»Hank …«, meinte ich stöhnend und konnte den Blick nicht von diesem wundervollen Mann abwenden. Er konnte sich kaum beherrschen, sein Körper zitterte vor Anstrengung, es nicht zu schnell angehen zu lassen, nicht zu kommen und zu sagen, was er sagen musste. Mir traten Tränen in die Augen. Ich hob die Hände und umfing seine Wangen, sodass seine Bartstoppeln in meinen Handflächen kratzten. Ich schlang beide Beine um seine Taille und verschränkte die Knöchel in seinem Rücken. Dann zog ich seinen Kopf zu mir herab und küsste ihn.

In diesen Kuss legte ich alles. All meine Angst, meine Nervosität, meine Vergangenheit, alles, das mich davon abhalten konnte, die Liebe zu diesem Mann wirklich und wahrhaftig zuzulassen.

Er löste sich von mir, übersäte mein Gesicht mit Küssen, dann suchte er wieder meinen Blick. »Ich liebe dich, Engel.« Nun flossen die Tränen mein Gesicht herab. Er küsste sie fort, dann küsste er mich. Umschlungen hielten wir einander fest, während er sich immer noch lang und hart und tief in mir vergraben hatte.

Ich schluckte ein Schluchzen herunter und vergrub den Kopf an seinem Hals. Sein Zitrusduft, vermischt mit einem Hauch von Moschus, flutete meine Sinne. Nie wollte ich mehr irgendetwas anderes. Das war es. Er war es. Meine andere Hälfte. »Liebe mich«, flüsterte ich an seiner Haut.

»Nichts möchte ich mehr«, antwortete er, zog seine Hüften zurück und stieß seinen prallen Schaft dann kraftvoll in mich hinein. Immer und immer und immer wieder erfüllte er meinen Körper und mein Herz. Das heilte mich. Erfüllte mich. Machte mich ganz. Durch ihn fühlte ich mich wie ein vollständiger Mensch.

»Ich liebe dich. Ich liebe dich. Oh Gott, wie ich dich liebe.« Die letzten Worte gingen in einem ekstatischen Aufschrei unter.

Ich glaubte, Hank hätte diese Worte gesprochen, während sein heißer Samen mein Innerstes erfüllte und mich seine Leidenschaft verbrannte. Aber ich war es selbst gewesen. Die Worte waren mir über die Lippen gekommen, als sich mein gesamter Körper anspannte und um seinen pulsierenden Schwanz herum zu explodieren schien.

Es dauerte einige Zeit, bis wir wieder zu uns kamen. Er hatte sich umgedreht, sodass ich jetzt schlaff und erschöpft auf seinem großen Körper lag. Seine Hände wanderten meinen Rücken hinauf und wieder hinunter, dann über meinen Hintern und wieder nach oben. Immer wieder ließ er sein Becken an mir kreisen, um meine Weiblichkeit zu massieren. Er war unersättlich gewesen, tief in mich gedrungen in beinahe jeder Nacht, seit wir uns kennengelernt hatten, und immer bereit. Ich ging jede Wette ein, dass Hank ihn auch noch sturzbetrunken hochbekommen hätte. Diese Theorie galt es irgendwann auf den Prüfstand zu stellen.

»Hey, bist du tot?«

Ich lachte leise und rieb das Gesicht an seiner breiten Brust, nahm mir einen Moment, um seine Brustwarze zu küssen und dann sanft über sie zu lecken und in sie hineinzubeißen. Schon meldete sich meine Lust zurück. Ich spürte, wie sein Schwanz unter mir hart wurde. Zwei Orgasmen später und mein Verlangen nach diesem Mann hatte noch immer nicht nachgelassen. Ich wollte ihn erneut. So einfach war das. Ich war ihm verfallen. Ich ließ die Hüften über seiner wachsenden Männlichkeit kreisen, richtete mich auf und schaute ihm in die Augen.

»Hast du das ernst gemeint?«, fragte ich.

Er nickte. »Darlin', ich bin über beide Ohren verliebt in dich«, sagte er und presste die Lippen aufeinander. »Meinst du es denn ebenfalls ernst?« Er neigte den Kopf zur Seite.

»Jedes Wort, mein Hengst.« Mehr als sein Lächeln war nicht nötig. Ohne darüber nachzudenken, hob ich den Oberkörper und sank dann mit aller Kraft auf seine riesige Erektion. Er bäumte sich heftig unter mir auf.

»Verdammt, Engel!« Er fasste mich an den Hüften und hielt mich fest. Ich bewegte mich weiter und genoss das Gefühl, dass er so tief in mir vergraben war. »Du bist perfekt. Für mich geschaffen. Nur für mich, Darlin'.« Er hob mich ein Stückchen hoch, um mich dann wieder auf sich herabzusenken und mir dabei sein Becken entgegenzustoßen.

»Oh Gott!«

Ich glaubte, rittlings auf ihm zu sitzen, gäbe mir die Oberhand, aber das sah Hank offenbar ganz anders. Sobald ich mich erhob, zog er mich wieder nach unten und drang mit strafenden, köstlichen Stößen in mich hinein. Schon bald schrien wir beide unseren Orgasmus in die Welt hinaus. Dann sank ich vollkommen erschöpft auf seine Brust. Und schlief sofort ein.

Hank

Sie liebte mich. Letzte Nacht gab mein Engel zu, dass er mich liebte. Tief schlummernd lag Aspen auf mir. Ihr zarter Körper duftete wie warmer, gebutterter Toast. Die Frau war mir total unter die Haut gegangen. Außer Ma und Susie hatte ich mit meinen vierunddreißig Jahren noch nie einer Frau gesagt, dass ich sie liebte. Diesen Satz nahm ich nicht auf die leichte Schulter. Die Tatsache, dass ich ihn ausgerechnet zu einer Frau gesagt hatte, die von außen betrachtet ganz und gar nicht die Richtige für mich war, setzte dem Ganzen die Krone auf.

Die Unterschiede in unserer Erziehung, unseren Jobs, unserem Alltag waren so groß und weit wie der Staat Texas selbst. Aber nichts davon spielte eine Rolle. Sie verursachte mir Herzklopfen, machte mein Hirn ganz benommen vor Lust und löste ein schmerzhaftes Sehnen in meinem Körper aus. Aspen war einfach das Größte. Ich würde sie lieben bis zum Tod, und ich wollte den Rest meines Lebens damit verbringen, ihr das zu zeigen.

Sie reckte sich und schmiegte sich an mich. Dann schnurrte sie leise wie ein Babykätzchen in die Kuhle an meinem Hals. Die Bewegung wärmte mich und steigerte mein Verlangen nach ihr. Sie schob sich ein paar einzelne Haarsträhnen aus dem Gesicht. Ihr Blick aus endlos tiefen blauen Augen suchte mein Gesicht, und ein Lächeln breitete sich auf ihrem Gesicht aus.

»Morgen, mein Hengst.« Ihre heisere Stimme fuhr mir geradewegs in den Schwanz und verstärkte meine Morgenlatte noch.

»Gut geschlafen, Engel?« Ich drängte die Hüften an sie. Sie stöhnte und küsste meine Brust. Eine Art tiefes Summen drang tief aus ihrer Kehle. Dieser Ton machte mich verrückt vor Verlangen. Ich wollte sie unter mir begraben und sie schnellstens auf die Decke nageln.

»Ja«, antwortete sie. Doch dann klopfte es laut an die Tür, und wir erschraken.

»Raus aus den Federn! Frühstück ist in zwanzig Minuten fertig!«, schrillte Mas Stimme durch die Tür.

»Himmelherrgott noch mal! Ma, muss das sein?«, rief ich zurück.

»Missbrauche niemals den Namen des Herrn, junger Mann! Außerdem sind dein Bruder und die Kinder schon da, also steht besser auf! Wir wollen schließlich alle was von Aspen haben, und die Jungs möchten reiten gehen!« Danach herrschte Schweigen. Wahrscheinlich hatte sie sich wieder in die Küche getrollt.

Aspen lachte an meiner Brust. »Ist sie immer so?«

»Manchmal. Aber ich glaube, im Moment umso mehr, weil du hier bist. Alle wollen die Frau kennenlernen, die ich liebe«, gab ich freimütig zu. Ihr Atem stockte, als ich das, was wir uns gestern Nacht gestanden hatten, so entspannt wiederholte. Ich fragte mich, ob sie so hatte tun wollen, als sei nichts geschehen. Wenn dem so war, würde ich das jedenfalls nicht zulassen. Ich würde Aspen klarmachen, wo ich sein wollte, nämlich an ihrer Seite. Punkt. »Wie wär's mit einer schnellen Dusche?« Ich wackelte mit den Augenbrauen und drängte ihr meinen absolut steifen Schwanz entgegen.

»Ja, machen wir. Nachdem …« Mit diesen Worten verlagerte sie die Hüften und ließ sich mit einem Tempo auf meinen Schwanz herabsinken, das ich nicht erwartet hatte.

»Shit, fuck, Engel!« Ich stöhnte und umfing ihre Taille. »Mit Aktionen wie dieser bringst du mich noch um!«

Wir liebten uns weiter und gönnten uns dann eine fünfminütige Dusche, auch wenn ich Aspen am liebsten vom Wasser ferngehalten hätte. Sie fand es lustig, dass ich sie »schmutzig« mochte. Aber tatsächlich wollte ich einfach nur, dass jeder Mann im Radius von einem Meter wusste, dass sie vergeben war. Männer witterten so etwas, besonders wenn ich vorher meine Spuren auf ihr hinterlassen hatte. Bei diesem Gedanken musste ich lächeln. Doch sie wollte nichts davon wissen, wollte für meine Familie so sauber sein, dass es quietschte.

Wir gingen hinunter und setzten uns ins Sonnenzimmer. Ma hatte den Jungs, meinem Bruder, Jess und den Hosenscheißern Eier, Bacon und ihre selbstgemachten Pasteten vorgesetzt. Wenn sie auch noch Fleischsauce mit diesen kleinen Pasteten serviert hätte, hätte ich meinen Engel gekidnappt und wäre nie wieder nach New York zurückgekehrt. Aspen hatte also Glück, dass die Sauce fehlte.

Wir aßen und genossen die entspannte Gesellschaft meiner Familie. Ich hätte nicht glücklicher sein können, und dem scheuen Lächeln auf dem Gesicht meiner Kleinen nach zu urteilen, war auch sie verdammt zufrieden. Das Leben war schön.

»Also, heute Abend findet das Jensen-Barbecue statt. Ihr kommt doch alle, oder?«, fragte Jess.

»Was ist das nun wieder?«, fragte ich.

»Oh, Frechdachs, du musst einfach zu unserem Sommerbarbecue kommen. Weißt du nicht mehr, dass wir das jedes Jahr um diese Zeit machen? Du hast uns nur überrascht, weil du diesmal rechtzeitig dafür nach Hause gekommen bist! Alle werden kommen!« Sie glühte vor Aufregung. Ich fand es schön, Ma so glücklich zu erleben.

»Engel?«

»Natürlich. Wir sind hier. Feiern wir eine Party!« Sie griff nach ihrer Pastete und nahm einen riesigen Bissen. Die gefürchteten Schlemmergasmen setzten wieder ein. Aspen liebte Mas Kochkünste wirklich. Daraus konnte ich ihr keinen Vorwurf machen; meiner Meinung nach gab es nichts Besseres.

Ich beugte mich vor und flüsterte ihr ins Ohr. »Wenn du weiter diese Laute von dir gibst, mache ich hier auf der Stelle etwas richtig Unanständiges mit dir.« Sie grinste, biss noch einmal ab und stöhnte. Ich zog die Augenbrauen bis zum Haaransatz hoch und warf ihr einen provozierenden Blick zu. Sie neigte den Kopf zur Seite, um mich abzuchecken. Ich nutzte den Moment, um meine Hand ihren nackten Schenkel hinauf und unter ihre lockeren, roten Shorts gleiten zu lassen. Meine Finger wanderten den Saum entlang, und sie keuchte.

»Stell mich nicht auf die Probe, Engel.« Ich presste die Finger gegen ihren feuchten Slip. Sie stöhnte, schob sich ein Stück Bacon in den Mund und ließ sich das Haar ins Gesicht fallen. Ich beschloss, Gnade vor Recht ergehen zu lassen, und nahm die Hand weg, legte sie ihr stattdessen aufs Knie und kitzelte sie dort. Sie atmete tief ein. Ich liebte es, wie sie auf meine Berührungen reagierte. Erregte mich ohne Ende daran.

»Dann wäre das ja geklärt. Und natürlich müsst ihr Jungs auch mitkommen.« Ma sah Dean und Oliver demonstrativ an.

»Eine richtige Südstaatenparty? Mit Tanz? Bitte sagt mir, dass getanzt wird! Ich habe das perfekte Outfit dafür«, rief Oliver glücklich aus. Der Winzling war heute vollkommen überdreht. Die meisten am Tisch lachten, weil sie sich über seine verrückte Art amüsierten. Nur Dean schüttelte genervt den Kopf.

Auch den restlichen Tag über fühlte ich mich wie im siebten Himmel. Aspen und ich nahmen die Jungs meines Bruders mit zu den Pferden. Tatsächlich konnte sie sogar reiten. Sagte, dass ihre Eltern für Reitunterricht in ihrer Kindheit gesorgt hätten, und verdammt, was sah sie gut auf dem Pferd aus. Ihre roten Cowboystiefel, die kleinen, roten Shorts und das weiße Rüschentop – bei diesem Anblick bekam ich glatt weiche Knie. Ihre Beine sahen unglaublich lang aus. Sie nahm sogar Hunter, einen der Zwillinge, vor sich aufs Pferd. Er hatte mittlerweile einen richtigen Narren an ihr gefressen. Holt hingegen hing lieber bei den Männern ab, also setzte ich ihn vor mir auf mein Pferd, und wir machten einen Ritt über meine Ländereien.

Hin und wieder hielten Aspen und ich an, um die Pferde im Bach trinken zu lassen und den Jungs Gelegenheit zu geben, die Landschaft zu erkunden.

Der Tag hätte nicht besser sein können. Dann setzten wir die Jungs wieder zu Hause ab und machten uns fertig für das Event bei Ma.

Als meine Frau später am Abend die Treppe herunterkam, sah sie aus wie eine Erscheinung. Sie trug keinen ihrer Männeranzüge und auch keinen engen, figurbetonten Rock mit Seidenbluse, sondern ein weißes Sommerkleid. Es war mit kleinen Blümchen bestickt und hatte jede Menge winziger Löcher, wie diese Deckchen in Grandmas Haus. An den Schultern wurde es durch zwei dünne Träger gehalten. Aspen sah in diesem schlichten Look einfach umwerfend schön aus.

Ich konnte den Blick nicht abwenden. Ihr goldenes Haar wurde von einer Art Spange gehalten, sodass es ihr zur Hälfte offen über den nackten Rücken floss.

»Willst du denn nichts sagen?«, fragte sie scheu.

»Du bist tatsächlich ein Engel. Ich liebe dich in Weiß.« Meine Stimme klang heiser, so trocken war meine Kehle. Sie lächelte verhalten, dann schlang sie mir die Arme um den Nacken und küsste mich. Ihr Mund glitt sanft über meinen hinweg, und ihre Zunge berührte ganz leicht meine Lippen, nur um mich auf den Geschmack zu bringen. Danach löste sie sich wieder von mir.

»Können wir, mein Hengst?«

Ich nickte, brachte immer noch keinen Ton heraus.

Als wir bei Ma ankamen, war die Party bereits in vollem Gange. Die Band meines Cousins stand in einer entfernten Ecke des Gartens und spielte die aktuellen Top-Forty-Country-Hits; eine hölzerne Tanzfläche schloss sich an diesen Bereich an. Old Man Henry stand vor einem riesigen Grill, auf dem einfach alles lag, vom Hühnchen über Würstchen und Burger bis hin zu Maiskolben genau über der Flamme. Bei dem Anblick lief mir das Wasser im Munde zusammen, da ich seit dem Frühstück nichts mehr gegessen hatte. Im ganzen Garten standen etwas zwanzig Tische mit karierten Tischdecken verteilt, an denen sich die Leute versammelt hatten und miteinander schwatzten.

Meine Mutter und mein Vater begrüßten Aspen und mich. Pops schüttelte Oliver die Hand und schlug Dean freundschaftlich auf den Rücken. Dean grinste und erwiderte die Geste, so gut er konnte, schlug Pops ebenfalls auf den Rücken und erkundigte sich nach dem Ergebnis des letzten Baseballspiels.

Oliver hüpfte förmlich vor uns auf und ab, während er den großen Garten in Augenschein nahm. Er trug ein hautenges kariertes Hemd, das er in eine Schickimicki-Jeans gestopft hatte. Der arme Kerl hatte keine Ahnung, dass Cowboys vornehmlich Levi's und Wrangler trugen. Diese Calvin-Klein-Klischees, denen er ständig nachhing, führten nur dazu, dass er hier herausstach wie ein bunter Hund. Doch das war egal. So lange er bei mir blieb, würde ich jedem einen strengen Blick zuwerfen, der auch nur versuchte, eine gemeine Bemerkung über meinen kleinen Kumpel zu machen.

»Heiliger Strohsack, Pen. Das ist ja eine richtige verdammte Kuh!«, rief Oliver begeistert und rannte zum Zaun hinüber.

Obwohl Mom und Pops sich mittlerweile zur Ruhe gesetzt hatten, hatten sie immer noch einiges an Vieh.

»Du hast ihn so glücklich gemacht.« Aspen zog mich an sich und beobachtete Oliver. Dean schüttelte nur breit lächelnd den Kopf, während er beobachtete, wie der Mann, den er liebte, versuchte, die Kühe zu streicheln.

Heath und Jess kamen mit zwei Drinks zu uns, die sie uns reichten. Ein Bier für mich, ein Spritzer für Aspen.

»Was beobachtet ihr denn gerade?«, fragte Heath, und ich deutete auf Oliver, dessen leuchtend blaue Cowboystiefel in der Luft baumelten, während er auf einer Sprosse balancierte und versuchte, eine Kuh zu streicheln.

»Dieser Idiot! Was zum Teufel treibt er denn da?« Wir lachten, aber dann ging Heath zu ihm hinüber, um ihm zu helfen. Ich beobachtete, wie mein Bruder einen Heuballen herüberhievte, den man sonst als Sitzgelegenheit benutzte, und dann die am nächsten stehende Kuh herbeipfiff. Oliver genoss jede einzelne Sekunde.

»Hat wahrscheinlich noch nie eine Kuh gesehen, was?« Ich blickte zu Aspen hinüber, die die Szene breit lächelnd verfolgte.

»Nope. Wir sind Stadtmenschen, mein Hengst. Kühe kommen auf den Straßen Manhattans nicht allzu häufig vor.«

»Na, ich traue ja kaum meinen Augen! Hank, Hank Jensen, bist du das etwa?« Ich kannte diese Stimme. Ich hatte sie so häufig gehört, dass ich sie niemals vergessen würde. Ich wandte mich um, und da stand sie. Sie war während der vergangenen zehn Jahre sicherlich älter geworden, aber das hübsche Mädchen, das mir damals mein Herz gestohlen hatte, war immer noch deutlich zu erkennen und stand jetzt genau vor mir. *Shit!*

Bevor ich es verhindern konnte, schoss sie auf mich zu und schlang die Arme um mich, presste ihre großen Brüste an meinen Oberkörper. Es hatte mal eine Zeit gegeben, da dies eine Wirkung auf mich gehabt hätte. Aber diese Zeiten waren vorbei. »Oh mein Gott, Hank. Du siehst … wow. Du siehst *richtig* gut aus«, rief sie und umarmte mich sogar noch fester.

Ein Räuspern hinter mir veranlasste mich zurückzuweichen. »Ähm, eh, Susie, das ist, äh …«

»Aspen Reynolds. Und Sie sind?«

»Susie Shoemaker.« Die einzigen beiden Frauen, die ich je geliebt hatte, schüttelten sich die Hand. Meine eigenen Hände zitterten, als ich mein Bier in einem kräftigen Zug herunterkippte. Das würde jetzt ein ziemlicher Eiertanz werden. »Und woher kennt ihr euch?«, fragte sie.

Ich legte Aspen den Arm um die Schulter. »Wir sind zusammen«, antwortete ich stolz. Das Lächeln auf ihren Lippen verblasste. Sie fuhr sich mit der Hand ins Haar und zwirbelte an ihren blonden Locken herum. Ein deutliches Zeichen, dass sie sich nicht wohlfühlte. Einige Dinge veränderten sich eben nie.

»Verstehe. Toll. Da haben Sie einen prima Fang gemacht«, sagte Susie zu Aspen.

»Weiß ich«, antwortete Aspen mit einer Spur Sarkasmus. Sie schmiegte sich an mich. »Hank, du brauchst ein neues Bier. Sollen wir?«

Stumm nickte ich. »Bis später, Susie«, sagte ich unbeholfen, während Aspen mich förmlich vom überraschten Blick meiner Ex fortzog.

»Du warst also mit ihr zusammen?«, fragte sie, als wir uns ein Stück weit entfernt hatten.

»Das stimmt.« Mehr wollte ich eigentlich nicht erzählen.

»Wie lang ist das her?« Sie wollte abgeklärt klingen, aber ich merkte, dass sie vielmehr unglücklich war. Sie hatte dann diesen kleinen Tick und rieb unermüdlich an dem Ring an ihrem Finger. Auch jetzt hörte sie gar nicht damit auf. In diesem Augenblick fragte ich mich, wer ihr den verdammten Ring geschenkt hatte. Ich wollte, dass sie das mit einem Ring tat, den sie von mir hatte. *Fuck!* Für solche Gedanken war gerade nicht der richtige Zeitpunkt. Gleich würde mir jede Menge Scheiße um die Ohren fliegen, und ich musste angestrengt nachdenken.

»Vor etwa zehn Jahren«, bestätigte ich. Sie entspannte sich merklich. Sie ließ die Schultern sinken und atmete hörbar aus. »Wie lang wart ihr zusammen?«

»Sehr lange, Engel. Etwa sieben Jahre, aber das ist Vergangenheit. Sie hat zwischenzeitlich geheiratet«, fügte ich hinzu und hoffte, dass das ihre Laune verbessern würde.

Sie sah mir forschend in die Augen, aber ich wandte den Blick ab. Mit einem Verhör dieser Art kam ich jetzt einfach nicht klar. Allein Susies Anblick hatte beschissene Erinnerungen hochkommen lassen, die ich verdrängt hatte. Als ich sie zum letzten Mal gesehen hatte, war sie in Tränen aufgelöst gewesen, hatte mich angefleht, sie nicht zu verlassen. Aber ich konnte nicht bei ihr bleiben, nicht nach dem, was sie getan hatte.

»Hank.« Aspen legte mir die Hand auf die Wange und strich zart mit dem Daumen über meinen Wangenknochen. Ich schmiegte mich an ihre Hand.

»Lass gut sein, Darlin'. Amüsieren wir uns einfach, okay?« Ich fasste sie an der Hand und führte sie zu Oliver und den Tieren hinüber. Ihr Kumpel würde sie – und hoffentlich auch mich – davon ablenken, dass ich meine Ex getroffen hatte. Als wir Oliver erreicht hatten, fütterte der gerade fröhlich ein paar aufdringliche Ziegen. Aspen half ihm nun, und ich wandte mich um und betrachtete die Gruppe. Mein Blick schweifte über den Garten hinweg und landete auf Susie. Unsere Blicke trafen sich über die Entfernung hinweg, und ich wusste plötzlich, dass zwischen uns noch nicht alles geklärt war. Ich würde nicht ruhig schlafen können, bis ich diese Tür nicht für immer geschlossen hatte.

»Darlin', ich seh mal eben nach Old Man Henry.« Ich gab ihr einen Kuss auf die Wange, und sie schmiegte sich an mich.

Das war die Art Frau, die ich wollte. Eine Frau, die sich nach meiner Berührung verzehrte und ohne die auch ich nicht mehr sein konnte. Ich wandte den Kopf und presste die Lippen auf ihre. Sie stieß einen überraschten, kleinen Schrei aus, erwiderte meinen Kuss aber sofort. Durch den Spritzer schmeckte sie kühl und fruchtig. Ich verschlang sie förmlich, und es war, als würde ich den Himmel kosten. Schließlich löste sie sich von mir. Die Trennung war beinahe schmerzhaft.

»Mein Gott, Hank. Das ist nicht gerade jugendfrei, und hier sind jede Menge Kinder!« Sie gab mir ein Küsschen auf die Lippen, dann schob sie mich fort. »Ich muss jetzt Ziegen füttern. Das ist so cool!« Oh nein. Anscheinend war sie vom Oliver-Virus befallen. Die beiden zusammen waren ein Anblick für die Götter. Dean kam ebenfalls hinzu und legte die Arme um Oliver. Der lehnte sich an die Brust des starken Mannes.

»Macht Spaß, oder?« Dean küsste Olivers Schläfe und zog Aspen an den Haaren. Er würde auf meinen Engel aufpassen. Auch wenn er ständig Witze darüber machte, dass Aspen ihm Oliver wegnahm, wusste ich, dass er sie liebte. Ich wusste, wann ein Mann meine Frau liebte, und das tat er. Allerdings genauso, wie ich die Frau meines Bruders liebte: Jess. Ich würde sie beschützen, würde allen klarmachen, dass ihr keiner in die Quere kommen durfte. Im Grunde waren wir beide Männer, die unsere Familien beschützten. Ich wusste, dass Aspen genauso zu Deans Familie gehörte wie ich zu Jess'. Er war ein guter Mensch, und ich vertraute ihm.

»Dean, das sind richtige *Ziegen*!«, rief Oliver staunend aus. Ich musste den kleinen Kerl häufiger mit auf die Ranch nehmen. Ich machte einen Pakt mit mir selbst: Wenn ich nach New York zog, würden wir jeden zweiten Monat hier sein und den Winzling im Gepäck haben. Er brauchte ein bisschen Abhärtung.

Ich wandte mich um und lief Richtung Hauptbereich. Ich sah, dass Susie schon auf mich wartete. Sie stand reglos an dem gleichen Fleck, an dem ich sie vor einer Viertelstunde stehengelassen hatte. Sie hatte gesehen, dass ich Aspen geküsst hatte, und ich hatte ihr gesagt, dass wir zusammen waren. Dennoch hatte ich das Bedürfnis, diese Wunde noch einmal zu öffnen, um sie anschließend sauber vernähen zu können. Dann konnte sie ohne die hässliche Narbe abheilen, die ich seit zehn Jahren mit mir herumtrug. Ich würde niemanden mehr meiden oder auf Zehenspitzen um die Sache herumschleichen. Und der heutige Tag war dafür so gut wie jeder andere.

»Susie. Kann ich dich mal allein sprechen?«

»Mein Gott, Hank. Ich hatte gehofft, dass du das fragst.«

Fuck. Ihre atemlose Stimme war keine wirkliche Hilfe. Sie würde versuchen, etwas daraus zu machen, was es nicht war.

»Gehen wir zum alten Waggon«, sagte ich. Ich musste nicht erklären, was das bedeutete. Sie wusste es. Ich hatte sie dahinter unzählige Male geküsst. Und in einer kalten, dunklen Nacht, die alles verändert hatte, hatte ich dort sogar mit ihr geschlafen.

Kapitel 16

Aspen

Nachdem ich etwa eine Stunde lang beinahe jedes dem Menschen bekannte Nutztier gefüttert hatte, beschloss ich, dass es Zeit für einen Drink war, und wollte Hank suchen. Er war jetzt schon eine ganze Weile lang weg. Ich hatte erwartet, dass er sich nach zehn, fünfzehn Minuten wieder blicken lassen würde. Ich scannte alle Tische und sämtliche Partygäste, die sich an ihnen versammelt hatten. Keine Spur von Hank. Plötzlich richteten sich meine Nackenhaare auf, aber ich war fest entschlossen, mich nicht wie eine Heulsuse zu verhalten. Also unterdrückte ich die Panik, die sich in meinem misstrauischen Hirn breitmachte. Ich sah mich erneut um, diesmal nach einem anderen Gesicht … sie war auch nirgends zu entdecken.

Verdammt und zugenäht!

Ich hatte ja gleich das Gefühl gehabt, dass diese Frau nichts Gutes verhieß. So wie sie Hank angesehen hatte, als er uns einander vorstellte, das war mehr gewesen als nur Bewunderung für sein attraktives Äußeres. *Daran* war ich gewöhnt. Nein, ihre Miene hatte ebenso ausgesehen wie meine. Wie eine Frau, die liebte. Sie begehrte Hank nicht nur körperlich.

Nachdem ich die gesamte Gegend abgesucht hatte, hatte ich ihn immer noch nicht gefunden. Schließlich stieß ich auf seinen Bruder Heath und tippte ihm auf die Schulter. Er drehte sich mit besorgtem Blick zu mir um. »Was ist los, Pen?«

»Hast du Hank gesehen? Ich kann ihn nirgends finden. Gibt es hier irgendwo einen Ort, an den er sich gern allein zurückzieht? Fernab von der Party?«

Er schürzte die Lippen und berührte sie mit dem langen Zeigefinger. »Nun ja, damals als Kinder hingen wir gern am alten Waggon herum und blickten in die Sterne.« Er zuckte mit den Schultern und legte den Kopf schräg. Dann deutete er auf die rechte Seite des Hauses. Es war bereits dunkel, aber dennoch konnte ich undeutlich ein paar Gestalten ausmachen ein ganzes Stück in der Ferne.

»Danke, Heath.«

»Kein Problem. Amüsierst du dich, Darlin'?« Heath sprach das »Darlin'« genauso aus wie Hank. Ich schnaubte wenig damenhaft. Der Mann war so nett und eine gute Mischung aus seinen Eltern mit sandfarbenem Haar und dunklen Augen. Hank kam eher nach seinem Vater. Sie hatten beide eine breitere Brust als der jüngere Jensen und die gleichen fein gemeißelten Muskeln. Und obwohl Henrys aufgrund seines Alters nicht mehr ganz so kräftig war, schien er immer noch auf sich zu achten. In jüngeren Jahren war er mit Sicherheit ein Frauenschwarm gewesen. Jetzt sah er nur noch aus wie ein gut aussehender, distinguierter Cowboy, der seinen eigenen Worten zufolge seine Frau ordentlich liebte, so wie es sich gehörte.

»Bestens. Danke. Ich gehe jetzt mal zu diesem Waggon, also, falls jemand nach mir sucht …«

Er nickte, und ich wanderte auf die dunkle Holzkonstruktion in der Ferne zu. Je näher ich kam, umso finsterer wurden die Vorahnungen, die sich in mir breitmachten. *Er ist dort nicht mit ihr zusammen. Das würde er nicht tun.* Vielleicht sah er sich die Sterne an. Vielleicht erinnerte er sich an alte Zeiten. Das war sicher alles.

Gemurmelte Worte und Sätze waren von der anderen Seite des großen hölzernen Waggons zu hören. Unter den Achsen der riesigen Waggonräder sah ich zwei Paar Füße, von denen eines definitiv weiblich war. Hanks Cowboystiefel waren leicht zu erkennen.

Die leisen Töne wurden vom Wind zu meiner Seite des Waggons hinübergetragen.

»Hank, du musst mir glauben. Ich hätte das nie getan, wenn ich geglaubt hätte …«

»Aber du *hast* es getan!«, hörte ich Hanks wütende Stimme. »Du kannst das Rad nicht zurückdrehen, Susie.«

»Wir waren so jung, so verliebt, wir hatten noch so viel vor. Ich dachte … ich dachte, dass du mich verlässt, wenn ich es nicht tue.« Ihre Worte gingen in ein Schluchzen über.

»Ich habe dich verlassen, *weil* du es getan hast!« Er klang jetzt vernichtend, und er flüsterte nicht länger. Ich konnte seine schweren Schritte im hohen Gras etwa drei Meter von meinem Versteck entfernt hören.

»Wir haben gut zueinander gepasst, Hank. Erinnerst du dich nicht daran? Du und ich gegen den Rest der Welt. Es könnte noch immer so sein.« Susies leise Stimme wurde jetzt lauter. »Du hast von mir und JJ gehört. Wir sind getrennt. Wir haben uns scheiden lassen. Er war nur ein weiterer Riesenfehler!«

»Lieber Himmel, Susie. Du willst mich zurück?« Hanks schockierte Stimme brach. Die Worte fuhren mir wie ein Dolch tief ins Herz. Ich hielt den Atem an, wartete, fürchtete, musste aber die Antwort kennen.

»Oh Gott, Hank. Ja! Ich habe dich immer geliebt. JJ war ein Fehler! Ich hätte mich mehr um dich bemühen sollen, dir zeigen sollen, wie gut wir zusammenpassen. Es waren immer nur du und ich, schon seit unserer Kindheit!«, rief sie. »Aber du hast mich verlassen, Hank. Du hast mich an jenem Tag verlassen, und das war der schlimmste meines Lebens!«

»Fuck, Susie. Einen schlechteren Zeitpunkt hättest du dir gar nicht aussuchen können.« Er räusperte sich, und ich merkte, wie sehr ihn das alles mitnahm. Die Frau hatte immer noch einen Platz in seinem Herzen. »Ich bin mit …«

»Du bist mit ihr zusammen. Mit dieser Frau aus der Stadt. Hank, du glaubst doch nicht allen Ernstes, dass sie die Richtige für dich ist. Sieh sie dir doch an. Oh ja, sie ist schön, zugegeben. Aber weiß sie, wie man ein Pferd in den Griff kriegt, wie man das Vieh füttert, wie man für einen Mann wie dich eine ordentliche Mahlzeit kocht, wenn er abends nach einem harten Arbeitstag nach Hause kommt? Wie man sich um die Kinder kümmert, die du dir so sehr wünschst?«

Hank will Kinder? Das war nie ein Thema zwischen uns gewesen, und er hatte es niemals angesprochen. Plötzlich nagte ein Gedanke an meinem Unterbewusstsein.

Weil er sie nicht mit dir will!

Wahrscheinlich war das der Grund, warum er dieses Thema nie angeschnitten hatte. Er war jetzt beinahe Mitte dreißig. Wahrscheinlich wollte ein Mann seines Alters sesshaft werden, eine Familie gründen.

»Red nicht so über Aspen. Du kennst sie nicht!«, verteidigte er mich. Das war ein kleiner Hoffnungsschimmer, und ich klammerte mich daran, als ginge es um Leben und Tod.

»Nein, ich kenne sie nicht. Aber, Hank, dieses Stadtvolk ist doch Dutzendware. Deine Ma hat mir erzählt, dass sie Unmengen von Geld hat. Was würdest du – ein Bauunternehmer, ein Viehzüchter – wohl in die Beziehung einbringen können, was sie nicht schon hat oder sich selbst kaufen kann?« Ihre Worte bestätigten all meine Befürchtungen. Im Stillen hatte ich mir schon immer Sorgen gemacht, dass mein Geld und unsere unterschiedliche Lebensweise letztlich zum Bruch führen würden. Und diese Frau wedelte mit diesen Argumenten vor ihm herum, als würde sie einem hungrigen Wolf ein Kotelett vor die Nase halten.

»Ich brauche einen Mann, der für mich sorgt und für den ich sorgen kann. Genau wie es früher zwischen uns war, Hank. Ich würde alles für dich tun. Das weißt du. Was damals geschehen ist, war ein schrecklicher, schrecklicher Fehler. Es gibt keinen Tag, an dem ich mir nicht wünsche, dass es anders gelaufen wäre! Ich vermisse dich und liebe dich so sehr!« Den letzten Satz rief sie beinahe.

Unter dem Waggon sah ich, wie Hank auf sie zuging. Sie hatte ihn endlich geknackt. Er hielt sie fest – seine Umarmung, das perfekte Zuhause. Ich hörte, wie er sie beruhigte und ihr versicherte, dass alles gut werden würde. Das Geräusch von Lippen auf Lippen war unverkennbar.

Er küsste sie.

In diesem Augenblick hörte die Welt auf, sich zu drehen; sie blieb einfach stehen. Es war vorbei. Die Blase war endlich geplatzt. Tief im Innern hatte ich immer gewusst, dass es so kommen würde. Wir waren einfach zu verschieden ... uns trennten Welten. Ich war viel zu verliebt in Hank und das Gute, für das er stand, gewesen, um mir letztlich eingestehen zu können, dass es niemals funktionieren konnte. Doch jetzt hatte er es bewiesen. Er betrog mich, genau wie Grant.

Ohne mich den beiden zu zeigen, drehte ich mich auf dem Absatz herum und sprintete vom Waggon fort und auf das Haus zu. Mein Körper war schweißüberströmt und Tränen rannen mir das Gesicht hinab, als ich mein Ziel erreichte. Ich bekam keine Luft mehr. Sterne tanzten vor meinen Augen; vergeblich versuchte ich, sie wegzublinzeln. Ich rannte zum Seiteneingang, wich allen möglichen Leuten aus. Dann schaffte ich es durch die Doppeltüren und lief geradewegs Ollie und Dean in die Arme.

Ein Blick in mein Gesicht, und Deans Augen verwandelten sich in weißglühende Schürhaken. Ollie nahm mich sofort in den Arm. »Oh nein. Shit. Dean, wir müssen hier weg.« Oliver gab Dean ein Zeichen. Ich bemühte mich, das heftige Schluchzen zu unterdrücken, das meinen Körper schüttelte und sich in gequältem Stöhnen Bahn brach.

Oliver und Dean zogen mich vors Haus und in Hanks Wagen. Dean sprang auf den Fahrersitz, und Ollie bettete mich auf den Rücksitz. Hank hatte anscheinend die Schlüssel im Zündschloss stecken lassen, denn schon setzten wir uns mit quietschenden Reifen so schnell in Bewegung, dass der Schotter hinter uns in die Luft flog.

»Verflucht, kein Handyempfang«, schrie Oliver, aber ich konnte die Stimmen gar nicht mehr richtig verstehen. »Prinzessin, was ist passiert?«, fragte er dann in fürsorglichstem Ton. Den kannte ich schon. Er hatte ihn nach jeder meiner Trennungen, nach einem Streit mit Rio oder einer deprimierenden Auseinandersetzung mit meiner Mutter angeschlagen. Eigentlich immer, wenn er merkte, dass ich litt.

»Er hat sie geküsst. Er liebt sie«, würgte ich hervor und schlug mir die Hände vors Gesicht. Elend – tiefstes, unbedingtes Bedauern und Leid – bemächtigte sich meiner. Ich war nicht genug für ihn. Ich musste von hier fort, aus seinem Haus, aus Texas. Ich musste wieder zu mir nach Hause. Auf sicheres Terrain.

»Hank hat eine andere Frau geküsst?«, fragte Ollie, und ich nickte. Ich bekam keinen Ton mehr heraus. Meine Kehle war rau und trocken und fühlte sich an, als hätte ich Rasierklingen verschluckt. »Er liebt jemand anders? Aber er sagte doch, dass er dich liebt! Er hat es uns allen gesagt!« Ollie fing an zu weinen, und Dean beruhigte ihn auf die gleiche Weise, wie Hank Susie beruhigt hatte. Galle stieg mir in die Kehle, und der saure Geschmack füllte meinen Mund mit Speichel.

Oliver tätschelte meinen Arm. Dicke Tränen rannen über sein Gesicht, während er mit mir weinte. Das tat er immer. Wenn ich litt, litt er mit mir. So funktionierte das zwischen uns. Er war der einzige Mann, den ich jemals wirklich lieben konnte, ohne dass er mich verletzte. Mein Gott, was war ich dumm gewesen.

»E-er geht zu-zu-zurück zu seiner Ex!«, stieß ich mit letzter Kraft hervor. Ich litt Höllenqualen, die wie schmerzhafte Speere tief in mich drangen, und ich brauchte meine ganze Kraft, um das wenige, was ich heute zu mir genommen hatte, nicht auf den Boden des Wagens zu erbrechen. Genauso war es mit Grant gewesen. Dieser Mistkerl hatte mich sogar zweimal betrogen, und ich hatte ihn wieder zurückgenommen, und doch war ich noch nie so verzweifelt und verstört gewesen wie jetzt. Tatsächlich hatte ich in meinen achtundzwanzig Lebensjahren noch nie so sehr gelitten. Der Schmerz war unermesslich, allumfassend und durchdrang mein ganzes Sein.

Die Männer hielten vor Hanks Haus, aber Ollie schlug vor, dass ich im Auto bleiben sollte. Das tat ich, denn eigentlich war es mir gleichgültig, was als Nächstes geschah.

Bilder von dem lächelnden Hank, der mich Engel nannte und im Bett liebte, quälten mich. Sein Lachen, die Art, wie sein Körper nach dem Duschen zu glühen schien, das alles fiel mir plötzlich ein. Seine dummen Spitznamen für jeden Menschen in meinem Leben, auch für mich selbst. Wie er mit Gustav gestritten hatte, der Geschmack seiner Haut am Morgen … reine Glückseligkeit. Der Willkommen-zu-Hause-Kuss am Ende eines Arbeitstages, bei dem mein Herz jedes Mal einen Schlag ausgesetzt hatte. Die Art, wie er die Hände an meine Wangen gelegt und in meinen Mund gestöhnt hatte, als ob er an keinem anderen Ort der Welt sein wollte, und wie er dann seinen harten Schaft in mich hineinstieß. Alles vorbei. Verflucht. Das war einfach zu viel.

Als Nächstes wurde ich hochgezogen und in einen anderen Wagen gesetzt. Ein Taxi. Eilig wurden Reisetaschen in den Kofferraum geworfen. Die Männer setzten sich in den Wagen, Dean vorn, Ollie hinten, um mich fest im Arm halten zu können. Deans Handy klingelte unaufhörlich. Ollie schrie Anweisungen in seines hinein.

»Sie sind in drei Stunden bei Ihrem verdammten Jet, oder Sie sind gefeuert, Captain!« Ollie legte auf und fuhr sich mit den Fingern durchs Haar. So zerzaust hatte ich es noch nie gesehen.

Der Mann machte sich Sorgen um mich. Deans Handy klingelte schon wieder.

»Oh Gott, bitte, geh einfach dran«, krächzte ich und lehnte den Kopf an das kühle Fensterglas.

»Wir reisen ab.« Er hielt inne. »Denk nicht mal dran, Partner!« Er atmete tief durch die Nase. »In Sicherheit, keine Sorge.« Deans Stimme klang gefährlich.

»Ja, daran hättest du verdammt noch mal denken sollen, bevor du deine Ex geküsst hast. Arschloch!« Dean legte auf, und wieder kamen mir die Tränen. Gerade als ich schon geglaubt hatte, sie einen Augenblick lang im Griff zu haben, rannen sie mir über das Gesicht. Ich ließ sie einfach laufen.

Hank

Sie schluchzte an meiner Brust. Ich gab mir wirklich Mühe, sagte alles und jedes, was diese Frau beruhigen konnte. Susie war etwas Besonderes für mich gewesen. *Gewesen.* Ich beruhigte sie, klopfte ihr auf den Rücken, hielt sie fest, bis ihre Lippen an meinem Hals emporwanderten. Und ehe ich so recht wusste, was geschah, lagen ihre Lippen auf meinen. Das Gefühl ihres Mundes – feucht, warm, vertraut. Aber es war nicht das, was ich wollte, wonach ich mich sehnte. Meine Arme flogen automatisch zur Seite und stießen die Frau beinahe gewaltsam von meiner Brust fort.

»Was zum Teufel tust du da, Susie?«

»Hank, du willst das hier doch genauso sehr wie ich! Ich spüre es. Kämpf nicht dagegen an. Wir sind jetzt beide frei. Wir könnten wieder zusammen sein. Die Familie gründen, die du dir so sehr wünschst!«

»Nein, Susie. Wir können nicht zurück. Ich kann nie mehr zurück. Was du mir genommen hast, werde ich dir niemals verzeihen. Niemals.« Die Wut, die schon seit zehn Jahren in mir brodelte, kam nun an die Oberfläche und kochte über. »Ich liebe dich nicht, verdammt noch mal. Vielleicht habe ich das irgendwann mal getan, aber das ist lange her. Ich habe jetzt alles, was ich mir jemals wünschte oder brauchte!«

»Sie wird nicht die Frau sein, die du brauchst, Hank. Dazu ist sie nicht fähig!« Ihre Stimme klang vernichtend und verletzt. Der Schrei einer verzweifelten Frau. Es machte mich krank zu sehen, was aus ihr geworden war.

»Hast du nicht kapiert? Sie ist das, was ich will. Diese Frau ist es. Ja, sie kommt aus der Stadt, und ich hätte nie gedacht, dass ich mich mal in eine Frau verlieben würde, die eigentlich aus vielen Gründen nicht zu mir passen dürfte. Aber weißt du was, Susie? Mit ihr ist alles so richtig. Wenn ich bei ihr bin, existiert nichts sonst, und ich will der Eine für sie sein. Nur für sie.«

»Nein, Hank. Bitte, gib uns noch eine Chance«, bettelte sie. Ich schüttelte den Kopf und drehte mich auf dem Absatz um, um nach meinem Engel zu suchen. Ich war jetzt schon viel zu lange fort. Wahrscheinlich war sie mittlerweile in Panik geraten oder betrunken. Der Gedanke an meinen beschwipsten Engel, wenn er so süß lachte und mit seinem besten Kumpel und dessen Wachhund von Mann zusammenhing, gefiel mir ungemein. Sie alle waren jetzt meine neue Familie, und das erfüllte mich mit einer tiefen Freude. Gab mir Hoffnung. Die Tür zur Vergangenheit war nun für immer geschlossen. Was geschehen war, konnte mir nichts mehr anhaben.

Ich bahnte mir meinen Weg durch die Menge auf der Suche nach meinem Engel in Weiß, konnte sie aber nirgends entdecken. Dann merkte ich, dass auch Dean und Oliver verschwunden waren. Ich bat meinen Bruder und seine Frau, mir bei der Suche zu helfen. Das Anwesen war groß, aber weit konnten sie nicht gekommen sein. Wir checkten das Haus, die Gärten, die Ställe, die Scheune, nichts. Bis Old Man Henry schließlich zu mir kam.

»Junge, bist du nicht mit dem Pick-up hergekommen?«

Erst da fiel mir auf, dass mein Wagen nicht mehr vor dem Haus stand. Er war zusammen mit meiner Kleinen und ihren beiden Freunden verschwunden. *Was zum Teufel war da los?*

Aspen hatte ihr Handy auf der Ranch zurückgelassen, also machte ich mir gar nicht erst die Mühe, sie anzurufen. Olivers Anschluss wurde immer gleich auf die Mailbox weitergeleitet, also versuchte ich es bei Dean.

Dean ging erst nach mehreren Versuchen dran. »Dean, was ist los, wo seid ihr? Wo ist Aspen?«

»Wir reisen ab.« Seine Stimme war kalt und klang so gar nicht nach dem freundlichen Kerl, an den ich gewöhnt war.

»Was zum Teufel meinst du mit: Ihr reist ab? Was ist los? Bleibt auf der Ranch. Ich springe in den Wagen meines Bruders.«

»Denk nicht mal dran, Partner!« Deans Stimme klang wütend, stinkwütend, um genau zu sein, und ich hatte nicht die geringste Ahnung, wieso.

»Dean, wo ist sie?«

»In Sicherheit, keine Sorge.«

»Sag mir nicht, ich soll mir keine Sorgen um die Frau machen, die ich liebe, Dean!«, schrie ich ins Telefon.

»Ja, daran hättest du verdammt noch mal denken sollen, bevor du deine Ex geküsst hast. Arschloch!« Die Leitung war tot, und mein Herz ebenso.

Ich warf das Handy ins Gras und sah zum Himmel hinauf. »FUCK!«, schrie ich, und sofort rannte mein Bruder zu mir hinüber. *Gott im Himmel. NEIN!*

»Hast du sie gefunden?« Heath, Ma und Jess waren sofort an meiner Seite.

»Sie ist fort!« Ich schloss die Augen. Furcht breitete sich in meinem Körper aus und schoss mir eisig in jede Pore.

»Was in drei Teufels Namen meinst du damit: Sie ist fort?«

»Scheiße, Ma, ich hab's vermasselt. Ich hab's ganz furchtbar vermasselt.« Ich ließ die Schultern hängen, und sie zog mich in die Arme.

»Oh, Frechdachs, nein. Erzähl mir, was los ist. Du weißt doch, Mama kriegt alles wieder hin«, gurrte sie.

»Nicht diesmal. Ich habe sie verloren.«

Deans Worte hallten laut in meinem Kopf nach.

»Ja, daran hättest du verdammt noch mal denken sollen, bevor du deine Ex geküsst hast. Arschloch!«

Sie wusste es. Ich wusste nicht, wie sie es erfahren hatte. Ich wusste nur, dass sie von der Unterhaltung zwischen Susie und mir wusste. Sie wusste von dem Kuss. Doch offenbar ahnte sie nicht, dass es anders war, als sie glaubte. Und dass ich sie liebte und sie wollte. *Nur* sie.

»Gib mir deine Schlüssel, Heath!«

»Ganz sicher nicht, Hank. Du bist nicht in der Verfassung, um zu fahren«, warnte er mich.

»Gib mir die gottverdammten SCHLÜSSEL!«, brüllte ich meinen Bruder an.

»Mach mal halblang. *Ich* fahre!«, schrie er zurück. »Kümmere du dich um die Kids und Jess, Ma!«, rief er noch über seine Schulter, während wir, so schnell uns unsere Boots trugen zum Pick-up rannten und hineinsprangen. Als wir zu meiner Kleinen fuhren, betete ich darum, dass ich vernünftig mit ihr reden konnte. Das Beste zu verlieren, was mir je passiert war, war jedenfalls keine Option. Dazu durfte es nicht kommen. Ich würde alles wieder in Ordnung bringen, und zwar schnell! Aspen würde zuhören. Oh Gott – hoffentlich würde sie zuhören.

Als wir ankamen, waren sie nirgends zu sehen, sie waren spurlos von der Ranch verschwunden. Ich rannte durchs ganze Haus, aber erfolglos. Sie waren abgereist. Mein Pick-up stand schräg in der Auffahrt, die Hintertür immer noch weit offen. Sie waren eilig abgefahren, und durch ihr Geld und den Privatjet, der meinem Engel gehörte, würden sie wohl kaum am Flughafen stehen und auf den nächsten Flieger warten müssen.

Heath berührte mich an der Schulter und klopfte mir auf den Rücken. »Was ist passiert, Bro? Warum hat sich deine Frau so schnell aus dem Staub gemacht?«

Bei ein paar Bier erzählte ich ihm die ganze Geschichte. Wenigstens hatte er den Anstand, bis zum Ende zuzuhören und mich alles aussprechen zu lassen. Ich erzählte ihm alles von Susie und unserer Vergangenheit, von dem Mist, den er nie erfahren hatte. Als ich Susie vor Jahren verließ, dachten alle, ich hätte einfach nur das Interesse verloren oder sie hätte mich betrogen. Den wahren Grund hatte ich niemandem verraten. Sie hatte das Einzige getan, was ich ihr nie verzeihen konnte. Aus diesem Grund war ich gegangen.

Heath nahm den Hut ab und fuhr sich mit den Fingern durchs Haar, schüttelte mehrfach den Kopf. Butch stürmte durch die Fliegentür, setzte sich auf meine Füße und lehnte seinen pelzigen Kopf gegen meine Beine, was ein willkommener Trost war. Er war wirklich der beste Freund, den ein Mann haben konnte, so viel stand fest.

»Ich hatte ja keine Ahnung, Bro. Dass es mir leidtut, trifft es wohl nicht im Entferntesten.« Er trank einen großen Schluck von seinem Bier, und ich folgte seinem Beispiel.

»Nope. Ich kann immer noch nicht glauben, dass sie unbedingt wieder mit mir zusammenkommen will. Und nun verliere ich ihretwegen das Beste, was mir je im Leben widerfahren ist. Erst verletzt sie mich schlimmer, als ich mir hätte vorstellen können, und dann nimmt sie mir auch noch Aspen, Bro.«

»Nee, die kriegst du schon wieder. Du musst nur offen mit ihr reden. Erzähl ihr, was damals mit Susie passiert ist. Erklär ihr, was sie gesehen hat und wie es dazu kam.« Er hielt inne und sah mich an. »Aspen ist die Richtige für dich. Das wusste ich in der Sekunde, in der du sie umarmt hast. Du behandelst sie, als gäbe es keine andere Frau auf der Welt. Wie ich meine Jess. Sie ist mein Ein und Alles. Sie ist mein Leben. Aspen ist deins.« Ich nickte. Daran war nicht zu rütteln. Mein Bruder fuhr fort: »Auch wenn sie eine elegante Frau aus NYC ist. Wir können uns eben nicht aussuchen, wer für uns richtig ist, Hank.«

»Nein, das stimmt. Aber diesmal mache ich das Richtige. Ich werde mich total ins Zeug legen. Sie hat zugegeben, dass sie mich liebt. Fuck! Das war erst letzte Nacht, Bro, und kurz darauf hab ich es schon vermasselt!« Mir taten buchstäblich die Arme weh, weil ich meinen Engel nicht halten konnte. Ich wollte das Gesicht an ihrem warmen Nacken vergraben, ihren Vanilleduft riechen, ihre Honiglippen und ihren Körper schmecken. Erst dann würde alles wieder gut sein.

»Also, was willst du tun?«

»Ich gehe zurück an die Arbeit. Der Doc sagte, ich könne zumindest wieder am Schreibtisch arbeiten und mich ums Organisatorische kümmern. Ich darf eben nur nicht schwer heben oder körperliche Arbeit verrichten.«

»Okay, und dann?«

»Dann bemühe ich mich um Darlehen, um das Kapital für den Ausbau von Jensen Construction zu bekommen.«

»Du könntest immer noch deine Hälfte der Familienranch verkaufen. Das gäbe dir das notwendige Kleingeld«, bot er an. In diesem Augenblick liebte ich meinen Bruder mehr als je zuvor. Er wäre bereit gewesen, seine Firma mit einem Fremden zu teilen, nur um mir zu helfen. Um mich glücklich zu machen.

»Unter keinen Umständen. Sie ist Familienbesitz der Jensens. Auf keinen Fall würde ich je die Hälfte unserer Ranch verkaufen. Irgendwann sollen unsere Kids sie mal erben. Hast du gehört?« Er nickte.

»Aber Oliver könnte der Schlüssel für mich sein. Wenn er überhaupt mit mir redet.« Ich seufzte. »Er hatte ein paar gute Ideen, aber dann muss ich echt vor ihm zu Kreuze kriechen.« Ich kaute schmerzhaft auf der Innenseite meiner Wange herum und dachte angestrengt nach.

»Hank, du tust jetzt, was du tun musst, um deine Kleine zurückzugewinnen. Und wenn du es geschafft hast, lässt du sie nie wieder gehen. Kapiert? Niemals!«

Heirat. Ich hatte von der ersten Sekunde an, als sie sich mit ihren klaren blauen Augen über mich gebeugt hatte und eine Metallstange in meiner Schulter steckte, gewusst, dass sie die Einzige für mich war. Der Himmel, das Universum oder was auch immer hatte mir einen Engel in Weiß geschickt. Oh, wie sehr ich es liebte, sie in Weiß zu sehen. Ich würde verdammt noch mal so gut wie alles tun, um sie in einem weißen Kleid auf mich zukommen zu sehen und sie für alle Ewigkeit an mich zu binden. Das Schicksal war auf meiner Seite. Daran musste ich unbedingt glauben.

Kapitel 17

Aspen

»Raus aus den Federn, Prinzessin!« Olivers Stimme riss mich aus dem Schlaf und aus meinem perfekten Traum. Hank und ich saßen auf einer Wiese, picknickten. Es war wunderschön. Mit einem Ruck wurde mir die Decke weggerissen, unter der mein Körper Wärme und Trost gesucht hatte.

»Genug davon!« Oliver setzte sich neben mich und tätschelte meine nackte Hüfte. »Du machst dich nur selbst fertig. Warum redest du nicht einfach mit ihm?« Jeden verdammten Tag die gleiche verdammte Frage.

»Du weißt, warum, Ollie. Hör auf zu fragen. Es ist mir ernst damit.« Auch wenn mein gebrochenes Herz es nicht wahrhaben wollte, mit Hank und mir war es vorbei. Finito! Die letzten paar Wochen waren die reine Hölle gewesen, aber auch das würde ein Ende nehmen. Irgendwann.

»Pen, ich kann nicht mehr mit ansehen, was du dir antust. Du hast dich von der Frau im Koma in eine böse Bitch verwandelt. Ist dir eigentlich klar, dass du drei Leute gefeuert hast, seit die Kacke mit Hank …«

»Nicht! Wage es nicht, seinen Namen auszusprechen.« Ich atmete tief durch die Nase ein, dann durch den Mund wieder aus und zählte bis zehn.

»Ich mache mir Sorgen um dich. Ich habe dich noch nie so erlebt. Der Eingangsbereich sieht schon aus wie ein verdammtes Mausoleum, weil Hank ständig neue Blumen schickt. Du hast

Wochen im Bett verbracht, und seit zwei Wochen spielst du hier die Tyrannin. Mir gefällt die Frau nicht, die aus dir geworden ist.«

»Warum haust du dann nicht einfach ab!« Meine Stimme jagte mir selbst Angst ein. In den acht Jahren unserer Freundschaft hatte ich noch nie wirklich mit Oliver gestritten.

»Das meinst du nicht ernst.«

»Vielleicht ja doch.« Tränen traten mir in die Augen.

»Na ja, dann kannst du von Glück sagen, dass es mich momentan einen Dreck interessiert, was du sagst. Du bist nicht ganz richtig im Kopf. Du bist krank. Das Einzige, was dich wieder gesund machen kann, ist groß, sonnengebräunt und kann nicht nur ein Pferd reiten, sondern auch dich …«, er hob einen Finger und stieß spielerisch meine Nasenspitze an, »… und zwar eine Woche lang am Stück!«

Da brach sich durch all den Schmerz und den Kummer ein Lachen in mir Bahn, volltönend und laut. Mein Gott, ich liebte Oliver. Er kannte mich manchmal besser als ich mich selbst. Wenn Liebe doch auch immer so einfach gewesen wäre; dann wäre ich nicht nur auf eine Weise reich gewesen.

»Er hat mich betrogen, und mit seiner ersten Liebe fährt er sowieso besser.« Jetzt rannen mir Tränen übers Gesicht. »Wir sind einfach zu verschieden. Unsere Art zu leben passt nicht zueinander. Siehst du das denn nicht ein?« Ich versuchte, ihm deutlich zu machen, was mir sonnenklar erschien.

Er kaufte es mir nicht ab.

»Das Einzige, was ich sehe, ist eine Frau, die am Boden zerstört ist und die ich über alles liebe. Und diese Frau wiederum liebt einen Cowboy aus Texas, der ihre Liebe erwidert. Bitte, gib ihm doch eine Chance. Er hat dich noch nicht aufgegeben. Er schickt jeden Tag Blumen und Briefe. Er ist wieder im Büro und na ja … ich habe, äh …« Oh nein, das verhieß nichts Gutes. Wenn der schnell redende Oliver plötzlich stotterte, hatte er wieder irgendetwas angestellt. Etwas, was mir nicht gefallen würde.

»Spuck's aus. Was zum Teufel hast du getan?«

Er hatte immerhin so viel Anstand, um schuldbewusst dreinzublicken. »Ich habe mit ihm geredet. Ich, äh, eigentlich habe ich in den letzten zwei Wochen so ziemlich jeden Tag mit ihm geredet. Aber …«

»Du Verräter! Du Judas!«, rief ich und sprang aus dem Bett. Es war Samstag, aber ich würde mich jetzt fertig machen, und dann musste ich verdammt noch mal hier raus. Vielleicht zur Arbeit. Es gab immer etwas, was erledigt werden musste.

»Prinzessin, ich bin kein Verräter. Das ist total unfair!« Ollie stampfte mit dem Fuß auf wie ein Fünfjähriger, der ausgeschimpft wurde. »Ich gebe ja zu, dass ich mit ihm geredet habe. Doch ich habe ihm ordentlich die Hölle heißgemacht. Ich schwöre es! Ich finde nur einfach, du solltest ihn anhören. Dir geht es mies, und du musst …«

»Erzähl mir nicht, was ich muss, Ollie! Ich bin es leid, dass mir jeder erzählt, was ich seiner Meinung nach tun müsste. Ich weiß jedenfalls genau, was du getan hast. Du hast hinter meinem Rücken über mich geredet. Und ausgerechnet mit ihm. Ich bin stinksauer auf dich!«

»Du bist total unvernünftig. Das geht jetzt schon seit drei Wochen so. Ich bin es leid zu sehen, wie du dich verzweifelt im Bett zusammenrollst oder aber einen Marathon im Fitnessstudio hinlegst, bis du umfällst. Bleibt noch die amüsante Alternative, dass du dich totschuftest. Das ist nicht gesund, und ich unterstütze das nicht länger!«

»Ach, hau doch ab! Warum verbringst du nicht das Wochenende mit Dean und lässt mich mal eine gottverdammte Minute lang allein?« Meine Stimme klang schrill. Er wich zurück, als hätte ich ihn geschlagen. Sein spitzes, faltenfreies Gesicht sah gekränkt und bekümmert aus.

»Na gut, ich gehe. Dann viel Spaß bei deiner Selbstmitleidsorgie … Bitch!« Er stürmte hinaus, und ich warf die Kissen auf den Boden und zerrte an dem Betttuch herum, um es zu glätten. Es war sinnlos. Ich konnte einfach keine Betten machen.

Auch mein Mangel an hausfraulichen Fähigkeiten bewies, wie falsch ich für Hank war. Wie die kleine Countryschlampe gesagt hatte. Er brauchte jemanden, der ihn und das Haus versorgte. Der ihm seine Mahlzeiten kochte. Ich hatte Gustav. Ich schleuderte weitere Dinge durchs Zimmer und grummelte vor mich hin.

Warum glaubte nur jeder zu wissen, was das Beste für mich war? Neben den Wagenladungen von Blumen, die Hank täglich schickte, hatte ich auch Karten und Briefe von ihm bekommen. Ich hatte keinen einzigen Umschlag geöffnet. Sie lagen in einem ordentlichen Stapel auf meinem Nachttisch. Hank bemühte sich wirklich, die Mauer zu durchbrechen, die ich um mich errichtet hatte, aber zu Ollie zu gehen und ihn als Fürsprecher zu missbrauchen, war absolut das Letzte. Ich konnte nicht glauben, dass mein bester Freund jetzt auf seiner Seite war.

Einen Mann zu brauchen, irgendeinen Mann – einschließlich Ollie –, stand jetzt echt nicht mehr zur Debatte. Es wurde Zeit, dass ich die Kontrolle über mein Leben zurückerlangte. Oh, wem zum Teufel wollte ich was vormachen? Ohne Ollie, ohne Hank war ich eine verschrumpelte, alte Hexe. Ohne sie gab es keine Freude mehr in meinem Leben. Aber war es tatsächlich möglich, dass alles, was mit Hank vorgefallen war, wieder gekittet werden konnte? Gab es da auch nur einen Funken Hoffnung? Nein, niemals. Er würde mir nur mein notdürftig geflicktes Herz erneut brechen. Ich musste stark bleiben. Männer waren zwar verlockend und eine sexuelle Notwendigkeit, aber mein Leben konnte ich auch ohne sie führen. Alles würde gut werden.

Ich rief meine Schwester an. London hob schon beim ersten Klingeln ab. »Pen, was ist los?«

»Bist du bei einem Klienten?«

»Nein, nein. Ich hänge eigentlich nur mit Tripp ab. Geht es dir gut?«

Ich wollte lügen, wollte ihr versichern, dass alles rosarot war, aber mein Streit mit Ollie hatte meine Gefühle erneut aufgewühlt, und ich brauchte London jetzt. »Nein«, flüsterte ich und hielt krampfhaft die Flut der Tränen zurück, die sich Bahn zu brechen drohte.

»Okay. Ich bin in einer halben Stunde da. Der Verkehr ist mörderisch.«

»Nein, nein. Ich muss echt mal hier raus. Treffen wir uns downtown im *The Place*. Ist das okay? Ich rufe dort an und reserviere meinen üblichen Tisch.«

»Klar. Dann bis gleich.«

Ich nahm eine heiße Dusche und fasste mein Haar zu einem Pferdeschwanz zusammen. Das war so ziemlich das Einzige, was ich ohne Ollie hinbekam, und ich hatte auch gar nicht die Energie, mich wirklich anzustrengen. Ich streifte ein paar dunkle Skinny-Jeans über und ein Tanktop mit losem, schulterfreiem Overshirt. Dazu noch ein Paar silberne Ballerinas, und das Outfit war fertig. Schmuck anzulegen, überforderte mich bereits. Die unauffällige Aspen musste reichen. Dann griff ich zu der größten Jackie-O-Sonnenbrille, die ich finden konnte, um meine geschwollenen Augen dahinter zu verbergen, und war innerhalb von zwanzig Minuten aus dem Haus.

London und Tripp saßen bereits am Tisch, als ich ankam.

»Hey!« London sprang auf und nahm mich fest in den Arm. Auch Tripp umarmte mich innig. Ich liebte diese Menschen. Bei ihnen konnte ich mich gehen lassen. Musste ich mich nicht verstellen und ihnen vormachen, dass es mir gut ging. Sie brauchten mich nur anzusehen, und schon wussten sie, wie schlimm ich dran war.

Prüfend musterte mich London. »Ich habe ein Trostessen bestellt. So wie du aussiehst, hast du ganz schön abgenommen und kannst es brauchen.«

Meinem Körper erging es ähnlich wie meiner Seele. Nur wenn ich kurz davor war, vor Hunger gleich umzukippen, schob ich mir eine kleine Schüssel Cornflakes oder eine Handvoll Mandeln rein. Wein jedoch floss in rauen Mengen und half mir, den Schmerz zu lindern, den ich spürte, sobald ich auch nur an Hank dachte. *Dieser blöde Cowboy!*

»Wie geht es dir?«

»Hab Streit mit Ollie«, antwortete ich.

»Verstehe. Du hast also deine Wut und deinen Schmerz an dem einzigen Mann ausgelassen, der dich mehr als alles andere auf der Welt liebt.«

Tripp schüttelte den Kopf. Ich musterte ihn aus verengten Augen.

»Oh, London ist in dieser Hinsicht auch kein Unschuldslamm, das kannst du mir glauben. Wir haben uns bei ähnlichen Gelegenheiten schon ordentlich in den Haaren gelegen. Stimmt's, Bridge?«

»Stimmt. Aber letztlich haben wir immer wieder zueinandergefunden.« Tripp lächelte und nickte.

»Du und Ollie, ihr werdet euch schon wieder vertragen. Ich garantiere dir, dass er es keinen ganzen Tag aushält, ohne sich wieder mit dir zu versöhnen.«

Gott, ich hoffte nur, dass sie recht hatten. Neben der Trennung auch noch einen Streit mit Ollie zu haben, war unerträglich. Ein Teil von mir hasste es, mich jetzt von ihnen trösten zu lassen. Eigentlich hatte schließlich ich den Streit angezettelt und die harschen Worte gesagt. Trotzdem traf auch Ollie eine gewisse Schuld. Er hatte hinter meinem Rücken mit Hank gesprochen. Er hatte also durchaus Strafe und eine Weile lang Missachtung verdient.

»Was hat er denn angestellt?«, fragte London, und ich schilderte ihr den Streit. Beide hörten zu, nickten an den richtigen Stellen, ließen mich meine Sicht der Dinge darlegen, bis unser Essen und die Getränke gebracht wurden.

»Bist du denn bereit, mit Hank zu reden?«, fragte London.

Allein die Erwähnung seines Namens traf mich wie ein Vorschlaghammer. Ich vermisste ihn wie ein Amputierter sein Bein. In meinen Gedanken war Hank ständig präsent, schien in der Luft um mich herum zu schweben. Wieder traten mir diese jämmerlichen Tränen in die Augen, und ich bemühte mich nach Kräften, sie zurückzuhalten.

»Keine Ahnung. Ehrlich gesagt glaube ich, dass wir uns dafür schon zu weit voneinander entfernt haben.« Ich zuckte mit den Schultern.

»Ich habe mit ihm gesprochen«, gestand London leise, und mein Kopf fuhr so ruckartig in die Höhe, dass ich schon befürchtete, mich zu verrenken. Sie hatte die Lider gesenkt. Mein Gott! Redete denn jeder außer mir mit meinem Ex? »Er hat mir alles erzählt, was passiert ist. Natürlich *seine* Sicht der Dinge. Ich finde aber, du solltest ihn anhören. Vielleicht ändert das ja deine Gefühle«, sagte sie vorsichtig.

Tripp nahm meine Hand in seine. »Bridge wollte dir nicht wehtun, Pen. Er ist unangekündigt in unser Loft gekommen. Wollte unbedingt mit London reden, und ich bin weich geworden und habe ihn reingelassen. Sie war stinksauer auf mich.« London nickte energisch und sog an ihrem Strohhalm, wobei sie ihn beinahe totbiss. Ich fand diese Angewohnheit, auf Strohhalmen herumzukauen, bis nichts mehr hindurchkam, einfach widerlich.

»Willst du wissen, was er gesagt hat?«

Ich zuckte mit den Schultern, versuchte, lässig zu erscheinen, obwohl ich natürlich darauf brannte, alles über meinen geliebten Cowboy zu erfahren.

»Er sagte, dass er dich liebt. Sagte, dass das, was du gesehen hast, ein Fehler war.« Jetzt sah ich ihr wieder in die Augen. »Er versicherte mir, dass diese Tussi Vergangenheit ist und dass sie auch dort hingehört. Meinte, er hätte ihr das auch gesagt.«

»Nun ja, so sah es für mich nicht aus. Wem soll ich also glauben?«, stieß ich zwischen zusammengebissenen Zähnen hervor.

»Pen, ich bin auf deiner Seite, zum Teufel!« Ihre blauen Augen leuchteten so hell, dass man glaubte, durch sie hindurchsehen zu können. »Ich bin immer auf deiner Seite. Mir ist es egal, wer recht hat und wer nicht. Ich weiß nur, was er mir gesagt hat und wie elend du dich fühlst.« Ihre Stimme wurde weich, und ich wusste, sie meinte es gut. Das taten sie alle.

»Du glaubst also, ich sollte mit ihm sprechen?« London und Tripp nickten beide. »Ich wüsste gar nicht, was ich sagen soll«, flüsterte ich, und nun hatte ich den Kampf gegen meine Gefühle doch noch verloren. Tränen rannen mir die Wangen hinab.

London eilte um den Tisch herum, ließ sich auf meinen Schoß plumpsen und nahm mir die Sonnenbrille ab. Sie hielt mein Gesicht in ihren kühlen Händen und wischte mir die Tränen ab. Ich legte ihr den Arm um die Taille, während sie mir unverwandt in meine untröstlichen Augen sah. Auch sie weinte jetzt. Sie hatte es noch nie ertragen können, wenn jemand weinte, den sie liebte. Sie behauptete, dass das an ihren empathischen Fähigkeiten lag. Ich hingegen glaubte, dass sie einfach nur ein reines Herz hatte.

»Ich liebe dich. Tripp liebt dich. Ollie liebt dich. Dean liebt dich. Mom, Dad, Rio, wir alle lieben dich. Und mehr als all diese Leute zusammen liebt *Hank* dich.«

Mein Körper wurde von Schluchzen geschüttelt, und meine Schwester hielt mich im Arm, während ich an ihrer Brust weinte. Es war mir egal, dass die Gäste an den umstehenden Tischen uns wahrscheinlich beobachteten. Zu weinen, den ganzen Schmerz herauszulassen, der sich in mir aufgestaut hatte, während meine Schwester mich im Arm hielt, war reinigend für meine verletzte Seele. Nach einer gefühlten Ewigkeit war ich total leer geweint.

Meine Tränen trockneten, aber London hielt mich weiterhin im Arm, summte an meinem Scheitel, wiegte mich sanft hin und her.

Hank

»Wie zum Teufel soll ich sie dazu bringen, dass sie mir zuhört, wenn sie nicht mit mir reden will?«, fragte ich Mac bei einem Bier.

Er hatte es endlich geschafft, mich aus der Wohnung in eine Sportbar zu locken. Die Cowboys spielten, aber ich konnte mich nicht auf das Spiel konzentrieren. Meine Gedanken waren ständig bei meinem halsstarrigen, wunderschönen Engel, der sich weigerte, mit mir zu reden. Ich hatte jeden Tag Blumen und Karten geschickt. Ich hatte mehrfach in der Lobby ihres Gebäudes auf Aspen gewartet, aber irgendwie war sie mir immer entwischt. Sie war eben ein helles Köpfchen, meine Kleine. Im Büro hatte sie eine ganze Armee von Leuten, die sie abschottete.

»Hm, ich glaube, du musst einen Trick anwenden, um sie zu sehen«, schlug Mac vor und trank einen großen Schluck von seinem Bier.

»Woran denkst du dabei? Ich nehme jeden Vorschlag an, denn mir gehen so langsam echt die Ideen aus.«

Wir verbrachten die nächsten Stunden damit, verschiedene Möglichkeiten hin und her zu wälzen. Aber nichts war wirklich brauchbar, bis wir schon beim vierten Bier saßen. Wir fühlten uns eigentlich verflixt gut, und die Cowboys waren auf Gewinnerkurs.

»Na ja, der Job ist fast erledigt? Du hast doch die Telefonkonferenzen mit dem Architekten schon gehabt.«

»Ja, und? Wenn ich nicht mit ihr rede, war alles, was ich angeleiert habe, umsonst!« Beim Gedanken an all die Veränderungen, die ich in den letzten drei Wochen angestoßen hatte, wurde mir ganz anders. Am liebsten hätte ich mit dem Kopf auf die Baroberfläche geschlagen.

Ich hatte Meeting um Meeting mit ein paar wirklich reichen Typen gehabt, um mit ihnen über meine Expansionspläne für Jensen Construction zu reden. Mac und ich hatten eine volle Woche gebraucht, um sämtliche Unterlagen zusammenzustellen. Wir hatten sogar Jess zu Hause um Hilfe gebeten, die echt super mit dem Technikkram umgehen konnte. Sie hatte PowerPoint-Präsentationen und Grafiken erstellt, die Jensen Construction wirklich gut dastehen ließen. Wir bestellten Hochglanzprospekte und hielten in luxuriöseren Büros unsere Präsentationen ab, als ich in all den Jahren zu sehen bekommen hatte, in denen ich nun schon meine Auftragsangebote abgab. Nach fünf verschiedenen Meetings hatten wir drei unterschiedliche Angebote von möglichen Investoren. Und das verdankte ich alles nur einem Mann: Aspens Vater.

Nach dem Ärger zu Hause mit Aspen hatte ich Mr. Reynolds angerufen. Ich schilderte ihm nicht im Detail, was geschehen war, aber ich kroch zu Kreuze und legte meine Karten auf den Tisch.

Aspens Vater war ein gerissener Geschäftsmann mit jeder Menge Kontakten. Er sagte, er sei überrascht, dass ich ihn nicht um Geld gebeten hätte. Ich erklärte, dass ich keine Almosen wollte, aber eine Chance, meinen Businessplan Leuten vorzustellen, die Interesse an meiner Branche hatten. Er stimmte zu, weil er das Gefühl hatte, mir etwas schuldig zu sein, da ich seiner Tochter das Leben gerettet hatte. Ich versicherte ihm, dass das Vergnügen ganz auf meiner Seite gelegen hätte, nahm aber seine Hilfe bei der Kontaktaufnahme zu möglichen Investoren an.

Durch ihn, Olivers und Deans Verbindungen hatte ich mich beinahe zu Tode geschuftet und Präsentationen vor sieben verschiedenen Firmen gehalten. Und dann geschah das Unvorstellbare: Man bot uns mehr Geld an, als ich je für möglich gehalten hätte. Anscheinend war meine Arbeit in NYC mehr wert, als ich je zu träumen gewagt hätte.

Wir schlossen einen Vertrag mit drei der Investoren, und mittlerweile war ich stolzer Besitzer und Betreiber von Jensen Construction Incorporated, mit einer Abteilung in Texas und einer im Big Apple.

Oliver gebührte mein Dank für die Büroräumlichkeiten. Ab Anfang nächster Woche würde ich mein neues Büro im zwölften Stock des AIR-Bright-Gebäudes beziehen. Ich war sicher, dass Aspen keine Ahnung davon hatte. Er hatte es hinter ihrem Rücken eingefädelt und den Manager des Gebäudes veranlasst, mir ein sechshundert Quadratmeter großes Büro für drei Monate kostenlos zu überlassen. Danach würde ich dafür eine Miete bezahlen, die sich eher nach meinem Budget richtete als danach, was sie für das Büro hätten nehmen können.

Mein kleiner Kumpel war immer noch stinksauer auf mich wegen dem, was mit seiner Prinzessin, wie er sie nannte, schiefgegangen war. Aber er wusste, dass ich nur eins wollte: mit ihr zusammen sein. Und dass alles, was ich jetzt tat, letztlich diesem Ziel diente – Aspen und mich für immer zu vereinen.

Ich hoffte nur, dass ich verdammt noch mal einen Weg finden würde, sie dazu zu kriegen, dass sie sich hinsetzte und mit mir redete. Nicht jeden Tag mit ihr zusammen sein zu können, war, als gieße man Säure auf meine offene, verletzte Seele. In all den Jahren war mir nie der Gedanke gekommen, dass ich jemanden körperlich brauchen könnte oder dass mein Herz ohne seine Gefährtin aufhören könnte zu schlagen. Aber so war es. Ich brauchte Aspen wie die Luft zum Atmen, wie Nahrung und Schlaf. Sie war mein Ein und Alles, und ich musste dringend eine Möglichkeit finden, sie zurückzugewinnen.

Die scharfen Chickenwings und Nachos, die Mac bestellt hatte, wurden an den Tisch gebracht, und er stürzte sich heißhungrig darauf. Ich aß von den Nachos, aber sie schmeckten mir wie Sägemehl. Ohne meine Frau in meinem Leben schien nichts richtig zu sein. Nicht mal essen.

Mac verschlang einen gigantischen Nacho, von dem die Käsesauce über seine Hand tropfte. Er leckte sie ab.

»Das ist fucking eklig, Mann.« Ich lachte zum ersten Mal seit Wochen.

»Die Scheiße schmeckt toll. Zu Hause haben wir so eine klebrige Käsesauce nicht«, sagte er, und seine Augen glänzten vor Freude.

»Weil das kein richtiger Käse ist, Mann. Das ist so ein industriell verarbeiteter Plastikmist, den sich irgendwelche zu Tode gelangweilten Klugscheißerchemiker ausgedacht haben nach dem Motto: ›Käse! Machen wir ihn doch ewig haltbar!‹«

Er schnaubte in sein Bier und leckte jeden käseverschmierten Finger ab. »Weißt du, das ist mir schnuppe. Schmeckt viel zu gut dafür«, fügte er hinzu, und ich schauderte, als ich eine Pommes mit Ketchup einwarf. Mac hörte auf zu kauen, schluckte, wischte sich den Mund ab und blickte in die Ferne.

»Was ist los, Partner?«

»Na ja, sie will dich nicht treffen, oder?« Ich nickte. »Aber sie geht jeden Tag zur Arbeit.« Ich nickte wieder. Oliver hatte mir das bestätigt, nachdem ich ihn mehrfach angebettelt hatte, mich zu ihr vorzulassen. »Warum behauptest du nicht einfach, dass du ein Meeting mit den Anteilseignern willst? Um sie persönlich über den Fortgang des Projekts ins Bild zu setzen. Dann muss sie dich treffen.«

Mac war mehr als nur Muskelprotz und Landei. Der Mann war ein Genie. Ich klopfte ihm auf den Rücken. »Das mach ich. Du überraschst mich immer wieder, Partner.«

»So eine Scheiße sagt Lisa auch immer.« Er tippte sich einmal an den Rand seines Stetsons, dann schaufelte er sich noch mehr Nachos mit Plastikkäse rein.

Der Plan konnte tatsächlich funktionieren. Der Architekt und ich kannten einander mittlerweile ganz gut. Er glaubte an Jensen Construction und hatte sogar versprochen, meine Firma anderen Klienten weiterzuempfehlen, falls sie ein entsprechendes Projekt ausschreiben wollten. Ihn konnte ich bestimmt davon überzeugen, dass ein persönliches Meeting im AIR-Gebäude nötig war. Oliver konnte dafür sorgen, dass dieses Treffen auf Aspens Kalender stand. Er musste ja nicht erwähnen, dass ich auch da sein würde.

Die Idee nahm langsam Form an und gefiel mir mit jedem Bier besser. Das war es! Es wurde Zeit, mir meine Frau zurückzuholen, und ich war entschlossen, alles dafür zu tun. Ich musste nur noch ein paar Kleinigkeiten im Hinblick auf meinen Job und meinen Plan regeln.

Ich wählte Olivers Nummer. Er ging beim ersten Klingeln dran.

»Ist hoffentlich wichtig, Cowboy, denn ich hab jetzt schon jede Menge Stress mit unserem Mädchen wegen deines blöden Hinterns.«

Er schniefte, und ich merkte, dass ihn etwas bedrückte. »Was meinst du damit, dass du Stress hast? Was ist los?«

»Nichts, worum du dir Sorgen machen müsstest. Ich wollte sie nur dazu bringen, mit dir zu reden, und sie ist total ausgeflippt. Hat mich als Verräter beschimpft und mir gesagt, ich soll mich verpissen.« Er fing an zu lachen.

»Ach verdammt, das tut mir leid, Kumpel. Die gute Nachricht ist, dass ich einen Plan habe, wie ich meine Kleine wieder dorthin kriege, wo sie hingehört. Und ich finde den Plan gut. Aber ich brauche deine Hilfe. Bist du dabei?«

»Ich dachte schon, du würdest nie fragen.«

Plötzlich hatte ich ein breites Lächeln auf dem Gesicht. Zwei frische Bier wurden vor mich hingestellt. Mac und ich nahmen sie und stießen an. »Darauf, dass ich meine Frau zurückkriege«, sagte ich und trank.

Kapitel 18

Aspen

In der vierten Woche ohne Hank ging es mit meiner Stimmung langsam aufwärts. Ich hatte wieder etwas mehr Elan. Nach dem Lunch mit London in der vergangenen Woche war ich gleich zu Olivers und Deans Haus gegangen. Dean öffnete und machte mir wahnsinnigen Stress, weil ich Oliver verletzt hatte, der doch nur hatte helfen wollen. Ich entschuldigte mich bei ihm und dann winselte ich bei meinem besten Freund um Gnade. Ollie genoss jede einzelne Sekunde. Am liebsten hätte er mich wohl dabei fotografiert, wie ich vor ihm zu Kreuze kroch. Seitdem waren wir wieder unzertrennlich.

Im Job lief es besser denn je. Ich verdiente mehr Geld, als ich es für möglich gehalten hätte. Meine Aktien stiegen, und die Erweiterung meines Gebäudes war fast fertig. Der Architekt hatte ein abendliches Meeting mit den Anteilseignern einberufen und wollte uns die neuen Räumlichkeiten zeigen. Zum Glück hatte ich mich auf den ersten Blick wieder einigermaßen beruhigt. Das galt allerdings nicht für das blutrote Ding in meiner Brust. Auch wenn man es mir nicht ansah, fühlte ich mich innerlich immer noch wie hohl. Ich bewältigte meine Arbeit, konnte aber nichts anderes fühlen als Sehnsucht und Trauer über meinen Verlust.

Oliver hatte das Meeting für fünf Uhr angesetzt. Vor dem Badezimmerspiegel in meinem Büro frischte ich mein dezentes Make-up auf. Eine eindeutig erschöpfte Frau blickte mir aus dem Spiegel entgegen. Ich bemühte mich, die dunklen Ringe unter meinen Augen abzudecken, ebenso wie meinen grauen Teint. Sogar mein Haar wirkte stumpf und farblos. Vielleicht lag es ja auch nur an der Neonbeleuchtung. Neuerdings pflegte ich mich häufiger selbst zu belügen. Das half mir dabei, die Augen vor der Wahrheit zu verschließen. Einer Wahrheit, die ich bislang niemandem eingestanden hatte: Ich vermisste Hank so sehr, dass es schmerzte.

Ollie betrat das Bad, nahm die Bürste zur Hand und machte sich an meinem Haar zu schaffen. Er fasste die losen Strähnen zu sanften Wellen zusammen und fixierte das Ganze mit Haarspray. Er war ein Magier, der etwas Hässliches in etwas durchaus Präsentables zu verwandeln vermochte.

»Nach der Besichtigung treffen wir uns im Sky Conference Room. Alex will uns aber erst durchs Gebäude führen. Sagte, das sei die beste Methode, um das Ergebnis zu würdigen. Dann unterhalten wir uns über die Inneneinrichtung und anschließend beraten wir über eine Personalvermittlung, die für uns die Mitarbeiter für die Zeitschrift auswählen soll.«

Ich nickte. »Klingt toll. Sieht ja so aus, als sei alles in Ordnung.«

Oliver drehte mich zu sich herum. Er umfing meinen Hals mit beiden Händen und legte seine Stirn an meine. »Du weißt doch, dass ich dich und alles an dir liebe, oder?«, fragte er leise.

Ich verkrampfte mich. Ich versuchte, mich von ihm zu lösen und ihm in die Augen zu sehen, aber er hielt mich fest. »Ollie, was ist los?« Ich legte die Hände an seinen Haaransatz und kitzelte seine Kopfhaut. Er atmete schwer an meinem Gesicht. Warum war er plötzlich so bedrückt?

»Nichts ist los. Sag mir nur, dass du mich auch liebst, egal, was passiert. Dass du mich immer lieben wirst.« In meinem Kopf schrillten sämtliche Alarmglocken. Der Lärm war beinahe ohrenbetäubend.

»Natürlich liebe ich dich. Und alles an dir. Das weißt du. Nichts könnte daran etwas ändern. Okay?« Ich versuchte mein Bestes, um ihn zu überzeugen, aber da ich keine Ahnung hatte, was eigentlich los war, war das gar nicht so einfach.

»Okay.« Er rieb seine Stirn an meiner und küsste mich auf die Nasenspitze. Dann schüttelte er den Kopf, als könne er nur so einen klaren Gedanken fassen. »Alles klar, dann mal los!«

Er täuschte ein Lächeln vor, und das auch noch viel zu schnell. Ich hätte ihn gern gebeten, sich hinzusetzen, um herauszufinden, was ihn belastete, aber wir hatten keine Zeit mehr. Die Anteilseigner warteten. Grant würde ebenfalls dabei sein. Ihn wiederzusehen, nachdem das Verfahren gegen Hank eingestellt worden war, würde Salz in meine offene Wunde streuen, aber es war nun mal nicht zu vermeiden. Der Mistkerl war mit ein paar Hunderttausend Dollar meines hart verdienten Geldes davongekommen sowie mit einer persönlichen Entschuldigung meinerseits wegen des peinlichen Ausbruchs »meines Freundes« im Haus meiner Eltern. Dieser Kerl machte mich krank. Was für eine miese Ratte!

Oliver und ich durchquerten das Bürogebäude, wobei wir nur wenige Male stehen bleiben mussten, weil uns jemand etwas fragen wollte oder im Vorbeigehen noch eben eine Entscheidung gefällt werden musste. Das war ganz normal und gab mir zusätzliches Selbstvertrauen, das ich benötigen würde, um mich gegen die Männerriege zu behaupten. Zumindest würde Alex Benson, mein Architekt, die Besichtigung leiten. Ich hatte einen Großteil des Gebäudes schon gesehen, aber immer erst nach Feierabend. Schließlich wollte ich nicht zufällig auf Hank treffen.

Im Stillen dankte ich dem Himmel dafür, dass Alex das Meeting für siebzehn Uhr angesetzt hatte. Hanks Crew begann um sechs Uhr morgens mit der Arbeit und machte niemals später als sechzehn Uhr Feierabend. Ich hatte mich darüber informiert, bevor ich mich in die Räumlichkeiten geschlichen hatte, um mir ein Bild von den Fortschritten zu machen. Irgendwie fühlte ich mich Hank näher, wenn ich etwas sah, an dem er jeden einzelnen Tag arbeitete. Und es war auch immer alles zu meiner Zufriedenheit. Hank hatte den Laden fest im Griff, und seine Arbeitsmoral sprach Bände. Wenn nur seine persönlichen Moralvorstellungen auch so vorbildlich gewesen wären.

Wir trafen die sechs Stakeholder und den Architekten in der Lobby von AIR Bright Enterprises. Oliver hatte einen roten Power-Suit für mich ausgewählt, der am Revers und an den Außennähten der Hosenbeine mit Leder abgesetzt war. Smokingstil, nannte er das. Ich trug eine frische, weiße Bluse mit hohem, perfekt gestärktem Kragen. Schwarze, schwindelerregend hohe Stilettos vervollständigten den Look und verliehen mir zusätzliche Körpergröße, sodass ich den meisten Männern direkt in die Augen blicken konnte.

Grant versuchte, mich zu umarmen, legte die Hand auf meinen Oberarm und wollte mich an sich ziehen. Unbehaglich entwand ich mich ihm und streckte ihm die Hand entgegen, um sie ebenso freundlich wie geschäftsmäßig zu schütteln. Seine Pupillen weiteten sich einen Moment lang, dann setzte er wieder seine gewohnt coole Maske auf. Er fühlte sich in seiner gelangweilten, übertrieben professionellen Rolle wohl, und sie passte auch zu ihm wie die verdammte Faust aufs Auge.

Ich beobachtete, wie er mit den anderen Männern interagierte, und erkannte, wie sehr ich mich von ihm hatte blenden lassen. Er war ein gewandter Redner, hatte einen attraktiven Körper, aber er war auch langweilig, snobistisch und hob die sprichwörtliche Selbstgerechtigkeit von Männern der Upperclass auf ein neues Level. Ein Gentleman war er jedenfalls nicht, obwohl er sich gern für einen hielt. Ich wusste es besser, und eines Tages würde er einen Denkzettel dafür kriegen, dass er mich während unserer Beziehung und noch einmal während des Hank-Debakels dermaßen beschämt hatte.

Alex führte die Gruppe durch den überdachten Übergang in den neuen Abschnitt von AIR Bright. Wir betraten einen weiten, offenen Bereich mit einer makellosen Granitrezeption, die einen fast fünf Meter großen Radius hatte. Auf jeder Seite der Rezeption befanden sich Doppeltüren aus Milchglas mit kleinen, durchsichtigen Ausschnitten, in denen das neuen Logo mit dem Schriftzug *Bright Magazine* deutlich zu lesen war. Die Sonne, die hinter der oberen Hälfte des Logos ins Glas geätzt worden war, sah hinreißend aus. Hängelampen waren an unterschiedlichsten Stellen im gesamten Empfangsbereich verteilt.

»Unter jedem Licht hat der Designer spezielle Sitzbereiche vorgesehen, wo Gäste der Zeitschrift Platz nehmen können.« Seine Hand deutete schwungvoll auf den offenen Bereich. Man konnte sich das leicht vorstellen, und bislang schien den Beteiligten zu gefallen, was sie da sahen.

Dann führte uns Alex durch die Türen in einen langgestreckten Flur, den zu beiden Seiten Einzelbüros säumten. Am Ende des Flurs befand sich ein weiterer großer Bereich mit Arbeitsnischen an jeder Wand. »Inmitten des Raumes wird ein extragroßer Konferenztisch mit Wi-Fi, einem herunterfahrbaren Grafikbildschirm und auch ansonsten der neuesten Technologie stehen«, fuhr er fort.

Ich fügte Alex' Beschreibung noch etwas hinzu. »Ich habe diesen offenen Bereich vorgeschlagen, damit die Belegschaft im Herzen der Zeitschrift jederzeit zusammenkommen kann. Dort können die neuesten Trends, Kolumnen oder Artikel besprochen werden, und man befindet sich dabei in Hörweite der übrigen Mitarbeiter. Dadurch wird die Zusammenarbeit gefördert – ideale Bedingungen für ein Team. Alle haben das Gefühl dazuzugehören, und es gibt keine Geheimnisse. Klatsch wird durch die Raumaufteilung minimiert, sodass die Belegschaft sich darauf konzentrieren kann, was wirklich zählt – *Bright Magazine*!« Das Konzept war hochaktuell, und ich glaubte fest daran, dass es hervorragende Ergebnisse zeitigen würde.

Wir bewegten uns weiter durch die Räumlichkeiten. Alex hatte Indoor-Outdoor-Durchgänge geschaffen, durch die die verschiedenen Abteilungen miteinander verbunden waren. »Ich will jedem, der hier hindurchgeht, das Gefühl vermitteln, sich in einer Blase aus Licht und Luft zu befinden. Überall werden Pflanzen stehen, und es wird natürliches Sonnenlicht hereinfluten können, was zu einer warmen Atmosphäre beiträgt. Die Neonröhren schalten sich nur ein, wenn die Sonne nicht genügend Licht bietet.«

»Alex und ich entschieden uns für dieses Konzept auf der Grundlage von Forschungsergebnissen zur Produktivität von Mitarbeitern unter dem Einfluss von Tageslicht und Frischluft im Gegensatz zum klassischen Großraumbüro. Die Statistiken zu Kreativität und Produktivität von Mitarbeitern, die unter diesen Bedingungen arbeiten, sind erstaunlich.«

Die sonst so unerschütterlichen, reichen Geschäftsmänner raunten miteinander und wirkten insgesamt sehr angetan vom Ergebnis ihrer Investition. Ich war unendlich stolz. Nur eines wäre noch besser gewesen: Wenn Hank ihre Begeisterung über das, was er und sein Team gebaut hatten, hätte miterleben können.

Die nächste halbe Stunde verbrachte Alex damit, die Gruppe von Zimmer zu Zimmer zu führen und jeweils die besonderen Designeigenschaften hervorzuheben. Seine Begeisterung war ansteckend. Ich freute mich nun richtig darauf, den Kopf mit diesen Männern zusammenzustecken und zu entscheiden, welches HR-Unternehmen wir mit der Personalsuche betrauen würden, wie der Businessplan aussehen würde und wie die Büros, Arbeitsnischen und Konferenzsäle im Einzelnen zu gestalten waren. Natürlich würde ich London mit dem Innendesign beauftragen. Nicht nur weil sie meine Schwester war, sondern weil sie brillant war und ihre Visionen dem zur Verfügung stehenden Budget anpassen konnte. Die Anteilseigner waren über diese Personalie bereits informiert worden, und nachdem sie Londons Portfolio gesehen hatten, hatten sie eingewilligt, noch bevor sie wussten, in welcher Beziehung ich zu ihr stand. Grant hatte ein paar Bemerkungen fallen lassen, aber letztlich entschied die Mehrheit.

Wir kehrten in den Sky-Conference-Room an der Spitze des AIR-Bright-Gebäudes zurück. Er befand sich im sechzehnten Stock und war beinahe vollständig von Glasfenstern umgeben. Alle suchten sich einen Stuhl ihrer Wahl und ließen sich um den Tisch herum nieder.

Nachdem wir zwei Stunden lang über die Details des Gebäudes gesprochen hatten, einigten wir uns auf eine Personalvermittlung und einige erste Vorschläge, die London bereits für Sitzgruppen und Kunstwerke im Empfangsbereich vorgelegt hatte. Außerdem legten wir fest, wie ein Durchschnittsbüro aussehen sollte, und orientierten uns auch dabei an den Schreibtischen, Aktenschränken und Bücherregalen, die sie als passend ausgewählt hatte. Ihre Designkonzepte waren wirklich gelungen. Wir hatten uns auf eine moderne und schnittige Inneneinrichtung, durchsetzt von organischen, urtümlichen Akzenten, geeinigt. Es war eine Hommage sowohl an die althergebrachten Zeitungen als auch an die Media-Room-Konzepte aus dem TV-Bereich, die in der Vergangenheit aufgekommen und dann von anderen Designs abgelöst worden waren.

»Hat noch jemand irgendetwas auf dem Herzen, bevor wir das Meeting beenden?«, fragte ich glücklich, wenn auch körperlich wie emotional erschöpft. Dieser fürchterliche Monat hatte definitiv seinen Tribut gefordert.

»Ich habe tatsächlich noch einen Gast, den ich den versammelten Anteilseignern vorstellen möchte, wenn Sie nichts dagegen haben. Es ist der Mann, der diesen Bau erst möglich gemacht hat, wobei es nur einen einzigen nennenswerten Zwischenfall gab. Sein Unternehmen und sein Team trotzten dem Schicksal, hielten sämtliche Fristen ein und stellten das Projekt sogar eine Woche früher als vorgesehen fertig.« *Oh, gütiger Himmel, nein.* Es gab nur einen Mann, der jetzt hinter dieser Tür stehen konnte.

Er öffnete sie schwungvoll. »Darf ich vorstellen: Hank Jensen von Jensen Construction. Diesen Namen sollten Sie sich merken, denn er hat gerade expandiert und eine neue Niederlassung seines Unternehmens hier in New York City eröffnet«, schwärmte Alex.

Vor Schreck blieb mir der Mund offen stehen. Er hatte eine neue Zweigstelle eröffnet? Oliver legte seine Hand auf meine, senkte den Kopf und sah mich bittend an. Er hatte davon gewusst, war wahrscheinlich von Anfang an eingeweiht gewesen. Er war ein toter Mann!

Hank schüttelte jedem Anteilseigner die Hand, sogar Grant, obwohl man sehen konnte, dass er hier ein wenig härter zudrückte. *Höhlenmensch!* Bei diesem Gedanken lief es mir kalt über den Rücken. Oliver klopfte er herzlich und von Mann zu Mann auf den Rücken.

»Wie geht es dir, Kumpel?«, fragte er ihn verschwörerisch.

Ich saß nur da, versuchte, alles in mich aufzunehmen – seine unglaubliche Präsenz, seinen Zitrusduft mit einem Hauch von Moschus, die Farbe seiner Augen … Oh Gott, ich hätte in diesen honiggrünen Tiefen versinken können.

»Aber wie …?«, flüsterte ich.

Hank

Mein Engel war sprachlos vor Staunen. Ich nahm ihre Hände und zog Aspen geradewegs an mich. Sie verschmolz mit mir, verwirrt, wie im Traum.

»Wo ein Wille ist, ist auch ein Weg, Engel. Du bist mein Wille. Und der Weg, nun ja, es gibt nur einen Weg. Und der führt zu dir.«

Sie machte den Mund auf, um etwas zu sagen, aber ich nutzte den Augenblick, um meine Lippen auf ihren Mund zu legen. Ich ließ die Hände über ihre zarte Wirbelsäule gleiten, vergrub meine großen Hände in ihren perfekten goldenen Locken, intensivierte den Kuss. Sie reagierte bereitwillig. Es war einfach zu lange her. Meine Hände, mein Körper und mein Mund sehnten sich schmerzhaft nach ihr. Unsere Zungen fanden sich. Sie schmeckte nach Kaffee und süßer Vanille. Ich brauchte mehr.

Sie schlang die Arme um meinen Nacken und zog mich an sich. Es war, als könne auch sie mir nicht nahe genug kommen. Mein Engel verlangte gierig nach einem Kuss, verschlang mich ganz und gar. Ihr Mund zog und knabberte an meinen Lippen. Ich stöhnte, und dann löste ich mich von ihr, als ich hörte, wie sich irgendein nerviger Störenfried hinter uns räusperte. Ihr gesamter Körper verkrampfte sich, als ihr einfiel, dass wir Zuschauer hatten. Sie versuchte, sich von mir zu lösen, aber ich ließ sie nicht allzu weit kommen.

Ihr Atem ging stoßweise, während sie die schockierten Gesichter der anwesenden Männer betrachtete. Alex grinste wie ein Idiot, und Oliver wischte sich mit einem Taschentuch die Tränen aus den Augenwinkeln.

»Sorry, die Herren. Aspen und ich haben uns einen ganzen Monat lang nicht mehr gesehen. Da haben wir einiges nachzuholen.« Ein paar der Männer nickten. Ich sah, dass die meisten glänzende Ringe an der linken Hand trugen. Ja, sie hatten verstanden.

»Hank, ich … wir brauchen ein wenig Privatsphäre«, sagte Aspen und versuchte noch einmal, sich loszumachen.

Ich schüttelte den Kopf. »Nope, nicht um alles in der Welt lasse ich dich jetzt gehen. Schließlich bist du jetzt da, wo du hingehörst, nämlich in meinen Armen.« Ich hielt meine Kleine fest. Aspen wand sich etwas, und dann fiel der Groschen.

»Alex sagte, du hast Jensen Construction ausgebaut?« Sie wirkte verwirrt und unsicher.

»Hab ich. Weißt du, ich habe deinen Pops angerufen, der mich ein paar Investoren vorgestellt hat. Und einer davon ist sogar hier.« Ich deutete auf Mr. Jackson. Der lächelte und nickte. Die Welt war eben klein. Anscheinend hatten wir jetzt geschäftlich beide mit Mr. Jackson zu tun. Er war ein guter Mann, da konnte ich nicht klagen.

»Jackson? Wirklich?« Sie schüttelte ihren hübschen Kopf. »Was ist hier los, Hank?«

»Leute, seid ihr mit eurem Meeting hier durch? Ich will jetzt mit meiner Frau allein sein, wenn's recht ist.« Die Männer sprangen auf und machten sich auf den Weg hinaus. Im Hinausgehen riefen sie mir noch ein *Gut gemacht* oder *Tolle Arbeit* zu. Grant blieb wie angewurzelt auf seinem Stuhl sitzen und wartete darauf, dass die Show begann. Ich musterte den Mistkerl mit verengten Augen.

Oliver ging zu Grant hinüber, zog seinen Stuhl vom Konferenztisch weg und schob ihn auf seinen Rollen kraftvoll aus dem Konferenzzimmer. Grant schimpfte und polterte auf dem Weg hinaus. Er hatte wohl nicht erwartet, dass der kleine Kerl ihm eins auswischen würde. Ollie schlug laut die Tür zu, allerdings nicht, ohne vorher noch über die Schulter den Daumen hoch zu halten.

Ich drehte mich zu Aspen um und küsste sie erneut. Ihr überraschtes Keuchen verwandelte sich in ein Stöhnen, und ich geriet wieder in ihren Sog. Die Frau hatte die Macht, einen Mann in einen gefüllten Krapfen zu verwandeln mit ihrer spitzen Zunge, ihrem scharfen Verstand und ihrem megaheißen Körper – und mit ihrer Grazie.

Ich drehte sie um, hob sie hoch und setzte sie auf den Konferenztisch. Ich drückte ihre Schenkel auseinander, dann legte ich ihre Beine um meine Hüften. Warum zum Teufel hatte sie eigentlich eine Hose an? Ich musste noch mal mit meinem Kumpel über ihre Garderobe reden. Sie sollte mehr Röcke und Kleider tragen. Ich presste meine Erektion hart gegen ihre Mitte.

»Oh Gott, Hank. Das können wir nicht tun. Nicht hier. Nicht jetzt. Du hast mir noch nicht mal gesagt, was los ist«, flüsterte sie dicht an meinem Hals. Dann saugte und biss sie mich, brachte mich beinahe um meinen verdammten Verstand.

»Ich kann nicht warten, Engel. Es ist zu lange her.« Ich knöpfte ihr die Hose auf, hob sie mit einer Hand hoch und zog ihr den Stoff über die Schenkel hinab. Ihre hochhackigen Schuhe fielen mit lautem Knall zu Boden. Sie lehnte sich zurück, ließ sich von mir die Hose ganz herunterschieben. Sie trug einen Slip aus roter Spitze, und durch den feuchten Stoff konnte ich schwach die Umrisse ihrer Pussy erkennen.

Mir lief das Wasser im Munde zusammen. Schnell streifte sie sich das Höschen ab, bevor ich auch dieses in Fetzen reißen konnte. Clever. Ich zog meine Khakihose nach unten und ließ sie zusammen mit meinen Boxershorts zu Boden gleiten. Aspen griff nach meinem Hemd und knöpfte es auf, während ich auf ihre Brust starrte, die sich unter ihren Atemzügen heftig hob und senkte.

Ihre blauen Augen waren beinahe schwarz, voller Verlangen. Ich schickte ein kleines Gebet zum Himmel, dass sie mich jetzt nicht von sich stieß. Sie wollte mich. Wollte es ebenso sehr wie ich, genau hier, genau jetzt. Gut so, denn wenn es anders gewesen wäre, wäre ich auf der Stelle explodiert!

Ich drückte sie an mich und küsste sie. Sie hielt mein Gesicht fest und drehte meinen Kopf so, wie sie es wollte. Sollte sie ruhig die Führung übernehmen. So lange ihre Lippen auf meinen lagen, konnte sie tun, was immer sie wollte. *Mein Gott! Sie schmeckte so gut*. Ich griff um sie herum und umfing ihren Hintern. Die andere Hand wanderte geradewegs ins Gelobte Land. Sie war unglaublich feucht. Ich drang mit zwei Fingern in sie ein. Sie reckte sich, bäumte sich meiner Hand entgegen, dann presste sie den Oberkörper an mich. Haut an Haut.

Es war nicht genug. Mehr. Ich brauchte mehr.

»Hank, ich …«, sagte sie, als ich meinen Schwanz ausrichtete, ihren Hintern hochhob und sie fest auf meine Erektion hinabdrückte. Mit einem heftigen Stoß füllte ich sie aus. »Gott!«, schrie sie.

Ich wurde ganz still, hielt uns nur regungslos umklammert und ließ meinen Körper zur Ruhe kommen. Wie ein Verhungernder hatte ich mich seit über einem Monat nach ihrer Berührung verzehrt, und ich wollte nicht, dass es vorbei war, bevor es richtig begonnen hatte.

»Engel.« Ich küsste jeden Zentimeter ihres Gesichts. »Es ist schön, wieder zu Hause zu sein.« Tränen rannen ihr über die Wangen, und ich küsste sie fort, während ich nun mit langsamen Bewegungen aus ihr herausglitt und wieder hineinstieß.

»Ich habe dich vermisst«, flüsterte sie dicht an meinen Lippen, die Lider gesenkt.

»Mach die Augen auf«, bat ich, begleitet von einem besonders harten Stoß. Sie keuchte und öffnete die Augen. Sie waren erfüllt von Liebe, Schmerz und noch etwas anderem … Hoffnung. »Ich liebe dich. Dich. Aspen Isabel Bright-Reynolds.« Ich unterstrich ihren Namen mit einem weiteren kraftvollen Stoß. »Niemanden sonst. Es wird nie eine andere geben«, versprach ich, erhöhte das Tempo und begann nun, rhythmisch in sie hineinzupumpen.

»Was ist mit …«, begann sie. Ich legte sie auf den Konferenztisch, sodass sie verletzlich und offen vor mir lag. Ich zog mich zurück und trieb meinen Schwanz dann so tief in sie hinein, dass sie schnell und heftig zum Höhepunkt gelangte.

»Nur dich. Ich habe mich in einen Engel verliebt, und nie wird es eine andere geben. Von heute an gehörst du mir bis ans Ende aller Zeit. Hast du das verstanden?«, rief ich, dann drang ich immer und immer wieder in sie hinein. Ihr Körper bebte unter dem neuen Orgasmus, aber ich merkte, dass ihr der gewaltigste aller Höhepunkte noch bevorstand. Er kündigte sich bereits an. Wenn sie nicht auf meine Worte hören wollte, dann eben auf meinen Körper. Ich würde sie so lange vögeln, bis sie mir die Wahrheit glaubte.

»Gott, ja, Hank. Ich liebe dich. Ich liebe dich so sehr«, schrie sie. Ich zog sie hoch, sodass unsere Gesichter sich beinahe berührten.

»Fühlst du das, Engel?« Sie nickte, während ich wieder tief in sie hineinstieß, und warf stöhnend den Kopf in den Nacken. »Das bin ich in dir. In der Frau, mit der ich mein Leben verbringen will. In der Frau, die ich heiraten werde.« Sie riss die Augen auf, öffnete den Mund, leckte sich über die Lippen. »So ist es. Du hast mich jetzt am Hals. Du hast keine Wahl. Das hier ist real … und es ist echte, wahrhaftige Liebe.«

Ich presste ihren Körper fest an meinen, pumpte mit meinem Schwanz in sie hinein, bis ich mich tief in ihrem Innersten ergoss. Ihr gleichzeitiger Höhepunkt melkte meinen Schaft und verschaffte mir eine schwindelerregende, unverhoffte Lust, wie ich sie noch nie erlebt hatte und nur mit ihr erleben würde. Ich wusste, dass ich diese Frau bis zum Ende meiner Tage anbeten würde.

Sie hielt mich fest, während wir heftig nach Luft schnappten. »Nie wieder, Engel. Wir werden nie wieder getrennt sein.«

Sie nickte. »Hank, wir müssen über so vieles reden. Es ist so viel passiert.« Besorgt verzog sie ihre üppigen pinkfarbenen Lippen, und ich ließ die Zunge in ihren Mund gleiten, küsste ihre Sorgen fort, leckte an ihrer Haut, nahm von ihr Besitz.

»Ja, stimmt.«

Schweigend zogen wir uns wieder an. Ein kurzes Klopfen an der Tür zum Konferenzzimmer, und schon trat Oliver ein. Er betrachtete unsere zerknitterte Kleidung, sah, dass Aspen ihren Blazer überstreifte, ich mein Hemd zuknöpfte. Dann grinste er breit. »Also, es scheint ganz so, dass ihr euch versöhnt habt. Bereit, nach Hause zu fahren? Die Limo wartet.«

Aspen wirkte nervös, aber ich nahm ihre Hand. »Ja, Oliver, wir sind bereit, nach Hause zu fahren.«

Mein Engel runzelte die Stirn. »Aber wo wirst du wohnen?«, fragte sie, während wir zu den Aufzügen gingen.

»In meinem Zuhause weit weg von zu Hause. Wo mein Engel wohnt, da wohne ich auch.«

»Das meinst du nicht ernst. Wir haben uns einen ganzen Monat lang nicht gesehen.« Ihr Verstand wollte meine Pläne durchkreuzen.

»Egal. Ich fahre mit dir nach Hause. Und mein Zeug bringe ich auch gleich mit.«

Oliver schnaubte. »Was? Dein ganzes Zeug?« Er lachte. »Als da wären? Drei Umzugskartons?«

»Sei still, Winzling. Ich rede mit meiner Verlobten.« Fassungslos und mit offenen Mündern starrten die beiden mich an. »Was?«

»Deiner Verlobten?«, flüsterte Aspen.

»Oh ja, du wirst mich heiraten. Je eher, desto besser. Ich hasse es zu warten, und wir haben schließlich einen ganzen Monat verloren.« Ich drückte sanft ihre Hand und zog auch noch einen schockierten Oliver in den Aufzug.

Wir fuhren zum Penthouse zurück, und ich war glücklicher, als ich es mir vor noch einem Monat je hätte vorstellen können. Aspen war schweigsam – zu schweigsam –, aber ich würde sie schon noch für den Gedanken erwärmen, eine Jensen zu werden. Vorher aber mussten wir etwas essen, und ich musste mit ihr zu Hause sein, wo ich alles, was geschehen war, erklären und so den Weg für unsere Zukunft bereiten konnte.

Oliver stieg im dreißigsten Stock aus. Ich hatte ja keine Ahnung gehabt, dass er im gleichen Gebäude wohnte. Das erklärte natürlich, dass er immer so schnell bei ihr war. Oder uns so mühelos in privaten Augenblicken stören konnte. Wir stiegen im Penthouse aus, und die Türen standen weit offen. Ich hatte mit Ollie zusammen ein romantisches Dinner daheim geplant, bei dem Aspen und ich über alles reden konnten.

Rosenblätter lagen auf dem Boden, führten ins Esszimmer. »Hast du das gemacht?«, fragte sie mit ehrfürchtiger Stimme.

»Ja. Aber mein kleiner Kumpel und Gusto haben mir geholfen. Ich wollte, dass unser erster gemeinsamer Abend etwas Besonderes wird. Eine Heimkehr.« Sie nickte und lächelte.

Ein bekanntes Klackern raste durch die Zimmer. Gusto war ihm dicht auf den Fersen und schrie etwas auf Schwedisch. Ich schlang Aspen den Arm um die Schultern und blieb stehen, als Butch um die Ecke bog und sich auf uns stürzte.

»Hi, Butchey! Hast du mich vermisst? Ich dich auch, mein Junge, so sehr!« Aspen tätschelte und umarmte meinen Hund. Mit feuchten Augen sah sie zu mir auf. »Ich freue mich so, dass er da ist.« Butch war glücklicher als ein Schwein im Schlammbad an einem heißen Sommertag. Sein langer Schwanz schlug immer wieder gegen meine Beine, und er drehte sich glücklich im Kreis.

»Ja, der arme Kerl hat dich ganz schrecklich vermisst. Du hast auf der Ranch ein Shirt vergessen, und er hat's gefunden. Hat es die ganze Zeit, in der wir getrennt waren, an seinem Schlafplatz behalten.«

Nachdem sie Butch noch ein paarmal gekrault und geknuddelt hatte, gingen wir ins Esszimmer, wo Gusto sich selbst übertroffen hatte. Der Tisch war mit Blumen, brennenden Kerzen und goldenem Geschirr gedeckt.

»Das ist wunderschön, Hank. Vielen Dank«, sagte sie, als ich ihr den Stuhl zurückzog.

Gusto brachte uns zwei Teller mit Filet Mignon, Gemüse und Couscous. Ich hatte ihn extra um dieses Gericht gebeten, denn das hatten wir an einem unserer ersten gemeinsamen Abende genossen. Sie bemerkte mein scheues Lächeln, als sie einen Bissen aß.

Gott, ich war ein glücklicher Mann. Sie hatte zwar noch nicht gesagt, dass sie mich heiraten würde, aber ich hatte ja auch noch gar nicht vernünftig gefragt. Der wichtigste Schritt war erst mal, dass sie nicht weggelaufen war. Wir waren hier zusammen, und vorhin hatte ich sie geliebt. Wie improvisiert und ungeplant es auch gewesen sein mochte, unsere Körper hatten in diesem Augenblick einfach nicht anders gekonnt, als sich miteinander zu vereinen. Es war einfach zu lange her gewesen. Doch jetzt musste ich endgültig ihr Vertrauen zurückgewinnen. Sie musste verstehen, dass Susie meine Vergangenheit war, sie selbst jedoch meine Zukunft.

Nach dem Dinner hob ich sie hoch und trug sie ins Schlafzimmer. Sie sagte kein Wort. Ich schlug die Decken zurück, legte sie aufs Bett und zog ihr dann langsam den Hosenanzug aus, Stück für Stück. Sie seufzte, als ich jeden Zentimeter ihrer nackten Haut liebkoste und sie immer wieder küsste, während ich ihr die Kleidung ganz abstreifte. Sie hatte bestimmt fünf Kilo verloren, ihre Kurven waren weniger ausgeprägt. Sie wirkte kantiger.

Ein schuldbewusster Stich durchfuhr mich, denn ich wusste, dass sie meinetwegen abgenommen hatte. Sie hatte nicht vernünftig auf sich geachtet, weil ich ihr so furchtbar wehgetan hatte. Ich wollte das wieder in Ordnung bringen, egal, wie lange es dauern würde. Ich zog auch meine eigenen Klamotten bis auf meine Boxershorts aus, und dann legte ich mich neben ihr ins Bett. Sofort bettete sie ihren Kopf auf meine nackte Brust und seufzte.

»Es wird Zeit, dass wir uns unterhalten, Engel. Es gibt da ein paar Dinge, die du erfahren solltest. Versprich mir einfach nur, dass du mir bis zum Ende zuhörst.«

Sie küsste meine nackte Brust. »Okay, ich versprech's. Ich bin bereit.«

Kapitel 19

Aspen

Hanks Körper lag warm an meiner Wange. Sein Moschus-Zitrus-Duft schwebte im Raum. Zum ersten Mal seit einem Monat ging es mir gut. Wir hatten noch nicht darüber gesprochen, was im Haus seiner Eltern in Texas passiert war. Das Geräusch, wie er Susie geküsst hatte, würde mir womöglich für immer im Gedächtnis bleiben. Trotzdem mussten wir darüber reden. Hank hatte ein paar Dinge gesagt, die überhaupt keinen Sinn ergaben. Er wollte hier einziehen? Nannte mich seine Verlobte, machte sich aber nicht die Mühe, mir einen Ring an den Finger zu stecken.

Ich schmiegte mich an Hanks muskulöse Brust, fuhr mit den Fingern durch die Haare auf seinem unteren Bauch, die eine feine Linie bis in die Boxershorts beschrieben, wo seine wunderbare Männlichkeit ruhte. Mir wurde schon wieder ganz warm, als ich mir vorstellte, wie ich Hanks Schwanz nach so langer Zeit genossen hatte. Langsam ließ ich meine Hand über Hanks feste Muskeln hinabwandern, doch er fasste mich am Handgelenk und verhinderte so weitere Expeditionen gen Süden.

»Darlin', wenn du so anfängst, reden wir nie. Glaub mir: Es gibt nichts, was ich lieber möchte, aber ich hab dir versprochen, dass wir ein für alle Mal reinen Tisch machen. Ich will, dass unserer gemeinsamen Zukunft nichts mehr im Weg steht.« Er beugte sich zu mir herab und küsste mich sanft, dann bettete er mich wieder auf seine Brust und schob seine Finger zwischen meine.

Er holte tief Luft und erzählte. »Es war kurz vor meinem vierundzwanzigsten Geburtstag. Susie war zwei Jahre jünger. Sie war ein kluges Köpfchen – hatte ein Schuljahr übersprungen, weshalb wir dann gleichzeitig auf die Highschool gingen. Und wir waren dort die ganze Zeit über zusammen. Wegen des Altersunterschieds warteten wir mit dem Sex, bis sie siebzehn war. Und selbst da fürchtete ich noch, dass ihr alter Herr mich umbringen würde.« Ich lachte leise und dachte liebevoll daran, wie er wohl damals ausgesehen haben mochte.

»Nach der Highschool ging ich aufs College, das ein paar Stunden Fahrt entfernt war, und sie blieb zu Hause, um ihrer Familie auf der Farm zu helfen. Ihre Ma war krank, und sie musste auf ihre jüngeren Geschwister aufpassen. Wir sahen einander an den Wochenenden, trafen uns mit Freunden, vögelten miteinander. Es war hart, dass ich auf dem College und sie zu Hause war. Und mit der Zeit wurden meine Besuche weniger. Unsere Beziehung geriet in eine Krise, aber ich glaubte immer noch, sie zu lieben. War ihr treu.«

Die Bemerkung über seine Treue berührte eine Saite in meinem Innern, und ich spannte mich an wie eine Klapperschlange kurz vor dem Biss. Hank streichelte mir über den nackten Rücken, auf und ab, beschwichtigte mich, bis ich mich wieder ganz auf seine Erzählung einlassen konnte. Mein Körper war ein Verräter, hungerte nach seiner Berührung.

»Und was ist dann passiert?«, fragte ich. Die Reise in die Erinnerung war schmerzhaft. Ich wollte die Wunde mit einem Pflaster abdecken und heilen lassen.

»Eines Tages kam ich am Wochenende nach Hause, und sie weinte ganz bitterlich. Ich brauchte Stunden, bis ich sie dazu brachte, lang genug aufzuhören, um mir erzählen zu können, was los war. Ich dachte schon, ihre Ma sei gestorben oder so was. Es war tatsächlich jemand gestorben, aber nicht ihre Mutter.« Hank holte tief Luft und leckte sich die Lippen. »Sie gab schließlich zu, dass sie schwanger war. Na ja, gewesen war. Sie war in der sechsten Woche gewesen, und dann hatte sie es umgebracht. Sie hat mein Baby umgebracht. Als ich erfuhr, dass ich Vater hätte werden sollen, hatte sie mir die Möglichkeit bereits genommen. Sie hat mir nicht mal die Chance gegeben, darüber zu reden. Eine Entscheidung zu treffen. Sie hatte sich jedenfalls falsch entschieden. Nie hätte ich mein eigen Fleisch und Blut getötet.«

»Oh mein Gott, Hank. Das tut mir so leid.« Ich sah auf. Tränen standen in seinen Augen und rannen dann seine Wange hinab. Ich legte mich auf ihn, setzte mich rittlings auf seinen großen Körper und küsste seine Tränen fort. Seine Boxershorts und mein Slip waren das Einzige, was uns trennte. Er sprach weiter.

»Sie hatte eine Abtreibung vornehmen lassen und behauptete dann, es getan zu haben, weil sie glaubte, dass ich noch nicht Vater werden wollte. Dass ich sie als alleinerziehende Mutter zu Hause sitzengelassen und mein tolles Studentenleben in einer anderen Stadt weitergeführt hätte. Es war meine Schuld. Wäre ich für sie da gewesen, netter und nicht so egoistisch gewesen, hätte sie es vielleicht nie getan. Mein Kind wäre jetzt über zehn Jahre alt.«

Hank waren die Schuldgefühle anzusehen. Der Mann glaubte doch tatsächlich, verantwortlich für diese unglaubliche Entscheidung zu sein, die diese Frau allein getroffen hatte.

»Hank, nein, nein.« Ich küsste jedes Fältchen, jede Träne, jede Linie seines wunderschönen Gesichts. »Shhh … es war nicht deine Schuld. Du darfst dir keine Vorwürfe machen, weil sie damit nicht zu dir gekommen ist. Sie hätte mit dir reden müssen. Diese Entscheidung hätte sie keinesfalls allein treffen dürfen.«

Er schniefte und fasste sich wieder, wischte sich die Tränen mit dem Unterarm ab. Ich richtete mich auf und liebkoste sein Gesicht. »Also hast du dich von ihr getrennt?« Er musste seinen Bericht zu Ende bringen.

Seine Stimme brach, als er antwortete: »Ja, ich konnte ihr das einfach nicht verzeihen. Tu ich auch immer noch nicht. Weißt du, Engel, meine Gefühle für sie sind voller Schmerz, Schuld und Bedauern. An dem Abend auf der Ranch bei meiner Familie bat sie mich, sie zurückzunehmen. Von vorn anzufangen.« Ich versuchte, von seinem Körper herunterzugleiten. »Nein, du bleibst hier. Wir stehen das hier gemeinsam durch«, sagte er mit mehr Überzeugung, als ich in dem Augenblick hatte. Er hielt mich so fest, dass ich ihm nicht entwischen konnte.

»Ich war dort, Hank. Ich habe gehört, was sie gesagt hat. Ich habe nach dir gesucht und war auf der anderen Seite des Waggons.« Tränen traten mir in die Augen. »Du hast sie gefragt, ob sie dich zurückhaben wollte, sie sagte Ja, und dann hast du sie geküsst! Ich habe gehört, wie du sie geküsst hast, Hank!« Ich brach auf ihm zusammen, barg das Gesicht in der Kuhle an seinem Hals und schluchzte. »Wie konntest du nur?«

Seine Arme hielten mich noch fester. »Jetzt hör mir mal zu, und zwar ganz genau. Ich habe nicht *angeboten*, wieder mit ihr zusammenzukommen. Da hast du was falsch verstanden. Ich war total geschockt, als sie das vorschlug. Und bevor ich es verhindern konnte, hat *sie* mich geküsst. *Sie* hat mich geküsst! Und offensichtlich hast du nicht alles gehört. Hast du auch den Teil mitgekriegt, als ich ihr gesagt habe, dass ich dich liebe und mit dir zusammen sein will?«

Wovon sprach er nur? Das hatte ich nicht gehört. Ich schüttelte den Kopf. »Nachdem ich den Kuss gehört hatte, hielt ich es keine Sekunde länger aus und lief weg.«

Seine Arme schlossen sich um mich, und seine sanften Lippen setzten federleichte Küsse auf meine Schläfen. »Du hättest bis zum Finale bleiben sollen, Engel. Ich habe ihr gehörig die Meinung gesagt. Ihr erklärt, dass wir uns lieben und das mit ihr und mir für immer vorbei ist.«

Ich zog mich zurück und sah ihm forschend ins Gesicht. War bereit, ihn um die Wahrheit anzuflehen. Doch die stand deutlich in seinen honiggrünen Augen. Die Wahrheit, die ich beinahe niemals erfahren hätte. Er liebte mich. Nur mich. Seine Hände umfingen mein Gesicht, und er fuhr mit den Daumen über meine Wangen, um mir die letzten Tränenspuren abzuwischen. Das war's. Ich würde nie wieder Tränen über Hanks Vergangenheit vergießen.

»Komm her, Engel.« Er zog mich auf seine breite Brust und nahm mich fest in den Arm. Dies war der wärmste Ort, und er hatte die Macht, meine geschundene Seele und mein zerfetztes Herz zu heilen. »Von jetzt an sind da nur noch wir zwei. Ich versprech's.«

»Aber was ist mit deiner Firma, deiner Ranch? Du liebst dein Zuhause, und du weißt, ich kann AIR Bright nicht aufgeben, Hank. Ich würde es auch nicht wollen.«

»Ich liebe meine Ranch, und ich liebe mein Haus, aber dich liebe ich mehr. Ich habe mich mit drei Investoren zusammengesetzt. Du kennst ja Jackson – er war beim heutigen Meeting dabei. Dann einer von Deans reichen Freunden, und der Architekt Alex Benson hat auch eine Firma, die ebenfalls in mein Unternehmen investiert hat. Und kennst du dieses kleine Büro im zwölften Stock von AIR Bright?«

Ich grinste. »Oliver hat ein paar Strippen gezogen, damit ich es anmieten kann, ohne mir das sonstige Prozedere anzutun oder mich auf die Warteliste setzen lassen zu müssen. Er hat mir neunzig Tage Mietfreiheit zugesichert, um mich zu vergewissern, dass du dich auch auf Dauer mit mir einlässt.« Er schenkte mir ein Lächeln, und ich schmolz dahin. Wenn Hank lächelte, lächelte die Welt zurück.

»Oh ja, ich bin auf Dauer dabei, mein Hengst.« Ich rieb meine Mitte an seinen Hüften.

Er legte die Hände auf meinen Hintern und drückte ihn. Durch den dünnen Baumwollstoff seiner Boxershorts spürte ich, wie er hart wurde.

»Ist das so? Und wenn ein bärenstarker, junger, unglaublich gut aussehender Cowboy aus Texas dir, sagen wir, einen Antrag für die längstmögliche Dauer machen würde, glaubst du, du könntest einwilligen?« Er lächelte zwar, aber ich sah, wie nervös er war.

»Fragst du mich gerade das, was ich glaube, Hengst?« Ich setzte mich auf, sein immer härter werdender Schwanz zwischen meinen Oberschenkeln.

Er hielt meinen Po mit einer Hand fest, beugte sich über die Bettkante und zog seine Jeans heran. Dann holte er eine marineblaue Schachtel aus der Tasche. Ich hielt den Atem an, die Augen fest auf den samtenen Würfel gerichtet, den er lässig in seiner großen Hand herumdrehte. Ein Trommelfeuer aus besorgten Fragen prasselte durch meinen Kopf.

Wollte ich heiraten?

War ich bereit zu heiraten?

Was würden meine Eltern denken?

Was würden seine Eltern davon halten, nachdem ich vor einem Monat das Weite gesucht hatte?

Meine Gedanken überschlugen sich, bevor sie schließlich ins Leere liefen. Mein Herz begann, schmerzhaft gegen meine Rippen zu pochen, und ich legte die Hand darauf.

»Durchatmen, Engel! Du liebe Güte! Es ist nicht das, was du denkst!«

Ich schaute ihn an, und mein Blick brannte sich in seine funkelnden grünen Augen hinein. »Was meinst du damit, es ist nicht, was ich denke?«

»Darlin', ich glaube, was ich will, ist klar. Einen Typen wie mich wirst du so leicht nicht mehr los. Deshalb habe ich diese Schachtel gekauft, die ich dir schenken will.« Er öffnete das Samtkästchen, und es war leer. Kein Ring. Ich massierte meinen Nasenrücken und nahm die Box in die Hand.

»Okay, und wofür soll die sein?« Ich drehte sie um. Der blaue Samt war dunkel wie die Nacht und ebenso schön.

Breit grinste er. »Das ist das Kästchen, in das du einen Ring stecken wirst, wenn du mich fragst, ob ich dich heiraten will, wie es sich gehört«, antwortete er. Er neigte den Kopf zur Seite und beschrieb mit den Daumen Kreise auf meiner Haut, dort, wo mein Slip auf meinem Becken lag.

»Wenn du den Mund weiter offen stehen lässt, schluckst du noch eine Fliege, Darlin'.«

Hank

»Ich fasse es nicht, Hank!« Sie legte den Kopf in den Nacken und fing laut an zu lachen. Ihre Brüste bebten dabei verführerisch. Ich richtete mich auf und nahm eine blassrosa Spitze in meinen warmen Mund. Sie schmeckte köstlich. Aspens Gelächter verwandelte sich in tiefes Stöhnen. Sie legte die Hände hinter meinen Kopf und zog ihn an ihre Brust. Genüsslich strich ich mit der Zunge über ihren Nippel und ließ sie dann um die feste Spitze kreisen. Aspen maunzte wie ein kleines Kätzchen, als ich daran sog.

Dann umfasste ich ihre andere Brust und schenkte ihr die gleiche Aufmerksamkeit. Aspen rieb ihre Pussy an meinem schmerzenden Schwanz, was mir ein lustvolles Schauern bescherte. Ich löste mich von ihrer Brust und sah zu ihr empor. Sie war mehr als sexy und schön – sie war mein Traum. »Dann werde ich mein Zeug also morgen herschaffen lassen«, bekräftigte ich, während ich nicht genug von ihrem köstlichen Körper bekommen konnte.

»Aah. Ja, das ist so gut«, sagte sie stöhnend. Ich schnipste gegen ihren Nippel und biss hinein. Sie schlang die Beine eng um meine Taille und presste sich sehnsüchtig an meine Erektion.

Ich drehte sie auf den Rücken um, zog ihr den winzigen roten Slip aus und spreizte ihre Beine weit. Ich schob ihre Schamlippen sanft auseinander, sodass die feste, kleine, himmlische Perle hervorlugte, die nur auf meine Berührung wartete.

»Nur damit das klar ist. Ich ziehe ein. Wir sind offiziell ein für alle Mal zusammen. Ich habe mein Unternehmen teilweise hierher verlagert. Wir behalten die Ranch als unser Zuhause weit weg von zu Hause, und ich vögele dich für den Rest meiner Tage jede einzelne Nacht.«

Sie keuchte, als ich einen Finger um das Zentrum ihrer Lust kreisen ließ. Sie wand sich und bäumte mir ihre Hüften entgegen in dem Versuch, zu bekommen, wonach sie sich verzehrte. Aber noch hielt ich mich zurück. »Abgemacht, Engel?«

»Ja, Hank. Du, ich, alles, was du gesagt hast.« Sie keuchte heftig, als hätte sie gerade einen Marathon hinter sich. Ich fuhr über ihre Klit, die sich nach meiner Berührung sehnte. »Gott, Hank. Bitte fick mich!«, flehte sie.

»Mit Vergnügen, Engel. Mit dem größten Vergnügen.« Ich hielt die Beine meines Engels weit gespreizt, dann bedeckte ich ihre empfindliche Stelle mit meinem Mund und saugte daran. Sie schrie auf, als der Orgasmus über sie hinwegflutete, versuchte, die Beine zusammenzudrücken, aber ich ließ es nicht zu. Ich wollte alles, was sie zu verschenken hatte. Denn alles, was ich war, gehörte von jetzt an ihr, und dafür würde ich mich nicht mit weniger zufriedengeben.

Mein erster Blick am darauffolgenden Morgen bescherte mir pure Glückseligkeit. Mein Engel lag ausgebreitet und schlafend auf meiner Brust, atmete sanft und gleichmäßig. Es war so gut, wieder zu Hause zu sein. Der vergangene Monat ohne Aspen war die reine Folter gewesen. Jede Minute, die verging und in der ich nicht wusste, was sie tat, mit wem sie zusammen war, ob sie glücklich war oder nicht, war mir wie ein Dolch durch mein Inneres gefahren. Endlich hatte ich meine Kleine zurück, und ich würde sie nie wieder gehen lassen. Ich nahm Aspen noch fester in die Arme.

»Hey, mein Hengst, wenn du mich noch mehr drückst, kriege ich keine Luft mehr«, flüsterte sie und legte mir das Kinn auf die Brust. Diese graublauen Augen waren wie Fenster in ihre schöne Seele.

»Sorry. Guten Morgen, Engel. Gut geschlafen?«

Sie küsste meinen Brustmuskel über der Narbe ein paarmal und lächelte. Himmel, wie ich das vermisst hatte. Nachdem sie die Anbetung »ihres Punktes« beendet hatte, legte sie die Wange wieder auf meine Brust und kuschelte sich an mich. »Mein Gott, Hank. Ich will nie wieder eine Nacht verbringen, in der du nicht neben mir schläfst.«

»Dann ist es ja gut, dass du das auch nicht musst … außer natürlich, du wartest mit der einen Frage zu lang. Denn Darlin', ich bin das, was man einen guten Fang nennen würde.« Sie biss in meinen festen Brustmuskel genau über meinen Nippel. »Autsch, okay, okay! Tut mir leid.«

»Hast du das gestern Abend ernst gemeint?«, fragte sie, und ihr goldenes Haar fiel ihr über das Gesicht. Ich schob die Strähnen über ihren Augen fort, um erneut in das tiefe Blau sehen zu können.

»Im Hinblick auf welchen Teil?«

»Du wirst mich wirklich nicht fragen?«

»Nope, mach ich nicht. Ich will dich heute, morgen und jeden Tag. Ich war total offen zu dir, Darlin'. Ich habe keine Angst. Ich weiß, dass du die Richtige für mich bist. Aber damit das mit uns für immer funktioniert, musst du auch davon überzeugt sein.«

Ihr Blick wanderte durchs Zimmer und in die Ferne. Sie nickte. »Na gut, was willst du heute tun?«

»Du meinst, außer dich hier festzuhalten und unbeschreibliche Dinge mit dir anzustellen?«

Sie lachte. »Ja, genau. Also was noch?«

»Ich will dich ausführen. Ich habe eine Überraschung für dich.« Ich konnte mir das Grinsen nicht verkneifen.

Nach einem glückseligen Morgen, den wir damit verbrachten, uns wieder restlos mit unseren Körpern vertraut zu machen, machten wir uns auf den Weg. Während der Fahrt mit der Limo hatte ich ihr die Augen verbunden. Als wir ausstiegen, erfüllte der süße Duft nach Zuckerwatte die Luft. Das erinnerte mich an den Jahrmarkt zu Hause. Ich nahm ihr die Augenbinde ab, und sie keuchte. »Coney Island? Du bist mit mir nach Coney Island gefahren? Hank, was bist du doch für ein Kindskopf!«

»Ich bin vielleicht ein Kindskopf, aber du, Darlin', musst mal lernen, loszulassen und dich zu amüsieren!«

Der erste Punkt auf der Tagesordnung war das Wonder Wheel. »Warst du überhaupt schon mal auf Coney Island?«, fragte ich sie, als wir das riesige Gerät bestiegen. Es brachte uns weit hinauf, sodass wir einen perfekten Ausblick über den Strand und den Ozean hatten.

Sie lächelte und schien an ein Ereignis aus der Vergangenheit zu denken. Ihr Gesicht nahm einen träumerischen Ausdruck an, und ihr Lächeln wurde immer breiter, während sie über die Frage nachdachte. »Ja, als ich noch klein war. Dad ist heimlich mit uns hingegangen. Mom wollte nicht, dass man uns in Vergnügungsparks sah. Sie hielt sie für billig und unter unserer Würde.« Sie presste grimmig die Lippen aufeinander. »Dad wollte uns immer zeigen, wie die andere Hälfte der Bevölkerung lebte, damit wir unser Luxusleben zu schätzen lernten. Mom fand, dass das lächerliche Zeitverschwendung sei.« Sie zuckte mit den Schultern.

Nach dem Riesenrad gingen wir zum Cyclone hinüber. Es handelte sich um eine altmodische Holzachterbahn, die schneller als eine Peitsche durch ihre Schnörkel und über die riesigen Höcker dahinsauste. Aspen schrie und vergrub bei jeder Abfahrt die Nägel in meiner Hose.

Dann ging es weiter zu den Spielen. Ich war wild entschlossen, für meinen Engel die größte Trophäe zu ergattern, die ich kriegen konnte. Ich ließ Ballons mit Dartpfeilen zerplatzen, spritzte einem Clown Wasser in den Mund, angelte mit Magneten, warf sogar Bowlingkegel mit einem Softball um, gewann den Hauptpreis aber trotzdem nicht. Sie hatte jetzt den Arm voller Stofftiere: ein Frosch, ein Huhn, ein Bär, sogar eine Schlange. Ich wollte unbedingt noch den Clou für sie ergattern. Die Mutter aller Trophäen. Einen Stofftiger.

Schließlich – nach einem endlosen Ringkampf mit einem Starken Mann stieß ich auf Gold. Der Starke Mann war mir nicht gewachsen. Außerdem hatte ich nach der Operation das Bedürfnis, meine Kraft unter Beweis zu stellen. Natürlich schonte ich meine verletzte Schulter, so gut es ging, dennoch erreichte ich mein Ziel. Aspen machte einen Riesenwind um den riesigen Tiger, küsste mich, küsste das Gesicht des Stofftiers, küsste wieder mich. Ich war im siebten Himmel.

Im Weitergehen schob ich die rechte Hand in die Gesäßtasche ihrer Skinny-Jeans. Weiß der Henker, warum sie sie so bezeichnete. Sie besaß einen zarten Körper mit Kurven genau an den richtigen Stellen. Mussten nicht alle Jeans skinny sein bei jemandem, der so schmal war? Frauenkleidung war einfach unlogisch.

»Hank, das war der schönste Tag überhaupt.« Aspen strahlte. Noch bevor ich antworten konnte, eilte sie zu einem Stand mit dunkelblauen Vorhängen, auf denen weiße Sternchen gedruckt waren. Auf dem Schild stand *Wahrsagerin* in geschwungenen Lettern. »Komm, das machen wir!« Vor Aufregung hüpfte sie buchstäblich auf und ab. Ich konnte einem hübschen Ding wie ihr einfach nichts abschlagen.

»Alles, was du willst. Und ich wette, genau das wirst du dort auch hören!«, fügte ich hinzu, als sie mich in den dunklen Raum zog. Wir wurden zu einer Frau geführt, die an einem runden Tisch saß, in dessen Mitte eine Kristallkugel stand. Sie hatte einen roten Schal um ihr langes schwarzes Haar geschlungen und den passenden Lippenstift aufgetragen. Ansonsten trug sie fließende Glitzergewänder und hatte lange purpurne Nägel. Bei ihrem Anblick wurde mir ganz unheimlich zumute. Sie neigte den Kopf zur Seite.

»Sie.« Mit einem langen roten Nagel deutete sie auf mich. »Sie sind ein Ungläubiger. Sie sitzen da drüben!« Sie deutete auf einen Stuhl an der Seite. Anscheinend würde sie mir heute nicht die Zukunft voraussagen. *Dann war sie gut beraten, mir auch nur den halben Preis zu berechnen.*

Sie bedeutete Aspen, ihr gegenüber Platz zu nehmen. Sie hielt ihre Hände fest und tippte mit den langen Nägeln in ihre Handinnenfläche. Mir lief ein Schaudern über den Rücken. Es war merkwürdig, dass sie nicht fragte, welchen ihrer Dienste wir in Anspruch nehmen wollten, und sich auch nicht im Voraus bezahlen lassen wollte. Wahrscheinlich eine Betrügerin. Sie würde uns hinterher ein Heidengeld abknöpfen wollen, und wir würden keine Wahl haben, sondern bezahlen müssen. Ich wollte gerade etwas sagen, als sie wieder mit einem ihrer Finger auf mich deutete.

»Nichts sagen.« Ich hielt den Mund, aber nur, weil sie total abgefahren war und die Hand meiner Kleinen hielt. Aspen schien von der seltsamen Frau vollkommen fasziniert zu sein.

»Engel«, flüsterte sie, und Aspen keuchte. »Ihre wahre Liebe wird Sie so nennen. Das ist irgendwie von Bedeutung.«

Ich versuchte, mich daran zu erinnern, ob ich sie so angesprochen hatte, als wir eingetreten waren. Aber ich wusste, dass ich es nicht getan hatte.

»Sie haben der Welt viel zu bieten. Sie sind nicht nur klug, sondern auch kreativ und haben in Ihrem Beruf viel Erfolg. Ihrer Erfolgslinie nach zu urteilen, mehr als die meisten, würde ich sagen.« Sie musterte weiter Aspens Hand. »Sehen Sie diese Linie? Das ist Ihre Lebenslinie. Sie werden ein langes,glückliches Leben haben.«

Dann fing sie an, mit der Zunge zu schnalzen. »Ah, aber sehen Sie hier die Herzlinie, da gibt es ein paar Lücken. In der Liebe hatten Sie schon einigen Schmerz auszuhalten oder werden es noch. Aber eine Liebe gibt es, Ihre wahre Liebe, die ist ganz kurze Zeit hier unterbrochen, kommt aber zurück und bleibt bis zu Ihrem Lebensende bei Ihnen.« Sie lächelte. »Sie müssen nach Ihrer wahren Liebe Ausschau halten. Sie werden sie erkennen, wenn sie da ist, Engel«, flüsterte sie.

Aspen nickte und lächelte, riskierte einen kurzen Blick in meine Richtung. Ihr scheues Lächeln war so süß wie die Melasse, die ich morgens auf meine Pasteten goss.

Die Wahrsagerin sprach weiter. Fügte noch ein paar überraschend genaue Informationen hinzu, die sogar mich für den Bruchteil einer Sekunde an ihre übernatürlichen Fähigkeiten glauben ließen. Sie sprach über einen Mann in Aspens Leben, der an ihrer Seite blieb, aber nicht ihre wahre Liebe oder ihr Geliebter war. Aber eine verwandte Seele. Sie riet Aspen, diese Beziehung niemals aufzugeben, denn sie würde ihr in wichtigen Lebensphasen zur Seite stehen. Bei den Dingen, die ihre wahre Liebe nicht verstehen konnte.

Als wir uns schon zum Gehen gewandt hatten, fasste die Frau Aspens Arm und drehte sie zu sich herum. Sie lächelte breit. »Ihre Aura, sie ist weiß und strahlend. Herzlichen Glückwunsch. Wenn nicht jetzt, dann bald.« Die Frau nahm Aspen fest in den Arm. »Kommen Sie zurück, hübscher Engel, aber lassen Sie den Ungläubigen nächstes Mal zu Hause.« Wütend funkelte sie mich an.

Ich gab der Frau ein paar Zwanziger, und sie stopfte sie sich in ihren BH. »Auf Wiedersehen, Hank«, sagte sie, drehte sich auf dem Absatz um und ging.

»Woher kennen Sie meinen Namen?«, rief ich ihr hinterher, aber sie ging weiter und winkte mir nur noch mit der Hand über der Schulter zu. Offensichtlich waren wir entlassen.

»Das war unglaublich, Hank. Du hättest offener dafür sein müssen.« Aspen zog einen Schmollmund, umarmte aber den riesigen Tiger. Der war sein Geld wert gewesen, im Gegensatz zu dieser Hellseherin. Immerhin konnte sich Aspen jetzt immer an ihn kuscheln und dabei an mich denken.

»Ich glaube nicht an diesen Hokuspokus.«

»Sie hat mich Engel genannt. Sie kannte deinen Namen. Und sie wusste schon ein paar ziemlich verrückte Dinge über mein Leben. Weißt du, was sie mir gesagt hat?«

»Keine Ahnung. Ich bin zwischendurch weggedöst.«

»Sie sagte, dass in meinem Liebesleben noch viele große Dinge passieren werden und dass ich den Stier bei den Hörnern packen soll. Das hat sie gesagt. Den Stier. Du weißt schon, wie Vieh!«

»Oh, hör doch nicht auf dieses Stück Pferdemist. Die verulkt dich nur. Sie hat dich durchschaut, hat in dir gelesen wie sonntags in der Kirche in der Bibel.«

»Nicht witzig, Hank. Sie wusste echt ein paar unglaubliche Dinge. Und was steckt hinter dieser Glückwunschgeschichte? Was meinte sie wohl damit, dass meine Aura strahlend und weiß sei?«

»Keine Ahnung. Vielleicht haben ihr die Kunden zu oft eins über die Rübe gezogen, oder sie ist als Baby mal auf den Kopf gefallen. Denk nicht mehr drüber nach.« Ich umfing ihre Taille und zog sie an mich. »Außerdem: Gratuliert wird erst, wenn wir beide ›Ich will‹ vor Gott und der Welt sagen.« Sie küsste mich sanft. »Also, wann, denkst du, kann ich endlich eine ehrbare Frau aus dir machen?«, fragte ich und wartete nervös auf ihre Antwort. Doch ich musste es einfach wissen.

Ihre Miene wurde ein bisschen ernster. »Es ist ja nicht so, dass ich dich nicht will. Ich liebe dich. Noch nie habe ich einen Mann so geliebt wie dich. Und zum ersten Mal in meinem Leben fühlt es sich so an, als sei es tatsächlich für immer.« Sie lächelte, und ihre Augen leuchteten, als sie mich ansah. »Aber wir sind gerade erst wieder zusammengekommen. Ich will nichts übereilen«, bekannte sie.

»Wir haben alle Zeit der Welt, Engel. Du und ich gegen alle Widerstände.«

»Ich liebe dich, Hank, und alles an dir«, sagte sie. Ich hatte sie das auch schon zu Oliver und ihrer Schwester sagen hören.

»Was heißt das genau?«

Sie lächelte, blickte mir forschend ins Gesicht und sah mit ihren klaren wasserblauen Augen tief in mich hinein. »Es bedeutet, egal was geschieht, ich liebe alles an dir. Gutes, Schlechtes und alles dazwischen. Alles an dir, eben.«

»Ich liebe auch alles an dir, Engel.«

Epilog

Aspen

Es war Oktober, und die Feiertage näherten sich mit Volldampf. Hank und ich hatten uns in den letzten drei Monaten noch auf ganz anderer Ebene als auf der körperlichen kennengelernt. Er hatte von dem Arzt, der ihn operiert hatte, grünes Licht bekommen. Aber man hatte uns gewarnt, dass er es immer noch langsam angehen lassen sollte und sich beim Gewichtheben mit jeder Woche steigern sollte, bis er beim Bankdrücken wieder auf die über hundert Kilo kam, die er vor dem Unfall geschafft hatte. Ich kaufte mehr Gewichte für unser heimisches Fitnessstudio, damit er trainieren konnte, und engagierte einen Personal Trainer für uns beide.

Hank war nicht begeistert, dass ein, wie er sagte, »halb nackter Mann« mit mir trainierte, aber ich musste mich nur auf jedem einzelnen Gerät im Fitnessstudio von ihm nehmen lassen, damit er sich mit der Idee anfreundete. Er meinte, so würde ich immer daran denken, was wir auf den einzelnen Maschinen getrieben hatten, wenn der Trainer mich darauf unterwies. Was für ein liebenswerter Spinner!

Hanks Unternehmen boomte. Er meinte, er hätte in New York deutlich mehr zu tun als jemals in Texas. Mac leitete die Texas-Filiale und freute sich, dass er daheim bei seiner Familie sein konnte. Ein paar der alleinstehenden Männer beschlossen, in New York zu bleiben, weil sie das Leben in der großen Stadt aufregender fanden als das Landleben. Hank bot an, ihnen pro Stunde deutlich mehr Stundenlohn zu zahlen, um den höheren Lebenshaltungskosten Rechnung zu tragen. Außerdem passte er auf diese Weise seine Gehälter dem durchschnittlichen Lohnniveau hier in der Stadt an. Mit Ollies Hilfe stellte Hank eine Empfangsdame ein, einen Büromanager und besetzte noch ein paar andere notwendige Positionen. Hinzu kam ein Dutzend neue Arbeiter für die Baustellen. Wenn man Ollie glauben wollte, würde er innerhalb eines Jahres seine Belegschaft verdoppeln müssen, so viele Aufträge hatte er bislang ablehnen müssen. Wir sprachen über meine Sorgen, dass er seine Arbeit unter Wert verkaufte. Er meinte, er verdiene auch so gutes Geld für einen anständigen Arbeitstag, weshalb er meist sämtliche anderen Angebote unterbieten konnte. Auf diese Weise erhielt er zwar mehr Zuschläge, als er managen konnte, aber im Großen und Ganzen waren das Klagen auf hohem Niveau.

Mit dem *Bright Magazine* steckten wir mitten in den Vorbereitungen für den Launch am ersten Januar. Es herrschte eine Riesenaufregung, und ich war zuversichtlich, dass das Team, das wir eingestellt hatten, und die ersten Interviews, Fotoshootings und Kolumnen die Leserschaft so fesseln würden, dass die neue Zeitschrift Erfolg haben konnte. Außerdem prangte auf dem Cover einer der heißesten Promis in halbnackter Pose. Mit einem gut aussehenden Mann konnte man eigentlich nichts falsch machen. Er würde nicht nur die Aufmerksamkeit der durchschnittlichen Singlefrau, sondern auch die der Ehefrau und Mutter fesseln, egal ob berufstätig oder nicht.

Der einzige Wermutstropfen war, dass ich mich ständig beschissen fühlte. In den vergangenen Wochen hatte ich eigentlich immer Kopfschmerzen gehabt, hatte entweder gar keinen Appetit oder einen Bärenhunger. Erschöpfung wechselte sich mit wahnsinnigen Energieschüben ab, und ich hatte das Gefühl, einfach nicht ich selbst zu sein. Ich kannte meinen Körper. Bestimmt flippte ich wegen Hanks Antragsgerede aus. Die Symptome kamen und gingen und hingen zweifellos mit Hanks Forderung zusammen, dass ich um seine Hand anhalten sollte und nicht umgekehrt. Das Problem war nur, dass ich nicht wusste, wie oder wann ich es tun sollte und ob ich wollte oder nicht. Man verstehe mich nicht falsch – ich liebte Hank mehr als alles in meinem Leben. Er war definitiv der einzige Mann, mit dem ich mir jemals eine gemeinsame Zukunft vorstellen konnte, und die einzige Person, bei der ich eine Heirat auch nur in Erwägung zog.

Wo liegt dann das Problem? Ich stattete sogar ein paarmal einem Juwelier einen Besuch ab und hielt nach Ringen Ausschau. Einmal zerrte mich Oliver dorthin und forderte kategorisch, dass ich einen aussuchte. Er ließ nicht locker, bis ich es getan hatte.

Am nächsten Tag gab ich den Ring zurück. Es lag nicht daran, dass der Ring Hank nicht passte. Es würde ihn nicht im Geringsten kümmern, wie der Ring aussah. Für ihn galt er lediglich als Zeichen, dass ich bereit war für mehr, bereit für ein ganzes Leben mit ihm. Er war unglaublich verständnisvoll und hatte mich danach nicht mehr unter Druck gesetzt. Inzwischen schien er vollkommen zufrieden damit zu sein, nur mit mir zusammenzuleben, und hatte die letzten drei Monate genossen. Aber ich wusste, dass er es nicht vergessen hatte.

Wenn wir im Fernsehen oder im Kino eine Hochzeit sahen oder zu einer eingeladen wurden, trat ein wehmütiger Ausdruck in seine Augen. Es brach mir das Herz zu sehen, wie sehr er es sich wünschte, und zu wissen, dass es ein Leichtes gewesen wäre, ihm alles zu geben, was er wollte. Aber konnte so ein Bund überhaupt von Dauer sein?

Die Ehe meiner Eltern fußte nicht auf Liebe, Vertrauen und Leidenschaft. Sie war eine Zweckgemeinschaft, eine Geschäftsverbindung. Vergangene Woche war es mir wegen dieser vertrackten Situation ziemlich mies gegangen. Also hatte ich meinen Vater besucht und ihm Fragen zu seiner Ehe gestellt.

»Schatz, deine Mutter und ich stammten aus den gleichen Kreisen. Unsere Familien kannten einander seit Jahren. Die gegenseitige Wertschätzung zwischen ihrer Familie und meiner trug viel zu unserer Entscheidung bei zusammenzukommen. Es passte halt«, hatte er gesagt.

»Aber hast du Mom geliebt?«

Er sah mir in die Augen, aber sein Blick leuchtete nicht. Es gab keine liebevollen Erinnerungen daran, wie er sich Hals über Kopf in meine Mutter verliebt hatte und ihr Herz im Sturm erobert hatte, sodass er niemals wieder ohne sie leben musste. »Schatz, ich habe gelernt, deine Mutter sehr zu lieben. Und außerdem hat sie mir die drei besten Dinge geschenkt, die ich je geschaffen habe. Dich, London und Rio.« Er lächelte und nahm mich in die Arme.

»Was würdest du sagen, wenn ich dir erzählte, dass Hank mich heiraten will?«

Er grinste. »Ich würde sagen, dass es mich überrascht, dass er so lange gewartet hat. Der Junge ist total verliebt in dich, Schatz. Du weißt, dass er bereits bei mir um deine Hand angehalten hat.« Er sagte es, als bäte er mich, ihm doch mal eben den Zucker für den Tee zu reichen.

»Er hat dich gefragt? Wann?«

»Vor zwei oder drei Monaten. Sagte, er wolle dich zurückerobern, und, sobald er es geschafft hätte, wolle er dich heiraten. Er wollte sich vergewissern, dass ich nichts gegen seine Absichten habe. Ich antwortete ihm damals, dass ich mich geehrt fühlen würde, ihn in unserer Familie willkommen zu heißen. Dann gab ich ihm ein paar Kontaktdaten für seine Expansionspläne.«

Ich schüttelte den Kopf und dachte darüber nach, was mein Vater mir gerade erzählt hatte. »Warum hast du mir nichts davon gesagt? Das ist Monate her.«

»Na ja, eigentlich war ich davon ausgegangen, dass du schon

bald vorbeikommen und mir von deiner Verlobung berichten würdest, aber da du es nicht getan hast, wollte ich nicht nachbohren oder dir die Überraschung verderben. Aber vor ein paar Wochen wurde ich dann doch neugierig und rief ihn an, um mich nach seinen Absichten zu erkundigen.« Er stieß ein tiefes kehliges Lachen aus. »Er sagte mir, er hätte dir die Zügel übergeben. Er wollte, dass du auch ganz bestimmt bereit bist, mit ihm aufzusatteln. Das war seine Formulierung, nicht meine.« Er lachte und führte die Fingerspitzen unter dem Kinn zusammen. »Worauf wartest du noch, Schatz?«

»Ehrlich gesagt, Dad, keine Ahnung. Oliver ist außer sich. Dean würdigt mich kaum eines Blickes. London weint beinahe jedes Mal, wenn wir uns unterhalten, und jetzt muss ich feststellen, dass selbst du dich hinter meinem Rücken mit meinem Freund unterhalten hast.« Ich grinste, musste aber dann doch seufzen. »Und ich fühle mich in letzter Zeit einfach nicht mehr wie ich selbst. Keine Ahnung. In einer Sekunde geht es mir gut, in der nächsten möchte ich mich am liebsten im Bett verkriechen und mir die Decke über den Kopf ziehen. Sowohl Hank als auch ich machen jede Menge Überstunden im Büro.« Das war wohl die plausibelste Erklärung für meinen Zustand.

»Wie läuft es denn mit seiner Expansion?«

»Hervorragend. Hank ist ungeheuer klug. Anscheinend hat er auch einen Abschluss in Architektur und Betriebswirtschaft der University of Texas in der Tasche.«

»Das beweist wieder mal, dass man ein Buch nie nach dem Einband beurteilen sollte.« Er zwinkerte mir zu und nippte an seinem Tee. »Wenn du noch nicht bereit bist, Hanks Frau zu werden, dann solltest du auch nichts übereilen. Wenn der Mann dich wirklich will, dann wartet er auf dich. Und wenn er dich liebt, dann drängt er dich nicht, dich auf irgendetwas einzulassen, was nicht richtig für dich ist.«

»Nein, ich weiß, Dad. Das tut er auch nicht. Er hat es in den letzten drei Monaten ein paarmal angesprochen, aber ohne mich unter Druck zu setzen. Doch ich weiß, dass er bereit ist. Und zu wissen, dass du ihn magst, hilft doch sehr. Ich liebe dich, Dad.« Ich stand auf und umarmte ihn.

»Er ist ein anständiger Kerl, und er liebt dich aufrichtig. Vergiss das nie, wenn du über deine Entscheidung nachdenkst. Oh, und sag deiner Mutter nichts davon. Verlobt euch einfach.« Er lachte. »Und könntest du bitte mal zum Arzt gehen und dich untersuchen lassen? Du beklagst dich in letzter Zeit ziemlich häufig, dass es dir nicht gut geht.«

Ich nickte. »Ja, mach ich. Tatsächlich hat mir Oliver schon für morgen einen Termin gemacht.«

Der Abend war vergangen wie im Flug, und ich war eingeschlafen, noch bevor Hank von einem Geschäftsessen zurückgekehrt war. Am darauffolgenden Morgen schlüpfte ich aus dem Bett und traf Ollie in dem Gästezimmer an, das ich zum begehbaren Kleiderschrank mit Toilettentisch hatte umbauen lassen, nachdem Hank eingezogen war. Hanks Schrank war nun der neben dem Hauptbadezimmer.

Während der vergangenen Monate hatten Hank und Ollie sämtliche Unsicherheiten im Hinblick auf ihren jeweiligen Platz in meinem Leben überwunden, aber Olivers aufdringliche Art konnte Hank immer noch nicht tolerieren. Er akzeptierte nicht, dass ein Mann in unser Schlafzimmer kam, um mich zu wecken. Außerdem wollte er auch nicht unbedingt in der Nähe sein, wenn Oliver mich morgens zurechtmachte. Zudem kaufte er mir Morgenmäntel aus Seide für jeden einzelnen Wochentag, damit ich nicht mehr nackt vor meinem besten Freund herumstolzierte. Ich wusste, dass mich Hank nicht kontrollieren wollte. Er hatte einfach nur altmodische Moralvorstellungen, und ihm war eine gewisse Schamhaftigkeit deutlich wichtiger als mir.

»Bereit, dein Problem in den Griff zu kriegen?«, fragte Ollie und reichte mir einen schwarzen Hosenanzug und eine silberfarbene Seidenbluse.

»Ehrlich, Ollie. Du kennst mich gut, aber mir fehlt echt nichts. Ich bin nur erschöpft. Ich habe unglaublich reingeklotzt, und Hank und ich verbringen die Abende gern ineinanderverschlungen, statt uns den notwendigen Schlaf zu gönnen.«

Er verzog das Gesicht. »Hm-hm. Wie auch immer. Ich habe von Leuten wie dir gehört, die die ganze Zeit erschöpft waren mit regelrechten Anfällen von Fatigue. Am Ende stellte sich heraus, dass sie Krebs hatten!« Er stemmte die Hände in die Hüften.

»Was zum Teufel, Ollie? Das ist ja total krank. Willst du mir etwa Angst einjagen?«

»Ja, verdammt! Ich selbst hab nämlich eine Scheißangst. Du hast ja keine Ahnung, wie viele Krankheiten du laut Internet schon haben könntest!« Seine Stimme klang ernst, aber seine Augen sprachen eine ganz andere Sprache.

»Ich geh ja schon zu dem verdammten Arzt. Und jetzt hör auf, irgendwelche Diagnosen zu stellen, Himmelherrgott noch mal! Ich habe keinen Krebs, ich bin nur einfach nicht in Form. Vielleicht hab ich ja auch nur eine Erkältung.«

»Du könntest auch eine atypische Lungenentzündung haben und nichts davon ahnen!«

Ich verdrehte die Augen. »Ollie«, sagte ich warnend. »Ruf den Wagen, bitte.«

Ollie meinte es gut, aber manchmal schoss er wirklich übers Ziel hinaus. Dennoch lag ein Körnchen Wahrheit in seinen Überlegungen. Ich fühlte mich jetzt seit fast zwei Monaten wie eine Leiche auf Urlaub. Wahrscheinlich lag es tatsächlich am Stress und war nur Erschöpfung. Ob ich damit klarkam, wenn etwas Ernsteres dahintersteckte? Krebs. Nein, nein, nein. Mein bester Freund hatte mir gerade grundlos einen Schrecken eingejagt. Atypische

Lungenentzündung. War das möglich? Kurz nach unserem Ausflug nach Coney Island hatte ich wegen einer Nebenhöhlenentzündung ein Antibiotikum eingenommen. Vielleicht brauchte ich einfach noch mehr davon.

Ein paar Stunden später führte mich der Arzt wieder ins Wartezimmer hinaus, wo Ollie auf mich wartete. Ich hatte ihn gezwungen, bei mir zu bleiben, obwohl ich ihm dafür einen Abend zu viert in einem der vornehmsten Restaurants in New York hatte versprechen müssen. Manchmal schwebte mein bester Freund über mir wie eine Helikopter-Mom. Diesmal jedoch war ich dankbar dafür, dass er mich immer beschützen wollte. Ein Blick in mein blasses Gesicht, und er führte mich hinaus und in den Wagen.

»Pen, okay. Ich bin bereit. Was ist los?« In seinen Augen standen Tränen. »Du bist weiß wie ein Geist, sag es mir!«, schrie er.

Ich gab ihm das Stück Papier, das mein Schicksal besiegelte.

»Oh. Mein. Fucking. Gott!«

Hank

Mein Engel war still – zu still. Sie saß nur da und blickte zum Fenster der Limo hinaus. Wir hatten einen Tisch reserviert in einem Schickimicki-Restaurant uptown. Ich hasste die Stadt nun nicht mehr, aber auf den hektischen Verkehr, Menschen, die ständig in Eile waren und einander anrempelten sowie den ganzen Gourmetkram hätte ich trotzdem gut verzichten können. Jedes Mal wenn wir in so einem feinen Schuppen aßen, wählte Aspen das Essen aus, und ich hatte hinterher immer noch Hunger. Dann mussten wir auf dem Heimweg noch Halt an Fat Johnnys Hot-Dog-Stand machen. Ein großer Mann wie ich wurde einfach nicht satt von einem Krümel Fleisch und ein paar Stangen Spargel. Ich brauchte ein Drei-bis-vierhundert-Gramm-Steak, eine Kelle voll gestampfter Kartoffeln und einen Berg Mais, womit ich mir den Bauch vollhauen konnte. Dazu noch ein paar Bier, und ich war ein glücklicher Mann.

»Darlin', was ist los?«

»Hmm?«

»Ich hab dich gefragt, was dir im Kopf herumspukt.«

»Ich liebe dich Hank. Alles an dir.« Sie lächelte, aber es klang merkwürdig, und die Worte kamen aus heiterem Himmel.

»Erzähl's mir, Engel. Was ist los? Was hat der Arzt heute gesagt? Bist du krank?«

Mir drehte sich der Magen bei dem Gedanken, dass sie krank sein könnte. Den ganzen Tag schon hatte ich nervös auf die Testergebnisse gewartet. Oliver hatte mich total in Panik versetzt mit all seinen medizinischen Websites, die behaupteten, dass Aspen hundert Krankheiten haben könnte ... von denen viele mit einem frühen Tod endeten. Mir brach der Schweiß aus, und meine Nackenhaare gingen in Habachtstellung. Ich stellte mich auf das Schlimmste ein.

Sie sah weiter aus dem Fenster, als wir am Restaurant ankamen. »Lass uns drinnen reden. Ich habe Hunger«, sagte sie, stieg über mich hinweg und sprang nach draußen.

Ich holte tief Luft und folgte der Liebe meines Lebens in das Gebäude, hoffte bei Gott, dass, was immer ihr fehlte, geheilt werden konnte. *Bitte, Gott im Himmel, nimm mir den Engel nicht wieder weg, den du mir geschickt hast und der jetzt endlich wieder zurück in meinem Leben ist.*

Wir setzten uns an ihren üblichen Tisch. Dadurch, dass sie Unmengen von Geld besaß, hatte sie jede Menge solcher Privilegien. Mir war das so was von egal, aber sie schien das froh zu machen, und ich freute mich, wenn sie glücklich war.

Ich bestellte ein Bier, sie jedoch keinen Wein, was meine Theorie bekräftigte, dass unser Leben sich ändern würde. Sie ließ sich bei der Bestellung des Abendessens Zeit und wählte dann Hühnchen, was seltsam war. Sie liebte alles, was aus dem Meer kam, und bestellte sonst meistens irgendein Fischgericht. Sie sah jeden an, außer mich. Die Alarmglocken in meinem Kopf rasteten total aus.

Ich griff über den Tisch hinweg nach ihrer Hand und zwang sie, mich anzusehen. »Du bringst mich noch um, Engel. Bist du krank?«

»Nichts, was nicht nach sechs oder sieben Monaten wieder vorbei ist«, antwortete sie.

»Brauchst du eine OP oder so was?« Meine Gedanken überschlugen sich. Ich grübelte, welche Krankheit eine so lange Genesungszeit benötigte. Zum Teufel, sogar meine Schulter war nach drei Monaten größtenteils abgeheilt. »Ich kann dir nicht folgen.«

»Ich bin nervös, mein Hengst. Gib mir eine Minute.« Eine nervöse Aspen war etwas völlig Neues. Diese Seite an ihr hatte ich noch nicht allzu häufig erlebt. Sie saß mir gegenüber und gab sich zaghaft, und sie sah blass und unsicher aus. Selbst in ihren Augen brannte nicht das gleiche Feuer wie sonst. Ich konnte mir keinen Reim darauf machen, warum sie sich so verhielt, aber mir ging der Hintern auf Grundeis, und ich wollte es so schnell wie möglich herausfinden.

Ein winziges Lächeln lag auf ihren Lippen, das Balsam für meine Nerven war. Dann holte sie tief Luft und fing noch einmal an. »Seit wir zusammen sind, hast du keinen Zweifel daran gelassen, dass es ein paar Dinge gibt, die dich zum glücklichsten Mann der Welt machen würden. Weißt du noch, was diese Dinge waren?«

Ich hatte keine Ahnung, worauf sie hinauswollte, aber sie biss sich auf die Lippe und langte in ihre Tasche. Sie holte ein Stück Papier und die blaue Samtschachtel hervor, die ich in den letzten knapp drei Monaten nicht mehr gesehen hatte. Mein Herz pochte plötzlich so heftig in meiner Brust, dass man es wahrscheinlich im ganzen Restaurant hören konnte.

»Engel«, flüsterte ich.

»Schau hinein.« Sie lächelte. Ich griff nach der Schachtel und öffnete sie. Darin befanden sich zwei Ringe. Einer hatte einen riesigen viereckigen Diamanten mit drei runden Diamanten an jeder Seite. Ich holte ihn heraus, betrachtete ihn. Der war offensichtlich für sie. Sie lächelte, als ich ihn auf die Spitze meines kleinen Fingers schob, um ihn mir näher anzusehen. »Sehr hübsch.« Ich lächelte, und sie nickte.

Der andere Ring war aus dem weißesten Gold, das ich je gesehen hatte. Innen verlief ein erhabenes Metallseil, wie die, die wir benutzten, wenn wir unser Vieh nach Hause trieben. »Heißt das, dass du mich fragst, ob ich dich heiraten will?«

Ihr Lächeln verblasste, und langsam schob sie mir ein kleines Stück Papier über den Tisch – mit der bedruckten Seite nach unten. Nach einer gefühlten Ewigkeit hob sie den Blick, und was ich in ihren Augen sah, machte mich vollkommen fertig. Sie hatte dicke Tränen in den Augen, ließ jedoch nicht zu, dass sie ihr über die Wangen liefen.

»Kommt darauf an, Hank. Wenn du mich immer noch heiraten willst, wenn du siehst, was auf der anderen Seite dieses Stück Papiers zu sehen ist. Der Deal lautet: Dann fragst du mich, und im Gegenzug frage ich dich.«

Ich hatte plötzlich große Angst vor dem Zettel, aber was immer sich dahinter verbarg, es spielte keine Rolle. Selbst wenn sie eine tödliche Krankheit und ich nur noch einen einzigen Tag gehabt hätte, hätte ich nichts lieber gewollt, als meinen Engel zu heiraten. Ihre Hand war eiskalt, als ich meine darauflegte. »Engel, ich werde dich in jedem Fall heiraten. Es gibt nichts, was ich mir vom Leben mehr wünsche, als mit dir zusammen zu sein. Für immer.«

»Sieh es dir an, Hank. Bitte.« Ihre Lippen zitterten, eine Träne rann ihr die Wange hinunter, und ich drehte das Blatt um. Es war in Schwarz-Weiß bedruckt und zeigte einen weißen körnigen Klecks inmitten eines dunklen Kreises. Als hätte jemand versucht, schwarze Tinte von einem Stück Papier wegzuradieren, hätte ein bisschen zu hart gedrückt und einen undeutlichen weißen Fleck hinterlassen.

Ich schüttelte den Kopf und zuckte mit den Schultern. »Was ist das, Darlin'?«

»Das ist ein Bild von unserem Baby.« Ruckartig hob ich den Kopf und sah sie an. Tränen strömten ihr nun die Wangen herab. Ihre Lippen zitterten, und sie fuhr sich mit der Zunge darüber. Ich wollte sie küssen, sie umarmen, lachen und jubeln vor Freude. Aber ich tat nichts davon. Konnte nur den perfekten kleinen Klecks auf dem körnigen Bild anstarren. Mein Kind. Unser Baby.

»Engel, ich … ich weiß gar nicht, was ich sagen soll.«

»Sag, dass du mich heiraten willst«, drängte sie, und mir wurde klar, dass sie nun einen Rückzieher meinerseits befürchtete. Nur Gott wusste, was in ihrem Kopf vor sich ging, aber nichts hätte weiter entfernt von meinen Absichten sein können.

»Ich will dich heiraten«, sagte ich so entschieden, wie es meine aufgewühlten Gefühle zuließen. Meine Stimme klang gepresst, doch immerhin laut genug, dass Aspen mich verstehen konnte.

»Sag, dass du mich heiraten *wirst*«, sagte sie und nahm meine Hand fest in ihre.

»Ich *werde* dich heiraten.«

»Okay«, flüsterte sie verhalten lächelnd.

»Okay. Wann?«, fragte ich und ergriff nun meinerseits ihre hübschen Hände und wartete auf den richtigen Augenblick, um Aspen zu küssen.

»Keine Ahnung?« Sie war wunderschön, wenn sie durcheinander war. Sie war immer wunderschön.

»Morgen?« Ich grinste übers ganze Gesicht.

Leise lachte sie »Nein. Aber bald.«

»Okay. Darf ich dich jetzt küssen?«

Ihr Lächeln brachte mein Herz zum Schmelzen. Ich stand auf und zog sie vom Stuhl hoch. Dann umfasste ich ihr Gesicht mit beiden Händen. »Du hast mich glücklicher gemacht, als ich mir je hätte träumen lassen. Danke.«

Und ich küsste sie. Ich küsste sie, als sei es das letzte Mal. Ich küsste sie, als sei das Ende der Welt gekommen, obwohl unser Leben doch gerade erst begann. Unsere Welten prallten auf bestmögliche Weise aufeinander. Ich würde mich immer an den Tag erinnern, da mir mein Engel in die Arme gefallen war. Den Tag, an dem sie eingewilligt hatte, meine Frau zu werden. Den Tag, an dem sie mir gesagt hatte, dass ich Vater wurde.

»Wie schwanger sind wir?«, fragte ich und legte ihr die Hand auf den Bauch. Wenn ich mich heftig konzentrierte, bildete ich mir ein, die Umrisse eines winzigen Etwas zu spüren, das darin heranwuchs. Mein Baby.

»Wir sind etwa in der neunten Woche. Ich hatte nicht mal mitbekommen, dass meine Blutungen letzten Monat komplett ausgeblieben sind. Ich hatte so viel Arbeit, und …« Ich legte ihr den Finger auf die Lippen.

»Nicht, Engel. Das ist die schönste Neuigkeit meines Lebens.« Ich nahm ihre Hand und schob ihr den Verlobungsring auf den Finger. Sie griff ebenfalls nach der Schachtel und streifte mir dann meinen Ring über den linken Ringfinger. Er passte perfekt. »Ist es nicht üblich, dass ich meinen erst bei der Hochzeit bekomme?«

»Es ist Sitte, dass derjenige, der den Antrag macht, dem anderen einen Ring ansteckt. Ich habe dich gefragt, und du hast eingewilligt. Willst du mir jetzt etwa sagen, dass du meinen Ring nicht tragen willst?« Sie runzelte die Augenbrauen und machte einen Schmollmund.

»Keine Chance. Ich werde ihn voller Stolz tragen. Ich liebe dich so sehr«, flüsterte ich an ihren Lippen und küsste sie. Dann ging ich mitten im Restaurant auf die Knie und legte das Gesicht auf ihren Bauch. Ich schmiegte mich an ihn und küsste ihn. Aspen schlug meine Hände fort, als ich versuchte, ihren Rock hochzuheben, um ihre nackte Haut zu küssen. Ich wünschte mir nichts sehnlicher, als ihren Körper zu spüren, der mich mit unserem Baby verband.

»Hank, das ist peinlich.« Sie hatte recht. Das ganze Restaurant beobachtete uns. Ich konnte einfach nicht mehr hier herumsitzen und zu Abend essen. Die Aufregung darüber, dass ich bald heiraten würde und wir ein Baby bekamen, durchflutete mich und erfüllte mich ganz und gar.

»Gehen wir!« Ich zog an ihrer Hand und führte sie hinaus auf die Straße.

In Rekordgeschwindigkeit schafften wir es nach Hause, wahrscheinlich weil ich den Fahrer der Limo alle fünf Sekunden anraunzte, sich zu beeilen, andernfalls bekäme er einen Tritt in den Hintern. Er enttäuschte mich nicht.

Wir gingen sofort ins Schlafzimmer. Ohne ein Wort zog ich sie aus und legte sie nackt aufs Bett. Ich entkleidete mich ebenfalls und musterte ihren Körper. Nun, da ich genau darauf achtete, bemerkte ich auch die subtilen Veränderungen.

Ihre Brüste waren voller, ihre Haut hatte einen sanften Schimmer, sogar ihr Bauch wirkte ein ganz klein wenig runder. Aber das war wahrscheinlich Wunschdenken. Ich setzte mich rittlings auf ihre Beine und legte ihr mein Gesicht auf den Bauch. Dann spreizte ich die Hand auf ihm und betrachtete sie ehrfürchtig.

»Du weißt schon, dass du meinen Bauch bald nicht mehr mit deinen Händen bedecken kannst«, sagte sie.

»Oh, ich kann es gar nicht erwarten, dich rund zu sehen, weil du mein Kind in dir trägst.« Ich ließ die Finger über ihre nackte

Haut gleiten. »Zum Teufel, Darlin', allein bei der Vorstellung werde ich steinhart.«

»Ein Mann, den eine Schwangerschaft antörnt.« Sie lachte, genoss aber meine Hände auf ihrem Körper.

Ich verbrachte den Abend damit, jeden Zentimeter meiner schwangeren Verlobten anzubeten. Zu wissen, dass ich das für den Rest meines Lebens tun würde, machte die Welt um so vieles schöner.

Sie schlief die Nacht durch, und in den frühen Morgenstunden betrachtete ich noch einmal das Bild unseres Babys. Es sah noch gar nicht nach Baby aus, aber trotzdem war es das Schönste, was ich, abgesehen von meiner Kleinen, je gesehen hatte.

»Du siehst dir dieses Bild schon wieder an, mein Hengst?«, fragte sie, reckte sich und legte dann ihren Kopf auf meine Brust.

»Ich kann es einfach nicht fassen. Ma wird einen Luftsprung machen. Du bereitest dich besser auf Besuch vor, denn sobald sie erfährt, dass du ein Kind erwartest und wir heiraten wollen, wird die ganze Bagage nach New York kommen.«

Sie küsste meine Brust und hob den Kopf. »Ich hab mir überlegt, ob wir vielleicht auf der Ranch heiraten sollten. Die Landschaft ist wunderschön. Und dass wir nur unsere Familien und unsere guten Freunde einladen. Eine kleine Feier. Immerhin bin ich eine schwangere Braut, es sei denn, wir warten mit der Heirat bis nach der Geburt«, sagte sie.

»Oh, zum Teufel, keinesfalls. Mein Baby kommt nicht als uneheliches Kind auf die Welt. Wir heiraten, und das schnell!« Daran gab es nichts zu rütteln. Je eher, desto besser, das war meine Meinung. Würde Ma sich nicht so über ein weiteres Enkelkind freuen, würde sie uns bis zur Hochzeit Vorwürfe machen, weil wir vor der Heirat schwanger geworden waren.

»Okay.«

»Aber wie, glaubst du, ist es überhaupt zur Schwangerschaft gekommen?«, fragte ich. Sie hatte die Pille genommen, weshalb wir nie Kondome benutzt hatten.

»Der Arzt vermutet, dass es eine Folge des Antibiotikums war, das ich wegen dieser Nebenhöhlenentzündung nach unserem Besuch auf Coney Island nehmen musste, weiß du noch? Ich habe es zehn Tage lang eingenommen. Anscheinend kann das die verhütende Wirkung der Pille verringern.« Sie kuschelte sich an mich und schloss gähnend wieder die Augen.

Es war immer noch früh, und wir hatten uns wirklich sehr spät schlafen gelegt. Meine Frau brauchte jetzt ihre Ruhe, und zwar mehr denn je.

»Habe ich dir eigentlich schon gesagt, wie glücklich du mich machst?« Sie nickte und rieb die Wange an meiner Brust, dann ging ihr Atem wieder gleichmäßiger. Sie schlief schon wieder tief und fest.

Ich hielt sie ganz dicht bei mir, ließ die Finger durch ihr goldenes Haar gleiten und sah mir das Bild unseres Babys an, das ich in der anderen Hand hielt. Dann übermannte der Schlaf auch mich. Süße Träume von fließenden weißen Gewändern, pinkfarbenen Windbeuteln und funkelnden blauen Lichtern tanzten durch mein Unterbewusstsein, zusammen mit einer perfekten Vision meines Engels, der mir in die Arme fiel, damit ich ihn bis in alle Ewigkeit festhielt.

Originaltitel: »London Falling«
Erschienen bei: Waterhouse Press LLC, Destin, Florida

Kapitel 1

London

»Bridge, wir müssen los. Schwing deinen hübschen Hintern hier raus. Wenn ich diese fantastischen Hors d'Œuvres verpasse, bist du tot!« Tripps Stimme drang durch die offene Tür. Ich legte noch etwas durchsichtigen Lipgloss auf, warf mein Haar zurück und hastete ihm hinterher.

Er hielt mir die Tür auf, als ich mich unter seinem ausgestreckten Arm hindurchduckte. Sein Eau de Cologne schwebte in der Luft. Am liebsten wäre ich stehen geblieben, um ihn zu umarmen und den berauschenden Duft zu genießen. Tief einatmend lief ich an ihm vorbei. Ein heftiger Klaps auf den Po machte mir Beine, und ich rieb die schmerzende Stelle. Das champagnerfarbene Slipdress schmiegte sich verführerisch an meine erhitzte Haut.

»Ist das ein Versprechen?«, fragte ich frech.

Er verdrehte die Augen und schob mich mit fester Hand im Rücken in Richtung Aufzug.

»Ich freue mich darauf, dein neuestes Werk zu bewundern.« Tripp lächelte und drückte mich an sich. »Ich nehme an, bei diesem Kunden hast du dich für asiatische Akzente entschieden?«

Um meinen Mund zuckte es, denn ich wusste, wie sehr er dieses Spielchen genoss. Ich schüttelte den Kopf, und er runzelte die Stirn.

»Orientalisch?« Er zog die dunklen Augenbrauen hoch und neigte grinsend den Kopf zur Seite. »Nein? Hmm.« Er wirkte erstaunt. Tripp Devereaux war ein fantastischer Mann. Groß, dunkel und gut aussehend, eine kleine verlorene Seele, ohne die ich nicht leben konnte, der ich aber auch nicht helfen konnte.

»Hör auf zu raten. Ich finde es nämlich irre aufregend, dein Gesicht zu sehen, wenn alles enthüllt wird.«

Wir erreichten das Haus meines Kundens, parkten in der vornehmen Gegend in der Nähe der Park Avenue. Tripp nahm meine Hand und führte mich den Weg hinauf und in das Gebäude hinein. Beim Eintreten begrüßte uns sanfte Musik.

»London! Die Frau des Abends ist da!«, ertönte eine Stimme quer durch den Raum. Mit ein paar langen Schritten war mein Kunde Maxwell bei mir, legte mir die Hände auf die Schultern und ließ sie an meinen Armen hinabgleiten, bis er meine Hände umfing. Tiefe Dankbarkeit durchflutete mich, badete meine Seele in heilendem Balsam. »Ich möchte dir jemanden vorstellen«, sagte er, wobei seine Stimme eine Oktave tiefer klang.

Vor zwei Wochen war ich gegangen, damit er sich weiterentwickeln und das in Ordnung bringen konnte, was in seinem Leben schiefgelaufen war. Ich ahnte instinktiv, wem er mich vorstellen würde. Er dirigierte mich zu einer hübschen Blondine, deren Blicke aus den großen braunen Augen nur auf ihm ruhten. Ich lächelte sie warmherzig an, ohne jede Missgunst. Das war die Frau, die für ihn bestimmt war.

Eine flüchtige Erinnerung an jenen Tag, an dem Maxwell und ich unsere gemeinsame Zeit beendeten, stieg an die Oberfläche empor.

Starke Arme umfingen meine Taille. Sein Kinn ruhte an meinem Hals. Große Hände glitten an meinem Rücken hinauf und zogen mich dichter heran. Der Duft seines Aftershaves war berauschend, aber das war nicht der Grund, warum mein Herz einen Satz machte. Es war Dankbarkeit. Die Wertschätzung, die er mir entgegenbrachte, erfüllte meine Seele mit tiefem Frieden. Das Gefühl der Vergebung und die neue Entschlossenheit, das zu kitten, was schiefgegangen war, sein Herz zu heilen, das alles war überwältigend schön. Ich schloss die Augen und drückte ihn fest an mich, denn mir war klar, dass dies unsere letzte wirkliche Umarmung sein würde.

»Wie kann ich …« Seine Stimme brach, und er sprach nicht weiter.

»Du liebst sie … du liebst sie sogar sehr«, flüsterte ich dicht an seinem Ohr. Er nickte, und ich konnte spüren, wann es kippte. Es knisterte vor Spannung, als seine Seele sich von der meinen löste. Es tat weh, doch das tut es immer.

»Michele, das ist London Kelley, Designerin und außergewöhnlicher Life-Coach.« Er strahlte. Die Blondine streckte mir die Hand entgegen

»Nett, Sie kennenzulernen, Michele.« Ich schüttelte ihr die Hand, und die prickelnde Essenz, die unverwechselbar nur in ihrer Seele wohnte, floss durch mich hindurch. Auch sie war dankbar und machte sich keine Sorgen wegen meines Aufenthalts. Manchmal kam es zu Problemen, wenn ich bei einem Kunden einzog, der nicht mit seiner Freundin zusammenlebte. Dann klopfte gern das grünäugige Monster der Eifersucht an die Tür, eine Bitch mit äußerst scharfen Krallen. Erleichtert stellte ich fest, dass Michele nicht der stutenbissige Typ war, und genau genommen waren sie ja auch noch gar nicht zusammen gewesen, während ich hier gewohnt hatte, sonst hätte ich damals nicht mit ihm geschlafen.

»Sie besitzen eine ungeheure Gabe, Ms. Kelley. Wirklich wunderschöne Arbeit«, sagte sie und schaute sich in dem offenen Raum um. Ich hatte warme Erdtöne in die vormals gänzlich schwarz-weiße Wohnung integriert.

Bevor ich vor sechs Wochen in seine Welt getreten war, hatte Max wie ein Junggeselle gelebt. Er war unglücklich gewesen und hatte keine Ahnung gehabt, was er als Nächstes mit seinem Leben anfangen sollte. Er sah gut aus und war extrem erfolgreich; nur

Menschen mit sechsstelligem Einkommen konnten sich meine Dienste als Innendesignerin leisten. Trotz seines ganzen Erfolges sehnte er sich jedoch verzweifelt nach etwas, das er nicht wirklich benennen konnte. Ich hatte ihn zu dem hinführen können, wonach sein Herz verlangte.

Ich dachte an den Tag zurück, als ich in sein Apartment gekommen war und mein Gepäck auf dem Bett abgestellt hatte.

»Werden wir miteinander schlafen?«, fragte er unbehaglich.

»Ich bin kein Luxuscallgirl, Max.«

»Nein, nein. Dafür habe ich Sie auch nicht gehalten. Ich habe nur … Sie ziehen hier ein und senden Signale aus, dass sie sich von mir angezogen fühlen.« Unruhig trat er von einem Fuß auf den anderen. »Keine Ahnung, ich hab einfach …«

Ich unterbrach ihn. »Verstehe. Und ja, ich finde Sie auf einer körperlichen Ebene in der Tat attraktiv. Wer weiß, vielleicht könnte man diesen Umstand während unserer gemeinsamen Zeit ja nutzen.« Ich zuckte mit den Schultern und fuhr mit dem Auspacken fort. »Meine Methoden sind unkonventionell. Das wird Ihnen gegen Ende meines hiesigen Aufenthalts einleuchten.«

Jetzt beobachtete ich, wie Max die zierliche Blondine an sich drückte. Mein Herz barst fast vor Freude, dass er sich dem einen öffnen konnte, das ihm Glück und Erfüllung brachte. Michele schaute ihn bewundernd an. Er brauchte diese Frau genauso wie den nächsten Atemzug.

»Ich kann dir nicht genug danken, London«, sagte er und presste die hübsche Frau noch fester an sich.

»Was soll ich sagen? Ich bin halt gut in meinem Job.« Ich zwinkerte und entschuldigte mich, um mich ins Partygetümmel zu werfen.

Tripp stand am Buffet und belud sich den Teller mit Krabbenküchlein und fluffigen, mit Käse gefüllten Blätterteighäppchen. Ich stibitzte mir eines von seinem Teller und steckte es mir in den

Mund. Die klebrige Mischung aus Käse und Spinat schmeckte warm und salzig. Er reichte mir ein Glas Weißwein, der hervorragend zu den Häppchen schmeckte. Durch seinen Job als Barkeeper in einem Gourmetrestaurant in Downtown New York hatte Tripp sich unglaubliche Kenntnisse angeeignet. Instinktiv wusste er, welcher Wein perfekt zu welcher Mahlzeit passte.

Ein paar Sekunden lang aßen wir in kameradschaftlichem Schweigen. »Also? Was hältst du davon?«, fragte ich.

Er runzelte die Stirn und sah sich im Zimmer um. »Könnte besser sein.« Seine Stimme klang ernst und eine Spur gelangweilt. Doch die Andeutung eines Lächelns, das seine hübschen Lippen umspielte, zeigte mir, dass er mich nur necken wollte. Ich versetzte ihm einen Stoß gegen die Schulter, und er lachte. »Echt jetzt, Bridge.« Tripp nannte mich immer so. Der Kosename stammte aus dem Reim *London Bridge is Falling Down* – Die London Bridge stürzt ein. Als wir uns vor Jahren kennenlernten, war ich diejenige, die dabei war zusammenzubrechen. Ich zerfiel in winzige Stücke aus Nichts. »Du bist der Wahnsinn. Du hast eine langweilige Junggesellenbude in ein Zuhause verwandelt, in eine Wohnung, in die ein Mann auch mal eine Frau einladen kann.«

»Das war ja schließlich auch der Plan.« Ich blickte zu Maxwell und Michele hinüber. Sogar die Kombination ihrer Namen war schmalzig zuckersüß. »Er brauchte sie.« Ich deutete auf das Paar. Tripp musterte sie und nickte.

»Die komplette Neugestaltung des Hauses war aber auch kein Fehler. Mir gefallen diese riesigen Plüschsofas mit den vielen Kissen. Und das Bett, das im Hauptschlafzimmer steht? Das ist der Hammer. Wo hast du das gefunden?«, wollte er wissen.

»Er brauchte einen Ort, an dem er mit seiner weiblichen Seite in Berührung kam.« Liebevoll ließ ich die Fingerspitzen über die Couchkissen wandern und führte ihn ins Schlafzimmer. Dort angekommen klopfte ich auf die Matratze, und Tripp setzte sich neben mich. Dann ließen wir uns Händchen haltend nach hinten fallen. »Das gigantische Bett sollte sein Ego stärken, ihn spüren lassen, dass er eine Frau brauchte, mit der er es teilen konnte. Allein in ihm zu liegen, hätte sich für ihn bedrückend und einsam angefühlt.«

Wir sahen einander an. »Bridge, ich meinte, woher du das Bett tatsächlich hast? Nicht dein Psychogeschwätz über seine innersten Wünsche und Befindlichkeiten.« Er schnitt eine Grimasse. »So viele Infos will ich über ihn gar nicht bekommen, erst recht nicht, wenn ich mit dir auf seinem Bett liege.« Er schob sich auf mich und setzte sich rittlings auf meine Hüften. Dann liebkoste er meinen Hals und küsste mich auf die Wange. »Das hier hast du großartig gemacht«, erklärte er sanft und zog mich hoch, sodass ich nun saß. Ich griff nach seinen ausgestreckten Händen. »Komm, genießen wir die Früchte deiner Arbeit. In zwei Tagen ziehst du bei deinem nächsten Kunden ein, und ich möchte die Zeit mit meiner Kleinen genießen.« Ich schenkte ihm ein breites Lächeln, und er führte mich wieder ins Partygetümmel zurück.

Collier

Mein Magen knurrte laut und vernehmlich, als mir eine atemberaubende dunkelhaarige Schönheit auf der anderen Seite des Zimmers ins Auge fiel. Sie tänzelte, nein eigentlich glitt sie vom Schlafzimmer in die Küche und blieb an der Bar stehen. Ich sah, wie sie lachte. Ihre überwältigend kristallblauen Augen funkelten vor Freude, während sie sich bei einem Mann unterhakte. Mit zarten Fingern strich sie über ihre Hüften, dann zog sie sich den schmalen Träger ihres kaum vorhandenen Kleides an der Schulter zurecht. Sie schob sich das lange schwarze Haar auf eine Seite und ließ die Finger durch die schimmernden Locken gleiten, während sie an der Bar auf einen Drink wartete.

Sie raubte mir den Atem.

Zierlich und schmal und doch mit perfekter Stundenglasfigur. Ihre runden Brüste waren nicht riesig, für ihre schlanke Gestalt dennoch groß. Unwillkürlich ballte sich meine Hand zur Faust, als ich mir vorstellte, diese herrlichen Halbmonde zu massieren, sodass ihre Nippel meine Handflächen streiften.

Ich schüttelte den Kopf. Dass ich diese Frau, eine Fremde, auf Anhieb so dermaßen begehrte, war verwirrend. Seit dem letzten katastrophalen Mist mit meiner Frau – beziehungsweise seit fünf Jahren Exfrau – hatte ich mich von niemandem mehr dermaßen angezogen gefühlt.

»Gefällt dir der Anblick, Collier?« Mein Geschäftspartner und bester Kumpel deutete auf die Frau, die ich beobachtete oder besser: mit meinen Blicken stalkte.

»Wer ist sie?«

»Das ist London Kelley. Sie ist der Grund, warum wir uns alle hier versammelt haben«, antwortete er.

»Die Innendesignerin?«

»Genau die. Ich habe mal mit ihr zu Abend gegessen, als sie bei Maxwell wohnte«, meinte er.

»Sie hat hier gewohnt?«

Er nickte.

»Aber ich dachte, er hätte sich in *sie* verliebt.« Ich deutete auf die hübsche Blondine, die sich an Maxwells Seite schmiegte.

»Stimmt auch. Er hatte keine Beziehung mit London; sie hat einfach nur hier gelebt, während sie arbeitete. Das gehört zu ihrem Konzept. Und sie ist heiß begehrt«, fuhr er fort.

Meine Blicke wanderten über ihre Kurven hinweg. »Darauf möchte ich wetten.«

Er klopfte mir auf den Rücken. »Doch nicht so. Du lieber

Himmel! Sie ist die gefragteste Innendesignerin in ganz New York City. Jeder will sich sein Heim von ihr neu gestalten lassen. Ihre Warteliste ist bestimmt eine Meile lang, dabei verlangt sie von ihren Kunden durchaus ein hübsches Sümmchen. In sechs Wochen wird sie auch mein Apartment renovieren.« Sein britischer Akzent und perfektes Englisch waren tröstlich in einer Stadt, in der Umgangssprache und schlechte Syntax an der Tagesordnung zu sein schienen.

Nathaniel Walker war mein bester Kumpel und gleichzeitig mein Halbbruder. Wir hatten die gleiche Mutter, aber verschiedene Väter. Vor fünf Jahren ließen wir unsere Eltern und unser altes Leben in England hinter uns, um hier in New York die Kanzlei Stone, Walker & Associates zu gründen. Unsere Kanzlei rühmte sich namhafter Kunden wie Gates. Wir behandelten alles, von extrem öffentlichen Promitrennungen über Unterschlagungsdelikte in Millionenhöhe bis hin zu den juristischen Feinheiten bei größeren Unternehmenskäufen. Unsere Topklienten waren bekannt aus Film und Fernsehen und saßen auf den Ledersitzen der Hochhausbüros rund um den Globus.

»Sie zieht also dann bei dir ein, oder?«

Nathaniel nickte. »Das gehört zum Vertrag.« Er nippte an seinem Wein.

»Hat sie etwa kein eigenes Zuhause?« Vor Entsetzen war meine Stimme lauter geworden.

Schallend lachte Nathaniel. »Nein, du Idiot. Sie besitzt ihr eigenes kleines Vermögen. Ihr Honorar für die vier Wochen, die sie bei mir wohnt, beträgt hunderttausend Dollar.« Erstaunt riss ich die Augen auf. »Und darin sind die eigentlichen Renovierungskosten noch gar nicht enthalten.«

»Interessant. Und natürlich nimmst du all ihre Dienstleistungen mit Freude in Anspruch und zahlst auch noch dafür. Aber eigentlich bist doch du der Meister in diesem Spiel, lieber Bruder. Wie soll das funktionieren?«

Er verdrehte die Augen und seufzte. »Sie wird nicht das Bett mit mir teilen. Na ja, vielleicht ja doch.« Er grinste und wackelte mit den Augenbrauen.

Ich schauderte. Bei der Vorstellung von ihm zusammen mit der sexy London verging mir beinahe der Appetit. Dann sah ich erneut zu ihr in der gegenüberliegenden Ecke des Raumes hinüber. Wieder kam ich mir wie ausgehungert vor, fast schon am Verhungern. Sie schaute mich an. Unsere Blicke trafen sich, versanken ineinander. Ihre graublauen, leuchtenden Augen schienen mich zu sich zu rufen. Ich machte mich auf den Weg zu ihr hin, umrundete andere Gäste, den Blick weiterhin unverwandt auf ihre Augen gerichtet. Ich bewegte mich wie in Trance, als flösse mein Körper durchs Zimmer, als trotzte er jeglicher Schwerkraft, nur um zu ihr zu gelangen.

Als ich ihr die Hand entgegenstreckte, erschien ein breites Lächeln auf ihrem zarten Gesicht, das sie nur umso schöner machte. Sie ergriff sie, und sofort sprühten und knisterten die Funken zwischen uns. Ich hob ihre Hand an meine Lippen, um sie zu küssen. Sie roch nach Zimt, und am liebsten hätte ich meine Zunge über ihr Handgelenk gleiten lassen, um das würzige Aroma auch zu schmecken.

»Kennen wir uns?«, fragte sie über den Partylärm hinweg. Wobei ich selbst eigentlich nichts anderes mehr hörte als ihre leisen Worte. »Sie kommen mir bekannt vor.«

Ich schüttelte den Kopf. »An Sie würde ich mich erinnern.« Noch ein Handkuss. »Collier Stone. Freut mich, Sie kennenzulernen, meine Liebe.« Ich hatte das starke Verlangen, ihre Hand festzuhalten, aber das wäre ihr vielleicht unangenehm gewesen. Doch kaum dass ich ihre Hand losließ, vermisste ich sofort ihre Wärme.

»Sie kommen aus England?« Sie lächelte, und ihr Gesicht leuchtete auf. Ein bezaubernder Anblick, bei dem es sich sogleich anerkennend in meiner unteren Region regte.

»Bekenne mich schuldig. Obwohl mein Kumpel und ich die Queen schon vor fünf Jahren verlassen haben. Doch ich schaff's einfach nicht, diesen Akzent loszuwerden, um mich euch Yankees anzupassen.«

»Man sollte sich niemals für einen anderen verbiegen. So wie Sie sind, sind Sie perfekt.«

Ihre Worte trafen mich mitten ins Herz. Meine Ex war immer anderer Meinung gewesen. Sie hatte damals alles an mir ändern wollen.

»Tut mir leid. Plötzlich wirken Sie so traurig.« Sie legte mir die Hand auf die Wange und strich mir mit dem Daumen über den Wangenknochen, während sie mir forschend in die Augen sah. In den ihren wechselten sich graue Strudel mit blauen ab, um sodann gleich wieder die grauen hervorzubringen.

Ich hätte eine Ewigkeit damit verbringen können, in diese Augen zu blicken, um herauszufinden, welche Farbe sie denn nun tatsächlich hatten. Sie ließ die Hand sinken, und auf einmal fühlte ich mich ganz leer. Ich wollte diese Hände auf mir spüren.